Nos crecen los enanos

César Pérez Gellida

Nos crecen los enanos

SUMA de letras

Papel certificado por el Forest Stewardship Council®

MIXTO
Papel procedente de fuentes responsables
FSC® C117695

Penguin Random House Grupo Editorial

Primera edición: septiembre de 2022

Printed in Spain – Impreso en España

ISBN: 978-84-9129-563-1
Depósito legal: B-11745-2022

Compuesto en Mirakel Studio, S. L. U.

Impreso en Rodesa
Villatuerta (Navarra)

SL 9 5 6 3 1

A María, en este año
Nuestro año

Si te rodeas de payasos y enanos mentales,
que no te extrañe que tu vida se convierta en un circo.

Armando Lopategui «Carapocha»

CARPA:
ESTRUCTURA NARRATIVA QUE COBIJA UN ESPECTÁCULO CIRCENSE DE PALABRAS

Consulta de la doctora Velasco (Madrid)
Dentro de veinticuatro días

Fruncirá el ceño. Lo hará de forma fugaz, en un movimiento casi imperceptible, sí, pero lo hará, y esos cuarenta y tres músculos faciales implicados en el proceso determinarán su suerte.

Su muerte, casi con toda probabilidad.

En realidad, su problema —y no es uno menor— tendrá más que ver con el instante preciso en el que el músculo prócer tirará de la piel hacia abajo arrastrando consigo las cejas y haciendo que se junten entre sí, pero mucho más relevante aún será delante de quién lo hará: la persona más buscada del momento tanto por la policía como por la Guardia Civil.

A favor de la doctora Velasco habría que aclarar que ese 13 de abril de 2022 no conoce tal pormenor.

El caso es, por ir al meollo de la cuestión, que al hombre que acudirá esa tarde a su consulta le llamará la atención el gesto de la doctora, visaje con el que se suele transmitir desagrado, reprobación o extrañeza. Le chocará porque no es una mueca habitual en su terapeuta, pero principalmente porque él no dirá o hará nada que pueda provocar las dos primeras reacciones. El descarte le llevará por tanto a deducir que a la doctora Velasco no le ha encajado algo de lo que ha dicho. De hecho, mientras estén intercambiando las habituales frases vacías de contenido previas a comenzar la sesión, él estará reproduciendo en su cabeza la conversación para averiguar qué ha provocado esa respuesta facial en la doctora Velasco.

—Que no le siente mal, pero se le nota agotado —comentará ella.

—La maldita gira de promoción no ha hecho más que empezar y ya se me ha atragantado. Cada vez me cuesta más acudir a los medios y, sobre todo, exponerme en los actos públicos —justificará él.

—¿Y por dónde ha andado estos días?

Él tardará en contestar.

—Valencia y Murcia. Me tocaba seguir la ruta por Andalucía, pero al final lo he mandado todo y a todos a la mierda. De momento.

Y ahí, precisamente ahí, será cuando la doctora Velasco fruncirá el ceño. Segundos después, ella le invitará a tumbarse en el diván y mantendrán una sesión distinta —por distante— a todas las anteriores.

Una última sesión.

Cuando su paciente por fin se haya marchado, Paz Velasco notará la espalda agarrotada por la tensión, y lo primero que hará será ir al aseo a mojarse la cara. Al principio se negará a dar crédito a sus sospechas, pero ella, que es especialista en tratar trastornos de la personalidad y lleva atendiendo más de cuatro años a ese paciente, se sentirá en la obligación de comprobarlo. Además, como la mayoría de los españoles, sigue muy de cerca la investigación del asesino en serie itinerante que los medios han bautizado —de un modo poco afortunado— como el «Torturador Risueño», porque su firma consiste en practicar dos cortes a la víctima desde la comisura de los labios hasta las orejas. Según ha leído en los periódicos, la denominan «sonrisa de Glasgow» y se debió de poner de moda entre las bandas de delincuentes de principios de siglo XX en el Reino Unido. Su *modus operandi* se ajusta como un guante al modelo de erotofonofilia: una derivación de parafilia extrema que consiste en buscar la gratificación sexual mediante la muerte de otra persona. Casualmente la misma que «padece» Suso, el personaje principal de las novelas que él escribe y que ella tanto le ha ayudado a construir desde el punto de vista psicológico. Pero resulta que además la psicóloga y criminalista es conocedora de un hecho relevante: las últimas víctimas del Torturador Risueño han sido encontradas en Valencia y Cartagena, lugares por los que acaba de pasar la gira de promoción de su paciente.

La extraña coincidencia será la razón que la hará fruncir el ceño.

Al salir del baño, Paz Velasco pensará que toda esa paranoia podría no ser más que una suma de cábalas suyas sin fundamento, pero a la postre se dejará guiar por su estómago y llamará a Carlos, su marido, para decirle que esa noche no la espere despierto. Porque necesitará tiempo para revisar sus notas y escuchar las grabaciones de las sesiones mantenidas con Álvaro Rodríguez López.

Y Carlos, como ella espera, no le pondrá ni un pero.

Pero nada de eso importa hoy.

Lo que de verdad tiene relevancia este día 20 del mes de marzo del año 2022, es que, en algún lugar de la provincia de Valladolid, una perra que responde —a veces— al nombre de Roma está empeñada en rastrear a fondo el pinar donde la han soltado.

A Roma tampoco le importa una mierda humana que en un estudio reciente firmado por expertos en el campo de la neurociencia y la psicología comparativa se asegure que los miembros de su especie tienen ciertas habilidades cognitivas. En otros ladridos: que le suda la trufa que los perros sean o no capaces de desarrollar determinadas estrategias que requieren el uso de una conciencia individual.

Roma es más de dejarse llevar por su instinto.

Y en esa mañana de domingo este la empuja a averiguar qué es eso que ha percibido a través de su órgano vomeronasal y que tanto ha excitado el lóbulo olfativo de su cerebro. Y en esa materia —herencia genética de la parte que tiene de braco—, Roma es del todo infalible. Su olfato es su superpoder, y tan pronto como ha detectado esas partículas, su cerebro ha enviado una orden directa al córtex motriz que no ha podido incumplir: escarba. Y en ese otro tema, Roma no es del todo infalible, pero sí muy perseverante —herencia genética de la parte que tiene de dálmata—.

Escarba.

Escarba.

Escarba.

Hay que tener en cuenta, además, que al ser una perra de asfalto, a Roma no se le suelen presentar tantas oportunidades de interactuar con la madre tierra como le gustaría. Por ello y porque su naturaleza perruna manda, Roma no está dispuesta a perder la ocasión de descubrir qué hay bajo esa capa de pinaza. Así, en cuanto el humano gigante de ladrido feroz la ha dejado salir de la jaula metálica qué se movía muy rápido, ella se ha lanzado a la carrera con el fin de recorrer ese nuevo espacio plagado de árboles al que la han llevado. Tras unos primeros minutos de exploración, a Roma le ha dado la sensación de que a su amo —un humano sin pelo con el que comparte guarida junto con otra humana de pelaje color fuego— no le importaba demasiado que se alejara, por lo cual se ha animado a ampliar su rango de búsqueda de pequeños animales a los que perseguir. Ha corrido de un lado a otro, olisqueando aquí y allá, olfateando el aire y la tierra, e incluso se ha atrevido a descargar su intestino con total libertad. Ha sido cuando estaba terminando de vaciarlo que ha percibido un olor muy particular. Un olor distinto a cualquiera con el que su afilado hocico se haya topado antes. Un olor muy intenso que enseguida ha identificado como algo orgánico, ergo comestible.

Escarba.

Escarba.

Escarba.

—¡Roma! —oye.

Se detiene un instante para corroborar que, en efecto, su amo, el humano sin pelo, la está llamando desde la distancia. Mover la cola la ayuda a transmitir que todo está en orden y que, a poder ser, no la moleste en la tarea que ahora la ocupa.

Escarba.

Escarba.

Escarba.

—¡Roma! —insiste.

La cantidad y calidad de partículas olfativas que percibe son indicios evidentes de que está muy cerca de encontrar su premio. No es momento de atender los ladridos de su amo.

Escarba.

Escarba.

Escarba.

—Te digo yo que esta perra está loca —ladra el humano gigante—. ¿Tú has visto qué boquete ha preparado?

—Ya te digo. Igual que hace en los árboles de la terraza de El Barco.

Las zarpas de Roma entran en contacto con algo.

Olfatear.

Identificar: carne en proceso de descomposición.

—Joder, Luis, pero ¡¿qué coño es eso?!

Roma procesa de inmediato lo que ladra el humano sin pelo. No es buena señal. Es lo mismo que escucha cuando le da por aliviar su vejiga en la guarida.

Orejas gachas.

Ganar distancia.

—¡Me cago en la puta, si es una mano! —ladra el humano gigante.

Y, en efecto, una mano es, pero a pesar de lo funesto la cuestión a resolver no es esa.

No es esa su postura preferida. Tampoco el momento del día que más le gusta, pero en ese espacio delimitado por el colchón y en todos los demás donde suelen follar, Bittor manda más bien poco. Como Roma, la perra que acaba de cambiar el rumbo de su vida de forma radical sin que él sea aún consciente de ello, prefiere dejarse llevar por su instinto.

Así, cuando ha notado que ella empezaba con los jugueteos, ha adoptado y aceptado su rol de tronco arrastrado río abajo. Ello no supone que sea un sujeto pasivo; implica que acepta que no tiene ningún sentido luchar contra la corriente y actúa en consecuencia. Además, Bittor Balenziaga disfruta como nadie siendo arrastrado.

—Agárrame fuerte —le exige ella.

Bittor cumple la orden de inmediato. Le hunde los dedos en las nalgas y acompasa el enérgico movimiento con el que ella restriega el clítoris contra su pubis. Sabe que es cuestión de unos minutos que su semblante se metamorfosee de la rudeza con la que ahora le mira a la sorpresa con la que parece afrontar la llegada del orgasmo, como si fuera la primera vez que le sucede. Ella se entrega al placer sin ser escandalosa, morigerada costumbre que a Bittor le maravilla, quizá porque no cuadra con su fogosidad sexual, o porque él no consigue evitar mugir como un búfalo cafre cuando se corre.

Los siguientes segundos transcurren despacio y le regalan a ella un tiempo precioso para recuperar el aliento. Con su exmujer la función estaría a punto de terminar, pero las cosas han cambiado. En esa parcela a mejor, en otras a peor. En concreto en la que sea que esté recogido lo de asimilar que Izaskun se haya llevado a los niños a Bilbao. Vale que ella tuviera la custodia y que el ascenso dentro del cuerpo fuera una oportunidad que no se presentara todos los miércoles, pero verlos dos días cada dos semanas le sabe a muy poco.

—¿Y ahora cómo le apetece al señor?

Bittor la toma por la nuca para atraer su boca a la suya. Retiene su labio inferior entre sus dientes mientras se lo piensa.

—Cuando recupere el aliento, por detrás.

—Cerdo.

En realidad tampoco es esa su postura favorita, pero de vez en cuando le apetece tomar el control de la situación y hoy se ve con ganas de dar guerra. Las primeras embestidas arrancan sonoros gemidos que son paladas de carbón para su caldera de autoestima genital. Notar que no le cabe una gota de sangre más en sus cuerpos cavernosos le anima. Ayudándose de ambas manos para lograr un firme amarre de la cadera, Bittor mantiene una cadencia alta durante los minutos que su buena condición física le permite. Jadea, sí, pero no porque esté fatigado. Cuando empieza a notar las primeras señales propias de la fase de carga, disminuye el ritmo para ganar esos preciosos segundos que marcan la diferencia entre un buen polvo y un polvazo memorable.

Hay compromiso en su mirada.

—¡Sigue! ¡No pares, joder!

Órdenes son órdenes.

El semen, concentrado en la uretra prostática, está a un par de embestidas de alcanzar el punto de no retorno, momento propicio para sacarla y terminar sobre esa musculada espalda que tiene delante.

Es entonces cuando llega lo inesperado que, no por ser inevitable, resulta menos violento.

Porque inesperado es que suene el móvil que descansa sobre la mesilla. Inevitable es que se trate del teléfono del trabajo y Bittor sea el jefe del Grupo de Homicidios de la Unidad Orgánica de la Policía Judicial adscrita a la Comandancia de la Guardia Civil de Valladolid. Pero resulta violento, sobre todo, porque al desviar su atención en ese preciso y precioso instante en el que todo su esmero debería estar puesto en eyacular como había planificado, Bittor termina haciéndolo donde más odia su pareja.

Pero ya es tarde para corregir la trayectoria y la primera descarga de cuatro mililitros de esperma viaja a cuarenta y cinco kilómetros por hora en dirección al pelo de Sara Robles. Bittor, que asiste descompuesto al momento del impacto, solo es capaz de verbalizar un deseo imposible de cumplir.

—¡No!

Los siguientes espasmos, sin embargo, sí los logra contener, pero el daño ya está hecho. Y Sara, que ha sido muy consciente de ello, lo comprueba con la mano y se gira en el acto.

—Serás cabrón…

Bittor Balenziaga, que aún sostiene su miembro erecto en la mano, se convierte en el modelo perfecto para un retrato cubista.

—¡Perdón, perdón, perdón! —solicita—. Es que como el otro día me dijiste que preferías fuera, yo… Perdón —insiste.

Sara, mucho más impactada por la pose que indignada por la afrenta, no puede contener la carcajada.

El móvil no deja de sonar.

—Cógelo, anda, que es tu queridísima sargento Quiñones. Algo pasará. Me voy a la ducha, cabronazo —el insulto lo sincroniza con una palmada en el culo de su amante.

Bittor reacciona al fin.

Sonríe.

—Perdón.

—Cabronazo —insiste Sara.

El teniente Balenziaga agarra el teléfono y se sienta en la cama. Algo denso y húmedo le hace levantarse como un resorte.

—¡Coño! —exclama alargando la primera «o».

Cuatro minutos más tarde, los ojos verde oliva de Bittor han perdido un par de tonalidades. Llama a la puerta del baño antes de entrar y a través de la mampara contempla a Sara enjabonándose.

—No te creas que esto va a quedar así, ¿eh, bonito? —le advierte ella.

—Han encontrado dos cuerpos enterrados en un pinar de La Santa Espina. Fermoselle dice que no son recientes.

Sara abre la mampara y asoma la cabeza.

—¿Y?

—¿Sabes dónde está La Santa Espina?

—Pues no, ¿debería?

—A diez minutos de Urueña.

De Urueña no guarda buenos recuerdos a pesar de que fueron los sangrientos sucesos allí acaecidos los que conectaron su vida y la de Sara Robles, su actual pareja.

No hace frío y, sin embargo, el teniente Balenziaga echa de menos algo más de ropa de abrigo en cuanto baja del coche. Tiene mal cuerpo. Quizá se deba a que desde que habló con la sargento Quiñones el estómago se le ha petrificado. Sara tampoco ayudó mucho con el prolongado resoplido que liberó al informarla de la situación.

Alberga una única esperanza que orbita alrededor del número de cuerpos encontrados: dos. Y ese cadáver de más es lo que le sobra en una ecuación que a simple vista parece fácil de despejar: si uno de ellos resulta ser el Loco Eusebio, el resultante va a ser mierda para todos, pero sobre todo para él.

Bittor Balenziaga mete las manos en los bolsillos de los pantalones y camina despacio —prisa no tiene— hacia el punto en el que sus compañeros de Criminalística han levantado la carpa de actuaciones. Da los buenos días a varios vecinos que se han acercado a la zona atraídos, cómo no, por el advenimiento de una tragedia que sin duda llevará el nombre de su municipio a los telediarios.

Lo morboso suele imponerse a lo funesto.

En los doscientos metros que le separan de la cinta que acordona el escenario, a Bittor le da por hacer un rápido balance de su vida desde que un mes de noviembre de 2019 le comunicaron que había sido hallado un varón muerto en su casa de Urueña con claras evidencias de tratarse de un homicidio. Enseguida conectaron el hecho con otro crimen cometido horas después en un despacho de la calle Santiago de Valladolid y eso le llevó a tener que colaborar en la investigación con Sara Robles, su homóloga de la Policía Nacional. En ambos escenarios encontraron pruebas que apuntaban a un vagabundo exlegionario al que conocían en el pueblo como el Loco Eusebio y, si bien es cierto que nunca llegaron a descubrir la identidad de una tercera persona que estuviera presente en el lugar de los hechos, ni lograron establecer alguna conexión sólida con la muerte del abogado, el resto de las pruebas recogidas en ambos escenarios apuntaban en la misma dirección. Orden de búsqueda y captura contra Eusebio de Frutos y a correr. Sin embargo, lo único que corría era el tiempo sin que consiguieran dar con él, y en ese cachazudo transcurrir de semanas y meses, la relación profesional que mantenía con Sara se fue transformando en algo personal. Ella acababa de salir de un extraño y complejo idilio con un tal Ramiro Sancho, su predecesor en el puesto y que ahora formaba parte de la Interpol, quien le provocaba periódicos vaivenes emocionales derivados de la imposibilidad de verse con frecuencia. Él, por su parte, arrastraba un deterioro notable de su matrimonio con Izaskun desde que esta se vio obligada a abandonar su entorno natural, arrastrada por los continuos cambios de destino de su marido. Ella nunca se hizo a Valladolid. Tampoco puso mucha intención y, antes de que pudieran ponerle remedio, su matrimonio se había reducido a las desavenencias de un hombre y una mujer con hijos comunes conviviendo bajo un mismo techo. Discutían con demasiada frecuencia, con demasiada belicosidad, con demasiada distancia.

Con la llegada del maldito virus y el posterior confinamiento, Izaskun se vio sola en casa, encerrada con dos niños que necesitaban consumir su ilimitada energía al aire libre y un marido al que apenas veía un par de horas al día. Explotó. Las señales eran más que notorias, pero, aun así, Bittor no lo vio venir porque no estaba mirando en la dirección correcta. En cuanto el Gobierno abrió la mano para salvar el primer verano pandémico, Izaskun agarró a los niños y se marchó a Bilbao. Era un lunes cualquiera del mes de junio y tan pronto como puso los pies en casa le invadió un mal presentimiento que no tardó en corroborar. Tentado estuvo de subirse al coche y salir tras ellos, pero conocía bien a la madre de sus hijos y sabía que si había tomado esa decisión nada de lo que dijera o hiciera le haría dar marcha atrás, por lo que se sentó en el sofá, abrió una botella de vino y se la bebió mientras escuchaba el vinilo de AC/DC *Back in Black*. Luego se entregó al llanto, rompió un par de objetos de decoración y se fue a dormir. Días más tarde llegaron las explicaciones y los preparativos del inminente divorcio.

Para evitar que se le cayera la casa encima, Bittor hacía todo lo posible por no pasar tiempo allí, y como tampoco contaba con un círculo cercano de amistades a las que recurrir —ni lejano tampoco—, tiró de compañeros de tricornio primero y sin tricornio después. Sara daba mucho juego. Era ácida y a la vez almibarada, mordiente y divertida, tremendamente sensual pero fría e impenetrable como un témpano de hielo. En ocasiones se veía como un insecto que revolotea entre las hojas de una planta carnívora, sabedor del peligro y no obstante deseoso de ser engullido. Ocurrió en Nochevieja. Sara le propuso pasarla juntos en su casa.

—Cenamos, unas copas y antes del toque de queda te piras —le propuso ella.

No llegaron vestidos a las uvas. Recibieron el año entregados a los placeres de la carne y a Bittor se le olvidaron hasta los nombres de sus hijos. Nunca había disfrutado de una sesión así y, aunque estaba dispuesto a repetir cada fin de semana, aceptó las normas que Sara impuso.

—Sin presiones ni tonterías, ¿vale?

Desde entonces, cuando él tenía el fin de semana libre solían verse con idénticos propósitos que la primera vez, pero intercambiando el papel de anfitrión. En público jamás se veían si no era por motivos profesionales; por eso, pensar en la posibilidad de que lo que contenga esa zanja en el pinar quizá les proporcione un motivo para verse con más frecuencia le hace sonreír por dentro. Mueca que desaparece en cuanto sobrepasa la cinta que acota la zona y reconoce el tupido bigote de herradura del capitán Fermoselle, jefe de la Unidad de Criminalística.

—Buenos días —saluda Bittor al tiempo que se pone las calzas y los guantes.

La sargento Quiñones eleva las cejas y ejecuta un movimiento rotatorio con el índice para hacerle saber que hablarán más tarde.

—Malas noticias: restos del Paleolítico no son —comenta Fermoselle con su habitual sorna sin cuajar—. No parece que vayamos a recoger algo que nos pueda servir, pero ahí tengo al personal cuadriculando el área y procesando el terreno con lupa. Hemos retirado toda la tierra que hemos podido y tomado muestras, pero estamos esperando a que llegue su señoría para hacer el levantamiento. Como sé que te encanta, hemos hecho un millón de fotos de los protagonistas de esta película. No te prometo nada, pero intentaré que las tengas hoy mismo.

—No sabes cuánto te lo agradezco —ironiza Bittor—. ¿El jefe?

—De camino con tu amiga la jueza. Ha ido a recogerla a Medina de Rioseco.

—Un auténtico galán.

—Con un poco de suerte me he marchado antes de que llegue.

—No caerá esa breva. ¿Algo más?

—Sí, una cosita que nadie de la corporación va a decir: ojalá no se confirme lo que todos pensamos, porque se nos va a desmontar la carpa de este circo itinerante en un abrir y cerrar de ojos.

Bittor otea el horizonte.

—Mala pinta tiene —musita.

—Te está esperando Parrado. Mira, con el forense sí hemos tenido suerte. Todo tuyo —se despide Fermoselle.

Al borde de la zanja de aproximadamente un metro de profundidad, un hombre con severa calvicie clerical está acuclillado examinando el interior. Bittor se acerca despacio y hace lo propio.

Se le seca la boca.

Los cuerpos, en avanzado estado de descomposición, están de costado y enfrentados entre sí en una postura que roza lo teatral. Todavía se aprecian restos de ropa, pero el tejido orgánico que cubre las partes visibles de la cabeza y las manos no es más que una fina tela pardusca pegada al hueso.

—Buenos días, Parrado.

Este se incorpora, arquea la espalda y se quita las gafas.

—Buenos días, teniente. Poca cosa le puedo decir de momento —se anticipa—. Dos varones de edades comprendidas entre los treinta y los cincuenta. Ese de ahí —señala— tiene varios traumatismos en el hueso frontal, si bien no sabría decir si son la causa de la muerte. Hay que esperar a la autopsia, pero es evidente que ambos están en fase reductiva porque a simple vista se aprecia que las partes blandas ya se han licuado y se han transformado en putrílago. Nos va a costar hacer la necroreseña Dios y ayuda.

—Dactilografía nada de nada, ¿no?

—No, ni lofoscopia tampoco. Ni siquiera reconstruyendo el pulpejo. En esta fase es imposible. Así que no queda otra que tomar una muestra orgánica, remitirla al Instituto Nacional de Toxicología y confrontar ese ADN con la Base de Datos de Personas Desaparecidas y Restos Humanos Sin Identificar. Puede que con el reconocimiento odontológico obtengamos algún resultado. Eso, o que nos toque la lotería y lleven sus DNI encima —bromea el forense.

—Sí, en eso estaba yo pensando. ¿Tienes alguna idea sobre el tiempo que llevan ahí? Aunque sea estimativa —añade.

Parrado se pone las gafas y examina los cuerpos como si estos le fueran a susurrar alguna pista.

—El problema que nos vamos a encontrar para establecer la data de la muerte es que, al estar bajo tierra, los insectos no tienen acceso a la masa corporal y eso hace que se ralenticen los procesos de descomposición. Sin embargo, las uñas están desprendidas y prácticamente no queda nada de cabello, por lo que yo diría que fueron enterrados hace más de un año y menos de tres.

Brazos en jarra, Bittor hincha los carrillos, busca a la sargento Quiñones con la mirada y levanta un brazo.

—Podremos ser algo más precisos cuando les practiquemos la autopsia, pero no esperen que les proporcionemos una fecha concreta —añade el forense.

—Habrá que conformarse con eso. Muchas gracias, Parrado.

Meditabundo, Bittor va al encuentro de Verónica Quiñones.

—Vamos a dar una vuelta en lo que llega el jefe con la jueza Alonso —propone el teniente.

—Menudo dominguito nos espera —dice ella a la vez que se recoge el pelo. Desde que se lo ha aclarado a Bittor le parece que ha rejuvenecido un lustro—. Tenía una comida familiar por el cumpleaños de mi cuñada, ya ves tú, y no veas el rebote que se ha agarrado mi señora madre.

—Madre no hay más que una.

—Una más comprensiva me habría gustado a mí, joder, que ya sabe de qué va el paño.

—¿Y tu padre?

—Bien, gracias.

Bittor se ríe.

—Yo también tenía un plan bastante más atractivo que este, y mira.

—¿Con esa persona que solo tú y yo sabemos? —pregunta elevando varias veces las cejas.

Es cierto. Solo se lo ha contado a ella. Un día necesitaba soltarlo y sabe que Verónica es una persona en la que se puede confiar.

—Con esa —confirma—. Has tomado declaración a los que...

—Claro —le interrumpe—. Nada reseñable. Dos excursionistas con un perro curioso.

—Pues se podían haber quedado en sus casas, la hostia.

—¿Tú crees que tendrá que ver con lo de Urueña?

Bittor se detiene.

—Si uno de esos resulta ser el Loco Eusebio, lo cual vamos a saber en cuanto cotejemos las muestras de ADN con las que tomamos en su día, explicaría por qué no hemos sido capaces de dar con él después de más de dos años de búsqueda.

—Como si se lo hubiera tragado la tierra —completa ella tirando de ingenio—. ¿Y el otro? ¿Quién puede ser el otro?

—Cualquiera, pero apostaría a que será el dueño de todas esas muestras de sangre que no fuimos capaces de cotejar, y el que nos haga entender por qué torturaron y mataron al abogado de la calle Santiago.

La sargento da una palmada.

—¡Estupendo! —califica con forzado entusiasmo—. Entonces ya solo nos quedaría atrapar al tipo que lo hizo y asunto resuelto.

Bittor se entretiene con la corteza del pino que tiene delante.

—El problema no es que no tengamos ni idea de quién puede ser, Verónica.

—No te pillo.

—Si esos dos domingueros se hubieran quedado en sus casas, nosotros seguiríamos buscando al Loco Eusebio *per secula saeculorum* porque el tipo al que tenemos que atrapar nos hizo tragar con lo que a él le dio la real gana. ¿Me explico? Es decir, que se cepilla a cuatro personas y lo mismo está por ahí tomándose un zurito en una terraza.

—Bueno, tampoco hay que ponerse tan melodramáticos. Con un poco de suerte el otro cadáver nos ayudará a entender lo que pasó realmente en esa casa y nos llevará a dar con ese cabrón.

Bittor chasquea la lengua.

—Yo creo que toda la suerte que vamos a tener en ese caso ya la hemos gastado. Y tenía cuatro patas y un rabo.

Un rabo de toro estofado al vino tinto con patatas guisadas es lo que sigue digiriendo su estómago mientras Bittor revisa por cuarta vez las fotografías que le ha pasado su gente de

Criminalística. Noventa y seis archivos JPG no son muchos ni pocos. Son los que son. Y, aunque no los está examinando de nuevo porque sí, en su fuero interno sabe que le van a decir poca cosa.

Un parpadeo.

Un clic.

Doce segundos.

Un parpadeo.

Un clic.

Acaba de mandar a casa a la sargento Quiñones, pero antes han revisado con lupa las diligencias que presentaron en su día sobre la investigación del homicidio de Carlos Cabrera, acaecido en Urueña la madrugada del sábado 30 de noviembre de 2019. No han detectado errores. Es verdad que había cabos sueltos que no fueron capaces de explicar, pero las evidencias que apuntaban hacia el Loco Eusebio como autor de los hechos eran de peso.

Un parpadeo.

Un clic.

Doce segundos.

Si tuviera que decantarse por uno de los dos, diría que el hasta ahora principal sospechoso del doble crimen es el cadáver que presenta los politraumatismos en el hueso frontal. Mañana a primera hora tiene cita con Parrado en el Instituto Anatómico Forense para asistir a la autopsia, y aunque él intentará que los del Instituto Nacional de Toxicología se den prisa para sacar el ADN de la muestra orgánica, sabe que los diez días de espera no se los quita nadie. Y diez días para confirmar lo que ya sabe pueden convertirse en un auténtico vía crucis con la superioridad en estado de alerta máxima. De hecho, durante la breve conversación que ha mantenido con el comandante Viciosa en el pinar, este le ha insistido por activa y por pasiva que controlen lo que se filtra a los medios.

—Que a nadie se le ocurra decir que esto podría estar relacionado con lo otro —le ha ordenado delante de la jueza.

Bittor se ha limitado a asentir pese a que le habría gustado preguntarle si alguna vez en los casi siete años que lleva en el cargo le ha visto hablar con algún periodista.

Un parpadeo.

Un clic.

Doce segundos.

Suena su móvil. Por norma ni siquiera desviaría la mirada para saber quién le llama, pero intuye que puede tratarse de Sara y, efectivamente, acierta.

El teniente Balenziaga suelta el ratón y agarra el teléfono.

—Buenas noches —responde.

—¿Son buenas?

—Pues no, no mucho, la verdad.

—¿Sigues en la Comandancia?

—Aquí sigo, viendo porno del duro.

—Para porno duro y del sucio lo tuyo de esta mañana, guapito.

Bittor se ríe por lo bajo.

—Cuéntame con qué me voy a encontrar mañana cuando llegue a comisaría.

Bittor le hace un resumen claro, conciso y concreto.

—Vamos, que no me libro —concluye Sara.

—Ojalá, pero no lo creo.

—Ahora que tenía algo de tiempo para avanzar con todo lo que tengo pendiente... Otra vez a aparcarlo.

—¿Te has percatado de que nunca me cuentas en qué andas metida?

—Es que cuando estamos juntos hablamos más bien poco, Bittor.

—Eso es cierto. ¿Qué has hecho cuando me he marchado?

—Dos horas de rocódromo, ordenar la casa y tirarme en el sofá. Va a hacer tres años de aquello y todavía noto flojo el amarre de izquierda, pero bueno, algo es algo.

—Es lo que tiene que te vuelen la clavícula de un disparo...

—Supongo. ¿Te queda mucho ahí?

—No lo creo. Me espera una semana movidita, debería irme a dormir de una vez.

—Pues no te entretengo más. El próximo finde subes a Bilbao, ¿no?

—Espero que nada se tuerza, tengo ganas de ver a las fieras.

—Claro. ¿Tratamos de vernos entre semana?

—Estupendo.

—Pero antes me tiene que dar tiempo para comprarme un gorro de ducha, cerdo.

—Lo siento.

—¡Qué vas a sentir! Hablamos mañana —dice ella entre risas—. Que descanses.

—Igualmente.

Con el teléfono todavía pegado a la oreja, Bittor no puede evitar que una mueca estúpida de quinceañero se adueñe de su boca. La línea convexa se convierte en recta al enfocar de nuevo la vista y procesar la imagen que tiene delante: un detalle de varias microfracturas en el cráneo que él ha adjudicado al Loco Eusebio.

Doce segundos.

Un parpadeo.

Un clic.

Un clic en forma de remordimiento es lo que le hace a Sara incorporarse asqueada y lanzar el teléfono contra el sofá. A través del cristal de la ventana puede ver la torre de la catedral de Valladolid bañada por luces violetas. Odia tener que mentirle o, para ser más exactos, ocultarle parte de la verdad.

Una parte muy sensible.

Es cierto que ha estado dos horas en el rocódromo, donde ha tenido la mala suerte de coincidir con Toño, uno de sus contactos recurrentes. Hacía tiempo que no se veían y ha sido él quien le ha dicho que no tenía nada que hacer en todo el día. Sara se lo ha pensado mientras escalaba la parte más complicada de la pared, y a punto ha estado de declinar la oferta de Toño, pero solo a punto. Su naturaleza se lo ha impedido. No puede evitarlo. Solo pensar en la posibilidad de tener sexo la supera. Es incapaz de controlarlo y se odia por ello. Así, antes de meterse en la ducha de las instalaciones le ha citado a las dos en su casa para que le diera tiempo a recoger un poco, se lo ha follado bien follado en el sofá y poco después de las cinco lo ha mandado para su casa como de costumbre.

—Qué hija de puta eres —le dice sañuda a su reflejo.

Bittor le gusta, es un hecho, y a su favor cuenta con la advertencia que ella le hizo antes de que cruzaran la línea: «No pienses que por intercambiar fluidos vamos a tener una relación vinculante». Él entendió y aceptó la premisa, y durante los meses que llevan viéndose de forma recurrente Bittor nunca se ha puesto baboso con insinuaciones sentimentales. Eso lo facilita todo, y en la cama ha evolucionado como un pokemon, desde lo puramente convencional hasta lo excepcional, sorprendiéndola en su desempeño como ha sucedido esa misma mañana. No obstante, el efecto inhibidor de su apetito sexual que le provocaba Sancho no funciona con él y ello la lleva a no desperdiciar ninguna oportunidad. Tampoco las busca tanto como antes, pero los hay que siguen llamando a una puerta que, saben, carece de cerradura.

Pensar en Sancho le provoca una profunda tristeza. O rabia, más bien. Le pudre tener la sospecha de que podría ser el hombre de su vida y de que lo que les impide estar juntos es solo el hecho de compartir profesión. Le cuesta aceptarlo, mucho más asumirlo, pero no tiene más opción que hacerlo con gregaria resiliencia. Además, desde que Herr Bauer asumió la presidencia de la Interpol y colocó a Sancho al frente de una de esas TOC —Transnational Operating Cells— que recorren el planeta persiguiendo el crimen escrito en mayúsculas, solo han podido verse dos veces. Dos. Lo último que sabe de él es que había viajado a Sudáfrica buscando a algún malnacido que estaba violando y matando a menores en los suburbios de Johannesburgo. Y de eso han transcurrido ya unas cuantas semanas. Meses, quizá. Sara evita molestarle con llamadas y más aún con mensajitos, pero no hay día en que el recuerdo del pelirrojo no le atraviese el corazón de parte a parte.

Y poco espacio libre le queda ya entre tanta aguja.

Puede que para combatir esos pinchazos, o porque se siente como una auténtica mierda, Sara cometa su primer gran error de los muchos que habrán de sucederle las próximas semanas y que terminarán obligándola a parchear su existencia. Este en concreto consiste en recuperar su móvil, buscar el contacto de WhatsApp que pone «Teniente Balenziaga» y teclear: «Te echo de menos, cerdo».

Está a punto de eliminarlo seis veces, pero opta por enviarlo y mirar fijamente la pantalla.

«El teniente Balenziaga está escribiendo».

«Estoy saliendo de la Comandancia. Si quieres, en diez minutos estoy en tu casa».

Sara se lo piensa durante cinco largos segundos.

«Te espero en la cama».

Segundo gran error.

El tercero de muchos no tardará en llegar.

PISTA:
ESPACIO CIRCULAR RECUBIERTO DE ARENA Y SERRÍN DONDE, COMO SUCEDE EN LOS LIBROS, TODO PUEDE PASAR

Cerca del cementerio de Benimaclet (Valencia)
24 de marzo de 2022

Odio que lloren. Me irrita.

Me altera tener que tragar con ese gimoteo constante que ora se torna en un convulsivo sollozar, ora se asemeja a una llantina infantil. Bochornoso. Me han dado ganas de convertir su careto en un amasijo de tejido y hueso, pero no puedo correr el riesgo de lastimarme la mano al tener que firmar mañana cientos de ejemplares. En cierto modo me siento orgulloso de haberme sabido contener porque hoy tengo que demostrarme a mí mismo de lo que soy capaz.

Hoy regreso a los escenarios.

Se hace llamar Rosy y, aunque no me lo ha dicho ni me interesa una real mierda, sé que proviene de algún infecto rincón de Sudamérica. Viste, huele y se comporta como una puta cualquiera porque eso es precisamente lo que es:

una puta cualquiera coherente con su puta naturaleza. Nuestros caminos se han cruzado en una rotonda cerca de Silla. No me avergüenza reconocer que me he decantado por esta por ser la más menuda. Al lado de las dos nigerianas con las que competía en el casting, Rosy parecía un ridículo hobbit. De hecho, me la he imaginado como tal, pero intuyo que eso está muy relacionado con la metanfetamina que estimula mi sistema nervioso. Desde que empecé a comprar MDMA a Moncho casi no consumo otra cosa. A pesar de estar bastante colocado, he tenido la prudencia de no acercarme hasta que me he asegurado de que la hobbit se había alejado lo suficiente como para que las otras no pudieran ver la matrícula de mi coche. Lo mejor del modelo que he alquilado es que no destaca en nada. Sin mediar palabra la he invitado a subir abriéndole la puerta del copiloto, le he pedido que me guíe a un lugar solitario para estar tranquilos y me ha traído a unas naves abandonadas cerca de un cementerio.

Premonitorio.

En cuanto hemos llegado me ha propuesto hacerme una mamada en el asiento, ante lo cual me he negado en redondo. Bastante tengo con limpiar todo lo que ha tocado con sus sucias manos como para tener que eliminar otros fluidos. Así, nos hemos aventurado dentro de una de las naves abandonadas y tan pronto como me he asegurado de que no había un alma por los alrededores y de que no hacía frío, me he quitado la ropa, a excepción de los calzoncillos, y la he colocado en una esquina donde no pueda mancharla. Luego me he acercado muy despacio, la he agarrado por el pelo y cuando Rosy creía que le iba a facilitar su cometido, he modificado la trayectoria y he estrellado un par de veces su cabeza contra la pared como hice con el Loco Eusebio. Con ella aturdida en el suelo, me he puesto los guantes antes de maniatarla por la espalda y meterle en la boca un trozo de tela que he arrancado de su blusa barata. Por último, y con el propósito de limitar su movilidad, le he lesionado una rodilla de un enérgico y certero golpe en la articulación con el mazo.

Desde entonces no ha dejado de lamentarse.

—Once entrevistas, charla y firma de ejemplares —la informo—. ¿Qué te parece, Rosy? Eso sí es para llorar. Once entrevistas, joder, contando lo mismo una y otra vez, una y otra vez. Y mira que le pedí a Irene Giménez, le pedí, no…, le rogué, que en esta gira de promoción seleccionara mucho los medios. Pues no. Once. Todo suma, me dice. Cojones tiene.

Al ser la primera etapa en la larga campaña de promoción que ha diseñado mi editorial, había acordado con Gonzalo Albert, mi director editorial, venir unos días antes a Valencia para despejar la cabeza cerca del mar. Y me enteré escuchando las noticias durante el trayecto.

Bonita forma de comenzar.

«Encontrados dos cuerpos sin vida enterrados en un pinar cercano a la localidad vallisoletana de La Santa Espina», destacaba la locutora.

El temblor que se apropió de mi cuerpo era la manifestación externa del proceso de derrumbe en el que me vi sumido. Tuve que parar en un área de servicio para apuntalar mis cimientos antes de analizar la situación. Las consecuencias derivadas, más bien. La más evidente era que en cuanto identificaran los cadáveres y comprobaran que uno de ellos correspondía al principal sospechoso de los homicidios de Darío Gallardo y de Carlos y Mateo Cabrera, reabrirían el caso. Otra no menos preocupante era que si averiguaban la identidad del segundo cuerpo, enseguida conectarían a Mateo con su tío Carlos y, más pronto que tarde, harían lo propio con Darío Gallardo por haber estudiado en el mismo internado. Solo tendrían que revisar los archivos del Colegio San Nicolás para terminar llegando a mí. Imaginarme esposado y cabizbajo me provocó un dolor pulsátil en mi ego que no dejaba de atormentarme. Agarrotado y aún con las manos en el volante empecé a fabricar distintas alternativas, la mayoría de las cuales confluían en una: encontrar la forma de desaparecer cuanto antes. Incluso llegué a buscar vuelos que salieran ese mismo día desde el aeropuerto de Manises con destinos exóticos y, a poder ser, sin acuerdo de extradición con España. Enseguida me percaté de que ello implicaba renunciar a mi identidad, cuestión que podría asumir dadas las circunstancias. A lo que no estaba dispuesto bajo ningún concepto era a renunciar a la fortuna que había ido amasando gracias a mi talento.

Todo por el vil metal, sí, pero hay que admitir que si el dinero no estuviera tan sobrevalorado valdría menos.

No tardó en surgir una idea que en apariencia solo podía arraigar en el terreno de lo absurdo, pero que, contra todo pronóstico, germinó como alternativa plausible hasta florecer como la única opción posible. Lo demás resultaría tan sencillo como acudir a los expertos indicados, igual que he hecho siempre para resolver las dudas que me surgen durante la fase de documentación de mis novelas. Porque, aunque suene a tópico, la realidad y la ficción se funden y se confunden si uno es lo bastante hábil para elegir los ingredientes a conveniencia y agitarlos bien antes de servir el cóctel.

Lo tenía bastante claro y, sin embargo, no fue hasta ayer cuando tomé la decisión definitiva de terminar con mi letargo después de volver a valorarlo como corresponde. No he sido consciente de cómo lo echaba de menos hasta hace unos minutos y todavía no soy capaz de comprender cómo he podido aguantar tanto tiempo privándome de esta sensación que no había vuelto a catar desde noviembre de 2019.

Más de dos años conteniéndome.

Alejado del placer.

Abstemio de poder.

—Por otra parte... —le digo a Rosy—. Hace mucho que no tengo un acto público por la mierda de la pandemia, ya sabes, y de vez en cuando me apetece darme un buen baño de masas.

—Orfaor...

No deja de repetirlo. Me aburre igual que cuando me ha contado que terminó de puta por culpa de un antiguo novio suyo que la enganchó a la coca primero y al caballo después. Tres cojones me importa, sinceramente. ¿De verdad pensaba que contándome sus penurias iba yo a privarme de volver a experimentar esa emoción que siento cada vez que le clavo la punta del cuchillo en el cuerpo? Ilusa. En cierto modo le voy a hacer un favor recortando la miserable existencia que la espera a veinte euros la mamada.

Me duele reconocer que aquel episodio de Urueña me afectó mucho más de lo que esperaba. Considerándome un talibán del autocontrol, el hecho de verme sobrepasado por una situación tan dantesca me dejó muy tocado. En mi fuero interno estaba convencido de que lo tenía todo muy bien atado y los investigadores acabarían desesperándose en su intento por dar con el Loco Eusebio, pero siempre existía la posibilidad de que encontraran los cuerpos y, por muy remota que fuera, no conseguía librarme de esa amenaza persistente. Me sentía como Damocles mirando la jodida espada. Asumí por tanto que debía mantenerme en barbecho por un tiempo indeterminado, pero nunca imaginé que tuviera que pasar por un forzado confinamiento que se prolongó con la puesta en marcha de absurdas medidas de restricción de la movilidad.

De locos.

Fue entonces cuando se manifestó el problema. La primera vez que me sucedió fue en junio de ese año maldito. No hace mucho era un asunto inefable para mí, pero he descubierto que si lo verbalizo consigo restarle importancia a algo que me tuvo en jaque los primeros meses de encierro.

—Siempre he contado con una nutrida agenda de amigas con derecho a roce —le cuento a Rosy, que me escucha con aparente interés—. Y no me refiero a putas, no. Amigas con las que podía follar de vez en cuando y que, como me pasaba a mí, llevaban muchas semanas sin poder hacerlo. A una de estas, a Silvia, la convencí para que saliera a comprar al supermercado y se pasara un par de días en mi casa de confinamiento sexual. Ni se lo pensó. ¿Te puedes creer que no fui capaz de empalmarme en condiciones? Justo cuando se la iba a clavar, mi polla se escondía. Se terminó marchando, claro. Yo pensé que había sido un episodio pasajero, ¿sabes?, pero me pasó lo mismo con Susana y con Cristina. Estaba desesperado, pero nunca me rendí. Llamé entonces a Patri, que era una cerda de mucho cuidado y le gustaba el sexo poco convencional, ya sabes a qué me refiero.

Por su ceñuda expresión diría que no, que Rosy no tiene ni idea de lo que hablo, pero me la suda igualmente.

—Empezamos con el magreo y tal, y cuando intuía que me iba a dar el gatillazo de nuevo, ella me pidió que la agarrara fuerte del cuello. Al apretar noté algo diferente, sin duda priápico, que hacía que mi polla se mantuviera firme como un ariete dispuesto a reventar la puerta del castillo. Y eso hice, pero la situación me pedía culo y por el culo fue. En mi cabeza la estrangulaba hasta matarla, y aunque Patricia salió viva de casa nunca más me atendió el teléfono, la muy zorra desagradecida. Desde entonces jamás he vuelto a tener un orgasmo convencional con nadie. O lo aliño en mi cabeza o esta no funciona, curioso, ¿verdad?

Rosy baja la mirada, cansada o aburrida.

Qué más da.

Por suerte para mí, contaba con Suso para evadirme de la maldita pandemia con solo ponerme frente al teclado. Carecer de estímulos externos me obligó a viajar dentro de mí, y vaya si saqué partido del periplo. No solo mejoré internamente, también lo hice en el plano físico al convertir una de las habitaciones que me sobraba en un gimnasio doméstico que nada tenía que envidiar a los de pago. Otra vez más, cuestión de posibilidades. Máquina multifunción, barras, mancuernas, banco regulable y discos para trabajar musculación; cinta de correr, elíptica y bicicleta estática para variar el cardio y, por último, mi gran descubrimiento: un saco de boxeo. A las tres semanas, gracias a los muchos tutoriales disponibles en internet, ya dominaba todos los tipos de golpes y, sobre todo, el movimiento de piernas, cadera y hombros. Como mínimo pasaba dos horas encerrado en esa habitación, y no fueron pocas las sesiones que superaron las tres o incluso las cuatro horas. Estas palizas físicas combinadas con el control de mi alimentación se han cristalizado en una transformación total y absoluta de mi cuerpo. No me importa admitir que me gusta, y mucho, lo que veo cuando me miro en el espejo y, no obstante, no es de lo que más orgulloso me siento de todo lo que he avanzado en estos dos últimos años. Mi garra, ese apéndice retorcido que tanto he odiado y del que tanto me he avergonzado, se ha convertido ahora en un icono, un símbolo larvado en mi interior que me recuerda lo capacitado que estoy para enfrentarme y superar cualquier problema con éxito. Gracias al trabajo en el gimnasio, los dedos de la mano derecha, a pesar de que siguen teniendo la misma ingrata apariencia, han ganado una operatividad que jamás imaginé que pudiera recuperar, como, por ejemplo, agarrar el mazo con firmeza para poder romperle la rodilla a Rosy al primer intento.

Tampoco puedo olvidarme de la doctora Velasco, mi terapeuta desde que di la patada a la anterior, a quien acudo con el falso propósito de que me ayude a conocer en profundidad al protagonista de mis novelas. Paz es especialista en tratar trastornos de la personalidad y cuenta con bastos conocimientos en el campo de la criminología, materias ambas sobre las que suelen bascular nuestras conversaciones de diván. Los ciento veinte euros que le pago por sesión se han concretado en la que es hasta la fecha mi mejor novela: *Astillas en la piel*, de la cual hemos previsto vender solo este año por encima de medio millón de ejemplares.

Lo cierto es que sin haber descartado en absoluto volver a disfrutar de lo que mejor sé hacer, no había pensado que fuera a ocurrir así, de la noche a la mañana. Sin embargo, en esa área de servicio camino de Valencia lo vi claro: no me dejan otra opción. Esa misma tarde la dediqué casi por completo a hacerme con el material que iba a necesitar: cinco metros de cuerda de escalada de diez milímetros de grosor, una tijera multiherramienta, una linterna led recargable, un mazo de empuñadura corta, una caja de guantes de vinilo y un cuchillo de montaña. Total: ciento veintitrés euros de mierda con veinte céntimos. Y ahí está ella: acurrucada en una esquina de este repugnante lugar sembrado de colchones meados, sofás desvencijados y botellas rotas. Un asco. Rosy me mira con ojos lastimeros tratando de encender en mi interior la llama de la compasión sin saber que, aquí dentro, esas velas, de haber existido alguna vez, ya se consumieron. Aquí dentro solo arde un fuego que ha vuelto a arrasar con todo.

Rosy vuelve a reclamar mi atención.

—¡Orfaor!

—¿Sabes quién tiene la culpa de que estés así? ¿Quieres saberlo? ¡Una perra! Una jodida perra que ha sido la que ha encontrado los dos cuerpos que... Bah, es demasiado largo y a ti lo único que te interesa escuchar es qué coño voy a hacer contigo.

—Nooo.

—Claro que sí. Además, quiero que sepas que el mensaje que les voy a enviar al resto de jugadores lo haré cuando ya no puedas sentir nada. No encuentro ningún motivo para causarte más dolor del necesario.

Aterrada, sus ojos parecen querer huir de las órbitas.

—Bueno, querida. Ha llegado la hora de salir a la pista. Que el poder y el placer se fundan.

Con la nuca apoyada contra la pared, Rosy se limita a llorar y a negar con la cabeza al tiempo que un charco de orina crece bajo sus nalgas. Es una reacción normal, no se lo puedo tener en cuenta, pero no sé cómo reaccionaría si la muy cerda llegara a mancharme. Con sumo cuidado, la agarro nuevamente del pelo y la arrastro unos metros para poder colocarme a su espalda. Que sea un hobbit me facilita mucho la parte física. Me excita comprobar que apenas opone resistencia cuando le rodeo el cuello con el brazo. Es como si quisiera entregarse a mí por voluntad propia. Me ayudo de la mano izquierda para ejercer presión con el antebrazo sobre su tráquea. Lo hago de forma progresiva, sin precipitarme, con la delicadeza que requiere la necesidad de alargar el momento. Reconocer el olor que desprende el miedo me provoca una erección irrefrenable. Rosy emite agónicos gemidos que podrían confundirse con placenteros sonidos y eso me hace pensar que quizá la muerte esconda algo gozoso. La besaría si no me generara tanta repugnancia rozarla con mis labios. Me siento tentado a permitirle tomar aire, pero no quiero arriesgarme a que se pierda el orgasmo que está a punto de pasarme por encima. Al notar que su cuerpo va perdiendo tensión aprieto con fuerza los párpados y me dejo arrollar por esta apisonadora. No puedo evitar ahogar el grito mientras eyaculo dentro de los calzoncillos. La intensidad es proporcional a la fuerza que ejerzo sobre su faringe durante los instantes que dura la estampida de placer. Si lo dilatara más, temo que mi corazón no lo aguantaría, pero estoy convencido de que aún hay margen de mejora.

Porque todo, absolutamente todo, es cuestión de veces, como en cualquier oficio.

Tras concederme unos segundos, me aseguro de que el corazón de Rosy ha dejado de latir. Su recién estrenado rictus mejora de forma notable el que tenía en vida, pero le falta un detalle muy importante.

Le falta una sonrisa.

La desato para poder agarrarla de las axilas y la arrastro hacia una zona menos recóndita, más visible, con el propósito de que no tarden demasiado tiempo en encontrarla. Aprovechando una esquina apoyo su cuerpo, le estiro las piernas y le junto las manos sobre el regazo.

Dudo entre el cuchillo o las tijeras, pero al final me decanto por el primero para replicar el método que seguí en el despacho del Joker. Sin la resistencia de la modelo todo resulta más rápido y sencillo, aunque echo de menos recibir alguna recompensa emocional a cambio. Mientras contemplo mi obra me planteo si llevarme algún recuerdo de Rosy, pero enseguida lo descarto por ser estúpidamente incriminatorio.

De locos. Además, tengo la ventaja de contar con una memoria fotográfica espléndida, por lo que no tendré problema en recuperar esas imágenes cuando las necesite.

Antes de vestirme me cercioro de que no he cometido ningún error y abandono el lugar. Durante el camino de regreso me voy deshaciendo de todo lo que podría relacionarme con los hechos en zonas poco transitadas y de difícil acceso. Son las dos y veinte de la madrugada cuando regreso al hotel. Necesito descansar, pero primero me meto en la ducha, no tanto por asearme sino por la necesidad de revivir la experiencia. Me masturbo con fiereza como si de un acto de contrición se tratara.

No es lo mismo, pero algo es.

Exhausto, me dejo caer en la cama pensando en la jornada tan horriblemente intensa que me espera dentro de unas horas.

MAESTRO DE CEREMONIAS: CONDUCTOR DEL ESPECTÁCULO LITERARIO Y RESPONSABLE DE COORDINAR LAS INTERVENCIONES DE QUIENES LO VAN A PROTAGONIZAR

Comandancia de la Guardia Civil (Valladolid)
28 de marzo de 2022

Se ha levantado con la sensación de haber sido acribillado a balazos durante el fin de semana. Le sucede semana sí, semana también, pero por motivos bien distintos.

Este le tocaba ir a Bilbao para estar con las fieras, y tanto Egoitz como Íñigo tiran a matar. La secuencia suele repetirse: viernes a eso de las cuatro, carretera; sobre las ocho recogida en casa de la madre y traslado a Algorta. Ver a Izaskun, aunque solo sean dos minutos, es un trago que le cuesta digerir. Que todos esos años de relación, proyectos comunes y sueños compartidos hayan terminado en un cruce de sonrisas incómodas, miradas huidizas y palabras vacías no deja de ser un trago amargo.

Asumir el fracaso siempre lo es.

Los viernes suelen terminar con ese sabor agridulce que le deja en la boca acostar a los niños y meterse en la cama previo chequeo del teléfono por si acaso. El sábado por la mañana lo dedica por completo a disfrutar de los niños. Le agotan. Por fortuna, Bittor acostumbra a ir a comer con su hermana o sus padres, y en ocasiones aprovecha la cobertura familiar para ver a algún amigo un par de horas. Los domingos, dependiendo del tiempo, organiza alguna excursión al aire libre que trata de rematar yendo de potes por el Puerto Viejo —si se ve con fuerza de tirar de carrito y los niños se lo consienten, claro— y, después de comer, apenas le queda tiempo para organizar la devolución a la madre y regresar a Valladolid. Siempre se ve tentado de llamar a Sara por si le cae una invitación inesperada, pero nunca lo hace para evitar convertirse en el típico novio pegajoso de marcaje corto. Y eso que ha notado un cambio importante la semana pasada. Diría que está más cariñosa, siendo este un apelativo que en Sara no termina de machihembrar. Por salubridad mental, Bittor evita hacerse demasiadas ilusiones, pero lo cierto es que desde que se ha metido en la ducha no ha dejado de pensar en el momento de volver a verla. Tiene la sensación de estar avanzando en un terreno cenagoso del que no va a ser capaz de salir con las botas limpias —está por ver si con ellas puestas—. Y no obstante, la perspectiva de estar con Sara es lo único que le dibuja una sonrisa en la cara.

Mueca que desaparece tan pronto como se levantan las barreras de acceso al recinto de la Comandancia. Antes de bajar del coche, a Bittor ya se le ha puesto el rictus oficial de guardia civil.

Las mañanas de los lunes, hoscas por naturaleza, suelen ser bastante complicadas, pero además hoy intuye que va a ser de esas jornadas que solo dejan de empeorar cuando terminan. A las ocho en punto le ha citado el comandante Viciosa para ponerle al día de los avances en la investigación, que podrían resumirse en: «Tenemos que esperar a...» y que cada uno complete la frase con lo suyo. A Bittor le irritan este tipo de encuentros porque sabe que su superior está sobradamente informado de todo, pero, al parecer, le gusta escuchar varias versiones de lo mismo para verificar los hechos. En esa tesitura, el teniente Balenziaga se limita a adoptar un tono aséptico de presentador de telediario matutino y a ser conciso hasta el extremo. Siendo optimista —o pesimista, según se mire—, calcula que no será hasta media mañana cuando estalle la bomba. El artefacto que tanto ansía recibir viene con el lazo del Instituto Nacional de Toxicología y Ciencias Forenses, y la metralla será la confirmación de que el ADN procedente de la muestra tomada de uno de los cuerpos coincide con el que tienen registrado de Eusebio de Frutos Bravo, más conocido como el Loco Eusebio.

La deflagración será de esas que dejan más heridos de muerte que muertos.

Bittor pasa por su despacho para recoger la carpeta que dejó preparada el viernes y se dirige a las escaleras para subir una planta. Saluda mecánicamente a los compañeros con los que se cruza y uno de ellos, Linares, con el que mantiene cierta amistad, le da dos golpecitos en el hombro.

—¡Ayer palmasteis otra vez! —le dice.

Primera noticia. En realidad a Bittor le importa muy poco lo que haga el Atletic, pero en la Comandancia hay que defender los colores de algún equipo si no quieres quedarte fuera de las conversaciones de café exprés.

—Estáis vosotros para hablar —contesta.

No tiene la menor idea de cuál es el equipo de Linares, pero la fórmula le suele servir para cubrir el expediente.

—Pero si vamos líderes a cuatro puntos del siguiente.

Suele servir.

—Pues disfruta, porque no tiene pinta de que os vaya a durar mucho.

Frente a la puerta del comandante Viciosa toma aire antes de llamar con los nudillos.

—Adelante —escucha.

—Con su permiso.

El comandante no levanta la vista del documento pero, como experimentado maestro de ceremonias que es, le invita a sentarse con un magnánimo movimiento del brazo.

Bittor procede y aguarda.

Armando Viciosa es el jefe territorial de la Unidad Orgánica de la Policía Judicial. «Seco» sería el calificativo que mejor lo definiría. Seco por dentro y por fuera. Fachada de hombre enjuto —las malas lenguas aseguran que solo se alimenta de las boquillas de los cigarros que fuma—, de pómulos marcados y mirada mucho más cansada que la que debería sostener un hombre de cincuenta y cuatro años; es parco en palabras, amigo íntimo del monosílabo y amante de la optimización del tiempo llevada al extremo. Su diligente sequedad y naturaleza descontentadiza es muy bienvenida tanto por sus superiores como por sus subordinados, incluido ese que ahora tiene delante y que hace como si revisara algún informe, más que nada por evitar incomodar al estar en territorio hostil.

—Buenos días —dice casi sin mover los labios.

—Buenos días, jefe.

—¿Qué me cuenta de la autopsia?

Sin adornos ni florituras. Seco.

Bittor se acomoda en la silla.

—A la espera de recibir los resultados del laboratorio, diría que lo más reseñable es que uno de los cuerpos presenta varios traumatismos en el cráneo, pero no tan severos como para establecer sin género de duda que se trate del mecanismo de la muerte. En el otro cuerpo se aprecian varias heridas de arma blanca en la dermis adherida al tejido óseo. Esto, unido a las muchas acumulaciones de sangre sin identificar encontradas en la casa, invita a pensar que se trata del tercer individuo implicado en los hechos de Urueña y que pudo morir desangrado.

—Los resultados de Madrid llegan hoy.

A Bittor le cuesta discernir si Viciosa está preguntando o afirmando, pero sí aprecia el fatalismo que arrastran sus palabras.

—Así es.

—¿Y usted qué piensa?

—Que nos van a dar un disgusto.

Viciosa asiente.

—¿Sabe en qué lugar nos coloca eso?

—En uno bastante incómodo, señor.

—Bastante —repite—. El teniente coronel Gámez me ha pedido que le informe tan pronto como lleguen. Me preocupan los medios.

—Hasta ahora parece que los han controlado bien. Lo único que saben es que se han encontrado dos cuerpos en un pinar que aún no han sido identificados.

—Hasta ahora —recalca.

Armando Viciosa lo mira esperando que Bittor diga algo.

—Si el cotejo resulta positivo, no va a quedar otra que comunicarlo. La investigación del caso no estaba cerrada porque el sospechoso seguía en búsqueda y captura. Este hallazgo, de confirmarse, lo cambiaría todo. Para nosotros y para la Policía Nacional.

—¿Ha hablado con la inspectora...?

—Robles. Sí, la semana pasada. Están pendientes de lo que les digamos.

—Dígame, con franqueza, ¿qué tal es?

Bittor acaba de averiguar para qué le ha llamado su superior esa mañana.

—Es muy diligente, muy profesional —responde Sara.

El comisario Herranz-Alfageme, apodado Copito, aunque su tez esté más cenicienta que nívea esa mañana, chasquea la lengua.

—Venga, Sara, no me jodas. La profesionalidad se le supone como el valor en la guerra. Me refiero a que si se puede trabajar con él en condiciones de transparencia.

—No sé si entiendo la pregunta. Hasta la fecha, cada vez que he mantenido algún contacto con el teniente Balenziaga se ha mostrado muy receptivo y no he tenido ningún problema. De ningún tipo —añade.

—Lo digo porque mucho me temo que nos va a tocar empezar de cero, y aunque para nosotros sea un homicidio sin resolver y para ellos tres, al delegado del Gobierno le van a sumar cuatro, al comisario provincial le van a tocar los cojones por ocho y a mí por ochenta y ocho.

Sara se tiene que pellizcar el muslo por debajo de la mesa para contener la risa.

—Mira que me parecía raro que ese desgraciado no diera señales de vida durante todo este tiempo —reflexiona el comisario.

—Sí, pero lo único consistente que teníamos era la medalla del sospechoso en el escenario del crimen y sus huellas en el arma homicida. Si se confirma que es uno de los cadáveres, no nos va a quedar más remedio que desvestir al santo y buscar a otro a quien poner los grilletes.

Herranz-Alfageme levanta las cejas, sorprendido.

—Por cierto —prosigue Sara—, la viuda del abogado Gallardo llamó para preguntar si el asunto de los cuerpos estaba relacionado con el homicidio de su marido.

—¿Y?

—La atendió Matesanz. Le dijo que se estaba investigando y que de momento no le podía decir nada. La mujer está de los nervios, lógicamente.

—Lógicamente —repite—. En su día le vendimos que teníamos al tipo que mató a su esposo, pero como después de dos años y pico nunca lo detuvimos... Pues eso —finiquita el comisario.

—Yo creo que lo que peor lleva la señora es no comprender por qué un desconocido entra en el despacho de su marido, lo tortura, lo asfixia y le desfigura el rostro.

—Cuando tengamos noticias habrá que hablar con ella.

—Ojalá tenga que encargarme de ello.

El comisario se acaricia la comisura de los labios y amusga los ojos.

—¿Y qué hay del otro cadáver? ¿Barajamos alguna teoría?

—Ninguna —concreta Bittor—. Todo dependerá de si salta alguna coincidencia con la base de datos de desaparecidos. La UCO nos va a echar una mano.

—Sí, eso lo sé porque lo he solicitado yo esta misma mañana. El problema que veo es que dependemos demasiado de que suene la flauta.

—Desearía poder decirle otra cosa, jefe.

—Ya.

Viciosa tamborilea con los dedos sobre la mesa y desvía la mirada hacia el techo.

—En lo personal, ¿cómo lleva lo suyo?

Esa no se la espera Bittor, que no tiene otra que encajar la pregunta frunciendo los labios.

—Lo llevo de la única forma que se puede llevar: con paciencia y resignación.

—¿Y los niños?

—Por suerte los ha pillado en una edad en la que solo reclaman atención y tener cubiertas sus necesidades básicas: comer y jugar.

El comandante Viciosa mastica la respuesta. Varios golpes en la puerta reclaman su atención. Se trata de la sargento Quiñones.

—Señores, disculpen la interrupción, ha llegado el informe del laboratorio.

—¡Pero no me fastidies, hombre! —exclama el comisario Herranz-Alfageme.

—Me temo que sí —responde Matesanz—. El inspector Ocerín y yo somos de la misma promoción. Es un tipo de fiar.

Visiblemente alterada por la noticia, Sara Robles se rehace la coleta y se muerde el interior de los carrillos antes de preguntar.

—¿En Valencia capital?

Matesanz consulta su libreta.

—En unas naves abandonadas cerca del cementerio de Benimaclet —lee—. Me ha dicho que ha solicitado permiso para hacernos llegar lo que tienen hasta ahora, que no es mucho porque la mujer fue encontrada ayer.

—Estamos seguros de que el asunto de los tajos en la boca del abogado no trascendió a los medios, ¿verdad?

—Segurísimos —interviene Sara, tajante—. En realidad conseguimos tapar muchos detalles. Solo se comunicó que se habían encontrado pruebas en el lugar que apuntaban a un sospechoso y que la víctima había sido torturada sin dar detalles del cómo. Que se le había practicado la sonrisa de Glasgow nunca se dijo.

El comisario se acaricia la papada, nervioso.

—¿Muerte por estrangulación? —le pregunta a Matesanz.

—Sí, y creen que lo hizo igual que con el abogado: mecanismo antebraquial.

—De tratarse de la misma persona, no puede ser casualidad que ocurra en este momento —aporta Sara—. Más de dos años después, justo cuando aparecen los cuerpos que podrían involucrarle.

—¿Quieres decir que enterarse de la noticia es lo que ha provocado que vuelva a matar?

—Digo que no puede ser casualidad. Y que lo mismo nos está lanzando un mensaje al asesinar a esa prostituta del mismo modo.

—¡Me cago en mi suerte...! —se lamenta el comisario.

El sonido del móvil de Sara reclama su atención.

—Es el teniente Balenziaga —anuncia ella mostrándoles la pantalla—. Un segundo.

—Buenos días.

Silencio.

—Muchas gracias, Bittor, estamos en contacto.

Sara Robles inspira antes de soltar la noticia.

—Confirmado: hay que desvestir al santo.

—Amén.

Amén de haber realizado ese mismo trayecto tantas veces que las Dr. Martens que lleva puestas podrían llegar al Rosabel sin la cabalgadura de su dueña, hoy es uno de esos días en que Sara siente la imperiosa necesidad de estar en cualquier lugar que no sea la comisaría. De esos días en los que echa de menos respirar aire puro de la montaña y le sobra lo demás.

En las muchas imperfecciones de la acera se han formado charcos que la inspectora no se preocupa de esquivar. Bastante tiene con eludir las balas que van a empezar a silbar cerca de su cabeza. Una sudadera azul marino con capucha y unos vaqueros ajustados complementan su atuendo. Aprisionada bajo el brazo, una carpeta de cartulina marrón y análogo contenido. A su lado y en silencio camina Álvaro Peteira, a quien ha pedido que la acompañe para equiparar sus fuerzas a las de la Guardia Civil. El subinspector eleva la mirada para encontrarse con un lienzo acerado sobre el que destacan tímidos brochazos de un azul poco esperanzador.

—¿Cuándo cayó tanta agua? —observa extrañado el gallego.

—Ni idea. Me he pasado el día mirando la pantalla del ordenador y colgada del maldito teléfono.

—Este finde que libro había previsto subirme con toda la banda a Vigo, pero me parece a mí que ya me puedo dar por jodido.

—Vete sin problema. No creo que las cosas vayan a cambiar mucho durante la semana. Esto va para largo.

—Lo mismo me da que me da lo mismo. De todos modos, va a hacer un tiempo de mierda por allí arriba. A mí la lluvia no me molesta, pero estar todo el santo día metido en casa con los niños… Casi prefiero currar, la verdad.

Sara sonríe.

—Te he escuchado hablar un buen rato con la comisaría de Valencia —dice Peteira—. ¿Qué tal es el Ocerín ese?

—Bien, pero habla demasiado y dice poco.

—¿Algo destacable?

—Sí, que como perro viejo que es, está deseando que el juzgado al que le caiga el muerto..., la muerta más bien —rectifica—, se inhiba en favor del que instruye la causa.

—Que será lo que pase en cuanto tengamos indicios de que se trata del mismo cabrón.

—Eso me temo. ¿Y sabes qué implica eso? Que si le da por seguir matando por ahí, a la comisión mixta que ahora mismo se encarga de la investigación le va a tocar tragar mierda a paladas.

—Vamos, que igual te conviene empezar a compartir piso con Balenziaga.

La mirada de Sara, huidiza, hace que su compañero ate cabos.

—¡Arrecarallo, Sara! No me jodas que...

—No, no te jodo —le corta ella.

—La madre que te parió...

—Ni una palabra, ¿de acuerdo?

Desde ese punto hasta la entrada del Rosabel, Peteira cumple a rajatabla.

Cuqui, como es su costumbre, los saluda con notable efusividad desde la barra levantando el brazo e indicando la mesa en la que, sentados, los esperan los guardias civiles. Bittor se incorpora y le regala una aséptica sonrisa a su homóloga que a ojos de Peteira resulta reveladora.

—La madre que te parió —masculla Peteira casi sin mover los labios.

Cumplidos los protocolarios saludos, Sara, botellín en mano, propone trasladar la reunión a un salón interior exento de incómodas miradas. Las de los guardias civiles convergen en Sara en cuanto se sientan. Esta le da un trago a la cerveza y se frota la cara con ambas manos.

—Tenemos otro homicidio en Valencia supuestamente relacionado con los nuestros —suelta en tono neutro al tiempo que abre la carpeta.

La foto de la víctima capta la atención de los guardias civiles. Apoyada con la espalda entre dos paredes y con la cabeza algo ladeada hacia su derecha, la imagen muestra el detalle del corte que va desde la comisura del labio hasta el pómulo.

El índice de la inspectora se posa sobre la funesta sonrisa.

—Hay una diferencia con respecto a la del abogado. Los cortes los hizo *post mortem*.

—Y a Gallardo se los hizo estando aún con vida —completa Bittor.

—¿Muerte por asfixia? —pregunta la sargento Quiñones.

—Sí. Y del mismo modo —corrobora acompañando las palabras con mímica para simular el mecanismo—. Pero lo que nos hace pensar que se trata de la misma persona es que las trayectorias de las heridas por arma blanca corresponden a un zurdo y eso tampoco trascendió a los medios.

Bittor inspira y suelta el aire muy despacio.

—Rosaura Rodríguez, venezolana, veintinueve —prosigue Sara—. Llevaba unos tres años ejerciendo la prostitución en Valencia. Sus compañeras de piso, compatriotas y también del gremio, denunciaron su desaparición el día 25. Fue encontrada el sábado por unos chavales que iban a hacer botellón a unas naves abandonadas que hay cerca de un cementerio. Creen que la mató allí mismo, aunque fue trasladada de lugar. Primero la golpeó en la cabeza, luego le rompió una rodilla con un objeto contundente, le metió algo en la boca, la maniató con una cuerda gruesa y la acuchilló nueve veces en zonas no letales.

—Menos que al abogado —aporta Peteira.

—Exacto. Después de matarla, le sacó el trapo, le quitó las ataduras y le hizo otros cortes con un cuchillo que no han encontrado. La Científica ha recogido multitud de muestras orgánicas, pero, claro, vete tú a saber cuántos yonquis van por allí, chavales, parejas... En fin. Nada de nada.

—El lunes pasado salta la noticia de los cuerpos hallados en el pinar y pocos días más tarde vuelve a matar. ¿Podría tratarse de un imitador? —pregunta la sargento.

—No —responde Sara—. Lo hemos comprobado y no hay ni una sola noticia en la que se detalle cómo fue encontrado el abogado. Solo se dice que fue torturado, no se especifica cómo. Además, el caso sigue bajo secreto de sumario.

—Pensamos que al enterarse por los medios de que su tapadera acababa de irse al carajo, el hijo de puta despertó —añade Peteira—. No puede ser circunstancial.

—No tiene pinta de que sea algo casual, no —coincide el teniente Balenziaga.

—A lo que vamos —ataja Sara—. En previsión de que esto adquiera mayor dimensión de la que nos gustaría, y de que vamos a tener que trabajar juntos, sería bueno que estableciéramos unos parámetros básicos de comunicación.

Peteira la mira con los ojos muy abiertos.

—Joder, jefa, ¿te has tragado a una ministra?

Ella se ríe y levanta su botellín, vacío.

—¿Lo mismo?

Nadie se opone. Cuqui dispone.

—Normas —retoma Sara—: antes de reportar hacia arriba hablamos entre nosotros y consensuamos. ¿Os parece?

Los guardias civiles asienten convencidos.

—Perfecto. Y a nuestra gente de prensa, cero patatero. Nos van a presionar para que les demos algo porque van a tener cientos de moscas revoloteando alrededor. Hay un montón de excrementos a su alcance y no los van a ignorar así porque sí. Tengamos mucho cuidado con esto porque si se nos escapa algo se nos puede caer toda la investigación.

—Por nuestra parte de acuerdo —interviene Bittor—. ¿Conocéis a la jueza Alonso?

—No, pero he oído decir que es de la vieja escuela —comenta Sara.

—Fundadora —concreta él—. Es de las que lo quieren todo bien mascadito, aunque lo bueno es que si necesitamos autorizaciones varias se mueve rápido.

—Más cosas. Doy por hecho que vosotros habréis llegado a la misma conclusión cuando os han confirmado que uno de los identificados es el Loco Eusebio, pero sería muy importante que supierais cuanto antes quién es el otro.

—Desde luego. Y contamos con el apoyo de la UCO. Hay que poner patas arriba la Base de Datos de Personas Desaparecidas. Estoy seguro de que tiene que haber algo ahí.

—También podría tratarse de un sin papeles que fuera socio del otro o yo qué sé —aporta Peteira.

—Como nos pongamos en plan pesimista se nos va a hacer todo muy cuesta arriba —augura Quiñones.

Cuqui irrumpe en la sala agitando un teléfono inalámbrico por encima de la cabeza.

—Para ti, Sara. Es Matesanz —informa—. Os ha estado llamando, pero en la cueva ya sabéis que no hay cobertura.

—Precisamente por eso nos metemos aquí —dice ella agarrando el terminal—. Dime.

Silencio.

El semblante de Sara se marchita.

—No me toques los… Vale. Gracias.

Sara toma aire.

—Ahora vuelvo.

El resto intercambian miradas cargadas de interrogantes.

No tarda en regresar.

Sara amplía la foto en la pantalla del móvil y lo tira sobre la mesa.

—Pero cuánto malnacido hijo de la gran puta… —resume Peteira de todo corazón.

De todo corazón le diría —si Enrique no fuera su jefe, claro—, que eso que él denomina «sala de juntas» podría ser el cuarto de la limpieza de cualquier periódico serio con redacciones normales como en las que ella ha trabajado antes de fichar por el suyo.

Eran otros tiempos.

En periodismo antes importaba el qué y el cómo, ahora solo interesa el cuándo para traducirlo en cuánto.

—Si no somos los primeros, cuando subamos la noticia ya habrá dejado de serlo. Y si no tenemos noticias, ¿cuánto podemos cobrar a nuestros suscriptores? —le ha repetido esa misma mañana.

—Los seis euros al mes que pagan de cuota ya me parecen un atraco —le habría gustado contestar en vez de asentir con la cabeza y mantener la boca cerrada.

A sus treinta y siete, Ruth Domínguez Cazón está muy lejos de considerarse alguien con firma reconocida en el mundo del periodismo, pero lo cierto es que, exprimiendo su agibílibus, en los diez años de profesión ya ha pasado por siete medios de comunicación de distinto calado. Por ello, el primer día que entró en la redacción de *Actualidad Digital* se prometió a sí misma que intentaría consolidarse de una vez por todas. Desde entonces, pandemia mediante, no ha pasado ni un solo día sin que se arrepienta de no haber aceptado cualquier otra oferta, aunque fuera menos apetitosa desde el punto de vista económico. En su tarjeta virtual figura que es redactora jefe de nacional, que es lo mismo que decir que se dedica a cambiar cuatro palabras de textos ajenos y a subirlos de inmediato después que su competencia. Eso sí, a primera hora de la mañana y a última de la tarde tiene el honor de ser convocada por su director junto a los demás redactores jefe de *Actualidad Digital*. El resto de la plantilla lo componen tres becarios y un fotógrafo que se ganaba la vida inmortalizando bodas y comuniones hasta que llegó la pandemia.

Ruth necesita otro café. Por suerte, en la entrada de la redacción, donde ya no existe recepcionista —ni falta que les hace—, hay una máquina que por cincuenta céntimos dispensa un brebaje bastante parecido al de verdad.

—Si pudieras pedir un deseo, ¿cuál sería? —escucha a su espalda.

Es Raúl, el redactor jefe de sociedad, cultura, deportes y espectáculos. Guapo no es, de hecho, no sale bien ni en sus fotos de Instagram, pero es, con diferencia, con el que mejor se lleva.

—Tendrían que ser dos.

—Concedidos.

—Que un amable compañero me invitara al café y que Enrique adquiriera el superpoder de ser conciso.

—Eso no está al alcance de este genio, pero lo que sí tengo es esto.

Le muestra un folio impreso. Ruth abre mucho los ojos.

—¡Joder, Raúl, las has conseguido!

Entradas para el concierto de Love of Lesbian del sábado. Ruth intentó comprarlas cuatro días después de que se pusieran a la venta cuando se habían agotado a las cuatro horas. Todavía sigue siendo su grupo preferido, muy por delante del resto a pesar de que la mayor parte de las canciones le recuerden a Ana, su ex.

—Uno que sabe mover los hilos —se pavonea al tiempo que le da el café.

—Te besaría ahora mismo.

—Pues yo no sé a qué estás esperando.

—A que te afeites esa barba de indigente. Pero antes de eso me tendrían que gustar los tíos.

—Teo y yo seguimos pensando que esa fachada lésbica tuya es para evitar que te tiremos los tejos.

—Jodidos neandertales...

—Pues este viernes tienes cita con este neandertal. Vamos, que Enrique y Teo ya nos están esperando.

—Qué pereza.

Cuando entran en la sala de juntas, compuesta por una mesa redonda, cuatro sillas y una máquina de agua sin agua, Teo y su jefe están atrapados por la pantalla de un móvil.

—¿Tan buena está? —comenta ella de buen rollo.

Su jefe levanta la cabeza. Por su expresión de valido consagrado en el cargo intuye que ha metido la pata. Otra vez.

—Sí, buenísima.

La foto es de una mujer con la cara desfigurada.

Y bastante muerta.

—Muerta. Hay que ser muy miserable para subir una foto así a las redes —valora Bittor Balenziaga—. A su familia, que algún día la verá, le va a encantar.

—Ha tenido que ser alguno de los chavales que se la encontraron. Está rulando a fuego en Twitter —comenta Sara.

—¿Y no se puede hacer nada para eliminarla? —pregunta la sargento Quiñones.

—Sí, los administradores de la red social de turno la borrarán —interviene Peteira—, pero cuando lo hagan será tarde porque la gente habrá hecho cientos de capturas de pantalla y la estarán enviando a sus grupos de colegas por

WhatsApp. A estas alturas esa foto estará en miles de teléfonos.

Sara apura su cerveza.

—Es justo lo que necesitábamos —concluye con sorna—: revuelo social. A los jefes les va a encantar. Mañana fijo que tenemos de visita sorpresa al subdelegado del Gobierno. En fin, mierda —concluye—. Yo me subo ya, que todavía tengo cosas que hacer.

—¿Me vas a necesitar para algo? —pregunta Peteira.

—No, márchate. Me encargo yo de esto —dice ella señalando los cadáveres de vidrio que han quedado sobre la mesa.

—La primera ronda está pagada —apunta el gallego.

—Pues más barato me sale.

—Nosotros la siguiente —informa Bittor.

—Estamos en contacto —se despide Sara.

—Un segundo.

Ambos se apartan unos metros. Peteira y Quiñones salen.

—¿Te apetece que nos veamos hoy?

—Hoy no es buen día, Bittor.

Este reacciona rápido.

—Sin problema. Hablamos mañana.

Al girarse, Bittor nota una presión en el brazo.

—Sobre las diez estaré en casa, cerdo.

Y más como una foca domesticada que como un cerdo, Bittor no oculta su felicidad.

No oculta su felicidad, Enrique del Caz Simón, director de *Actualidad Digital.* Ha pasado del estupor al entusiasmo en una sola llamada: la que acaba hacer a su contacto en el Cuerpo Nacional de Policía de Valencia, que para más señas se trata de su cuñado Alberto. En los primeros nueve minutos y ocho segundos le ha dicho por activa y por pasiva que no puede decirle nada sobre el asunto que ya se ha hecho viral en redes sociales. Han sido los dos minutos y cuarenta segundos finales los que le han bastado para tomar la decisión que se dispone a comunicar en ese momento.

—Bueno, vamos a ver, escuchadme bien —reclama mostrando las palmas de las manos, sudadas—. Esto puede ser la bomba. Puede ser no, lo es. Claro que lo es. Me ha dicho que están investigando una posible relación entre este asunto y otros dos casos ocurridos en Valladolid. Uno de un abogado que encontraron muerto en noviembre del 2019 con la misma firma —dice trazando una línea de la comisura de la boca a la oreja— e idéntico mecanismo de muerte. Pero ahí no queda la cosa. Creen que, ojito con esto, ambos podrían estar conectados con los dos muertos esos que encontraron el otro día en no sé qué pueblo de la provincia de Valladolid.

—La Santa Espina —completa Ruth.

—Donde sea. Muy heavy, ¿no?

—¿Y sabemos cuál es esa conexión? —pregunta Ruth.

Una sonrisa se ensancha en la boca de Enrique.

—Lo sabemos. Han confirmado que uno de los muertos es el único sospechoso que tenían de haberse cargado al abogado de Valladolid.

—¡Coño! —se exalta Raúl—. ¿Y el otro?

—Están en ello. Resulta evidente que no van a sacar a la luz nada de esto, pero nosotros ya lo sabemos, así que vamos a poner la maquinaria en marcha echando virutas —dice Enrique dando otro entusiasta manotazo en la mesa.

Los demás se miran extrañados.

—Es nuestra gran oportunidad. Ruth, tú eres de allí, ¿no?

La aludida bizquea al tiempo que gana distancia.

—De allí, ¿de dónde, de Valladolid?

—Eso pone en tu currículum.

—Sí, nací allí, pero me vine a Madrid a los catorce años.

—Pero tienes casa, ¿no? Eso te escuché decir el otro día.

—Sí, la de mis abuelos.

—Pues listo. Mañana te vas a Valladolid. Además, la noticia pertenece a tu sección.

—Sí, pero...

—¡Ni peros ni leches benditas! Es la exclusiva que estábamos esperando para poder sacar la cabeza. ¡¿Es que no lo veis?! —pregunta mirando a Teo.

—Por supuesto. Puede ser el bombazo del año en cuestión de sucesos. Y si nos movemos rápido puede ser nuestro.

Otro manotazo.

—¡Ahí está la clave! —le señala exaltado—. En la rapidez. Ruth, tenemos que ser muy ágiles y discretos. Es tu momento.

Ahora empieza a chasquear los dedos.

—En esta profesión hay trenes que solo pasan una vez. Este es el tuyo y te toca subirte en marcha. ¿Te vas a subir o vas a mirar cómo se aleja de la estación?

Ruth solo es capaz de pronunciar un monosílabo que se queda flotando en el espacio de la ambigüedad.

—Sí.

—¿Sí qué?

—Que sí lo voy a coger —aclara Ruth.

—Más te vale, porque, de otro modo, este tren —se señala varias veces con el pulgar— te va a pasar por encima.

ACRÓBATAS: COMO LOS ADJETIVOS, ASUMEN RIESGOS PARA IMPRESIONAR A LOS LECTORES

Consulta de la doctora Velasco (Madrid)
Dentro de dieciséis días

Se preparará un café antes de sentarse delante del Mac que tiene en su despacho. Que él se haya marchado le hará sentirse más segura, aunque solo unos minutos antes habrá dejado de preguntarse cómo es posible que no se haya dado cuenta. Paradójicamente, el hecho de que la doctora Velasco lo haya visto tan claro de forma repentina será lo que la empujará a revisar el expediente completo que tiene bien guardado en el disco duro, como todos los demás.

Intranquila, se llenará los pulmones antes de clicar sobre la carpeta. Esta contiene varios archivos, pero más que sus anotaciones, a la doctora le interesa volver a escuchar los audios de las sesiones, unas grabaciones que solo lleva a cabo con el permiso firmado del paciente, como es el caso.

—Rodríguez López, Álvaro. Sesión n.º 1, 4 de enero de 2018, a las diecisiete horas —leerá para sí—. Esta es.

Paz Velasco sacará su bloc de notas del primer cajón y anotará en mayúsculas su nombre.

Clic.

—Estamos grabando. Póngase cómodo, por favor.

—Gracias.

—Usted dirá, ¿en qué puedo ayudarle?

—En realidad, el motivo por el que estoy aquí no tiene que ver tanto conmigo como con mi profesión. Soy escritor, sobre todo, de novela negra.

—Claro, por eso me sonaba su apellido. Siento tener que reconocer que no he leído nada suyo. Mi tiempo de lectura lo dedico a cosas como las que tengo a mi espalda.

Se escuchará un fuerte carraspeo.

—Ya veo. El caso es que no hace mucho que he empezado a escribir mi siguiente novela y tras varias semanas de deriva me he dado cuenta de que el único camino de mejora que puedo explorar tiene que ver con el personaje que protagoniza mis libros. Se llama Suso y, resumiendo mucho, le diré que va de un asesino en serie que mata por placer.

—Entiendo.

—He leído que usted es especialista en tratar trastornos de la personalidad y tiene estudios en criminología.

—Así es.

—Mi intención es que usted pueda ayudarme a comprender mejor a Suso, no sé si me explico.

—Sí, a la perfección. No es lo habitual, de hecho, es la primera vez que me piden algo similar.

—Sería de forma remunerada, por supuesto, como si Suso fuera un paciente más.

Silencio.

—Está bien, al menos podemos intentarlo.

Clic.

La doctora Velasco detendrá la reproducción y la hará retroceder para averiguar cuánto ha durado ese silencio durante el que tomó una decisión de la cual, tiene toda la pinta, se va a arrepentir. Una segunda hipoteca de la casa que se acababa de comprar tuvo parte de culpa, pero más que el dinero pesó el reto de enfrentarse a algo nuevo.

Paz resoplará y adelantará unos minutos la grabación. Se escuchará decir:

—Por supuesto, la violencia está presente en la historia evolutiva del ser humano. Matamos por diferentes motivos: por protección propia o ajena, para obtener algún beneficio físico o psicológico, o bien por no saber controlar pulsiones tan básicas y tan habituales como son la codicia, la lujuria, la ira, los celos o el orgullo. Usted me ha dicho que su protagonista mata por placer. ¿Placer sexual?

—Podría decirse que sí.

—¿Podría decirse?

—Digamos que Suso está inmerso en un proceso evolutivo del que le hablaré más adelante, pero me interesa eso de la violencia. ¿Cree usted que los seres humanos estamos programados para matar?

—Programados no, capacitados sí. Por suerte hemos evolucionado como especie. Si analizamos nuestro comportamiento en la prehistoria, vemos que nuestros antepasados mataban, violaban e incluso se alimentaban de otros individuos de su misma especie igual que lo hacían otros depredadores. La violencia era, por tanto, parte de la supervivencia. Se estima que en la Edad Media más del diez por ciento de los seres humanos murieron a manos de otros hombres. En la actualidad, aunque hemos reducido este ratio de forma considerable, los homicidios siguen causando muchas más muertes en el planeta que la suma de todos los conflictos armados, y somos, con mucha diferencia, la especie que más mata.

—Interesante.

—Espeluznante, diría yo.

—Bueno, hay que asumir cómo somos y, tal y como usted ha argumentado, la violencia ha estado presente durante nuestro proceso evolutivo. Lo que sí podría considerarse espeluznante es que se llegue a disfrutar ejerciendo la violencia como le sucede a Suso. Y en este punto lo que me interesa saber es por qué esto les sucede a unos y a otros no.

—Por suerte, los que disfrutan ejerciendo la violencia sobre los demás son minoría.

Se escuchará una risa.

—Sí, sí, por suerte, por suerte. Pero, respóndame, por favor.

Clic.

La doctora Velasco detendrá la grabación en ese instante y resoplará de nuevo varias veces mientras escribe en su bloc: «Lo del personaje es una excusa. En realidad quiere conocerse a sí mismo».

Clic.

—No es en absoluto sencillo de explicar. De hecho, no existe unanimidad de criterio entre los que han estudiado a fondo la maldad como condicionante del comportamiento humano y entendida como la búsqueda constante del beneficio propio en detrimento del bienestar de los demás.

—Me interesa más su opinión que la de los expertos.

Silencio.

—El funcionamiento del cerebro humano es muy complejo. Digamos que la bondad y la maldad conviven dentro de todos nosotros, lo cual, como decía antes, nos capacita para ejercer distintos tipos de violencia sobre quienes nos rodean. En la corteza prefrontal se encuentran los inhibidores de determinados comportamientos, y es cierto que en nuestra sociedad convivimos con personas que, digámoslo así, la tienen desconectada. Ello les impide empatizar con las emociones de otros, y esa deshumanización les predispone con más facilidad hacia comportamientos antisociales. Pero, ojo, eso no significa que se vayan a convertir en asesinos en serie, solo que tienen una inclinación hacia la violencia más marcada.

—Sí, eso lo sé. Hay psicópatas que nunca llegan a convertirse en criminales.

—Es que hay muchos grados de psicopatía, pero si contamos con un sujeto que no procesa las emociones ajenas, y a esto le sumamos que tampoco le funciona la amígdala de manera correcta...

—¿La amígdala?

—Es una estructura neuronal localizada en la parte interna de los lóbulos temporales. Entre otras funciones, es la encargada de procesar el miedo y, si no funciona como debe, provoca que se tenga querencia a tomar decisiones sin valorar las consecuencias.

—Eso me gusta.

—¿Le gusta?

—Me refiero a Suso. La ausencia de miedo como un elemento que marque su personalidad puede darme mucho juego.

—Sin duda. La ausencia de miedo combinado con la falta de arrepentimiento son las dos piezas principales de una bomba de relojería con la cuenta atrás en marcha.

—¡Bravo! ¡Esa frase me la apunto!

Clic.

La doctora Velasco anotará: «Se muestra muy entusiasta cuando identifica elementos que definen su personalidad».

Soliviantada, arrastrará la barra del archivo de audio casi hasta el final.

Clic.

—... reconocerlos por su aspecto físico es imposible, aunque en su día algunos como Cesare Lombroso se empeñaron en ello. Solo puede hacerse por las características principales que marcan su conducta.

—¿Y cuáles serían?

—Podría enumerarle muchas, pero no todas están presentes en una misma persona ni se manifiestan con la misma intensidad.

—Por favor.

—El egoísmo extremo, la capacidad para manipular, la falta de remordimientos, la admiración desmesurada por uno mismo, la ausencia de empatía, la búsqueda continua del reconocimiento social, la tendencia a...

—Un segundo, un segundo. ¿Cómo es posible que alguien que odia la sociedad en general y actúa contra ella necesite el reconocimiento social?

—Porque está convencido de que es superior al resto y la mejor forma de probarlo es con el reconocimiento.

—Ajá.

—Tendencia a infligir dolor físico o psicológico como medio de obtención de placer y...

—¡Ahí quería yo llegar! ¡Ese es Suso! Un sádico muy peligroso, el cabrón.

—Cuidado, porque en ocasiones se confunde el sadismo con el homicidio sexual.

—Explíquese, por favor.

—Dígame: ¿su personaje busca satisfacerse sexualmente y por ello ejerce la violencia o bien lo hace como único medio para obtener gratificación sexual?

—Lo segundo.

—Entonces sí, Suso es un cabrón muy peligroso.

Se escuchará una carcajada.

—Me gustaría profundizar en este asunto.

Silencio.

—Claro, pero tendrá que ser otro día porque en cinco minutos tengo a otro paciente.

—Dígame cuándo.

Clic.

Los siguientes minutos los consumirá navegando en internet en busca de noticias sobre los asesinatos del que llaman el «Torturador Risueño».

—Cómo he podido estar tan ciega —dirá antes de anotar y subrayar: «Posible trastorno de identidad disociativo».

Antes de clicar en el audio de la siguiente sesión, la doctora Velasco se sentirá tentada a llamar a un colega para compartir sus cuitas, pero resolverá que aún necesita solidificar su extraña teoría.

Teoría y práctica se abrazan en Las Seiscientas. En teoría es la barriada más deprimida y deprimente de Cartagena y en la práctica lo es.

Allí, en un piso desvencijado vive Aicha, una mujer de origen mauritano que llegó a España hace nueve años en una patera procedente de la vecina Marruecos. Cuando arribó a la costa almeriense traía la cabeza llena de sueños y en su vientre ya latía el pequeño corazón de Mariam. Su prima Fati, que había cruzado el Estrecho cinco años antes en el mismo estado, le había asegurado que las leyes españolas no permitían que se deportara a mujeres en proceso de gestación. Comprobó que no mentía cuando la ingresaron en un centro para mujeres migrantes, donde aguardó la llamada de la naturaleza. Seis meses más tarde y a la espera de regularizar su situación con las autoridades españolas, Aicha se trasladó a Murcia para encontrarse con Fati, pero no halló más que miseria, una adicción a la cocaína que pagar y tres bocas que alimentar. Su prima se lo dejó muy claro: o aportaba o tendría que buscarse otro techo. Fati se ganaba la vida haciendo la calle y había semanas que ganaba el doble de lo que su padre llevaba a casa después de faenar en alta mar durante más de un mes. Decidió probar, no obstante, como jornalera en una de las muchas huertas de la provincia murciana y al principio todo funcionó razonablemente bien a pesar de las catorce horas que pasaba sin ver a su pequeña. La flexibilidad de horarios de la ocupación de Fati les facilitaba la alternancia en el cuidado de los niños, hasta que su prima cambió la coca por el caballo y las cosas empezaron a torcerse. Una tarde, cuando llegó a casa, se encontró a Fati sumida en un profundo viaje astral y a su hija Mariam trepando a un macetero del balcón desde el que bien podría precipitarse al vacío. Montó en cólera, y antes de que se le pasara el colocón a su prima, Aicha había hecho las maletas y estaba en la estación de autobuses sin saber adónde ir, pero con su hija a salvo, apretada contra el pecho.

No es el instinto maternal sino la angustiosa sospecha de haber cometido un grave error lo que hoy, 28 de marzo de 2022, oprime el pecho a Aicha. Una voz que proviene de su interior y que le lleva susurrando hace un buen rato que no tenía que haberse dejado convencer por el tipo que tiene frente a ella.

La voz le dice que no hay lujuria en sus ojos, hay algo más.

Hay algo siniestro.

Algo que le da miedo.

Pero resulta que la noche pintaba tan mal como las dos anteriores y Aicha no podía permitirse perder esa oportunidad. Además, hacía mucho tiempo que no le tocaba lidiar con alguien que no le generara rechazo. De hecho, al subirse a su coche y verle la cara le asaltó la imagen del actor que llamaban Denver en la serie *La casa de papel,* pero en rubio, muy alejado del prototipo de hombre con el que suele tratar. También le gustó que le explicara en un tono suave y calmado que era su estreno con una chica de la calle, y que no le importaba pagarle más con tal de que fueran a un lugar más íntimo que el descampado donde suele trabajarse a los clientes que capta en las inmediaciones del puerto.

Ahora tiene la sensación de que esos dos billetes de cincuenta que puso a buen recaudo en su cartera le pueden salir muy caros. Diría incluso que, aunque no han sido pocas las ocasiones en las que le ha tocado tragar bilis y orgullo, es la primera vez que se arrepiente del instante en que el hambre y la desesperación le hicieron tomar la decisión de dedicarse a lo mismo que su prima Fati, pero sin meterse mierda por la nariz. Al principio no le extrañó que el tal Suso insistiera tanto en mantenerse alejado de posibles miradas —son mayoría los hombres casados que requieren sus servicios—, si bien, en el barrio donde ella vive, muy pocos son los que se atreven a salir a la calle a esas horas. Y los que lo hacen no están en condiciones de acordarse de nada en absoluto. Sí le llamó la atención que insistiera en aparcar a varias calles de su casa y que se cubriera la cabeza con la capucha de la sudadera en cuanto bajó del coche. Sin embargo, no ha sido hasta que le ha invitado a entrar en su apartamento cuando ha empezado a notar que se le secaba la boca. Con la excusa de asearse se ha metido en el baño y al regresar con la idea de deshacerse de él se lo ha encontrado en calzoncillos asediándola con la mirada.

—Bueno, ¿entonces qué? ¿Te vas a quitar la ropa de una vez? —le pregunta él.

—Cariño, tú me vas a perdonar pero es que yo estoy mala hoy, ¿tú entiende? Mala de aquí abajo. —Se señala.

Él no parece acusar recibo de la noticia.

—¿Es por esto?

El hombre le muestra su atrofiada mano derecha. Ya se había fijado en esa especie de garra suya con la que sujetaba el volante, pero no es eso lo que alimenta su estado de alarma.

—No, no. Yo es que estoy mala de abajo de verdad. Me acaba bajar ahora, mira de verdad que lo siento. Te devuelvo yo tu dinero, tú te marcha y todos tan contentos.

Él se limita a sonreír. Luego alarga el otro brazo y hunde los dedos en su voluminoso peinado.

—No te tienes que preocupar por eso, preciosa. No soy escrupuloso.

Aicha duda.

Puede que su instinto le esté jugando una mala pasada.

Puede que solo se trate de un tipo de mirada extraña y ganas de pasárselo bien.

Puede que mañana después de recoger a su hija Mariam donde su amiga Jessy, se pase por el mercadillo a comprarle ropa nueva, que falta le hace.

Pero es la presión creciente que nota en su cuero cabelludo lo que la impulsa a mantenerse firme en su decisión.

—No, de verdad. Prefiero que tú marchas ahora —le dice endureciendo el tono.

Lo siguiente que ocurre le sirve para corroborar sus sospechas.

No sabe cómo lo ha hecho, pero el hombre se ha colocado a su espalda, le ha rodeado el cuello con el brazo y no consigue respirar. Intenta liberarse con todas sus fuerzas, pero su metro cincuenta y cuatro y sus cincuenta kilos de peso nada tienen que hacer frente a la corpulencia del hombre que ella ha metido en su casa. Apenas es capaz de emitir ridículos sonidos que no van a llegar a los oídos de nadie; sin embargo, no es hasta que sus pies dejan de tocar el suelo cuando toma conciencia de la situación: va a morir. Aun así, Aicha sigue retorciéndose en su empeño por zafarse.

—Déjate llevar, es lo que más te conviene —oye.

La voz suena dulce y el tono es almibarado, casi paternalista.

Con la vista nublada por la falta de oxígeno y los pulmones al borde del colapso, Aicha cierra los ojos. En el interior de sus párpados puede ver el rostro sonriente de Mariam y eso la relaja durante los cuatro segundos que tarda en apagarse su cerebro.

Su cerebro es de esos que tienen querencia a la indagación cotidiana como vía principal de conocimiento. Por ello, Bittor no puede evitar formular la cuestión:

—Siempre me he preguntado qué coño guardas en el altillo.

Tumbados boca arriba, enfangados hasta la cintura en la fase de disforia poscoital, Sara inclina la cabeza para conectar con Bittor.

—Tan fácil como preguntármelo —le dice ella.

—¿Qué coño guardas en el altillo?

—¿Y a ti qué coño te importa?

Silencio.

—La verdad es que me importa más bien poco. Era solo curiosidad.

Sara sonríe de forma maliciosa.

—Ahí arriba meto cosas inservibles que no quiero tener a la vista, pero de las que no soy capaz de deshacerme.

—Ya entiendo. Guardas todo eso que una madre tiraría a la basura sin pensárselo dos veces.

—Supongo. Yo conservo muy pocos recuerdos de mi madre. Diría que ni siquiera son míos, sino que son escenas que yo he recreado en mi mente a partir de las anécdotas que me ha contado mi padre. Yo era muy pequeña cuando ella murió.

—Debió de ser duro.

—Sobre todo para él. Se empeñó en no dejar salir el dolor para que no me afectara a mí, pero algunas noches lo oía llorar desde la cama.

—¿Qué tal te llevas con él? ¿Cómo se llama, por cierto?

—José María. Tenemos buena relación, pero él está muy conectado a la montaña y a mí me cuesta mucho agarrar el coche y plantarme en Jaca. Hablamos por teléfono de vez en cuando y nos ponemos al día.

—Yo a mis padres los veo más, pero en mi familia no se lleva eso de hablar las cosas. Ni siquiera me han preguntado qué me pasó con Izaskun.

—Eso no quiere decir que no les importe.

—Ya, pero a veces un «necesitas algo» llena más que un «qué bien te veo, chavalote».

—¿Necesitas algo?

—Lo que necesitaba ya me lo has dado.

—Cerdo.

Bittor se concede unos instantes para aliviar con disimulo un incómodo picor localizado en la bolsa escrotal. Tirando de un manual jamás escrito, hace uso del índice y el pulgar para frotar la zona afectada.

—¿Pica? —indaga Sara.

—Ya no. Por cierto, de camino me ha llamado Verónica para decirme que alguien de un medio, digital no sé qué más —define—, ha contactado con nuestro gabinete de prensa para decirles que tienen información que relaciona el homicidio de Valencia con los de Valladolid.

—Venga ya.

—Viciosa estaba que se subía por las paredes.

—¿Y qué es lo que saben?

—Ni idea, pero Viciosa quiere que lo averigüemos por si tenemos una filtración, así que han accedido a mantener un encuentro con la periodista.

—Pufff, lo primero que te va a decir es que no puede desvelar sus fuentes y bla, bla, bla, blu, blu, blu. Ellos no van a compartir lo que saben sino a completar lo que no saben. Te van a marear, Bittor.

—No, a mí no. Se lo he encasquetado a Verónica, que es más hermética que un submarino nuclear ruso.

El guardia civil consulta la hora en su móvil.

—Joder, es casi la una —dice al tiempo que se incorpora de un salto.

Sara se percata de que no había notado el buen desnudo que tiene de espaldas. Quizá sea ese el motivo que la empuja a lanzarle una propuesta que está a punto de convertirse en el tercer error que comete en poco más de una semana.

—Quédate si quieres.

Bittor se da la vuelta, extrañado, y ladea ligeramente la cabeza.

—¿Estás segura?

—Solo si tú quieres.

De nuevo el picor localizado en el mismo lugar. Esta vez aguanta.

—No, mejor no.

Sara parpadea tres veces mientras observa cómo él se agacha para recoger sus pantalones del suelo. De repente se detiene, la mira y compone una mueca que pretende ser burlona.

—Era broma —dice—. Me gusta el riesgo.

—Las acrobacias para los acróbatas, soplagaitas. Y quítate esos ridículos calzoncillos.

Bittor se cuadra.

—¡A sus órdenes!

A ella le hace gracia.

—¿Sabes? Llevamos un tiempo acostándonos, quizá haya llegado el momento de probar cosas nuevas, no sé, de experimentar.

Experimentar se ha convertido en una obligación.

Ahora sé que nunca hubo otra forma.

Ahora lo veo.

Otra media pastilla me ha ayudado a comprenderlo. Normalmente el Eme prefiero consumirlo en cristal, que sé que el índice de pureza suele ser más alto, pero tenía algunas Starbucks muertas de la risa en la maleta y no me ha parecido mala noche para enchufármelas.

Siento como si hubiera nacido algo dentro de mí. Como si antes solo hubiera sido larva y hoy mariposa. O ciempiés, qué más da. Me siento bien. Mejor que bien. Renacido en un huerto plagado de muertos. Único. Poderoso por derecho propio. Reafirmado en mis anhelos. Recompuesto de daños estructurales. Recargado de combustible vital. Es como si yo mismo hubiera rajado mi propia placenta para liberarme. Liberarme de mis miedos, de mis inseguridades. De todo lo vacío que tanto pesa. De todo lo pesado que se vacía en mis tripas rebosantes de heces. De mi falso reflejo. Pero ya he hecho añicos el espejo y ahora vuelo. Y desde las alturas me veo. Acartonado en la esquina de cualquier basurero. Me señalo y grito: ¡qué feo! Me mareo. Es tanta la emoción que me embarga que ni siquiera aleteo. Planeo. Surfeo las corrientes de aire que me agitan por dentro. Es entonces cuando lo recuerdo. Las palabras de la doctora Velasco son disparos certeros. No existe un modo mejor de conocerse que experimentar. Errar un millón de veces antes de acertar. Lo tenía delante, pero siendo larva de perpetua ceguera no estaba capacitado para entender lo que pasaba fuera. Y pasaba que mis instintos, incompletos y exiguos, despilfarradores de veras, no podían domarse sin haber sido cabalgados siquiera.

Pero esta noche todo ha cambiado.

Estaba a punto de alcanzar el clímax cuando algo hizo que la soltara. Eyaculé un poco sin querer cuando la vi caer desmadejada. ¿Por qué precipitarse? ¿Por qué no alargar el disfrute? ¿Qué me impedía probar cosas nuevas?

Y eso he hecho.

A Aicha la he reanimado ya cuatro veces y en todas he vivido emociones distintas. La contención es la clave. Detenerme justo en el instante en el que estoy a punto de derramarme. Es ese placer agónico el que lo cambia todo. Pero ya está amaneciendo y no puedo dilatar más mi presencia aquí. De hecho, ahora me arrepiento de no haber sabido controlar esa cruel tuneladora que es el tiempo. Al margen, Aicha ya no puede más y estoy convencido de que desearía haber muerto hace unas cuantas horas. Ella no tiene la culpa de que el destino haya querido que nuestros caminos se cruzaran. Es más, diría que en cierto modo la quiero. No es un sentimiento convencional, no. Es el efecto máximo que puedo generar hacia otra persona que, si bien no se produce de forma voluntaria, me causa mucho placer.

No puedo no amarla.

—Bueno, querida, ahora sí, llegó el momento —le anuncio al tiempo que me quito los guantes.

Aicha, atada de pies y manos y con un paño de cocina en la boca, deja caer la mirada al suelo, aliviada.

Me toca a mí aliviarme y estoy igual de nervioso que un adolescente en su primera cita con el sexo.

Qué estúpido.

En cuanto me vuelvo a colocar a su espalda y empiezo a aplicar presión sobre su garganta, noto que mi polla vuelve a cargarse de vigor. Creo que nunca me he sentido tan poderoso. Sé que voy a sufrir el mayor orgasmo de mi vida y, aunque necesito que llegue ya, prefiero que la presa se vaya resquebrajando poco a poco. Al abrirse las primeras vías aprieto muy fuerte los párpados y, no sé por qué, abro la boca como si de esta manera resultara más sencillo gestionar el caudal que está a punto de desbordarse entre mis piernas. Notar las convulsiones que se adueñan del cuerpo de Aicha provoca la fractura definitiva. Por un instante siento que no voy a poder soportarlo y sin embargo deseo que jamás termine esta explosión de placer que amenaza con partirme en dos el corazón. Quiero gritar, pero sé que no debo y me aferro al cuerpo de Aicha como si fuera mi salvavidas en esta tormenta perfecta.

Me hundo.

Toco fondo.

Desconozco cuánto tiempo tardo en regresar a la superficie, pero la primera bocanada de aire que llena mis pulmones la noto enrarecida, viciada. No es hasta que consigo recuperar el control que, al notar mis mejillas humedecidas, me percato de que he llorado. Increíble. No recuerdo la última vez que funcionaron mis lagrimales. Entonces me agacho frente a Aicha y la agarro por el mentón para levantarle la cara.

—Mil gracias, cielo —le digo con total sinceridad—. Ahora te arreglo.

En la cocina encuentro el cuchillo que necesito y no invierto más de un minuto en fabricar la sonrisa que se ha ganado con tanto merecimiento. La desato y, enfundado de nuevo en mis guantes, cargo con ella para acomodarla en el sofá.

—¿Así mejor? Me tengo que marchar. Un placer, Aicha.

En menos de diez minutos lo dejo todo en perfecto estado de revista.

Sucede justo cuando estoy dando el último vistazo para asegurarme de que no dejo nada de mí en esta pocilga.

Risas al otro lado de la puerta.

—Verás qué sorpresa se va a llevar tu mamá —escucho.

Tintineo de llaves.

El tiempo y yo nos detenemos al unísono. El corazón me golpea en el pecho justo en el momento en que oigo cómo una llave entra en la cerradura. Reacciono. Pego la espalda contra la pared que oculta la puerta. La adrenalina en ebullición hace que se tensionen todos los músculos de mi cuerpo al tiempo que oigo pasos acercándose por el pasillo.

—¡Buenos días, Aicha! Soy yo, la Jessy, que nos hemos olvidado la mochila de Mariam y...

Tan pronto como traspasa el dintel cierro la puerta; se cincela en su rostro una expresión de sorpresa que ni siquiera doy tiempo a que se metamorfosee en miedo. Antes de que pueda mirarme la agarro con ambas manos por la cabeza y la golpeo una y otra vez contra un saliente de la pared. Hasta que no oigo el crujido no cejo en el empeño y se desploma como si jamás hubiera caminado erguida. Tirada en el suelo, el brillo que aún conserva en sus ojos inermes logra captar mi atención durante unos segundos, y es quizá por ello que no percibo una presencia hasta que me doy la vuelta y me encuentro con su estupefacta mirada.

Una niña de unos cinco años paralizada por completo. Solo tirita y bajo sus pies crece un charco de orina.

—No me lo puedo creer —farfullo.

EQUILIBRISTAS: ESPECIALISTAS EN DESAFIAR LAS LEYES DE LA GRAVEDAD ARGUMENTAL

Comandancia de la Guardia Civil (Valladolid)
29 de marzo de 2022

Espere ahí, por favor —le indica el funcionario, atrincherado tras el cristal.

Llega doce minutos tarde. Ha salido con el tiempo muy justo, cierto, pero Ruth Domínguez no esperaba comerse tantos atascos en el centro. Recordaba el tráfico de Valladolid mucho más fluido, aunque ha sabido sacar provecho a tener que detenerse en tanto semáforo para terminar de maquillarse.

Duda entre sentarse o no, si bien donde debería acoplar sus posaderas es en un retrete, incomodidad que debe agradecer a su jefe y a su muy inoportuna idea de llamarla a primera hora para repasar la estrategia a seguir, impidiendo que cumpliera con su cita intestinal matutina.

—Les dices que *Actualidad Digital* está dispuesto a colaborar siempre y cuando ellos colaboren con nosotros —le ha insistido Enrique por enésima vez.

¿Y qué demonios significa eso? Bastante ha avanzado ya al lograr que la reciba alguien de Homicidios en vez de derivarla al gabinete de prensa de la Benemérita, frontón en el que rebotaría cualquier posibilidad de éxito. Ella tiene otros métodos que no contemplan la amenaza como carta principal de la baraja. De hecho, el primer dogma que figura en su particular manual de las buenas maneras, orientado a la obtención subrepticia de información, dice que tiene que mostrarse cercana y amable.

De repente, Ruth se da cuenta de que no ha cumplido con uno de los imperativos presentes en este tipo de situaciones: comprobar que lo que ella sabe solo lo sabe ella. Saca su móvil del bolso y teclea en el navegador: «Homicidio Valencia». Las dos primeras noticias no hacen mención alguna de una posible relación con los crímenes de Valladolid.

Eso le gusta.

—¿Señora Domínguez Cazón?

Ruth levanta la cabeza. Una mujer de uniforme. Eso también le gusta.

Y mucho.

—Señorita que aún estoy soltera y sin compromiso —responde sonriente ofreciéndole la mano al tiempo que se arrepiente de haber soltado semejante parida.

—Sargento Quiñones —se presenta estrechándosela con asepsia.

Tiene unos rasgos bonitos —juzga a primera vista—, pero no se atisba ni rastro de cercanía y amabilidad en su semblante. Eso sí, camina como si la estuvieran persiguiendo, ritmo inalcanzable para la periodista y sus tacones.

Al llegar a una sala la invita a pasar y le ofrece agua o café, lo cual podría considerarse como un gesto amable. Pediría uno solo, pero no quiere despertar al dragón marrón que habita en su sistema excretor.

—Agua, gracias.

Vaso de plástico y temperatura ambiente.

Asco máximo.

—Usted dirá.

Ruth abre su cuaderno de notas y juega con el Tibaldi que le regaló su penúltima pareja.

—Como le hemos comunicado a su gabinete de prensa a través de nuestro director, contamos con una fuente fiable que nos asegura que el asesinato de Valencia y los de Valladolid están relacionados.

—Homicidios —la corrige.

—Eso.

—No es lo mismo.

—Ya lo sé. Ha sido un lapsus.

La sargento Quiñones arruga la nariz como si estuviera percibiendo un olor raro.

—No le voy a preguntar por la identidad de su fuente fiable, no es de nuestra incumbencia, pero sí sobre posibles evidencias que prueben sus sospechas.

—La firma es la misma.

Verónica Quiñones gana distancia, extrañada.

—¿Qué firma?

—La del asesino.

—Homicida, en tal caso.

—Eso.

—¿Otro lapsus?

—Usted ya me entiende.

—No, lo cierto es que no sé a qué firma se refiere.

Ahora es Ruth la que chasquea la lengua, incómoda. Pero nada tiene que ver su reacción con lo que está pasando en esa sala, sino con lo que no está sucediendo en su intestino grueso, que a esas horas debería de estar vacío y no lanzando continuas llamadas de auxilio a su cerebro.

La llamada del dragón marrón.

La periodista traga saliva para sobreponerse.

—Lo llaman la sonrisa de Glasgow. Consiste en practicar un corte desde la mejilla —prosigue repitiendo el gesto que le vio hacer a su jefe— hasta la oreja. Nos han asegurado que Darío Gallardo, el abogado que fue hallado muerto en noviembre de 2019 en su despacho de la calle Santiago, tenía los mismos cortes que Rosaura Rodríguez, la mujer que acaban de encontrar en Valencia. Ah, y con idéntico mecanismo de muerte —añade leyendo la anotación que tiene en el cuaderno.

Al levantar la vista comprueba que el semblante de la sargento se ha acorazado. No va por el camino que quería, pero va.

—Los casos que menciona no son competencia de la Guardia Civil.

—Pero sí lo son los dos cuerpos que desenterraron el otro día en el pinar de La Santa Espina, ¿no?

—Sí, esos sí.

—¿Y uno de ellos no corresponde con el de un hombre que andaban buscando? ¿Un tal... Loco Eusebio, sospechoso de haber cometido el asesina... el homicidio del abogado y el de otro hombre en Urueña, población que, casualmente —enfatiza—, se encuentra muy cerca de La Santa Espina y que se produjo justo una noche antes que el otro?

La sargento entorna los ojos.

—No puedo confirmar esa información.

—Ni desmentir.

—Tampoco. En ambas investigaciones se ha decretado el secreto de sumario.

Ruth deja el bolígrafo sobre la mesa. Un nuevo retortijón la fuerza a tomarse unos segundos antes de darle la réplica a su interlocutora.

—El secreto de sumario afecta a las partes implicadas en la investigación, no a nosotros.

Verónica Quiñones se limita a sostenerle la mirada.

—Si publican eso, señorita Domínguez, podrían entorpecer una investigación que está en proceso y que, además, se encuentra en un momento muy delicado. Es su responsabilidad decidir si quieren sacar a la luz información no contrastada ni confirmada por la policía ni la Guardia Civil.

—Por eso estoy aquí hoy. Para que ustedes me digan qué podemos publicar y qué no.

—Pueden hacer lo que estimen oportuno, ahora bien, no deberían.

—Nuestra obligación es informar a nuestros lectores.

—Su obligación es contrastar la información antes de publicarla.

—Le repito que para eso, en concreto para eso —subraya dando varios golpecitos con el dedo en la mesa—, he venido desde Madrid para entrevistarme con usted.

El dragón marrón agita la cola, nervioso, lo cual provoca una brusca contracción de sus músculos faciales que, aunque breve, no pasa desapercibida para la sargento Quiñones.

—¿Se encuentra usted bien?

—Muy bien —miente.

Ruth bebe un trago de agua. Asco máximo, como suponía.

—Le repito que yo no estoy facultada para corroborar lo que ustedes creen saber. Tal vez si me dijera de dónde han obtenido la información...

Tres golpes en la puerta interrumpen la frase. Un hombre de unos treinta años asoma la cabeza.

—Verónica, ¿podrías salir un minuto?

—¿Es urgente?

—Sí, lo es.

Algo molesta por la interrupción, la sargento se levanta.

—Será solo un momento.

La periodista está tentada a aprovechar para ir al baño, pero resuelve permanecer firme en su puesto. En cuanto Verónica se marcha comienza a respirar como una parturienta con la criatura viniendo al mundo de nalgas. Cuando regresa trae excelentes noticias.

—Lo siento, pero tengo que irme.

Quizá no sean las mejores para su jefe, pero para ella y su dragón marrón sin duda lo son.

—Si lo desea, podemos continuar en otro momento. Anote mi número.

La periodista lo hace.

—Que tenga un buen día —se despide la sargento.

El trayecto entre la sala de interrogatorios y el cuarto de baño más cercano que le ha indicado el primer ser humano con el que se ha cruzado se convierte en un vía crucis. Sospechar que el dragón marrón está presto y dispuesto para lanzar su primera llamarada ígnea le seca el paladar y le genera cierto agarrotamiento en el tren inferior que le obliga a ralentizar la marcha. Mientras recorre con escaso decoro un interminable pasillo de color verde nada esperanzador, Ruth lamenta haberse puesto un vestido esa mañana en lugar de unos buenos pantalones vaqueros. Menudo marrón, piensa con acierto. De un manotazo mental espanta la imagen de sus propias heces, rendidas ante la fuerza de la gravedad, resbalando por la cara interior de los muslos y aprieta los dientes.

Sudores fríos.

Dolor agudo en el bajo vientre.

Ruth contiene la respiración cuando divisa el anhelado icono del baño de mujeres. Sabe que esos instantes de falso alivio rectal son los que aprovecha el dragón marrón para lanzar su ataque traicionero. No conviene bajar la guardia, y mucho menos aflojar el esfínter, donde concentra todas sus esperanzas de salir victoriosa de la batalla de mierda que está librando por culpa de su jefe. Lo odia con todas sus fuerzas, pero ahora no se puede permitir el lujo de malgastarlas. Empuja la puerta. No se abre. Quizá tenga que ver con el pormenor de no haber accionado ese artilugio esférico y dorado al que llaman pomo. Lo hace, pero en la enmienda ha perdido unos preciosos segundos que son los que podrían cambiar el signo de la contienda.

Un paraíso de mármol y acero inoxidable se extiende frente a ella.

Un infierno está a punto de desatarse en su interior.

El dragón marrón ya ruge.

Dos puertas cerradas, un carraspeo.

Ruth no es religiosa, pero en ese momento se encomienda a todos los santos del cielo para que la guíen en su fatídica elección. Si se equivoca todo habrá sido en vano. Sin más dilación, se decanta por la que está más cerca y se precipita con todo hacia su objetivo.

Acierta.

Loas a los dioses.

Giro de ciento ochenta grados, tanga por los tobillos, genuflexión reverencial.

El dragón marrón sale vigoroso de su guarida pintando la taza en un solo bramido, estrépito que sin duda habrá registrado su vecina de retrete. Tres cojones le importa a la recién parida madre de dragones, Khaleesi del Pisuerga. El mundo de Ruth se tiñe ahora de ocres trufados de matices parduscos y tostados. Es un mundo maravilloso. Los ojos se le humedecen de la emoción cuando el sufrimiento deja paso al alivio intestinal.

Ya nada importa.

Más loas a su sagrado linaje.

¡Albricias!

Aplacada la bestia, se deja invadir por una extraña pero gratificante sensación de orgullo por haber logrado contener lo incontenible. Nunca se había enfrentado a un reto físico tan exigente, y haberlo superado le hace sonreír como la niña que un día fue.

Minutos más tarde, aseada, vestida y siendo ya la única ocupante del baño tras la huida fugaz de su desconocida vecina, Ruth se dispone a seguir su ejemplo cuando oye que alguien entra. Mantener la posición y sobre todo el anonimato resulta lo más razonable.

El silencio lo rompe un audio de WhatsApp. Se escucha una voz femenina resquebrajada.

—Vero, llevo días tratando de hablar contigo pero siempre tienes el móvil personal apagado. Por eso te he llamado a este. Estoy desesperada. Lo siento muchísimo. Me equivoqué y de verdad que lo siento mucho. Muchísimo. No sé qué me pasó, y me gustaría poder retroceder en el tiempo, pero... Vero, lo nuestro no puede terminar así. Llámeme, por favor.

Silencio.

—Carmen, solo te lo diré una vez más: ¡Déjame en paz! ¡Olvídame de una santa vez!

Ruth cree reconocer la voz, pero ese «Vero» que ha escuchado dos veces es el que hace que la imagen de la sargento Quiñones se reproduzca en su mente.

Un llanto contenido.

Ruth no se lo piensa.

Sale del servicio.

Al colisionar con su lacrimógena mirada sabe que no se ha equivocado.

No se ha equivocado, pero prefiere salir de dudas comprobando de nuevo la pantalla de su móvil.

Es extraño, porque Bittor es de los que suelen responder de inmediato a los mensajes.

Lo único que sabe Sara es lo que el comisario Herranz-Alfageme les ha contado. Algo ha sucedido en Cartagena y el subdelegado del Gobierno le ha llamado por teléfono para convocarlo a una reunión de urgencia junto a sus homólogos de la Guardia Civil. Sara está tratando de averiguar algo más, pero Bittor, que sí ha leído su wasap, no da señales de vida.

—Tenías que haber tirado por el otro puente —comenta el comisario desde el asiento de atrás.

—Es más largo, pero se tarda menos por aquí —responde Peteira al volante.

—Con el caos circulatorio que tenemos en la ciudad se tarda el doble vayas por donde vayas. ¿Y cuántas bicicletas ves?

—Antes vi una.

—Cojones tiene. Sara, dime que el señor subdelegado no puede sacarnos los colores por la instrucción del homicidio de la calle Santiago.

Esta se encoge de hombros.

—Puede intentarlo, pero con lo que teníamos en su día la cosa estaba más que clara. La única incógnita que no llegamos a resolver relacionada con el asunto de Urueña, responsabilidad de los de verde, fue la identificación del grupo sanguíneo que encontraron por toda la casa. Ahora sabemos que corresponde al cuerpo que estaba enterrado en el pinar junto al del Loco Eusebio, pero antes no.

—Y que siguen sin saber quién coño es.

—Exacto.

—Fabuloso —califica Copito—. La única buena noticia es que, de momento —recalca—, he conseguido que las lumbreras que nos iban a enviar de la UDEV se queden en Madrid.

—Pero, vamos, que el coñazo nos lo van a dar igual desde la distancia —comenta Peteira.

—Eso seguro. Que se encargue Matesanz de la comunicación con ellos, es el que mejor maneja el capote —ordena Herranz-Alfageme—. Luego está el comisario provincial, que me ha contado una milonga sobre no sé qué grupo de expertos a los que iba a recurrir la Comisaría General para que nos den soporte, pero ya no le estaba escuchando, la verdad. En fin, ya veremos con qué nos sorprende la superioridad. Sara, ¿de Valencia tenemos alguna novedad?

—Ninguna relevante. Estoy en contacto con el inspector Ocerín, pero lo único nuevo que han averiguado es que a la víctima se la vio por última vez la noche que la mataron en un polígono que está a las afueras. Una testigo asegura que la vio subir a un coche grande de color oscuro. Y ya. Están hablando con su entorno cercano, pero la hipótesis que barajan es que la pilló a ella como podría haber escogido a otra.

Herranz-Alfageme murmura algo ininteligible y desvía la mirada hacia su izquierda para encontrarse con ese caparazón de tortuga que es la Cúpula del Milenio.

—Qué poco me gusta cómo caza la perra —dice, ahora sí, alto y claro.

En la puerta principal del edificio de la Delegación del Gobierno reconocen al comandante Viciosa apurando un cigarro. Tras estrecharse la mano con protocolaria formalidad, es el comisario Herranz-Alfageme quien se decide a abrir fuego primero.

—¿Y lo de Cartagena?

—Una salvajada. Terrible. Os lo cuento arriba.

El comisario ladea la cabeza. No le gusta que le den largas, pero mucho menos que le pongan al día delante del subdelegado.

—Muy bien —claudica—. Vamos tirando para arriba.

Sara y Peteira se miran.

—Qué buenrrollismo, ¿no? —musita el gallego con sorna.

—Son como hermanos, sí.

En la sala de reuniones que ha preparado el equipo del anfitrión, Narciso Esteban Miguel, al que todos lo conocen por su primer apellido, ya están sentados el teniente Balenziaga y la sargento Quiñones. Los recién llegados saludan con cordialidad y toman asiento en posiciones enfrentadas. Sara busca a Bittor con la mirada y lo encuentra, pero este se limita a elevar las cejas y a poner cara de circunstancias.

Esteban aparece junto con Viciosa, da los buenos días y se sienta en la cabecera. El subdelegado, al que se le puede tildar de muchas cosas pero no de ser protocolario en exceso, aborda el asunto de frente.

—Estamos a punto de perder el control de la situación —resume—. Cuéntales, por favor.

A Herranz-Alfageme le sorprende el tuteo. Le sorprende mucho.

—Hoy por la mañana nos han llamado de la Comandancia de Cartagena. En un barrio bastante pobre de por allí han encontrado muerta a una prostituta de Mozambique con marcas de ataduras en muñecas y tobillos, y varias heridas de arma blanca repartidas por todo el cuerpo. Muerte por asfixia y, por supuesto, con la sonrisa esa, al parecer, realizada también *post mortem* como a la de Valencia. La torturó, la mató y luego ese hijo de puta la acomodó en el sofá del salón para que se la encontraran tal cual.

Peteira suspira.

—Pero eso no es lo peor —se anticipa el subdelegado.

—No, claro que no. Hay otra mujer ingresada en el hospital, en coma inducido por múltiples traumatismos craneales. El pronóstico es muy grave.

Viciosa se aclara la garganta con acendrada pulcritud como si quisiera limpiar las sucias palabras que van a salir de su boca.

—También estaba presente la hija de la víctima, una niña de seis años.

Adelantándose a los acontecimientos, Sara se frota la cara con ambas manos y resopla.

Resopla hastiada. Es casi un relincho.

Ruth Domínguez no sabe bien cómo demonios ha llegado hasta allí. Al salir de la Comandancia se ha montado en el coche y ha conducido sin rumbo determinado tratando de analizar la situación que acababa de vivir en ese cuarto de baño. Luego le ha invadido la necesidad de respirar un poco de aire y quizá por eso ha aparcado en el primer sitio que ha encontrado libre, ha recorrido andando la calle María de Molina hasta la plaza de Zorrilla y, sin ser muy consciente de ello, ha llegado al lugar al que tanto le gustaba ir con su abuelo Ramón. Su desgastada voz de maestro de escuela resuena en su cabeza: «En el siglo xix, antes de que el alcalde Miguel Íscar lo convirtiera en la zona verde más importante de la ciudad, todo esto no era más que una explanada. En enero de 1909, durante la invasión de los franceses, las tropas napoleónicas acamparon aquí mismo y el mismísimo emperador se alojó en el Palacio Real, por lo que se puede decir que Valladolid fue otra vez la capital del Imperio. Lo que pasa es que nos dura muy poco, como nos pasó con Felipe III de 1601 a 1606. ¿Sabías que en 1605 vino una delegación inglesa a negociar la paz y que Shakespeare formaba parte de ella? Pues lo mejor es que por aquel entonces Miguel de Cervantes vivía en Valladolid y que es bastante probable que se conocieran. ¿No te parece increíble?».

Por norma y costumbre, Ruth se limitaba a escuchar, pero un día se atrevió a preguntarle si era malo que le gustaran las chicas. El abuelo Ramón se la quedó mirando y al cabo de unos segundos le contestó que no, que no tenía nada de malo siempre y cuando no lo fuera contando por ahí. Y eso hizo hasta que con trece años se trasladaron a Madrid y empezó a importarle muy poco lo que pensaran los demás. Con quince ya tenía novia oficial, pero no fue hasta que empezó periodismo cuando entendió que a su abuelo no le faltaba razón. Aquellos fueron años complicados, pero ella tomó la decisión de no esconder su condición sexual solo porque no fuera la más extendida. Que dos décadas después aún hubiera mujeres que tuvieran que ocultarlo, como le ocurría a esa guardia civil, le genera un profundo malestar.

Los rayos de sol se filtran entre las copas de los castaños de Indias y los plátanos de sombra, proyectando múltiples formas sobre el suelo que parecen bailar al son que marca la brisa al mecer las ramas. Una pareja de pavos reales la obligan a modificar su trayectoria justo en el momento que suena su teléfono. Es su jefe.

Ya tardaba.

Ruth se coloca un auricular antes de aceptar la llamada.

—Buenos días, Enrique.

—¿Puedes hablar?

—Sí, hace un rato que salí de la Comandancia.

—Habíamos quedado en que me llamabas.

—Sí, lo sé, pero necesitaba aclararme antes.

—¿Aclararte? ¿A qué te refieres?

—No sé si el término «aclararse» requiere algún tipo de aclaración.

Silencio.

—Ruth, por favor, no empieces a tocarme la moral. ¿Me puedes contar cómo te ha ido?

—Pues la verdad es que no sabría... Es decir, que no sé si ha sido positivo o negativo. Ellos no están dispuestos a soltar prenda y me han advertido de que tengamos mucho cuidado con lo que publicamos porque podría interferir en la investigación.

—Eso es buena señal —califica Enrique.

—No sé si es buena o mala, pero ya te digo que no están dispuestos a colaborar.

—Era de suponer, pero... ¿has podido averiguar algo más?

—No, nada. Es evidente que los casos están relacionados porque en ningún momento me lo ha negado. Solo que aún lo están investigando y patatín patatán.

—Patatín patatán —repite—. Bueno, ¿entonces me vas a enviar algo o qué?

—Primero tengo que volver a hablar con la sargento que me ha atendido.

—¿Y eso por qué?

Ruth levanta la vista. Frente a ella el estanque en el que solía dar de comer a patos, cisnes y ocas.

—Porque me conviene llevarme bien con ella —responde.

—No, bonita, no. Lo que te conviene es llevarte bien con tu jefe. Y para eso es del todo indispensable que alguna vez en tu vida hagas lo que él te pide.

—Enrique, no estoy diciendo que no vaya a escribir el artículo. Estoy diciendo que antes de que lo publiquemos se lo voy a contar a esa sargento porque me da la sensación de que esto solo va a ser el principio.

—Eso ya me gusta más, ¿ves? Así sí.

—Pues eso.

—Cuento con lo tuyo antes del cierre. ¿Más cosas?

—No.

—Hablamos.

—Más tonto y naces oveja —dice después de colgar la llamada.

Un hombre de unos ochenta años pasea con las manos recogidas a la espalda. Su abuelo Ramón tendría aproximadamente esa edad si no hubiera muerto dos días antes de cumplir los sesenta. Al pasar a su lado la saluda con un breve pero elegante movimiento de cabeza que ella corresponde con una sonrisa. De nuevo escucha la voz de su abuelo Ramón: «Justo ahí se enfrentaron en un duelo a espada Tello Arcos y Juan de Vargas por la mano de una mujer. El primero se valió de una triquiñuela para matarlo por la espalda, pero años más tarde fue condenado a muerte por un nefando crimen que no había cometido. Porque, aunque a veces sea con retraso, la justicia siempre aparece».

Acompañando con la mirada el lento y elegante transitar de un cisne negro que parece deslizarse sobre las aguas, Ruth toma aire por la nariz antes de emitir su sentencia.

—La justicia no siempre aparece, abuelo.

Acto seguido dedica unos instantes a valorar de nuevo si lo que va a hacer está recogido dentro de sus estándares morales. Sin tenerlo del todo claro, saca su teléfono y se dispone a escribir.

Tiene la sensación de que se va a arrepentir, pero así y todo lo envía.

No se equivoca.

—Se equivoca, comisario, por suerte, la niña está viva —desvela Viciosa alimentando la irritación del aludido—. Se llama Mariam y, al no tener familiares conocidos, la han puesto bajo la tutela del Servicio de Protección de Menores.

—Menos mal —dice Sara, aliviada.

—Bueno..., no sé —interviene Esteban—. Sí, claro, que esté viva es bueno, pero el caso es que la encontraron atada junto a su madre.

—¡No me jodas...! —suelta Peteira.

—Hay que ser muy desalmado —califica Copito.

—La niña, como es lógico, está en estado de shock y, según dice la jefe del equipo de psicólogos que la está tratando, todavía no responde a estímulos externos —completa Viciosa—. Ya se ha solicitado la autorización al Ministerio Fiscal para que, cuando se pueda, podamos entrevistarla. También sería conveniente contar con la presencia de un fisionomista para ver si podemos tener un retrato robot de ese... Es que no sé ni cómo calificarlo.

—Hijo de puta —completa el subdelegado—. El caso es que nos enfrentamos a un asesino múltiple que va por ahí torturando y matando prostitutas, y la breva nos ha caído a nosotros, porque el hijo de puta —recalca— tuvo la feliz idea de empezar a matar por aquí.

Sara Robles está a punto de puntualizarle que, en el caso de demostrarse que se trata de la misma persona, sería un asesino en serie itinerante, pero su sentido común le sugiere que es mejor permanecer callada.

—Y para colmo de males ha aparecido una periodista de... ¿cuál era el medio de comunicación ese de chichinabo? —pregunta Narciso Esteban.

—*Actualidad Digital* —completa Quiñones.

—¡Cuente, cuente! —la anima el subdelegado.

La sargento se moja los labios con la lengua.

—La he entrevistado esta misma mañana. Debe tener una fuente en Valencia que le ha soplado que ambos casos están relacionados por lo de la sonrisa de Glasgow, y yo creo que no tienen intención de guardarse la noticia.

—Pues estamos cojonudos —valora el comisario.

—Bueno, también tenemos un avance —anuncia Viciosa.

Bittor baja la mirada, gesto que no pasa desapercibido a Sara.

—Bittor, te toca.

El aludido inspira y espira por la nariz.

—A primera hora, un colega de la UCO se ha puesto en contacto con nosotros. Al parecer, a alguien de su equipo se le ocurrió introducir una búsqueda en la base de datos de desaparecidos usando el apellido del librero de Urueña y ha salido un resultado: Mateo Cabrera Nogal, sobrino carnal por parte de padre.

El comisario Herranz-Alfageme mira a Sara para cerciorarse de que no estaba al corriente de la noticia. Esta, indignada, se muerde la cara interior de los carrillos. Bittor la acaba de dejar con el culo al aire. A ella y a todo el Grupo de Homicidios de Valladolid.

Bittor prosigue sin ningún entusiasmo.

—Un compañero de trabajo denunció su desaparición el día 21 de diciembre de 2019 cuando dejó de entregar sus crucigramas al periódico. Hay que seguir haciendo comprobaciones, pero tiene toda la pinta de que ya tenemos identificado el cuerpo que nos faltaba.

—¿Se dedicaba a eso? ¿A hacer crucigramas? —pregunta el subdelegado.

—Sí, y al parecer era bastante bueno, pero no es que sean estrellas del rock.

—Y, para que yo lo entienda: ¿cómo es que a nadie se le ocurrió hacer esa búsqueda antes? —indaga Esteban.

Bittor Balenziaga se envara en la silla.

—La hicimos en su día, poco después de que encontráramos el cuerpo del librero, que, si no recuerdo mal, fue el 1 de diciembre, y por aquel entonces todavía no habían hecho la denuncia. El tal Mateo había pedido vacaciones la primera quincena del mes, no tenía mujer ni hijos y trabajaba desde casa, así que no había quien lo echara de menos. En marzo llegó la pandemia y, al margen del confinamiento forzoso, mucha gente se aisló en sus casas. Con independencia de todo eso, en cuanto vinculamos las pruebas con el Loco Eusebio, tanto ellos como nosotros nos centramos en encontrarlo, pero claro...

—Ya estaba muerto —completa Esteban.

—Correcto.

—Caímos en su juego, pero eso ya da igual —interviene Viciosa, arriscado—. Ahora sabemos de quién se trata y lo que toca es averiguar más cosas del tal Mateo con el propósito de relacionarlo con el abogado y terminar de comprender qué sucedió aquel fin de semana.

—Sí, estoy de acuerdo —conviene Herranz-Alfageme con la boca muy pequeña.

—Por otra parte —prosigue el de la Benemérita—, creo que sería muy conveniente desplazarnos a Valencia y Cartagena para tomar el pulso de las investigaciones en primera persona. No sé cómo lo ves tú —le dice al comisario—, yo, por mi parte, ya lo tengo hablado con el teniente Balenziaga.

—Lo veo, lo veo —conviene—. Hoy mismo, además. Si no hay inconveniente, claro —le dice a Sara.

—Ninguno —responde esta.

—Por mi parte tampoco hay problema en salir hoy mismo —añade Bittor.

—Pues arreglado —concluye el subdelegado—. Y con lo de la periodista, ¿qué vamos a hacer?

Seis pares de ojos convergen en la sargento Quiñones.

—Yo me encargo —dice ella por aclamación popular forzosa.

Narciso Esteban tamborilea con los dedos en la mesa antes de incorporarse como preámbulo sonoro del fin de la reunión.

Es entonces cuando Bittor, haciendo equilibrismo sobre el cable del compromiso de camaradería que adquirió con Sara, se atreve a conectar con ella.

Lo feral de su mirada le hace caer al vacío.

EL DOMADOR DE FIERAS: CONVIERTE PÁRRAFOS SALVAJES EN ADORABLES MASCOTAS

Hotel Eurostars Catedral (Granada)
29 de marzo de 2022

Odio notar que me observan. Me hace sentir vulnerable.

No sé dónde esconder mi mirada. No quiero toparme con los ojos de nadie. Lo evito a toda costa porque tengo la sensación de que pueden leerme por dentro. Cuando me siento así me vuelvo transparente. Un maldito libro abierto. Tengo que volverme opaco, acorazarme de nuevo, hacerme inmune a la curiosidad de la gente.

Blindarme.

Pero hoy, todavía no he resuelto por qué, no lo consigo.

—Buenos días, señor. ¿En qué puedo ayudarle? —me pregunta la recepcionista.

Quiero levantar la mirada, pero no puedo. No debo.

—Tengo una habitación reservada a nombre de Álvaro Rodríguez López.

—Un segundo, por favor.

Necesito encerrarme. Si me aíslo, estoy convencido de que veré las cosas como son y no con la distorsión que nace de la maldita incertidumbre que me agita. Es mi peor enemigo, mi contrincante más duro, mi rival temido, mi sempiterno oponente. Me pudre por dentro, se alimenta de mis convicciones y me hace dudar. La duda es un síntoma de debilidad y sucumbo porque no tengo más remedio que sucumbir. Colapso de los pies a la cabeza, de norte a sur.

La maldita incertidumbre.

—Sí, aquí está. ¿Se ha alojado anteriormente con nosotros?

—Varias veces.

—Dígame su DNI.

Lo intento, pero todos los compartimentos de mi cabeza están clausurados por dentro. Saco la cartera y se lo enseño.

—Muy bien. Es la habitación 324, en la tercera planta. Tiene el desayuno incluido, que se sirve de…

—Muchas gracias. Buenos días.

La recepcionista pensará que soy un maleducado sin ser consciente de que la dejo con la palabra en la boca por eludir el enfrentamiento. Al arrastrar mi maleta por la recepción me imagino la escena en la que acabo con ella y noto un principio de erección. Ahora no. No me conviene en absoluto. Necesito llenar la cabeza de otros pensamientos para no revivir de nuevo lo sucedido en Cartagena. Las tres horas que me ha llevado el trayecto desde Murcia no he dejado de preguntarme por qué no han hecho mención de la niña cuando han dado la noticia en la radio. Por un instante he valorado la posibilidad de que todo pudiera ser fruto de mi imaginación o del colocón que llevaba. Más tarde, cuando he estado seguro de lo que había sucedido me he empezado a cuestionar los motivos por los que he dejado viva a esa niña. Si lo analizo con frialdad, tengo que concluir que ha sido una negligencia impropia de mí. De principiante. Pero, por otra parte, algo me decía que si la mataba alcanzaría un punto de no retorno donde la barbarie acabaría con cualquier atisbo de civismo que quedara dentro de mí. Debo recorrer todas las etapas del camino, evolucionar de forma natural sin saltarme ninguna fase. Y acabar con esa cría significaría llegar a la meta sin haber disfrutado del viaje. Al margen, no dejaba de ser una situación un tanto anómala, con ella paralizada por el miedo sin poder mover ni un solo músculo, ni siquiera para gritar. Está claro que el comportamiento del ser humano no es parametrizable. Luego reaccionó y caminó hacia el sofá donde yacía su madre y se recostó a su lado sin importarle que estuviera desfigurada. Extraño. Eso me desconcertó. Y me excitó. Tenía que sacar partido de esa nueva experiencia antes de marcharme. No me siento orgulloso por ello, pero, qué cojones, tampoco me arrepiento.

Eran casi las nueve de la mañana cuando regresé al hotel de Murcia en el que me alojaba, recogí mis cosas y, a pesar de no haber dormido, decidí salir de inmediato hacia mi siguiente destino sin dejar de dar vueltas a las posibles consecuencias que podría tener mi misericordioso acto. Para más inri, la otra mujer está viva, aunque es algo que no me preocupa demasiado porque, si logra salir adelante, no será capaz de identificarme.

Por fortuna, la jornada de hoy no incluye ningún acto público, por lo que no voy a hacer nada que no sea liberar mi alma de vacuas reflexiones. La habitación está igual a como la recordaba de la anterior gira de promoción. La calidad de los materiales y sobre todo la calidez de la madera combinada con el blanco como tonalidad principal de contraste provoca en mí el efecto esperado. De repente el aire se vuelve más puro y me dejo envolver por una suerte de halo protector que logra que mis músculos se relajen. Una ducha caliente de más de media hora patrocinada por el indeleble recuerdo de Aicha es el preludio del último acto. Desnudo, me tumbo en la cama y al sentir el tacto de las sábanas se me cierran los párpados. Con los testículos ya vacíos me dispongo a hacer lo propio con mi mente.

Liberación.

Tengo muy claro a mi enemigo.

La condenada incertidumbre se resiste.

Se resiste a creer que las cosas se hayan torcido tanto en un espacio tan corto de tiempo. Para una persona como ella, que considera que uno más uno suman siempre dos, resulta difícil —por no decir imposible— asumir que en ocasiones hay reglas que no se cumplen.

Hace apenas una semana que empezaron a aparecer las primeras grietas en los pilares sobre los que se edificaba la vida de Verónica Quiñones, hasta entonces sólidos y robustos. Pero lo peor, lo que más la desconcierta, es que ni siquiera lo ha visto venir. En lo personal, acaba de terminar con la única pareja con la que había logrado mantener una relación estable. Un mensaje subido de tono a través de Instagram que vio por casualidad le hizo sospechar. Algunas respuestas titubeantes de Carmen la llevaron a tomar la decisión de pasarse por casa estando de guardia y se la encontró en la ducha muy bien acompañada por una pelirroja de su club de moteras. En ese instante ni siquiera supo cómo reaccionar, pero, sabiéndose incapaz de perdonar la deslealtad, tomó la única determinación posible, decisión que la ha desgarrado el corazón y despojado de su indestructible coraza. Horas después se producía el hallazgo de los dos cuerpos en el pinar, hecho que hizo tambalear la credibilidad del Grupo de Homicidios al que pertenece desde hace más de una década. Sin embargo, ha sido la caprichosa conjunción de ambas circunstancias, que le afectan en el plano personal y profesional, lo que en ese momento le hace sentirse insegura como el día que empezó el instituto.

Y por si fuera poco una entrometida periodista, cuyo objetivo no es otro que sacarle información sobre el caso más complicado al que se han enfrentado jamás, cuenta con una carta que, de querer jugarla, le va a complicar mucho la partida. El mensaje de WhatsApp que ha visto nada más salir de la reunión con el subdelegado del Gobierno así lo atestigua: «Hola, soy Ruth Domínguez. Lamento mucho lo que te ha ocurrido. Creo que podría venirte bien que nos viéramos de nuevo. Llámame».

Y eso ha hecho.

La ha citado en Lunático, un bar de la Acera de Recoletos, pero si se piensa que le va a consentir que la chantajee con su condición sexual está muy equivocada. Enseguida la reconoce al entrar. Tras la pantalla de un portátil, la periodista le sonríe y levanta una mano para llamar su atención. Verónica no modifica un ápice su agriado semblante.

—Hola de nuevo —la saluda de forma amistosa al tiempo que baja la tapa y lo guarda en la funda que tiene en la silla de al lado—. ¿Qué quieres tomar?

—No sé. Ahora me lo pienso.

—No conocía este sitio, pero estaba dando una vuelta por aquí y me ha parecido un lugar chulo. Sugerente. Todavía no sé si es una cafetería, un bar de copas o un restaurante, pero me encanta la decoración.

Verónica Quiñones examina el entorno con el mismo interés que dedican las vacas a ver los trenes pasar. Una camarera sonriente se acerca.

—Agua fría, por favor.

—Enseguida.

En cuanto se aleja, la sargento se acoda en la mesa y recorta la distancia.

—Escúchame bien. No sé qué coño pretendes, pero ya puedes ir olvidándote de intentar tirarme de la lengua por lo que hayas oído o dejado de oír en el baño. Llevo más de diez años en el cuerpo y....

—Espera, espera, espera —la interrumpe Ruth levantando ambas manos como si conformara un invisible escudo protector—. ¿Crees que te he escrito el mensaje para putearte o algo similar? El artículo ya lo he escrito. Tengo que darle una vuelta, pero solo he utilizado la información que manejamos hasta el momento. Mi jefe no se va a poner muy contento, pero… Que le den.

Verónica eleva la barbilla e inspira por la nariz.

—¿Entonces?

—Entonces te he llamado porque yo sé muy bien cómo te sientes y creo que puedo ayudarte. Por la cara que pusiste cuando salí del baño doy por hecho que allí dentro nadie sabe lo tuyo, ¿verdad? A mí me costó mucho dar un paso al frente, pero, claro, lo tuyo tiene que ser mucho más complicado…

La sargento suelta el aire.

—Lo es, pero en este instante lo último que necesito es que una desconocida se convierta en mi consejera sentimental.

Ruth se ríe.

—Tampoco era esa mi intención. Soy muy mala dando consejos, solo quería que supieras que en ningún momento he pensado en sacar provecho de la situación.

—Te lo agradezco.

—Dicho esto, también te informo de que he decidido quedarme una temporada por aquí. Mi intuición me dice que este caso va a dar mucho que hablar. Te cuento por qué: hace un rato acabo de leer que se ha producido otro homicidio en Cartagena del que, fíjate qué casualidad —ironiza—, se han publicado muy pocos detalles.

Verónica trata de ahogar su sorpresa bebiendo un trago de agua.

—Primera noticia. Cartagena queda muy lejos de nuestra jurisdicción.

—Cierto, cierto, pero por carretera no queda tan lejos de Valencia.

—Ruth, sabes muy bien que, aunque supiera algo, no podría contártelo. Tenemos muchos frentes abiertos y lo último que necesitamos es que los medios de comunicación nos lo pongan más difícil.

—Eso va a ocurrir antes o después, queráis o no. Y no solo con el mío, claro.

—Pues que sea más tarde que pronto.

—O, mejor aún, que sea cómo y cuándo vosotros queráis.

—Ahora no te entiendo.

—Utilizadme a mí.

La sargento compone un gesto de desconfianza.

—Ya, claro.

—Mira, si los medios no tienen información veraz y se ponen a lucubrar sobre la posibilidad de que haya un tipo moviéndose por España y matando aquí y allí, el zipizape que se va a montar va a ser incontrolable. Es mucho mejor que seáis vosotros los que os anticipéis a eso y dosifiquéis las noticias como lo entendáis oportuno, pero sin que sea oficial, ¿entiendes?

—No.

—Pues muy sencillo. Imagínate que tenéis una jaula llena de fieras hambrientas. Leones, por ejemplo. Si el domador no les da de comer van a estar rugiendo todo el día y tratando de escaparse para pillar algún trozo de carne. Sin embargo, si les tira un pedacito un día, otro pedacito otro día, y otro..., los leones se acostumbrarán a conseguir comida sin necesidad de rugir.

—Vale, lo pillo. Pero lo que me propones es que seas tú la primera en llenarte la barriga, ¿no?

Una sonrisa felina.

—Claro, para eso soy la líder de la manada. Pero ¿sabes qué es lo mejor de todo?

—Sorpréndeme.

—Que teniendo la panza llena, aunque abras la jaula, no se te escapa ninguno.

Ninguno ha abierto la boca.

Solo se dirigieron la palabra al salir de la Delegación del Gobierno para establecer quién llevaba el coche, a qué hora se volvían a ver y dónde. Desde que Bittor intentó acomodarse en el asiento del copiloto y leyó el peligro en las crispadas facciones de Sara se ha limitado a mirar por la ventana y muy de vez en cuando a chequear el estado anímico de la conductora. Consumidos los primeros sesenta kilómetros de los quinientos cincuenta que tienen hasta Valencia, el de la Guardia Civil decide asumir riesgos.

—Si quieres, puedo explicarte qué ha pasado.

Sara se aferra al volante como si le fuera la vida en ello. Medias lunas blancas aparecen bajo las uñas.

—No sé si quiero, la verdad —responde con absoluta contención—. Porque mira que va a ser complicado que entienda los motivos que te han llevado a pasarte por el forro de los huevos el acuerdo al que llegamos.

—Yo no he tenido nada que ver, créeme. Lo he pasado igual de mal que tú en la Delegación.

—¡Y una puta mierda! —estalla—. ¡No lo has pasado ni la mitad de mal! ¡Ni la mitad de la mitad, joder! Porque a ti no te han hecho quedar como una tonta del culo delante de tu superior, delante de tu compañero y delante de ese comestacas de traje y corbata que es el subdelegado.

—Sara, por favor.

—Ni Sara ni hostias. En cuanto nos hemos quedado solos, Herranz-Alfageme me ha dicho: «¿Pero no me dijiste que era de fiar?». No he sabido ni qué decir del rebote que tenía. ¡¿No podrías haberme llamado?! Me hubiera valido con un miserable wasap. «Sara, hemos identificado al que faltaba». Punto. Así no hubiera puesto cara de imbécil cuando lo habéis soltado. Enhorabuena, por cierto. Bravo. Bravísimo por la jodida Guardia Civil. Sois los mejores, joder. Los Navy Seal de verde, los Spetsnaz con tricornio. ¡Bravo!

Tres aplausos. Secos, de los que dejan un molesto hormigueo en las palmas.

—¿Ya puedo hablar?

A Sara se le hinchan las aletas de la nariz.

—Los de la UCO han contactado directamente con Viciosa sobre las ocho y media de la mañana. Acto seguido me ha llamado a su despacho y cuando me lo estaba contando nos ha caído lo de Cartagena. No han pasado ni diez minutos hasta que el subdelegado nos ha citado y al decirle a Viciosa que había que informaros, él ha decidido hacerlo en la reunión.

—Para anotarse el minipunto delante de Narciso Esteban, claro.

—Por lo que sea. Te aseguro que mi intención era contártelo, pero Viciosa no se ha separado de mí en ningún momento y está claro cuál era su intención.

—Menudo soplapollas.

—Los de arriba son como son, eso ya lo sabemos.

—Por supuesto que lo sabemos. Por eso, justo por eso —enfatiza—, habíamos acordado que la información relevante la manejábamos entre nosotros antes de trasladarla.

—Lo tengo muy presente, pero resulta que esa información relevante no le ha llegado a Viciosa a través de mí. Nunca sabremos qué habría pasado si hubiera sucedido al revés, pero lo que sí sé es que yo no he tenido la más mínima oportunidad de avisarte.

—Yo te puedo decir que si hubiera estado en tu lugar habría tratado de informarte por todos los medios. Ha sido muy humillante, Bittor. Muy humillante.

Su voz suena más calmada, pero el tono sigue siendo severo.

—Yo también lo he pasado mal ahí dentro, te lo aseguro.

Las hostilidades cesan y los siguientes minutos los protagoniza el silencio de corte ambiguo que se ha ido adueñando del habitáculo.

—El sobrino del librero… Manda cojones —comenta Bittor.

—Le estaba dando vueltas a lo mismo.

—Porque somos almas gemelas —bromea él.

Sara lo fulmina con la mirada.

—Tú no tienes alma, cabronazo.

—Por zanjar el asunto: siento mucho lo que ha pasado, pero si nosotros no nos entendemos por culpa de terceros no vamos a ser capaces de...

—Cierra el pico de una vez y dame un beso.

Bittor obedece.

—El sobrino —retoma Sara segundos después—. ¿Qué coño pinta ahí un tío que se dedica a diseñar, o como coño se diga, crucigramas?

—Igual estaba de visita, sin más.

—Igual sí, pero no. Tiene que haber una conexión entre lo sucedido en Urueña y lo del abogado. Lo mismo el ciencia ese de la UCO que tuvo la brillante idea de revolver en el entorno familiar de la víctima se toma dos chupitos de tequila y da con ello.

Bittor se ríe con ganas.

—Ojalá. Estoy de acuerdo, porque lo único que conecta ambos sucesos es el tipo que se cargó a esos cuatro entonces y que ahora lleva otros tres.

Sara frunce el ceño y amusga los ojos sin quitar la mirada de la carretera.

—¿Y si los de entonces no fueron los primeros?

Bittor se masajea la nuca.

—Esa cuestión ya nos la planteamos antaño y no encontramos nada anterior que coincidiera con ese *modus operandi*.

—Eso no quiere decir que no haya matado antes.

—Cierto, pero sigo pensando que la clave está en averiguar qué relación había entre las víctimas que conocemos.

Si eliminamos de la ecuación al Loco Eusebio, porque está claro que lo utilizó para complicarnos la vida y lo consiguió, deberíamos centrarnos en el librero, el de los crucigramas y el abogado.

—Entre el librero y el de los crucigramas ya sabemos que había un vínculo sanguíneo, pero... Espera, espera. ¿Tienes a mano toda la documentación?

Bittor hace un escorzo para girarse.

—Lo mío sí. Ahí atrás.

—Mira a ver qué edad tenía el de los crucigramas.

Entretanto, Sara busca un número en su móvil. Suena un pitido en el manos libres.

—Jefa. —Se oye la voz de Peteira.

—Voy con el manos libres. Mírame por favor la fecha de nacimiento del abogado.

—Dame un segundo.

—Aquí está —señala Bittor en un papel—. Mateo Cabrera Nogal, nacido en Valladolid el 8 de mayo de 1980.

—Sara —reclama su atención el gallego.

—Te escuchamos.

—19 de julio de 1980.

Ambos se miran.

—Vale. Los años de nacimiento coinciden. Vamos a quedarnos con estos dos. Álvaro, te encargas de reconstruir hacia atrás desde la muerte de Darío Gallardo hasta el día que lo bautizaron. A nosotros nos toca hacer lo mismo con Mateo Cabrera.

—Aquí veo que Mateo estudió derecho en Valladolid —apunta Bittor.

—Este era abogado, pero nació en Madrid y estudió en la Complutense —aporta Peteira.

—Bueno, pero puede que tuvieran algún negocio juntos, o que coincidieran en un simposio, congreso o qué se yo —dice Sara—. Álvaro, vete a ver a la viuda y que te cuente su vida. En cuanto sepas algo, me cuentas.

—Oído. Y lo último ya —prosigue Peteira—. Antes pasó Copito por aquí y me encargó que te dijera que la fiscalía ya autorizó la charla con la nena y que está en el Centro Las Torres de la Fundación Arcos del Castillo. Pero antes de ir tienes que hablar con un tal Carmelo Ramos, que es el psicólogo que la está tratando. Menuda papeleta, jefa.

—Lo sé. ¿Del fisionomista sabemos algo?

—De eso no me ha dicho nada.

—Bueno, pásamelo todo por WhatsApp cuando puedas.

—Venga.

—Gracias, Álvaro —dice antes de cortar la comunicación.

—Voy a avisar a Verónica para que se ponga a escarbar en la vida de Mateo Cabrera.

—Podría no ser nada.

Bittor ladea la cabeza y eleva las cejas.

—Ya, pero no hay hueso bueno que se encuentre sin escarbar.

Sin escarbar más en el asunto, a la sargento Quiñones no le suena mal del todo; ahora bien, es muy consciente de que no va a depender de ella llevar a buen puerto la propuesta de la periodista. Se dispone a explicárselo cuando aparece el nombre de Bittor en la pantalla de su móvil. De inmediato se levanta, le hace un gesto a Ruth y sale al exterior.

—Nos ponemos con ello —responde después de escucharle—. Lo único que sé es que el tal Mateo Cabrera era una persona bastante rarita, pero seguro que algo encontramos.

—Seguro que sí. ¿Dónde andas? No reconozco el sonido a caverna de la Comandancia.

—Estoy fuera. Quería mantener una charla más distendida con la periodista porque en el encuentro de esta mañana no he sacado nada en claro.

—¿Y cómo lo ves? ¿Nos va a dar mucho por donde amargan los pepinos?

—Es probable. Ya se ha enterado de lo de Cartagena y su intuición le dice que todo está conectado. Me propone que los utilicemos a ellos para manejar la información que queremos que se sepa de forma extraoficial y la que no.

—No entiendo.

Verónica le repite la fábula de los leones enjaulados.

—Ya, claro, no es lista ni nada, la hostia.

—Sí, pero lo mismo funciona. A ella le interesa mucho más que *Actualidad Digital* sea el primero a que sea el más riguroso y veraz.

—Y a mí me interesa que Viciosa no me mande a la mierda solo con billete de ida.

—Ya lo suponía, pero esta tía no parece que vaya a darse por vencida con facilidad.

—Dale largas. Consigue tiempo.

—Lo intento. ¿Algo más?

—No.

—¿Qué tal las cosas con...? Ya sabes.

—Mejor, creo. Tiempo al tiempo. Aún nos queda un rato largo para llegar a Valencia.

—Pues que sea leve. Hablamos.

Al regresar al interior, Verónica detecta algo distinto en la mirada de la periodista que no es capaz de identificar.

—Me lo acaba de enviar mi jefe —dice enseñándole la pantalla de su teléfono—. Muy alterado, por supuesto.

La sargento lo coge y se sienta.

—«El doble homicidio de Cartagena podría estar relacionado con otros crímenes en distintos puntos de España» —lee la sargento—. ¿La otra mujer ha muerto?

—Eso parece. El titular es una basura, y la noticia en sí es peor, pero estos mindundis ya han levantado la liebre. Y ahora, todos a correr detrás.

—Eres muy amiga de las comparaciones con animales, ¿eh?

—Pues no me había dado cuenta, pero va a ser que sí.

—Ya lo leeré con calma, pero no creo que *Murcia al día* tenga mucho impacto a nivel nacional.

—Eso da un poco igual, te lo aseguro. Habla con tu gente de prensa, verás como les están ardiendo los teléfonos.

Verónica mastica el augurio.

—Se la he comentado a mi superior. Tu propuesta. Me dice que lo tiene que consultar —dice señalando al techo.

—Bueno, algo es algo.

—No te hagas muchas ilusiones. Me tengo que marchar. En cuanto sepa cosas te voy contando, pero, por favor, de momento no...

—Tranquila —la interrumpe—. Ya te he dicho al principio que el artículo está escrito. Ahora bien, no pienses que os vais a librar de mí con falsas esperanzas protocolarias.

Verónica sonríe.

—Me lo temía.

—Vaya, no sabía que dominabas alguna expresión distinta a la que viene en el manual del guardia civil.

—De mí sabes muy poco, Ruth —dice al tiempo que se incorpora.

—Pero eso siempre se puede solucionar, ¿no?

—No, no siempre. Que tengas un buen día.

—Un buen día te levantas por la mañana y lo último que piensas es que esa va a ser la última vez que lo hagas en tu vida —reflexiona el inspector Ocerín.

Puede que se deba a que solo ha comido un sándwich de gasolinera o por el olor acre que impera en el ambiente, pero el caso es que en cuanto su homólogo valenciano les ha señalado el lugar donde fue hallado el cuerpo de Rosaura Rodríguez, el estómago de Sara Robles se ha arrugado en el acto.

Es como si todavía se pudiera sentir la fría presencia de la muerte entre esos deslucidos muros de hormigón pintarrajeados de grafitis anónimos.

—Se la vio por última vez en una carretera comarcal cerca de Silla que lleva a los campos de cultivo de la Albufera —informa Ocerín al tiempo que trata de disimular su prominente curvatura abdominal bajo una sudadera con capucha que combina, cual quinceañero, con unos vaqueros intencionadamente rotos al azar y deportivas blancas de marca—. Por allí no hay cámaras de tráfico ni nada que se le parezca —prosigue—. Solo hemos conseguido hablar con una de las chicas que suelen trabajar en la zona y lo único que sabía de ella es que era venezolana. Y sobre el coche al que se subió... cree que era uno no muy grande y oscuro, aunque vete tú a saber. Las fotos las tenéis, ¿verdad?

—Las tenemos —corrobora Bittor—. Menudo asco de sitio, la hostia.

Y no le falta razón. Mire a donde mire, la miseria está presente en cada objeto, en cada detalle.

—La mató allí detrás —indica haciendo un movimiento curvo con la mano—. Allí recogieron varias muestras de sangre de la víctima que provenía de las heridas de arma blanca que tenía en las extremidades y abdomen. Pinchazos no letales —precisa—. Está claro que quiso divertirse un rato antes de matarla. Jodido sádico...

Sara recorre la distancia que separa ambos lugares. Frunce los labios y chasquea la lengua antes de arrodillarse para examinar unas manchas oscuras que tiñen el suelo.

—Justo ahí —corrobora Ocerín.

—Quería que la encontraran —asevera ella—. Torturarla, matarla y desfigurarla es parte de su ritual, pero es evidente que necesita dejar constancia de ello.

—De otra forma sería como montar una fiesta del recopón bendito y no tener invitados —añade Bittor—. Ahora bien, lo de la fotito rulando por ahí no creo que lo tuviera previsto. O sí, yo qué sé.

—Por aquí se ha montado un buen pifostio. De momento tenemos a cuatro agentes impidiendo que esto se llene de chavales haciéndose selfies, pero antes o después se va a convertir en un foco de peregrinación de imbéciles con un móvil en la mano.

—El morbo es lo que tiene —aporta Bittor.

—¿En Valladolid también lo hizo así? —quiere saber Ocerín.

—No —responde el guardia civil—. Todavía no sabemos qué desencadenó esa noche de ira, qué coño, ni siquiera sabemos por qué mató a cuchilladas al dueño de la casa y al sobrino. Pensamos que, tras eso, buscó a alguien a quien colgar los muertos y luego se desplazó a Valladolid para torturar y matar a un abogado, al que sí le hizo algo muy similar a lo hecho aquí.

—Es probable que esté relacionado con alguno de ellos. O con todos —reflexiona el valenciano.

—Sí, en ello estamos.

—¿Y lo de Cartagena?

—Tiene su firma, pero hasta mañana no sabremos nada con certeza.

Sara se incorpora y, brazos en jarra, observa a su alrededor.

—La chavala estaba en el sitio equivocado en el momento equivocado. Le tocó a ella, pero podría haber sido cualquier otra. No sigue un patrón concreto, solo busca la oportunidad y actúa cuando la encuentra.

—Si el tipo va recorriendo España, podría ser un transportista, ¿no? —sugiere Ocerín.

—O un representante de lencería —completa el teniente Balenziaga—, un bajista de gira con su grupo, un miembro cualquiera de un circo itinerante... Vete tú a saber.

—O un maldito tarado con tiempo y dinero para cumplir sus perversiones —añade Sara—. Bueno, yo creo que aquí poco más tenemos que hacer.

El móvil reclama su atención desde el bolsillo trasero del pantalón. Se trata de Peteira.

—Álvaro.

—Jefa. Tengo algo.

—Te escucho.

—Estoy en Tordesillas. Acabo de salir de casa de la viuda del abogado, que, por cierto, está como las maracas de Machín, la pobre. Bueno, después de muchas historias, me contó que su marido tuvo una infancia complicada.

—Complicada en qué sentido.

—Al parecer era el matón del cole y, con doce o trece años, sus padres lo empaquetaron y lo mandaron a un internado en la sierra de Guadarrama. Colegio San Nicolás de Bari, se llama. Ya no existe, pero me dejó hacer una foto a otra que tenía del curso del último año con toda la clase. Me ha contado alguna cosa más, pero voy al grano, que se me va la pinza. ¿A que no adivinas cómo llamaban allí al abogado?

—Estoy yo para adivinanzas.

—El Joker, lo llamaban el Joker.

—Vale, ¿y?

—Joder, jefa, la sonrisa del Joker. ¿No es eso lo que les hace ese cabrón?

Un escalofrío.

Un escalofrío sacude mi cuerpo como si se tratara de una electrocución.

Levanto las sábanas para corroborar que, en efecto, ha sucedido. Estaba dormido cuando un impulso eléctrico me ha recorrido la espina dorsal en sentido ascendente y me ha sacado del sueño justo en el instante en que me corría como un animal. Ahora me invade la necesidad de recuperar las imágenes que han provocado esta increíble y maravillosa reacción antes de que desaparezcan.

En el sueño volvía al asqueroso salón de esa casa infecta enclavada en una de las barriadas más repugnantes que he pisado jamás. Y yo, desnudo pero con calcetines, mirando al techo sin saber por qué. Tras unos segundos de vacío mental, una luz tenue apareció de la nada frente a mis ojos y se fue consolidando hasta convertirse en una estilizada lengua de fuego que se contorneaba al ritmo de una música que no lograba escuchar. Su efecto hipnotizante me anuló por completo. Fue entonces cuando noté que empezaba a faltarme el aire y el corazón me golpeaba en el pecho como si quisiera huir de esa prisión ósea que eran mis costillas. No había nadie más y, sin embargo, la sensación de peligro era constante. Palpable, pegajosa. Intentaba mover algún músculo, pero algo en mí se había desconectado. Mi voluntad había desertado para evitar enfrentarse con un enemigo al que no podía vencer. No sé cómo ni cuándo la llama empezó a metamorfosearse hasta adquirir forma humana y tocar el suelo. Me observaba desde la distancia, y lo extraño era que, estando a su merced y a pesar de su aparente hostilidad, deseaba que se me acercara. Creo que, fuera lo que fuera, quería follármelo. No obstante, conforme fue recortando la distancia muy despacio y mi deseo carnal hacia la llama humanoide aumentaba, me percaté de que mi polla seguía inerte. Quería agarrármela para estimularla, pero mis músculos seguían sin obedecerme y tenía la sensación de que iba a dejar pasar una oportunidad única. Esa impotencia severa, tanto física como volitiva, me pudría por dentro. Me devoraba la ansiedad extrema cuando se detuvo frente a mí. No fue hasta entonces que pude distinguir sus flamantes rasgos faciales aniñados y la reconocí.

Era la niña.

La hija de Aicha.

Me seducía. O lo intentaba. Bueno, en realidad no lo necesitaba porque yo seguía cachondo perdido, pero sin poder empalmarme. Frustrante. De pura rabia apreté los dientes y así fue como me di cuenta de que si era capaz de eso, era probable que pudiera hacer otras cosas. Parpadeé varias veces y moví la lengua dentro de la boca. Salivé. Entretanto, la llama seguía transformándose en niña, haciéndose carne para mí. En su mirada volví a reconocer el mismo miedo, idéntica reacción apopléjica que era, ahora lo sé, el alimento de mis anhelos más ocultos.

Su mirada.

Su miedo.

Sumisión.

Mi misión.

No quería lastimarla y no obstante necesitaba que me ayudara a conseguir la erección que me correspondía por legítimo derecho. Aunando todas mis capacidades en las cuerdas vocales, he logrado verbalizar lo que gritaba mi coartado cerebro.

—¡Ayúdame, niña!

Como si pudiera leerme por dentro, no ha tardado en reaccionar. Sin modificar su asustadizo semblante ha alargado el brazo para entrar en contacto conmigo y, en cuanto he notado sus delicados deditos sobre mi polla, todo mi organismo se ha reactivado como si alguien hubiera vuelto a enchufarme a la corriente.

Una electrocución.

Acto seguido, ya despierto, me ha invadido un sentimiento de pérdida muy real al darme cuenta de que en el terreno de lo onírico no se puede tener el control de ninguna situación. La doctora Velasco tenía mucha razón: en el subconsciente no hay ninguna norma que impida fantasear con los deseos primarios.

No estaría de más averiguar si en la realidad sucede lo mismo.

De forma empírica, por supuesto.

TRAPECISTAS:
SIN MIEDO A LAS ALTURAS, SON MUY AMIGOS DE CREAR SUSPENSE DE ALTOS VUELOS

Consulta de la doctora Velasco (Madrid)
Dentro de catorce días

Solo habrá escuchado cinco sesiones y ya tendrá la certeza de que va a tener que pasar por alguna comisaría para poner en conocimiento de la policía sus averiguaciones.

Por ello, consultará una y otra vez sus notas para afinar el tiro y seleccionar bien el audio que quiere volver a oír. Una frase subrayada de la sesión n.º 6 fechada el 17 de mayo de 2018 le hará arrugar el entrecejo: «El problema no es que uno tenga perversiones de naturaleza sexual, el problema es querer cumplirlas a toda costa».

No recordar si la frase salió de su boca o de la de su paciente le hará buscar el archivo correspondiente, adelantar los primeros minutos de la grabación y derivar toda su atención a su sistema auditivo.

Clic.

—... del todo seguro de que eso sea así como dice, doctora.

Un poco más atrás.
Clic.

—Yo, si le digo la verdad, no estoy del todo seguro de que eso sea así como dice, doctora.

—Le escucho.

—Ha dicho que el sádico busca alcanzar el placer provocando de forma intencionada el dolor a otras personas. Por lo menos yo, cuando estoy metido en el papel de Suso, no me lo imagino de ese modo.

—¿Y cómo se lo imagina?

—Infligir dolor no es el fin último. Digamos que es una consecuencia del proceso. De la dominación. Cuando interpreto a Suso mi objetivo es tener el control absoluto de la otra persona, convertirla en un objeto indefenso, cosificarla, someterla para poder dar rienda suelta a mi creatividad y cumplir todas mis fantasías sexuales. Yo creo que no hay mayor poder que causar sufrimiento físico y psicológico a los demás, y eso solo se consigue a través de la dominación.

—¿Yo creo? Es decir, ¿lo cree Álvaro o Suso?

Silencio.

—Lo cree Álvaro cuando interpreta a Suso, por tanto, Suso.

Silencio.

—De acuerdo. Por un momento me he asustado un poco, lo reconozco.

De fondo se escuchará una risa contenida.

—Me lo tomaré como un halago, porque mi personaje y, en definitiva, toda mi obra dependen de mi capacidad de interpretación.

—Le creo y le felicito por ello. Podríamos profundizar en el debate sobre si causar el sufrimiento a otra persona es el medio o el fin del sadismo, pero creo que es más interesante que aclaremos otros conceptos de su personaje antes de abordar otro asunto del que he tomado nota.

—Adelante.

—¿Qué es lo que más excita a Suso?

—Se lo decía antes: la dominación.

—En tal caso será el efecto que la dominación provoca en sus víctimas, ¿no?

—Pues sí, tiene razón.

—Bien. Ese efecto es el miedo. En concreto, miedo a seguir sufriendo.

—Puede ser.

—Es. Por eso la víctima ha de estar viva y consciente durante ese proceso y por eso, a poder ser, Suso debería tratar de dilatarlo en el tiempo lo máximo posible.

—Correcto, así lo hace.

—Por lo tanto, el fin último de Suso no será causar dolor ni dominar a su víctima, su propósito no es otro que disfrutar del miedo ajeno.

—Obtener placer a través del sufrimiento. Horrible.

—Es que su personaje es un ser horrible.

Silencio.

—Nos quedan unos minutos y me gustaría volver a un asunto que no deberíamos dejar pasar: las fantasías sexuales o, usando terminología clínica, las parafilias.

—Interesante.

—Antes de nada habría que entender que nuestro impulso sexual viene determinado en una parte muy importante por las imágenes que creamos nosotros mismos. Al fantasear, no hay limitaciones y hay muchos que recurren a esta ficción privada para lograr la excitación. La hibristofilia, por poner un ejemplo extremo, define la atracción sexual que sienten algunas personas hacia la gente peligrosa.

—Los malos malotes tienen su público, es cierto.

—Así es. Con independencia de lo que genere esa excitación, el sexo consentido por ambas partes, en cualquiera de sus formas, debe quedar al margen del ámbito penal siempre que no se ponga en peligro la integridad física o mental de las personas.

—Entendido.

—Bien. Como te decía, hay muchos tipos de parafilias: fetichismo, necrofilia, voyeurismo, exhibicionismo, coprofilia, masoquismo…

—Perversiones de todo tipo.

—Tantas como tipos de personas hay sobre la faz de la tierra porque, como decía antes, en el subconsciente no hay ninguna norma que impida fantasear con los deseos primarios.

—Entiendo.

Clic.

—Muy bien, Paz, muy muy bien. Se lo has puesto en bandeja —dirá en alto la doctora Velasco.

Clic.

—Las parafilias conllevan la excitación sexual ante determinados objetos, situaciones o personas concretas. Pero eso no quiere decir que los distintos patrones de excitación sexual no convencionales se consideren trastornos patológicos. El problema no es que uno tenga perversiones de naturaleza sexual, el problema es querer cumplirlas a toda costa.

—Siempre y cuando no haya consentimiento por la otra parte.

—En el sadismo rara vez se da, y otras, como la pedofilia, están penadas por ley.

—Como es lógico.

—Como es lógico.

—Por tanto, el problema de Suso no es la parafilia en sí, es necesitar llevarla a cabo.

—Exacto, porque, como ya precisé en la primera sesión, Suso ejerce la violencia como único medio para obtener gratificación sexual, y por norma aquella se va a ir incrementando conforme vaya cumpliendo etapas.

—¿Etapas?

—Hitos. Para hacer más creíble el sadismo de Suso, debería sufrir una evolución de menos a más, porque eso es lo que le pedirá el cuerpo.

Clic.

—¡Perfecto! ¡Bravo, bravo y bravo! —se aplaudirá—. Muy bien en ese punto, di que sí, marcando objetivos. ¡Vete a la mierda, Paz!

Paz interior, sosiego. A su edad, y al ser el presidente de una de las organizaciones más poderosas del mundo, disfrutar de un inicio de jornada tranquilo el día en que cumple sesenta y seis años es poco menos que una quimera.

Son casi las ocho de la mañana y todavía no ha recibido la llamada de su hermana Birgit. Es extraño, porque desde hace muchos años ella siempre es la primera en felicitarle. Algo preocupado, prueba el café mientras revisa la agenda de hoy 30 de marzo. Tres reuniones, dos videoconferencias y, para rematar la mañana, sesión de control mensual del comité ejecutivo.

—*Ich glaub mein Schwein pfeift* —musita entre dientes, hastiado.

Tres golpes en la puerta preceden la entrada de su asistente, la señora Bompastor.

—Buenos días, herr Bauer —le saluda en inglés, el idioma más hablado en todas las plantas de ese edificio ubicado en suelo francés y que él suele comparar con una Torre de Babel acristalada. De hecho, allí trabajan más de doscientas personas de cuarenta países distintos, algunos de los cuales aún le cuesta situar en un mapa.

—Buenos días —responde.

—El secretario general y la delegación coreana le están esperando en la sala de juntas.

—Me río yo de la puntualidad británica —comenta con su marcado acento alemán—. Tardo cinco minutos.

—Otra cosa más: fuera está el señor…

—¡Buenos días! —irrumpe el aludido zafándose del estrecho marcaje de la mujer—. Serán solo dos minutos.

—Pero… ¡Por favor! —protesta ella—. Lo siento, herr Bauer, yo…

Este sonríe.

—Contigo jamás son dos minutos. No pasa nada, Julie, si veo que me molesta demasiado yo mismo le sacaré a patadas de mi despacho.

La asistente atraviesa con la mirada al intruso antes de marcharse ultrajada.

—He visto perros de presa más amables que ella —dice el intruso.

—Solo hace su trabajo. Y el mío consiste en escuchar las idioteces de los coreanos en menos de cinco minutos. Me van a recriminar que no estamos haciendo lo suficiente contra la Kkangpae, que hay varias tríadas chinas operando en Seúl y que cada vez tienen más poder y…, en fin, lo de siempre. Te queda un minuto.

—Me sobra la mitad. Ayer nos ha llegado un requerimiento de Madrid. En concreto de la UDEV, que es la Unidad Central de Delincuencia Especializada y Violenta.

Tienen a un tipo matando, que se sepa, desde el año 2019, en estado latente hasta hace muy poco. En poco más de una semana ha matado a otras dos personas más en distintas localizaciones.

—¿Dos?

—Se le adjudican otros cuatro homicidios anteriores. Total, seis.

—Sé contar, no empieces a tocarme las narices tan temprano.

El otro introduce los dedos en su tupida barba y se rasca un picor inexistente.

—La investigación del caso recae en el Grupo de Homicidios de Valladolid.

Herr Bauer se repantinga en su silla, entrecruza los dedos y coloca ambas manos sobre su abdomen.

—Vale. La cosa se pone interesante. ¿Y qué dice Makila al respecto?

—Nada, porque todavía no lo sabe —responde con sinceridad, barbián.

—Y es así porque tú eres muy consciente de que te va a decir que ese tipo de casos no justifican el desplazamiento de una de nuestras unidades operativas a ningún territorio. Y que, si quieren, les podemos ofrecer soporte no presencial. Y gracias.

—A lo que yo le contestaría que si tenemos que esperar sentados a que siga aumentando el número de víctimas para intervenir. Le recordaría el significado que tienen las siglas de Transnational Operations Cells y es probable que rematara mi alegato rompiendo algunos de esos objetos inservibles que tiene sobre su mesa. Pero lo cierto es que no he conseguido hablar con él.

Herr Bauer no puede evitar soltar una carcajada que aborta tan pronto como se percata de su improcedente naturaleza.

—Hay unos criterios. Criterios que, si no recuerdo mal, tú ayudaste a establecer y que en este caso no se cumplen. Makila, que te recuerdo sigue siendo el responsable de las TOC porque tú renunciaste a asumir el cargo, se va a agarrar a eso.

—A no ser que el presidente de la Interpol, cuya fama de meterse donde no debe le precede, le llame por teléfono y le diga que en este caso en concreto tenemos que intervenir sobre el terreno.

El alemán da una fuerte palmada.

—Si todos los españoles fueran tan testarudos como tú, seguiríais siendo la primera potencia mundial, pero tenéis un gran problema.

—Si solo fuera uno... Te escucho.

—¡Que pensáis siempre con la polla, como estás haciendo tú! —dice endureciendo el tono y elevando la voz—. ¿Cómo se llamaba esa inspectora?

El otro chasquea la lengua antes de contestar.

—Sara Robles.

—Contéstame con sinceridad: si este caso lo llevara el inspector... González, ¿estarías ahora mismo aquí sentado?

El otro toma aire.

—Hay que joderse —farfulla en su lengua materna.

—Eso me parecía.

Herr Bauer se incorpora y se dirige al perchero del que cuelga su americana al tiempo que se da unas friegas en su maltrecho brazo izquierdo.

—Cuando termine la sesión de control hablaré con Makila.

—Te lo agradezco de corazón, Otto —dice tirando de las riendas de la euforia.

—Eres un trapecista sin red. El día que te fallen los cálculos no lo cuentas.

—Cerraré los ojos al caer.

—Lárgate de una vez.

Sobre la mesa suena el móvil de herr Bauer. Sonríe al comprobar que se trata de su hermana.

—Dale recuerdos a Birgit —dice el pelirrojo a punto de marcharse—. Por cierto, tenemos mesa a las dos en punto para comer los tres en el Paul Bocuse. *Alles Gute zum Geburtstag!* —le felicita Ramiro Sancho en alemán.

El presidente de la Interpol eleva las cejas, sorprendido, y manteniendo la sonrisa en los labios menea la cabeza.

Menea la cabeza, incrédula, ante lo que está leyendo.

«Un Torturador Risueño anda suelto», lee la sargento Quiñones y exclama en voz alta «¡Menuda basura de titular!», antes de proseguir la lectura:

«Son al menos seis las víctimas que podrían atribuirse al hombre que la Policía Nacional y la Guardia Civil están buscando en una investigación conjunta que abarcaría las ciudades de Valladolid, Valencia y Cartagena».

—La madre que la parió.

«Según las fuentes consultadas por este medio, los crímenes estarían relacionados entre sí a través de una firma coincidente: primero tortura a sus víctimas, las asfixia y para finalizar les hace dos profundos cortes en las mejillas simulando una macabra sonrisa».

Verónica suelta el ratón y agarra su teléfono.

—No he sido yo —se anticipa Ruth.

—¡Es una auténtica mierda de artículo! —califica tratando de no elevar la voz—. Una auténtica mierda.

—Lo sé. Yo le envié otra cosa a Ricardo, pero, por lo visto, no le debió de gustar demasiado. Ya la he tenido con él esta mañana en cuanto lo he visto.

—Pero lo firmas tú.

—Por eso estoy tan cabreada como tú. O más.

—¡¿El Torturador Risueño?! ¿Pero ese tío es gilipollas o qué le pasa?

—Gilipollas de primera —certifica—. Por eso ya no trabajo en *Actualidad Digital.*

—¿No?

—No. Lo he mandado a cagar.

—Ah, ¿y qué vas a hacer ahora? —pregunta la sargento relajando el tono.

—Voy camino de Madrid.

—¿Te vuelves a casa?

—Sí y no. Me han llamado de *Las mañanas de Claudia.* Quieren que entre en directo en plató a las doce y cuarto.

Silencio.

—¿Para hablar del Torturador Risueño?

—Sí, claro, pero voy a diferenciar muy bien lo que se sabe hasta el momento y lo que son hipótesis.

—Te escucho.

—En líneas generales, que los sucesos de Valladolid, Valencia y Cartagena podrían estar relacionados, pero que aún se está investigando.

—Ruth, te llevan para que cuentes detalles escabrosos, no para que les sueltes cuatro conjeturas. A la Claudia esa, y al resto de programas de tertulia matutina, solo les interesan las malditas audiencias.

—Lo sé, pero te aseguro que no voy a entrar en su juego.

—¿A qué hora dices que intervienes?

—Doce y cuarto.

Un pitido le avisa de que le está entrando otra llamada. Es Bittor.

—Te tengo que dejar. Hablamos después. Suerte.

Botón verde.

—Bittor.

—Verónica, buenos días. ¿Cómo va todo por ahí?

—Pues no muy bien. Los de *Actualidad Digital* han publicado un artículo que cuando lo leas te vas a emocionar.

—¿Mucha mierda?

—Toda. Acabo de hablar con la periodista, que iba camino de la tele a uno de esos programas sensacionalistas. Me dice que no va a entrar al trapo, pero... En fin, no sé.

—Bueno, lo que tenga que ser será. ¿Hablaste con el subinspector Peteira?

—Sí, me llamó a última hora de ayer para contarme lo del internado ese. Vamos a seguir tirando de ese hilo a ver qué sacamos, pero no va a ser sencillo porque dejó de funcionar en 1998. La viuda le mencionó a un amigo suyo que conservaba de su paso por el Colegio San Nicolás. Un tal Felipe de la Fuente, así que ya me contarás tú...

—Felipe de la Fuente del Colegio San Nicolás, facilísimo —califica él con sorna.

—¿Vosotros qué tal por ahí? ¿Estáis ya en Cartagena?

—Sí, hemos llegado hace nada y estamos esperando a que aparezca el compañero que... espera un segundo. ¡Sara! ¡Sara, ¿dónde...?!

—¿Bittor?

—No sé qué ha pasado, pero Sara estaba en el coche hablando por teléfono y de repente ha salido derrapando, la hostia. ¡Luego te llamo!

Durante unos instantes, Verónica Quiñones se queda mirando la pantalla del teléfono como si esperara ver qué está pasando al otro lado.

—Menuda mañanita...

Es entonces cuando se acuerda de un remedio que aplicaba su abuela para todo: «Si ves que las cosas no salen bien y no tienen pinta de que mejoren, no te preocupes, tan solo tienes que volver a empezar desde el principio».

El principio de Arquímedes se impone. La densidad del objeto que entra en contacto con el líquido es mayor y, por tanto, de forma dramática pero natural, el móvil se hunde. La teoría lo explica argumentando que la fuerza en vertical y hacia arriba que experimenta el objeto es igual al peso del volumen del agua salada que desaloja, y este, en realidad, es muy insuficiente. La práctica, sin embargo, dice que se hunde porque todavía no se ha desarrollado una tecnología que haga que los móviles floten.

Sara Robles ha asistido a la secuencia y lo ha registrado a cámara lenta. En su cabeza, los tres segundos y dos décimas que ha estado su teléfono viajando por el aire —en concreto desde el instante que ha salido de la mano del chaval que se lo ha robado hasta que ha desaparecido en las aguas del puerto de Cartagena— le han parecido una eternidad. Cuatro minutos y doce segundos antes, ese mismo teléfono estaba en la mano de su legítima dueña, pegado a su oreja mientras hablaba con Álvaro Peteira sobre lo poco fructuosa que había sido la visita a Valencia del día anterior. El error ha consistido en no darse cuenta de dónde estaba. En Las Seiscientas, un móvil vale su peso en hachís, y una tipa de fuera de la barriada haciendo uso del mismo sentada en su coche con la ventanilla abierta es una oportunidad que los «motochorros» cartageneros no van a desperdiciar jamás. Estaba a punto de despedirse cuando la motocicleta ha pasado a toda velocidad y el chico que iba de paquete se lo ha arrebatado sin que Sara pudiera hacer nada por evitarlo.

—¡Su puta madre! —ha gritado Sara antes de meter primera y emprender la persecución.

El motor del Audi A6 rugía al maniobrar por esas estrechas callejuelas sin perder de vista su objetivo. En cuanto ha podido colocar la sirena lo ha hecho sin plantearse siquiera la conveniencia y peligrosidad de lo que estaba haciendo. Pero resulta que, tal y como había arrancado el día, no estaba Sara para demasiadas valoraciones. Haciendo de clítoris corazón había resuelto no acostarse con Bittor y, aunque se levantó orgullosa de haberle hecho pagar la afrenta con el subdelegado, se notaba bastante alterada. Prescindir de su ración de sexo por voluntad propia no había sido una medida inteligente al estar en una tesitura profesional tan comprometida. Para tener la cabeza despejada primero debería haber satisfecho su adicción y tampoco ha ayudado que el guardia civil que había quedado en facilitarles el acceso a la vivienda no se presentara a la hora establecida.

—Me voy al coche a esperar, avísame cuando su excelencia tenga a bien acudir —le ha dicho a Bittor.

El único golpe de fortuna de la jornada se ha producido cuando la motocicleta ha entrado demasiado rápido en la glorieta donde arranca el paseo Alfonso XII y sus ocupantes terminaron besando el asfalto. No obstante, la suerte fue parcial, porque de los dos ocupantes, ha sido el conductor quien se ha llevado la peor parte, mientras que el que tenía su móvil se ha incorporado prodigiosamente rápido y ha echado a correr en dirección al mar. Sara ha perdido unos instantes preciosos en bajarse del vehículo y comprobar que el otro no estaba herido de gravedad, y cuando ha reemprendido a pie la persecución, el chaval —que no tendría más de quince años— ya estaba en la dársena del Club Náutico con el brazo armado.

Deshacerse del objeto robado ha sido su mejor opción.

Un chof, bailecito humillante y a correr.

Sara se queda mirando el lugar en el que las leyes de la física han arrastrado su móvil al fondo dejando como corolario de su existencia unas efímeras ondas sobre la superficie del agua. Ser consciente de que, en el mejor de los casos, si atrapara al chaval, este pasaría la noche en el calabozo antes de volver a las calles es lo que hace que decline salir tras él y fije la vista en el horizonte.

Los rayos del sol calientan la encrespada piel del Mediterráneo.

Le sobrevienen entonces las ganas de liberar su frustración por la boca, pero sabe que lo que más le conviene en ese instante es vaciar su mente y, sobre todo, dejar de pensar.

Dejar de pensar en esa niña, Carmen, me resulta imposible. En el estudio de la quinta radio que visito hoy, me coloco los auriculares, compongo la mueca más amable de mi repertorio y se la dedico a la locutora de impostada voz melosa que tengo frente a mí. Ella me paga el gesto con un guiño y hace una señal al técnico de sonido que está tras el cristal.

—Otra forma de viajar y vivir nuevas experiencias es abrir las páginas de un libro. Un libro como el que viene a presentarnos nuestro invitado de hoy, aunque, en este caso concreto, lo que nos propone Vázquez de Aro en *Astillas en la piel* es un viaje hacia lo más sórdido del comportamiento humano, un viaje vivido en primera persona a través de los ojos de Suso, su tan cruel como seductor protagonista que, dicho sea de paso, cuenta con tantos detractores como admiradores. Muy buenos días y bienvenido otro año más a Radio Granada.

Bebo un trago de agua para ahogar el recuerdo de Carmen antes de contestar.

—Qué hay, muy buenos días.

—Álvaro, cuéntanos: ¿qué nos vamos a encontrar en esta nueva novela que está arrasando en todas las librerías del país?

Veinticinco minutos de insípida entrevista. Sus muertos. Mismas preguntas, idénticas respuestas. Y aún me quedan dos más antes de comer. Tres por la tarde y, como colofón, una charla y firma de ejemplares en la librería Picasso.

Planazo.

En el taxi en el que me ha hecho subir Rebeca, la *scout* de la agencia de comunicación que me lleva de un sitio a otro cuando visito Andalucía, vuelvo a sentir ese molesto y agudo picor en la cara interior de los globos oculares. Me froto los párpados sabiendo que va a ser en balde.

—Estás cansado, ¿eh? —me pregunta con innecesario aire sagaz tratando de compensar lo desmedrada intelectual que es.

Le sonrío. No sé por qué está empeñada en darme conversación. Bastante tengo ya con aguantar a los periodistas que no se han leído mi novela y van de críticos literarios.

—He dormido poco esta noche y me cuesta fabricar palabras —contesto con la esperanza de que pille el mensaje.

—Si terminamos pronto de comer, te puedo dejar en el hotel para que trates de dormir un poco. Yo creo que una horita sí sacamos.

—Eso sería estupendo.

Lo que me vendría bien de verdad es chupar un poco de Eme, pero cuando estoy de promoción lo tengo terminantemente prohibido. Ahora me arrepiento de no haberme quedado anoche en el hotel, pero ese sueño en el que aparecía la niña de Cartagena me dejó bastante tocado. Necesitaba airearme y sin valorarlo demasiado decidí salir a dar una vuelta por el Albaicín. Me senté en una terraza de una plaza muy concurrida y me dediqué a observar. Me había prometido a mí mismo que no iba a actuar para no ir dejando un rastro de caras sonrientes en todas las ciudades por las que voy pasando, pero contenerme me resultó mucho más complicado de lo que esperaba. Había tanto donde escoger. Tanta presa fácil, que tuve que amarrarme a la silla. Era ya de noche cuando regresaba al hotel algo mareado de las muchas cervezas que bebí y lo poco que llenaban mi estómago. Una niña que aún no habría cumplido los doce se cruzó conmigo y me saludó de manera afable. Durante unos instantes me bloqueé, pero enseguida pude reaccionar y me giré para pedirle ayuda. Mientras me explicaba cómo salir de aquel laberíntico entramado callejero para llegar a mi hotel, la examiné de hito en hito. No era ni guapa ni fea, lo cual no obstaba para que me pareciera una auténtica preciosidad. Un capullo de Flor de Kadupul a punto de eclosionar.

Me excitó sobre manera no detectar ni una sola curva que me hiciera pensar que había dejado de ser una niña. De inmediato, mi inconsciente elaboró opciones que me hacían salivar, pero al final terminó imponiéndose mi parte racional y, tras preguntarle su nombre y despedirme, proseguí mi camino.

Se llamaba Carmen.

Fantasear acerca de las mil y una formas de disfrutar de ese cuerpo alimentó mi agitación, y tan pronto como entré en mi habitación me bajé pantalones y calzoncillos hasta los tobillos, me arrodillé y me masturbé de modo tan violento que a punto estuve de desgarrarme el frenillo. Luego me tumbé sobre la alfombra y consentí que una pregunta conquistara mi mente: ¿Hasta qué punto era yo culpable de comportarme según el dictado de mi naturaleza? ¿Quién señala al lobo por devorar un cordero? Nadie. Entonces ¿por qué debía yo coartar mis impulsos? No tardé en concluir que si no me alimentaba, terminaría muriendo más pronto que tarde y a punto estuve de regresar al lugar en el que me había cruzado con Carmen. Pero igual de efímera que es la belleza de la Flor de Kadupul al nacer a medianoche y morir de madrugada, asumí que nuestro momento había pasado. A pesar de ello, no lograba desprenderme de su recuerdo y mi único consuelo consistía en fantasear con lo que habría sucedido si hubiera sido coherente con mi forma de ser.

No sé cuánto tiempo tardaría en quedarme dormido. Horas de sueño perdidas que ahora echo de menos.

—Bueno, pues ya estamos en la COPE —me anuncia Rebeca.

La miro y la sonrío.

—Mismas preguntas, idénticas respuestas.

Respuestas son las que busca Bittor, todavía desconcertado, que expliquen por qué Sara le ha dejado allí tirado. Ha intentado contactar varias veces con ella, pero hace rato que su móvil ni siquiera da señal y lo único inteligente que se le ocurre es no quitar la mirada de la esquina donde vio derrapar el coche antes de desaparecer.

—Bueno, ¿subimos o qué, compañero? —oye decir al sargento Jubitero, que ahora parece tener prisa por despachar el asunto.

Achaparrado, descuidado y barbirrucio son los adjetivos que mejor definen su aspecto físico.

—Cinco minutos, por favor —responde Bittor Balenziaga, seco.

Le sobran dos.

La forma de salir del coche, portazo incluido, y los andares de Sara le invitan a ser muy precavido con lo que va a decir.

—¿Todo bien?

—Luego te cuento —farfulla, esquiva.

Se diría que los edificios han sido amontonados a la fuerza y la única uniformidad estética que se aprecia tiene que ver con las rejas que tapan todas y cada una de las ventanas que dan al exterior. La entrada a la vivienda, custodiada por dos uniformados, es estrecha y está cubierta por dos placas onduladas de uralita que protegen del sol un patio mal hormigonado y salpicado de tiestos con plantas moribundas.

Algunos vecinos los increpan al pasar.

—Por aquí no somos muy populares. Ni ustedes ni nosotros —puntualiza Jubitero—. Y cámaras no hay. Las pocas que hubo en su día se las cargaron y, como ven, muchos bancos y negocios tampoco hay. Suponemos que la tipa debió llegar sobre la media noche o así, acompañada, claro.

Sara arruga la frente y no se debe al marcado acento murciano con el que se expresa el sargento Jubitero ni a lo rápido que habla.

—¿La tipa? —pregunta.

—La muerta —aclara—. Una de ellas, vaya. Antes de marcharse se pasan por el puesto y se llevan una copia de lo que tenemos hasta ahora.

—Muy bien —dice Bittor.

—El aviso lo dio una vecina que escuchó llorar a la niña. Pobre criatura, acho, menudo percal. Cojones tiene. En fin. En la planta de abajo hay una habitación, la cocina y al final del pasillo está el salón. Se han recogido huellas y restos biológicos, pero la «señora» —califica con notable desdén— utilizaba la casa para hacer su trabajo, por lo que vete tú a saber de quién coño son. Lo mismo de algún compañero que yo sé… —bromea, jocoso.

Sara y Bittor se miran desconcertados. Jubitero aprieta el interruptor de la luz con el codo y se echa a un lado para que puedan entrar.

—La otra mujer, la que le cuidaba a la nena, estaba ahí tirada —señala—. Jessica Gómez, no sé qué más, de treinta años y natural de Archena, un pueblo chico del interior. Sigue en el hospital en estado crítico, pero vamos, que tenía la cabeza reventada, con este hueso —se señala— metido para dentro. Vamos, que si sale viva se queda tonta para toda la vida. Pensamos que la golpeó varias veces contra ese saliente de ahí.

Sara se aproxima para comprobar que, en efecto, aún hay pelos, cuero cabelludo y sangre seca pegados a la pared.

—La mozambiqueña estaba sentada en ese sofá, pero los de Criminalística dicen que la mató en esa silla de allá —indica— por los rastros de sangre que hemos encontrado en esa zona. Tenía marcas en muñecas y tobillos, y múltiples heridas de arma blanca, pero el forense dice que murió asfixiada. Luego le hizo los cortes esos en la cara... el muy hijo puta —añade aspirando la jota—. Y para rematar la faena le colocó a la nenita en el regazo y la encintó.

—¿La encintó a la madre? —pregunta Sara.

—Eso hizo, sí. Así se la encontró la vecina.

—Menudo animal —juzga Bittor.

—Peor. No hay ningún animal que..., bueno, en fin. Eso —concluye—. Por aquí todos pensamos que el tipo no esperaba que apareciera nadie y actuó sobre la marcha. Luego se dio el piro y adiós muy buenas. Estamos preguntando por ahí a ver si alguien vio algo, pero lo único que sabemos es que la última vez que la vieron con vida estaba por la zona del puerto, que es uno de los sitios donde se suelen poner las putas.

Si algo quedaba de bonhomía en el carácter de Sara, el sargento Jubitero acaba de consumir la última ración.

—¿De la niña qué se sabe? —pregunta Bittor.

—En qué sentido.

—Que cómo se encuentra —precisa.

—Pues hombre, no sé. Muy bien seguro que no está, pero lo mismo a la larga le viene hasta bien...

Sara se gira de forma súbita, inesperada, y se envara frente al sargento.

—A ver, a ver, explíqueme eso para que yo lo entienda.

—Pues muy fácil, señora. Igual la adopta una familia normal y la muchacha tiene un futuro, porque aquí, y con esa madre que tenía ya me dirás tú que...

Con los puños cerrados y al unísono, Sara lo golpea en el pecho. Jubitero, sorprendido, retrocede un par de pasos y mira a Bittor.

—¡¿Pero qué coño le pasa a esta loca?!

—Pregúntaselo a ella, que la tienes delante —resuelve el teniente.

—¡¿Qué estás diciendo, jodido bobo, que por dedicarse a la prostitución merecía una muerte así?! ¡¿Estás diciendo eso?!

Y, como si le hubiera sobrevenido un repentino ataque de discinesia, el sargento Jubitero abre la boca, pero tras unos segundos de suspense no logra articular palabra alguna. Sara recorta la distancia con él y se detiene al notar la mano de Bittor sobre su hombro.

—A esa niña jamás se le va a borrar de la memoria lo que le ha tocado vivir —le recrimina ella en un tono más sosegado—. Jamás. Yo ya he terminado aquí.

Al salir, Bittor se encuentra a Sara masajeándose las sienes con los pulgares.

—Jodido bobo...

—Sí, lo era, pero deberías haberte controlado.

—Tienes razón: debería. ¿Te importaría ir con el cafre ese a la Comandancia y recopilar todo lo que tengan de la investigación? Yo te espero en ese bar de allí —señala— y aprovecho para hablar por teléfono con el psicólogo de la niña.

—Sin problema.

—Gracias.

—Oye, ¿estás bien?

—Lo estaré, no te preocupes.

Bittor asiente con la cabeza.

—Por cierto, me tienes que prestar tu móvil.

—¿Y eso?

—Luego te lo cuento, ahora necesito un café.

Un café humea frente a mis ojos cansados.

Cansados de ver las mismas expresiones de falsa amabilidad en los periodistas. Cansados de comprobar que el interés que suscita mi novela es del todo artificial. Cansados de la constante ausencia de estímulos.

Cansados mis ojos y agotado yo, al salir de la Cadena COPE he notado que necesitaba un estimulante que ayudara a reactivar mi cerebro, aletargado durante la entrevista con un locutor que bien podría ser el único granadino sin gracia. Su tono melifluo por defecto y monocorde en exceso me ha ido erosionando a lo largo de su interminable batería de preguntas. Así, tan pronto como he visto el letrero del bar Paca la Cantaora, le he dicho a Rebeca que necesitaba, en ausencia de metanfetaminas, cafeína en vena. Dos solos con hielo después me sentía con la fuerza suficiente para volver a contar las mismas estupideces sobre mi novela y su proceso de creación. Nos disponemos a marcharnos cuando lo he escuchado: «Y ahora recibimos a Ruth Domínguez Cazón, periodista de investigación que está siguiendo muy de cerca el caso del Torturador Risueño».

La televisión absorbe mi atención de inmediato aunque no estoy del todo seguro de que se refieran a mí.

—Álvaro, tenemos que marcharnos ya o no llegaremos a...

—Anúlala. Diles que no me encuentro bien y que si quieren que me llamen mañana —le ordeno sin dejar de mirar a la pantalla.

«La Policía Nacional y Guardia Civil buscan a un hombre que supuestamente es el autor de, atención, seis macabros asesinatos en Valladolid, Valencia y Cartagena. Ruth Domínguez, no exagero cuando los califico de macabros, ¿verdad?

»Para nada, Claudia. De hecho, su firma consiste en practicar a sus víctimas sendos cortes desde la comisura de los labios hasta casi las orejas una vez muertas, dibujando una sonrisa que, como bien dices, es del todo macabra. De ahí viene lo del Torturador Risueño.

»Terrible. Ruth, ¿qué más puedes aportar sobre este caso que trae en jaque a los Cuerpos y Fuerzas de Seguridad del Estado?».

Escucho con disimulada atención. La periodista me recuerda a una ardilla que se acaba de encontrar una nuez gigante y está ansiosa por hincarle el diente. Así y todo, me genera menos rechazo que la tal Claudia, que se expresa mediante frases cargadas de un exacerbado dramatismo artificial.

«Atención compañeros porque me informan de que tenemos una noticia de última hora relacionada con el caso que les estamos contando. Acaba de fallecer en el Hospital General Universitario Santa María del Rosell Jessica Gómez Corral, la mujer en estado crítico tras la brutal agresión sufrida por este asesino en serie en la que también murió una mujer de nacionalidad mozambiqueña».

No puedo evitar sonreír.

Error.

A través del espejo veo que Rebeca me mira estupefacta. Me encantaría poder experimentar con ella, pero se lo estaría poniendo demasiado fácil al resto de jugadores. Es justo en ese momento cuando me percato de lo mucho que me gustaría conocerlos y que quizá tenga delante la llave que necesito para abrir esa cerradura. Anoto en mi bloc mental el nombre que está rotulado en la pantalla.

«Mañana volverá a estar con nosotros Ruth Domínguez Cazón para contarnos la última hora de este caso que, o mucho me equivoco, o va a traer cola. A continuación hablaremos de la separación del año, o más bien del siglo, porque...».

—Rebeca, cancela lo de esta tarde. Y lo de Málaga y Sevilla también. Regreso a Madrid ahora mismo.

Sus neuronas, que no deben de estar del todo operativas, parecen no admitir la noticia, porque tarda unos cuantos segundos en reaccionar.

—¡Pero...! ¡Pero si teníamos todo cerrado con los medios y...!

—Bah, tú no te preocupes. Así en la siguiente novela lo cogen con más ganas.

—¿Y entonces qué les digo?

—No sé, lo que quieras. Una gastroenteritis, faringitis, amigdalitis, otitis o cualquier otra que termine en «itis». No hace falta que me acompañes al hotel. Gracias por todo, ya nos veremos —me despido.

En su semblante se espeja el odio que siente hacia mí. Lo entiendo a la perfección.

—Lo entiendo a la perfección, doctor. Sé que ha pasado muy poco tiempo, pero nuestro propósito es obtener cualquier información que nos ayude a atrapar al hombre que hizo eso a su madre. Estaremos solo usted y yo, y el fisionomista solo entrará en el caso de que Mariam quiera hacer el dibujo.

Sentada en una mesa al fondo del local, Sara trata de limar la inicial reticencia del psicólogo a que se produzca tan pronto el encuentro con la niña. En su fuero interno tampoco está del todo convencida de que vaya a funcionar, pero hasta el momento esa criatura es la única persona que ha visto al hombre que tienen que atrapar. El café cortado le sabe a ubre de vaca, y mientras escucha los razonamientos del doctor Ramos se pregunta qué demonios habrá entendido el camarero cuando le ha dicho «con muy poca leche».

—Lo más conveniente es que juegue un rato con ella hasta que se gane su confianza sin hacerle ninguna pregunta que pueda incomodarla. Tiene que comprender que, de forma inconsciente y como sistema de autodefensa, Mariam evita recuperar esos recuerdos por lo que, de alguna manera, usted tiene que evitar que vuelva a vivir esa traumática situación.

—Lo haré con la mayor delicadeza del mundo y, si veo que lo está pasando mal, le aseguro que no insistiré.

—De eso puede estar segura, inspectora, porque para eso estaré yo presente.

—Por supuesto.

Alguien que entra tarareando una canción y dando palmas capta su atención. De inmediato, su giro fusiforme encuentra una coincidencia en su base de datos de rasgos faciales y su memoria a corto plazo se encarga de buscar una secuencia que tiene muy reciente: un bailecito humillante.

El chaval saluda al dueño, le pide un botellín de cerveza y se va directo a los servicios.

—Disculpe, doctor, tengo que dejarle. Estaremos allí en una hora más o menos.

—Muy bien. Hasta ahora entonces.

Sara se incorpora y traza una línea recta en su itinerario. Empuja la puerta, recorre un estrecho pasillo e inspira con profundidad antes de girar el picaporte del baño de hombres. Al entrar se lo encuentra de espaldas, cantando y con las manos ocupadas. Fijarse en la clásica hucha de fontanero le da una idea. Decidida, le baja los pantalones hasta las rodillas y, antes de que pueda reaccionar, le agarra de la nuca para pegarle la cara contra la pared. Con la otra mano saca su cartera del bolsillo trasero del pantalón y le muestra la placa.

—¡Sorpresa, cabrón!

—Pero ¡qué pasa! ¡Que yo no he hecho nada, se lo juro por mis muertos! —grita. Está claro que no es la primera vez que argumenta lo mismo.

—Cierra la boca, jodido bobo. Le has robado el móvil a la policía.

El otro aprieta con fuerza los párpados y resopla.

—¿Cómo te llamas?

—Me dicen el Rulas.

—Tu nombre de pila.

—Ricardo.

—Muy bien, Ricardo, ahora voy a dejar que te des la vuelta, pero si intentas escapar te prometo que lo vas a pasar muy mal. ¿Lo entiendes?

El chaval, poco convencido, asiente. En cuanto afloja trata de subirse los pantalones y Sara se lo impide de un manotazo.

—Solo te he dicho que te des la vuelta para que puedas verme la cara. ¿Llevas encima algún arma blanca? ¿Navaja, cuchillo, punzón?

El Rulas niega.

—Saca todo lo que tengas en los bolsillos y déjalo en la pila.

Él obedece. Un par de billetes de cinco, monedas, un mechero y un manojo de llaves.

—¿Y tu DNI?

—En la casa.

—Muy bien, Ricardo. Esto es lo que vas a hacer: me vas a conseguir otro iPhone 8 de 128 gigas. El color me da igual. Esta tarde voy a volver por aquí y como no lo hayas dejado, voy a buscarte hasta debajo de las piedras y te voy a arrancar de cuajo esta pichulita tan ridícula que tienes.

El Rulas traga saliva.

—¿Puedo confiar en ti, Ricardo, o te tengo que llevar detenido ahora mismo?

—Sí.

Sara le sostiene la mirada.

—Muy bien. Ya puedes subirte los pantalones.

—¿Puedo irme ya?

Sara retrocede unos pasos y le señala una zona del baño.

—Ponte ahí. Quiero que repitas el baile que me has hecho esta mañana.

—¿Que quiere que qué?

Sara cruza los brazos a la altura del pecho.

—Lo que has oído. A bailar.

—Pero...

—¡Que te pongas a bailar, coño!

Atribulado, empieza a contonearse sin ninguna gracia y menos coordinación.

—Pareces un jodido espantapájaros borracho. Puedes hacerlo mucho mejor.

El Rulas se detiene, se concede unos segundos y, entonces sí, logra la performance parecida a la que Sara tenía en la cabeza.

—Si tuviera un móvil te hacía un vídeo.

EL HOMBRE BALA: EXPERTO EN APARICIONES EFÍMERAS Y EFECTISTAS DE FINAL INCIERTO

Autovía de Murcia
30 de marzo de 2022

Que Bittor tenga la frente tan arrugada y los ojos abiertos como platos mientras conduce no tiene nada que ver con lo que ocurre en la carretera sino con los hechos que le acaba de narrar Sara Robles.

—¿En serio le has obligado a repetirte el bailecito?

—Muy en serio.

—Estás peor que las cabras locas, Sara. Podría…

—¿Denunciarme? —se anticipa ella—. No, te aseguro que no. No obstante, tienes razón, ha sido una imprudencia, pero tenía que hacerlo.

Antes de hablarle de su aventura con el Rulas le ha resumido la conversación que ha mantenido con el psicólogo y cómo salvó su reticencia inicial a que se produzca la exploración con la niña.

—Haz la rotonda y sigue por esa —le indica—. Estamos llegando.

—¿Cuánto tiempo crees que te va a llevar? —pregunta él.

—Ojalá lo supiera, pero rápido no va a ser, seguro.

—Vale, es por organizarme. Busco un lugar para esperarte y te paso la ubicación por... Olvídate, te espero en el coche.

—Jodido Rulas...

Carmelo Ramos la recibe con suma amabilidad. Espigado, le rodea un aura de sosiego que no encaja con sus pronunciados y angulosos rasgos faciales. Un pantalón vaquero desgastado, zapatillas de deporte y americana de corte moderno sobre camiseta de Iron Man conforman su atuendo.

—Alfredo ha llegado hace un rato —la informa.

—¿Quién?

—Un compañero suyo que envían de Madrid, me ha dicho, para hacer el retrato robot.

Sara da por hecho que alguien habrá estado intentando contactar por teléfono con ella para avisarla. Jodido Rulas, piensa.

—Sí, cierto.

—Yo entiendo que es importante para ustedes, pero si no tienen inconveniente le pediría que Alfredo espere fuera a ver cómo reacciona la niña, y si está por la labor, que entre.

Su tono, dulce y taimado, no invita a la negativa.

—Me parece bien.

—Gracias. Mariam está con una educadora social en el cuarto de juegos. Es por aquí. Tome esto, le encantan estas galletas.

Un paquete de Oreo.

—Le recuerdo que es muy importante que no la forcemos a revivir lo que ocurrió porque esa parte ya la conocemos.

—Sí, lo tengo claro. Solo queremos tratar de averiguar cómo es ese malnacido.

—Muy bien. Es aquí.

Antes de entrar, Sara le explica la situación a Alfredo, que, resignado, se encoge de hombros y vuelve a sentarse en la minúscula silla en la que estaba. Carmelo Ramos toca la puerta con suavidad y cuela la cabeza por la abertura.

—¡Hola, hola, hola! ¿Se puede? Te traigo una visita —anuncia impostando la voz y alargando la última vocal.

La educadora los saluda al salir y ambos entran. Colores vivos y chillones pintan la sala rozando la provocación paranoica. Se cuentan decenas de objetos repartidos por el suelo según el canon de desorden infantil que todo lo gobierna. Mariam, sentada en el centro, cabizbaja, está entretenida con un tren de madera que arrastra de un lado a otro. Carmelo se arrodilla junto a ella.

—¡Hola, Marichi! ¿Cómo estás? Jo, no sabes las ganas que tenía de venir a verte hoy. Mira, esta chica de aquí es una amiga mía que se llama Sara. Es de la policía y te ha traído una cosita que te va a encantar.

Sara se acuclilla. La niña tiene la tez cetrina y una tonalidad muy negra y muy brillante reluce en su pelo. Viste un peto rojo sobre una camiseta blanca en la que hay un *smiley* sonriente que está muy lejos de combinar con su cara.

—¡Hola, Mariam! Me han dicho que te gustan estas galletas, pero ¿sabes lo que pasa?

La niña se detiene pero no levanta la mirada.

—Que son mis preferidas y, no sé, no sé…

—Venga, Sara, porfi, dáselas a Marichi —interviene el doctor metido en su papel.

—Bueeeno. ¿Te las abro?

Mariam la mira de reojo y asiente. Carmelo levanta el pulgar y sonríe cuando la niña le da el primer mordisco a una galleta.

—Cuando yo era pequeña también me gustaba mucho jugar con trenes. Anda ¿y esto qué es?

La niña se encoge de hombros.

Sara agarra un Playmovil cuya indumentaria, mitad Capitán América, mitad payaso, le hace fruncir el ceño. A su lado, un gran cañón con un mecanismo de propulsión le despeja la incógnita.

—Ah, es un hombre bala. ¿Sabes qué es?

Mariam niega.

—Pues un señor que se mete dentro de un cañón y bum, lo lanzan muy lejos.

—Hala.

—Pero no le pasa nada, no te preocupes, porque cae siempre en una red.

—Ah.

—¿Sabías que el primer hombre bala que se hizo famoso fue una mujer? La Petite Lulu, la llamaban. Es curioso, ¿verdad? El espectáculo se lo inventa una mujer y lo llaman el hombre bala… —reflexiona en alto.

A Mariam no parece interesarle la anécdota, pero ha conseguido captar su atención. Así y todo, pasan casi veinte minutos hasta que Sara consigue conectar visualmente con la pequeña. Tiene los ojos muy oscuros, demasiado, como si algo se le hubiera apagado dentro.

—Yo también echo mucho de menos a mi mamá —se arriesga Sara mientras le acaricia la mejilla con el índice.

Mariam proyecta los labios hacia fuera.

—¿Tú tampoco tienes mamá?

—No. Se murió cuando yo tenía más o menos tu edad. Y me puse muy triste.

La niña inspira y se mete el pulgar en la boca. Los ojos titilan y se le humedecen.

—Siento mucho lo que le ha pasado a tu mamá. Pero ¿sabes qué? Yo voy a atrapar al hombre malo y lo voy a meter en la cárcel para siempre de una patada en el culo.

La niña eleva las cejas y busca a Carmelo con la mirada.

—Es que no te lo he dicho, pero mi amiga Sara es una superheroína —le dice Carmelo—. No hay villano que se le escape, pero necesita que la ayudes con una cosilla, ¿a que sí? —le pregunta a Sara, que vuelve a captar la atención de Mariam.

—Sí, pero solo si tú quieres.

Mariam hincha los carrillos y asiente con la cabeza.

—Muy bien, cariño. Mira, solo necesito saber cómo era. Si era alto o bajo, gordo o flaco, si tenía el pelo rubio o moreno... esas cosas. ¿Me quieres ayudar con eso?

—No llevaba ropa —dice.

Sara y Carmelo se miran.

—¿El señor malo estaba desnudo?

—Solo tenía... —completa con mímica.

—Calzoncillos. Vale. Vas muy bien. ¿Y era alto como Carmelo o más bajito?

Este se pone en pie.

—Igual, más o menos.

—¿Y tan flacucho como él?

—Pero bueno, que yo no estoy tan flacucho —protesta, brazos en jarra, de forma teatral.

—Que no, dice... —le susurra Sara al oído.

Mariam se levanta y va a un cesto en el que hay muchos juguetes. Al rato encuentra el que buscaba y se lo muestra a Sara. El increíble Hulk.

—Era como él.

—Aaah, ya entiendo. Así que estaba cachas, ¿eh? Porque supongo que no era verde.

La niña sonríe primero y niega después.

—¿Te acuerdas de qué color tenía el pelo?

Mariam amusga los ojos.

—Marrón clarito.

—Estupendo. ¿Viste si tenía algún dibujo en la piel?

—No.

—Vale, vale, vale. Vamos fenomenal. ¿Te acuerdas un poco de su cara?

En su semblante desaparece cualquier atisbo de inocencia. Asiente muy despacio.

—Escucha, cariño. Fuera hay un compi que sabe dibujar muy bien. Le voy a decir que entre, ¿vale?

Transcurrida más de una hora con todos sus minutos y segundos, el fisionomista logra perfilar un rostro que podría ser el de cualquiera.

—Bueno, Sara, Alfredo, ¿os parece que dejamos a Marichi descansar un rato? —propone Carmelo.

—Claro que sí. ¡Lo has hecho fenomenal! —califica Sara, entusiasta—. ¿Me dejas que te dé un beso muy gordo?

La niña extiende los brazos y Sara, que no oculta la emoción que la embarga, la achucha.

—Todo va a salir bien, ya lo verás —le susurra. Cuando se dispone a soltarla, nota que Mariam se aferra a ella y muy despacio acerca los labios a su oreja.

La frase que escucha arrasa el interior de Sara.

Sara sigue sin atender el teléfono. Sancho sube las escaleras de dos en dos mientras intenta contactar de nuevo con ella. Consulta la hora y sacude la cabeza, agobiado: el último vuelo a Madrid sale en tres horas y aún tiene que pasar por su apartamento a hacer la maleta.

Mal momento para andar con prisas.

Sobre todo si tu inmediato superior es el inspector general Azubuike Makila, te ha citado en su despacho utilizando la expresión «cagando leches», y sabes que le has dado motivos más que suficientes para rebotarse.

El nigeriano, que no suele andarse con circunloquios ni otras lindezas, le aguarda repantingado en su silla de *hardcore gamer,* con las manos apoyadas sobre su prominente abdomen y sus gruesos dedos entrecruzados.

—Buenas tardes —saluda Sancho en francés.

—¿Buenas para quién? —responde Makila en el mismo idioma.

—Para las gentes de buena voluntad.

En el rostro del nigeriano aparece una expresión de cérvido en estado de alerta. Mala señal. Malísima.

—Solo quiero saber si cada vez que surja un problema en España y esté relacionado con su ciudad natal se va a plantar delante de su amigo el presidente saltándose la jerarquía y me va a hacer quedar como un perfecto idiota.

Con cierto esplín, el pelirrojo introduce los dedos en la barba para aliviar un picor repentino bastante molesto. Se conocen desde hace demasiados años como para tratarse de usted. Pésima señal.

—Intenté hablar con usted ayer por la noche, pero su asistente me dijo que estaba de viaje y no regresaba hasta mediodía. Si no me subo en el vuelo de las nueve de la noche no podré viajar hasta el sábado por la huelga de controladores aéreos. Lo siento, pero eran causas de fuerza mayor.

—No, eso no es cierto: no lo siente. No lo siente en absoluto. Es más, diría que todo lo contrario. Que está tremendamente contento de haberse salido con la suya.

—Lo que lamento es que usted se sienta como un perfecto idiota, porque le aseguro que esa no era mi intención.

Durante los segundos que Makila invierte en rumiar esas palabras, tragarlas y digerirlas, Sancho le sostiene la mirada.

—Vale, con eso me sirve —defeca al fin—. Solo quería comprobar por mí mismo que no habías intentado joderme. ¿Te da tiempo a tomar una cerveza conmigo o te tienes que marchar cagando leches?

—Si es rápida, sí.

—Pues andando.

En la cafetería del edificio anexo los varones de más de cincuenta con traje y corbata conforman la especie predominante. Dos pintas mediadas sobre la barra y un barullo constante.

—He leído el expediente. No parece que se te vaya a alargar mucho el asunto, pero métete en la cabeza que en dos semanas máximo te quiero de vuelta —expone Makila.

—Eso había previsto yo.

—Estaría muy, pero que muy bien, que el asunto no terminara como la última vez que te envié a España.

—Lo de Chikalkin no terminó mal —se defiende Sancho.

—Él no diría lo mismo, ¿no crees?

—Ya sabe eso de que con la muerte no hay ley, mata el papa, mata el rey... El caso es que es harto complicado estar de buen rollo cuando uno de tus hombres de confianza termina haciéndote una corbata colombiana en los vestuarios de un campo de golf de Benalmádena.

—Sí, bastante —coincide después de darle un buen trago a la pinta—. Lo que quiero decir es que, en la medida de lo posible, cuando regreses, no me toque escribir un informe de cuarenta páginas repleto de muertos.

—Lo intentaré con todas mis fuerzas.

—Y ahora déjame que te haga una observación a título personal, aunque sé que te va a entrar por un oído y te va a salir por el otro. Si tanto te gusta esa mujer, ¿por qué no haces algo por remediarlo?

Sancho bebe.

—No es tan sencillo. Me gusta mi trabajo y...

—No me has entendido. Pronto habrá dos vacantes en tu grupo. Si es tan buena como dices, igual podrías tentarla, ¿no te parece?

Sancho lo medita. Mentiría si dijera que nunca se le ha pasado por la cabeza, pero es cierto que en ese momento todo cobra mucho más sentido. En su cabeza, de hecho, la pieza encaja de maravilla.

La pieza encaja de maravilla en el puzle que la sargento Quiñones está tratando de completar sobre el histórico vital de Mateo Cabrera Nogal.

—¡Ya tenemos el nexo! —le adelanta a Bittor por teléfono, entusiasmada—. En el expediente que me facilitó la Consejería de Educación me he dado cuenta de que faltaban las calificaciones de primero de BUP. He llamado para preguntar y la funcionaria me ha dicho que eso se puede deber a que decidiera estudiar fuera de Castilla y León. Luego he tenido la suerte de acertar con la primera bala. Por cercanía he buscado en Madrid y... ¡Bum! Ahí está. Mateo estudió en el Colegio San Nicolás en 1993, pero no le debió de gustar demasiado porque al curso siguiente volvió a Valladolid para terminar BUP y COU. Más tarde se matriculó en derecho y lo terminó con calificación media en un total de seis años.

—Así que Mateo y Darío coincidieron ese año en el internado ese de la sierra de Guadarrama.

—¡Eso es! No sé si nos llevará a algún sitio, pero algo es algo, ¿no?

—Desde luego. Habría que tratar de dar con alguien que coincidiera con ellos en ese curso por si recuerda que sucediera algo especial, algo... no sé, fuera de lo normal. ¿Has encontrado algo más sobre Mateo que merezca la pena?

—La verdad es que no. El tipo ha llevado una vida del todo monacal. Cero antecedentes. Empezó con lo de los crucigramas en 2003, por lo menos de modo profesional, y solo ha trabajado tres años por cuenta ajena. El resto como autónomo. Y poco más.

—Bien, llama al subinspector Peteira y se lo cuentas todo, yo estoy esperando a que salga Sara de hablar con la niña, a ver cómo ha ido la cosa. Si no hay ningún cambio, a primera hora salimos para allá.

—Pues mañana nos vemos.

—Una cosa más: ¿Viciosa ha dado señales de vida estos días?

—No, que yo sepa.

A través del retrovisor ve a Sara acercándose. Su crispado semblante hace que se disparen las alarmas.

—Mejor. Te dejo. Buen trabajo, Verónica.

—Suerte.

La puerta del copiloto se abre y Sara se sienta sin mediar palabra. A pesar de que no quita la vista del frente, Bittor comprueba que tiene los ojos enrojecidos y le tiembla el labio inferior.

—Maldito hijo de la gran puta —farfulla con la voz temblorosa.

—¿Pasa algo?

—El hijo de la gran puta. Cerdo repugnante. Enfermo de mierda —continúa negando con la cabeza.

—Sara.

Entonces sí, se produce la deflagración.

—¡Ese cabronazo asqueroso obligó a la niña a tocarle por dentro de los calzoncillos! —grita a la vez que golpea con el puño cerrado en el salpicadero—. ¡Tiene seis años, joder! ¡Seis años!

—Hay que ser hijo de puta, la hostia.

Las lágrimas hacen acto de presencia.

—¡Voy a encontrar a ese pedazo de mierda y le voy a reventar la cara a patadas! ¡Lo voy a reventar! —se desgañita.

Bittor la agarra del muslo con delicada firmeza.

—Vamos a cogerlo, que no te quepa ninguna duda.

Sara se enjuga el llanto con el dorso de la mano antes de girar la cabeza.

—Mariam no se había atrevido a contarlo por vergüenza, ¡¿te lo puedes creer?! ¡Por vergüenza, una niña de seis años! ¡¿Cuánto tiempo va a tardar esa niña en superarlo, en borrarlo de su mente?! Si es que se puede eliminar algo así. Bittor, tenemos que trincarlo antes de que siga destrozando vidas por ahí. No podemos permitir que campe a sus anchas como si nada.

—Estamos los dos en ello. Lo pillaremos.

La inspectora toma aire y lo retiene en sus pulmones.

—¿Qué hora es?

—Las siete y veinte.

—Si salimos ya, estamos en casa antes de la una de la mañana. Nos turnamos y le damos candela.

—¿Quieres coger carretera ahora?

—Sí. Me gustaría estar mañana a primera hora en comisaría y revisar todo lo que tenemos con calma, pero antes hemos de pasar por el bar ese. Y más vale que ese mamarracho haya cumplido, porque puedo sacarle las tripas al jodido Rulas.

Bittor asiente y mete primera.

—Lo que yo decía: peor que las cabras locas.

EL ESCUPEFUEGOS: SU NOMBRE ES UN GROSERO SPOILER DE SU ACTIVIDAD

Consulta de la doctora Velasco (Madrid)
Dentro de trece días

Resoplará al comprobar que su marido insiste en hablar con ella. Lo último que deseará la doctora Velasco es atender esa llamada, pero asumirá que no le queda otra que hacerlo.

—Antonio, dime —contestará, arisca.

—Paz, es casi la una de la madrugada y yo mañana tengo guardia.

—Sé qué hora es, pero ya te he dicho que tengo mucho jaleo y no es algo que pueda dejar para otro momento. Tú descansa.

—Pero ¿se puede saber en qué andas metida?

—Por teléfono es muy complicado, pero te prometo que mañana hablamos de ello. Es que no quiero distraerme.

Quiero terminar de escuchar unas grabaciones, pasarme por alguna comisaría e irme a dormir.

—¿Por alguna comisaría, dices?

—Sí, Antonio, sí, por alguna comisaría. Tengo que hacer una denuncia relacionada con un paciente, pero, por favor, déjame acabar.

—Está bien, está bien. Tú sabrás lo que haces. Me meto en la cama. Hasta mañana.

—Hasta...

No le dará tiempo a responder. La doctora Velasco estará a punto de arrojar el móvil contra la pared de enfrente, pero, tras unos segundos, volverá a dejarlo sobre su escritorio y terminará de escribir la anotación: «Hay un claro componente de desafío en sus acciones que está directamente relacionado con su marcado narcisismo como eje motivacional». Subrayará la frase y volverá a la sesión que estaba escuchando cuando sonó el móvil.

Clic.

—Suso tiene la certeza de estar por encima del bien y del mal porque, conforme satisface sus fantasías sin que nadie le pare los pies, su ego se va hinchando como un globo.

—Y eso será su perdición, ¿no? Lo hemos visto en cientos de películas.

—No tiene por qué. Hay muchos casos reales en los que un asesino en serie ha salido impune. Y muchos de ellos, por no decir la mayoría, tenían ese rasgo de narcisismo exacerbado. Tanto, que incluso se atreven a comunicarse con los investigadores del caso. Me viene ahora a la cabeza el caso de *La dalia negra.*

—Lo que le decía: un peliculón.

—Basado en casos reales.

—Sí, cierto, tiene razón. Esto podría darme mucho juego en una novela. ¿Qué le mueve a hacerlo a alguien que, como Suso, mata para obtener una satisfacción sexual?

—En esencia, dos cosas: notoriedad y reafirmación. Una comparación muy tonta: ¿de qué le serviría a Cristiano Ronaldo ser el mejor jugador de fútbol del planeta si nadie lo conociera? Estar en boca de todo el mundo le sirve de motivación para seguir entrenando duro cada día. Porque necesita estar en lo más alto del podio.

—Es mejor Messi, pero entiendo la analogía.

—Por eso no es tan extraño que alguien que está siendo buscado por la policía contacte con ellos y los desafíe a través de los medios. Tiene que exhibirse, pavonearse y, aunque es consciente del riesgo que corre, no podrá evitarlo. Es un hito más en su evolución. Con cada acto de violencia se va acercando más y más a sus fantasías, lo cual le va fortaleciendo hasta creerse impune y ello le generará el deseo de convertirse en una celebridad. Por eso muchos de ellos firman sus obras, para que todo el mundo sepa que son suyas.

—Interesante. Por lo tanto, lo lógico es que Suso, al principio, cuando está en la fase de aprendizaje, trate de pasar desapercibido, pero luego, conforme vaya ganando confianza, necesite darse a conocer.

—Sí. Por norma, tras cometer un homicidio, o varios, sigue una fase de enfriamiento que puede dilatarse más o menos dependiendo de, valga la redundancia, la dependencia que haya adquirido respecto a lo que siente cuando mata.

—¿Como si fuera una droga?

—Es buena comparación, sí. No siempre se cumple, claro, porque cada individuo tiene un molde distinto sea o no un sádico homicida, pero desde luego encajaría a la perfección en la personalidad narcisista del personaje.

Clic.

—Vale, vale, vale... ¿Y cuándo fue lo de la periodista esa? ¿Cómo se llamaba?

Paz Velasco hará una búsqueda en internet y dará con su nombre.

—De manual —calificará tras haber leído las noticias relacionadas.

Más anotaciones.

Acto seguido revisará su cuaderno de sesiones y encontrará algo que le llamará la atención. «Orígenes». Sesión n.º 9, 5 de junio de 2018. De inmediato buscará el archivo de audio y adelantará la barra unos minutos.

Clic.

—... es algo de lo que todavía no hemos hablado y que creo fundamental para la construcción de mi personaje.

—¿Se refiere a los orígenes?

—Sí. Porque entiendo que tiene que haber algo en el desarrollo vital de Suso que lo empuje a ser como es, ¿no?

—No siempre. Es decir, para su personaje lo ideal es que tenga un pasado típico de malos tratos durante la infancia, abusos, ambiente hostil, desapego, aislamiento, etcétera, etcétera. Pero en la realidad, insisto, no siempre es así.

—¿No?

—No. Puede que el sujeto haya tenido un crecimiento normal, pero que sea un hecho concreto lo que despierte esa pulsión oculta por generar fantasías donde él tiene el control absoluto y que, con el tiempo, le irán generando la necesidad de llevarlas a cabo. De vivirlas en primera persona. De experimentar. Lo que sucede es que la necesidad de ir cada vez más lejos puede desembocar en un episodio violento con resultado de muerte, y ese será el punto de inflexión. A partir de ese instante, si la justicia no actúa y lo detiene, podría desatarse lo que ya hemos hablado en anteriores sesiones.

—Muy bien. Déjeme que le cuente un caso real. Le ocurrió a un compañero mío de la universidad, quien me lo contó una noche entre tequila y tequila.

—Adelante.

—Estuvo en un internado y allí tenía un colega que con trece años sufrió los abusos de un profesor. Al parecer el cabrón asqueroso era muy amigo de cascársela a sus alumnos. Su colega se lo contó y él me confesó que de alguna forma le excitaba pensar en ello. Imaginarse la escena le ponía muy cachondo. ¿Qué sentido tiene eso?

—Ninguno. Porque la razón no interviene ni suele estar presente en las fantasías sexuales. Ocurren sin más. Cómo nos comportemos al respecto es lo que de verdad cuenta.

—No entiendo.

—Claro. ¿Qué hizo tu compañero cuando su amigo le contó lo que le estaba haciendo el profesor?

—Nada. Callarse, el hijo de puta.

Clic.

—¿Quién de esos dos niños eras tú, Álvaro? —se preguntará en voz alta—. ¿El que sufrió los abusos o el hijo de puta que no lo denunció porque se excitaba al imaginárselo?

Tras unos segundos escribirá en mayúsculas: EL SUFRIMIENTO AJENO ES EXCITANTE.

Es excitante revivir lo sucedido en el plató. Su segunda intervención en *Las mañanas de Claudia* ha sido aún más brillante que la primera. Tanto que incluso la propia directora del programa la ha felicitado.

—Continúa en esa línea y verás lo fácil que te resulta comprarte un bolso como este que tanto miras —le ha dicho Claudia en el camerino.

Eufórica, valorando si lucir su flamante telegenia por la tienda de Gucci de Serrano, Ruth no tomará en consideración algunos detalles que podrían salvarle la vida. El primero de ellos, además, ya no tiene remedio. Llegaba muy justa de tiempo y no había plazas en el aparcamiento exterior, por lo que no le quedó más remedio que meterse en el subterráneo, donde solo aparcan los mindundis. Azorada, salió de su Ford Focus sin apretar el botón de cerrar puertas del mando a distancia, pormenor del que sí se percató el conductor que la venía siguiendo desde que entró en el recinto del edificio. El segundo está relacionado con el retrovisor. No está en la posición que debería y, aunque al sentarse y ponerse el cinturón le ha extrañado, no ha sido para tanto como para salir del coche a tiempo.

Lo demás ocurre muy rápido.

Un brazo que surge del asiento de atrás le rodea y oprime el cuello impidiéndole moverse, gritar y, lo que es peor, respirar. Lucha por liberarse, pero durante los diecisiete segundos que lo intenta no le da la sensación de que vaya a conseguirlo. A punto de perder la consciencia y sin entender por qué le toca morir hoy, la presión cede, o eso cree notar justo cuando escucha una voz masculina.

—Te voy a soltar, pero si te mueves o gritas, te juro que te abro el cuello de parte a parte.

Sentir el frío tacto metálico en la garganta elimina todas las opciones que no sean hacer exactamente lo que el desconocido le ordena. De todos modos, el miedo ha inutilizado su sistema nervioso y en esos instantes lo único que consigue hacer de forma consciente es retener la orina y las heces dentro de su organismo.

—Pon las manos en el volante y no las muevas de ahí —le ordena.

La voz suena amortiguada.

La periodista, temblorosa, obedece.

—¿El Torturador Risueño? ¡¿No se te pudo ocurrir un nombre peor?!

Quiere responder, pero, por primera vez en su vida, a Ruth no le salen las palabras.

—¡Contéstame, cojones!

—No fui yo. Fue mi jefe —dice al fin—. No me hagas daño, por favor, por favor, por favor.

—Tu jefe, ¿eh? ¿Y por qué tu jefe no está dando la cara en la televisión?

—Ya no trabajo en *Actualidad Digital*.

—Muy cierto, ahora trabajas para mí.

Por el rabillo del ojo, Ruth distingue una mano enguantada que deja algo en el asiento del copiloto.

—Lo sé todo sobre ti y tu familia, así que escúchame bien porque te va la vida en ello.

El interior de la boca es Almería en agosto.

—Vas a llevar este móvil encima siempre. Y siempre es siempre. Procura tenerlo cargado a tope, porque si algún día te llamo y no me atiendes por el motivo que sea, te encontraré y te llevaré a algún lugar donde pueda disfrutar de ti durante varias semanas antes de matarte. No hace falta que te hable de lo que soy capaz de hacer, ¿verdad? ¡¿Verdad?! —insiste elevando el tono y acariciando la comisura del labio con la punta del cuchillo.

Ruth afirma con la cabeza.

—Otra cosa que quiero que tengas muy presente: tardo menos de media hora en plantarme en la casa de tu hermana Elena en Galapagar. Así que piensa en tu preciosa sobrina Patri cuando te venga el impulso de contarle a alguien lo que te está pasando. Por ejemplo, si te ves tentada a ponerte en contacto con la policía o la Guardia Civil, tú solo piensa en Patri, ¿vale?

La periodista aprieta los párpados y de inmediato el rostro sonriente de su sobrina se proyecta en su mente.

Dos densas y gélidas lágrimas descienden por su tabique nasal.

—No, no, no... ¡Por favor, por favor! No diré nada, no diré nada —suplica.

—Más te vale. Ahora me voy a marchar y tú te vas a quedar aquí muy quietecita esperando a que te llame dentro de un rato para darte instrucciones. Si haces lo que te digo, te aseguro que se te van a rifar las televisiones de todo el país. ¿Somos o no somos un equipo?

Ruth abre la boca, pero no articula sonido alguno.

—¿Somos o no somos un equipo? —le susurra al oído.

—Lo somos, lo somos —logra decir con un hilo de voz.

—Muy bien, preciosa.

No respira hasta que oye el sonido de la puerta y, en cuestión de segundos, un temblor que se origina en la cabeza conquista todo su cuerpo agarrotando todos y cada uno de sus músculos. Lo intenta, pero es incapaz de despegar las manos del volante, y lo único que parece funcionar son los lagrimales y las glándulas sudoríparas, estas últimas a pleno rendimiento. Acto seguido los contornos empiezan a difuminarse y como si alguien estuviera meciendo el universo entero, la gravedad desaparece.

Y su consciencia se desvanece.

Se desvanece al instante, casi tan rápido como apareció, esa incómoda sensación de ser extraño en tu tierra. Por lo demás, todo lo que le ha ocurrido desde ayer le resulta extraño: porque no es en absoluto normal haber intentado contactar con

Sara al menos quince veces y que siempre le dé apagado o fuera de servicio. Algo le tiene que haber pasado y eso es precisamente lo que le lleva taladrando la cabeza a Ramiro Sancho desde que se ha despertado a las nueve de la mañana en un hotel cerca del aeropuerto Adolfo Suárez, eventualidad —la de la hora— nada habitual en él y, por ende, extraña. Por último, extraño es también el número de teléfono de prefijo desconocido que le ha llamado ya en varias ocasiones y que al atenderlo se corta a los pocos segundos sin que se escuche nada al otro lado.

Quizá sea ese cúmulo de extrañas circunstancias lo que le hace caminar con la mirada al frente, el ceño fruncido y paso firme hacia la entrada principal de la comisaría. Tan firme es el paso y tan al frente lleva la mirada que no se percata de que acaba de cruzarse con el agente Navarro, antiguo integrante de la motorizada, a quien el pelirrojo le abrió la puerta del Grupo de Homicidios.

—¿Sancho? —oye.

—Coño, Dani —exclama al girarse.

—No, coño tú, que yo estoy por aquí todos los santos días.

Sancho afloja el rictus.

—Pues tienes razón —reconoce.

—No me digas que vienes por lo de…

—Exacto —le corta—. Nos han pedido ayuda desde Madrid.

—Pues mira, me alegro en el alma, porque estamos desbordados, aunque…

—Termina, termina —le anima.

—Digo que los de las funerarias estarán encantados de la muerte, nunca mejor dicho —bromea Navarro, jocoso—. Que la última vez que pasaste por aquí tuvieron que hacer *happy hour* en féretros y dos por uno en coronas de flores.

Sancho suelta una carcajada que capta la atención de dos uniformados.

—Qué cabrón. Si no recuerdo mal, cuando yo llegué ya teníais unos cuantos muertitos en el museo...

—Muy cierto. Como ahora. Está Copito de un humor cojonudo. Hace un rato ha pasado por la brigada cagándose en todos los santos del cielo en general y en los difuntos del subdelegado en particular.

—¿Y la jefa?

—Igual o peor. La mierda, que al final siempre salpica a los mismos..., pero qué te voy a contar a ti que no sepas.

—¿Está arriba?

—Por ahí anda.

—Joder, llevo dos días intentando hablar con ella y no hay manera.

Ahora es Navarro el que se ríe.

—Es que ha tenido un pequeño percance con el móvil que todavía no ha terminado de solucionar. Que te lo cuente ella si eso...

—Si eso —repite—. ¿Álvaro?

—Está fuera, pero no me preguntes dónde.

—Venga. Luego nos vemos —se despide Sancho de un golpe en el hombro.

—Además de verdad, porque hemos quedado unos cuantos para picar algo donde Cuqui.

—¿Qué se celebra?

—Que cumplo uno más y mira cuánto pelo conservo. Botello, que cumplió el lunes o el martes, también lo celebra.

—Tener pelo está sobrevalorado, pero cuenta conmigo.

—Sobre las nueve. Suerte.

—Gracias.

Al subir las escaleras saluda de modo fugaz a cuantos rostros conocidos se encuentra a su paso hasta que da con el que está buscando. Reconoce sus angulosas pero proporcionadas facciones a través del cristal y con efecto inmediato se le acelera el ritmo cardiaco y se le entrecorta la respiración. La última vez que hablaron, él estaba a punto de volar a Johannesburgo y de eso han transcurrido más de tres meses. Para encontrar el momento en el que se vieron por última vez tendría que remontarse a tiempos prepandémicos, y para aquel entonces ambos ya habían asumido que lo suyo iba a terminar del mismo modo que la última vez.

Y la penúltima.

Y así desde el año 2013.

—Ya era hora de que te dignaras a aparecer por aquí. —El comisario Herranz-Alfageme, tal y como le adelantó Dani Navarro, con pinta de estar de un humor excelente.

—Llegué anoche a Madrid.

—Lo que sea. Vamos a mi despacho y te pongo al corriente de todo.

—¿Y Sara?

—Ahora le digo que estás aquí.

—¿Todavía no lo sabe?

Copito se encoge de hombros.

—Pues no sé, di por hecho que la habrías avisado tú.

—No he conseguido hablar con ella.

—Me pasa igual con mi señora. La avisas tú o entro yo.

—Mejor tú.

La historia se repite. La última vez se presentó sin avisar y Sara no se lo tomó bien. Nada bien. Tanto fue así que su malestar tomó cuerpo en forma de puñetazo.

Por ello, sin atreverse a asomar demasiado el morro a través de la puerta, el de la Interpol contempla desde la distancia la reacción secuencial de Sara ante la noticia que le está dando el comisario: ojos muy abiertos, cejas fruncidas e hipertensión de las aletas nasales. Hasta ahí nada sorprendente. Lo inesperado llega tras inclinar la cabeza unos grados para salvar la opacidad de Copito y encontrarse con la expectante mirada del barbudo pelirrojo a quien, algo acojonado, no se le ocurre otra cosa que levantar la mano.

Segundos después, Sara se incorpora y, muy calmada, recorta la distancia.

—Me alegro mucho de verte —dice ella.

A Sancho le gustaría decir algo que tenga sentido, pero no encuentra nada mejor que darle un abrazo y apretarla contra su pecho.

Su pecho se hincha y deshincha siguiendo un ritmo cadencioso, tranquilo. Nada cambia en el instante en el que irrumpen unas ondas sonoras que, a través del conducto auditivo llegan hasta el tímpano y provocan que este vibre y ponga en movimiento el martillo, el yunque y el estribo con el fin de amplificar la señal. Es en la cóclea donde se convierte en un impulso eléctrico que recoge el nervio auditivo y lo transporta hasta la corteza auditiva primaria. Allí, en el lóbulo temporal del cerebro, debería identificarse ese sonido y, en consecuencia, provocar la reacción de la titular de toda esa materia gris.

Debería, sí, pero no sucede.

Y al estar ella en la delicada tesitura en que se encuentra —su vida depende de si atiende o no esa llamada—, al cerebro de Ruth Domínguez le convendría mucho activarse.

Le convendría, sí, pero no es consciente de ello.

Tercer tono.

Sin novedad.

Cuarto tono.

Un espasmo.

Como si hubiera recibido una descarga eléctrica, la periodista vuelve en sí, pero emplea un tono más en ubicarse en el eje espaciotemporal y los dos siguientes los consume preguntándose por qué hay un móvil que no le pertenece en el asiento del copiloto y que no para de sonar. Es en el octavo cuando recuerda las palabras del desconocido y nota que un punzón le atraviesa el estómago. Duda. En el noveno tono ya tiene el corazón desbocado y nota que le vuelve a faltar el aire.

Décimo tono.

Una orden.

Ruth alarga el brazo, lo agarra y, a pesar de que le tiemblan los dedos, logra deslizar el pulgar por la pantalla.

—¡¿Sí?!

—¡¿Serás tonta del culo?!

—¡Lo siento, lo siento, lo siento!

—¡He estado a punto de colgar! ¡A punto! ¡¿Y sabes lo que hubiera tenido que hacerte, maldita estúpida?!

—¡Cuando te has ido me he debido de desmayar y al recobrar el sentido ya estaba sonando! Lo siento, no volverá a pasar. Lo siento —insiste con muy poca convicción.

Silencio.

—¿Hola?

—Que sea la última vez, tonta del culo. ¡La última!

—Vale, vale…

—Ahora pon el manos libres, arranca y haz lo que te diga.

—¿Ahora?

Un suspiro de desesperación.

—Ahora, sí, ahora —aclara bajando el tono dos octavas.

—Vale, vale… Es que estoy muy nerviosa.

—Pues relájate, no vayas a tener un accidente, «tontalculo». Mira, ya se cómo llamarte: Tontalculo.

La periodista toma aire por la nariz y lo suelta por la boca al tiempo que aprieta el botón de arranque del motor y pisa el embrague.

—Eso es, respira —escucha a través del altavoz—. Vives en Madrid capital, ¿verdad?

—Sí.

—Entonces sal del aparcamiento y coge la M-50 en dirección Madrid. Te recuerdo que sé dónde estás en todo momento y que te tengo a la vista.

—Vale, vale…

—¿No sabes decir otra cosa? Hace un rato te he visto mucho más suelta por televisión.

—Es que...

—Estás muy nerviosa, sí. Procura no confundirte al pillar la salida o tendrás que hacer muchos kilómetros a lo bobo.

—Vale, va... Mierda —murmura.

Durante los siguientes segundos Ruth solo escucha el latido de su corazón.

—Mientras conduces hacia tu casa te voy a hacer algunas preguntas que...

—¿A mi casa?

—¿Tengo que repetirte todo dos veces, Tontalculo? Vamos a tu casa, y más te vale no equivocarte de dirección, pero sobre todo no vuelvas a interrumpirme, joder.

—Va...

Silencio.

—Dime: ¿cómo has obtenido la información?

—Mi jefe tiene un contacto en la policía de Valencia que le comentó que era muy probable que el asesinato de la prostituta venezolana estuviera relacionado con lo de Valladolid.

—Tu jefe, ¿eh? —repite con cierta decepción—. Y ahora que ya no trabajas para él, ¿qué vas a hacer?

—Yo tengo mis propias fuentes.

—Cuáles. —Ruth tarda en contestar—. Y no me vengas con esa mierda de que no puedes desvelarlas —se anticipa él.

—Conozco a una guardia civil.

—¿En la Guardia Civil de dónde?

—De Valladolid.

—Interesante. ¿Cómo se llama esa guardia civil?

—Sargento Quiñones.

—Bien. ¿Y qué te ha contado esa sargento?

—En realidad nada, de momento, pero...

—Pero qué.

—Creo que podría sacarle más información.

—Lo crees, ¿eh...? —Una insultante carcajada resuena en el interior del vehículo—. Por tu cara bonita, claro. Están deseando que una periodista de chichinabo les agite los medios, no te jode. Es igual, veamos... Necesito saber si de verdad tienes contacto con esa sargento, porque si no es cierto, no me sirves para nada. ¿Y sabes qué hago yo con las cosas que no sirven para nada?

—Lo tengo, por supuesto que lo tengo.

—¿Tienes su teléfono?

—Sí.

—Pues mira, le vas a decir a la sargento Quiñones que te has enterado por tus fuentes que en Cartagena había una niña que lo presenció todo.

—¿Una niña?

—Eso es. Una niña que yo permití que viviera. Utilízalo para que te cuente con pelos y señales qué es lo que saben a cambio de no sacarlo a la luz pública. Si tienen alguna línea de investigación abierta... No sé, cosas que a mí me puedan ser de utilidad y que a ti te valgan para convencerme de que me interesa que sigas viva.

—No va a ser nada sencillo.

—Lo sé. Por eso hemos formado este equipo, para lograrlo juntos. Ten cuidado con ese retrasado que llevas pegado al culo.

Como si fuera un imán, su mirada se pega de inmediato al retrovisor haciendo que se le disparen las pulsaciones.

—¿Me estás siguiendo? —se atreve a preguntar.

—¿Ves como eres Tontalculo? Por supuesto que te estoy siguiendo, pero no pierdas el tiempo intentando adivinar quién soy porque vas a acabar estrellándote. Por cierto, ¿queda mucho para llegar?

—No.

—Bien. ¿Y qué es lo primero que vas a hacer cuando llegues a tu casa?

Silencio.

—Llamar a la sargento Quiñones.

—Eso es —dice alargando la primera vocal—. No te enrolles demasiado porque en cosa de dos horas te voy a volver a llamar para que me cuentes cómo te ha ido.

—No creo que a la primera consiga sacarle algo interesante.

—Pues que sea a la segunda… ¿Vives cerca de Méndez Álvaro?

Superada, Ruth contesta de inmediato.

—En la calle Téllez, 30. Ahí vivo.

—Ahora lo comprobaremos. Otra cosa que antes no te he comentado: si alguien intenta intervenir la línea de ese móvil lo voy a saber en el acto, así que cuando te sientas tentada a hacer alguna estupidez parecida, piensa en Elena y en Patri.

Parada en un semáforo, Ruth busca candidatos sin mover la cabeza. Tiene la espalda agarrotada y los hombros cargados. Podría ser cualquiera. Se siente como un corderito guiando al lobo, pero necesita llegar a su redil cuanto antes y la luz sigue estancada en el rojo. Cuando se dispone a retomar la marcha, la flojera de piernas hace que se le cale el coche.

—Tranquila, que ya estamos llegando al final. Solo quiero ver cómo entras en tu portal y te dejaré en paz por hoy.

—Entro por el garaje.

—Me sirve igual. Dime en qué piso vives.

Ruth resopla.

—Escalera ocho, primero, puerta tres.

—Cuando entres, te voy a dar cinco minutos y luego llamaré al telefonillo. Por tu bien, que reconozca tu preciosa voz. Hablamos más tarde, ¿vale, Tontalculo?

Siente un alivio enorme cuando termina la llamada.

Tan enorme como efímero.

La puerta del garaje tarda mucho más de lo normal en abrirse —o eso percibe ella—, y en el estado de nervios en el que se encuentra tiene que maniobrar ocho veces cuando suele estacionar a la primera. Al salir del coche no le responden las piernas y se ve como una cervatilla recién nacida con patines por pezuñas. La ligera opresión que siente en el tórax se incrementa frente a la puerta del ascensor del garaje y, aunque sabe que no hará que llegue antes, aprieta varias veces el botón de llamada. Por suerte solo son dos niveles, pero le da la sensación de que está subiendo al último piso del rascacielos más alto de ese asqueroso mundo en el que le ha tocado vivir. Camina ligero por el pasillo mientras busca las llaves dentro de su bolso. Con el pulso como el de una anciana nonagenaria no es tarea sencilla. Está a punto de sacarlas cuando oye el timbre del telefonillo.

—No, joder, no. ¡Por favor! —grita desesperada.

La llave, lógicamente, se niega a entrar.

El timbre vuelve a sonar.

Ruth se siente tentada a abandonar. Solo quiere sentarse en el suelo y llorar, pero su instinto de supervivencia la obliga a no cejar en el empeño. Lo logra tras varios desesperados intentos, pero hace rato que no suena el condenado telefonillo.

—¡Soy yo, aquí estoy! —grita.

Nadie contesta.

—¡Que estoy aquí, joder!

Una risa metálica, sardónica.

—Siempre al límite, ¿eh, Tontalculo? Hale, respira un poco y haz de una vez lo que te he pedido.

La periodista, temerosa cual escupefuegos en un pajar, no sabe qué decir.

—¿Lo que me has pedido?

—¡La llamada, jodida Tontalculo, la llamada!

La llamada de Sara la ha recibido hace veinte minutos.

—Vaya, me alegro de que ya hayas solucionado lo de tu tarjeta SIM —es lo primero que le ha dicho.

—Y yo más, créeme. Tienes que venir a comisaría, Bittor. Hay alguien a quien tienes que conocer —le ha dicho en un tono que él no ha sabido cómo catalogar.

—¿Alguien?

—Ramiro Sancho, mi predecesor en el cargo. Lleva unos cuantos años en la Interpol y alguna mente preclara de la UDEV ha decidido que no vamos a ser capaces de... Bueno, lo de siempre —le ha resumido.

El teniente Balenziaga no conoce a Sancho pero sí sabe quién es. Más o menos. Sabe lo que todo el mundo cuenta de él: que saltó al estrellato policial tras poner fin a la sangrienta carrera de Augusto Ledesma y que poco después ayudó a desbaratar una importante organización criminal dedicada entre otras cosas a la trata de personas. También sabe que guarda una estrecha relación con Sara, pero desconoce los detalles. Nunca se ha interesado por conocerlos. O, más bien, nunca se ha atrevido a preguntárselo a Sara.

Y son esas incógnitas no resueltas las que le aturullan la cabeza en el momento en que se identifica en el mostrador de la comisaría de Las Delicias.

—Buenos días, soy Bittor Balenziaga. Vengo a ver a la inspectora Robles.

—Un segundo, por favor.

Son muchos más los que transcurren hasta que la ve aparecer con la misma ropa que llevaba puesta cuando salió de su ducha esta misma mañana. Al volver de Cartagena, después de seis insufribles horas de viaje, se decantaron, sin ninguna razón específica, por la casa de Bittor para pasar la noche juntos. Una vez más, Sara le ha vuelto a sorprender, pero no por sus inagotables habilidades amatorias, sino por su increíble forma de desconectar de la realidad para entregarse al sexo como si fuera la primera vez.

O la última, quién sabe.

Lo mismo da, porque la sonrisa de pubescente que se le ha cincelado en la cara le ha durado hasta que levantan la barrera de acceso al edificio de la comisaría.

—Buenas tardes —le saluda—. ¿Todo bien?

Aunque ya debería estar más que acostumbrado, a Bittor le sigue costando comerse las ganas de tener contacto físico con ella cada vez que la tiene delante.

—Sí, todo bien. ¿Y por aquí?

Sara frunce los labios.

—Ahora te cuento. Acabamos de mantener una reunión bastante intensa con el comisario. Necesitamos que el viento empiece a soplar a nuestro favor de una vez, porque... Joder —concluye.

—Viciosa está igual, pero este es más de ponerse a rezar hasta a la Virgen Santísima con tal de avanzar.

—Lo que sea. Sancho está en esa sala. Voy a por un café, ¿quieres?

—No, acabo de tomar.

—Ve presentándote, por favor. Tardo un minuto.

Bittor duda unos instantes antes de entrar.

De buena talla, espalda ancha y con la cabeza rapada, un barbudo pelirrojo se entretiene mirando a través de la ventana.

—Buenos días —saluda.

El tipo se gira muy despacio y lo examina al tiempo que recorta la distancia.

—Buenos días. Bittor, ¿verdad? Sancho —se presenta ofreciéndole la mano.

Decía su padre que nunca debía fiarse de los que la estrechan con sudorosa flacidez. Mucho menos de los que retiran la mirada o los que sonríen con demasiada facilidad. Ninguna de las tres circunstancias se producen, lo cual, no sabe por qué, le genera cierta decepción.

—Sara me ha hablado mucho de ti —le dice Sancho. Se expresa con un tono de voz grave y contundente, sin fisuras.

—Espero que no muy mal.

—No mucho —bromea. O eso le parece a Bittor—. ¿De qué parte de Euskadi eres?

—De Algorta.

—Muy buena zona.

—¿Ya os conocéis? —irrumpe Sara—. De fábula. ¿Nos sentamos?

Tras unos primeros minutos malgastados en repasar lo que los tres ya saben, Sara aprieta el gatillo la primera.

—Bueno, Sancho, dinos por favor cuál es vuestra forma de trabajar. Es decir, cómo operáis con los distintos cuerpos de policía cuando intervenís en el país que corresponda.

El interpelado carraspea.

—Siempre del mismo modo y nunca igual. Nuestra función se limita a asesorar y colaborar, pero la parte operativa, aunque sea una sigla de nuestro grupo, os corresponde a vosotros. Y digo que nunca es igual porque depende de las personas que integramos el equipo de investigación —añade dibujando un círculo en el aire—. Por mencionar un ejemplo reciente, en Sudáfrica, nos costó mucho atrapar a un hijo de puta muy chapucero porque todos y cada uno de los intervinientes querían ponerse su medallita. Al final fueron los vecinos de Pinville, uno de los suburbios más jodidos de

Soweto, en Johannesburgo, los que lo terminaron trincando. La parte buena es que el juicio se lo ahorraron.

—Sabemos de lo que hablas —interviene Sara—, pero ya lo tenemos muy hablado y entre nosotros, los que estamos aquí, que es a quienes nos debe importar, ese problema no va a existir.

Bittor asiente convencido.

—Ese problema —parafrasea Sancho— no suele darse en estos niveles, sino en los superiores, pero me alegro de que vosotros estéis colaborando con normalidad. Dicho esto, y metiéndonos ya en harina, os tengo que decir con total honestidad que, bajo mi criterio, el punto en el que nos encontramos está peor que mal.

Bittor Balenziaga estira la espalda como si le acabara de dar una contractura lumbar en la silla.

—Creo que ambos somos conscientes de ello —se defiende el de la Guardia Civil—. Creo no, lo sé.

—Sí, sí. Y hasta cierto punto es lo habitual —prosigue el de la Interpol—. A nosotros siempre nos toca ir por detrás, la cuestión es saber medir a qué distancia nos encontramos. Y, para ello, lo primero que debemos hacer es conocer con exactitud dónde estamos y actuar en consecuencia.

—¿Y dónde estamos? —pregunta Bittor con el gesto torcido.

Sancho le sostiene la mirada.

—Estamos en la mierda, Bittor, ahí estamos —responde el pelirrojo, taxativo.

—No estoy de acuerdo. Para nada —repone este.

—Yo tampoco —coincide Sara.

Sancho sonríe y da una sonora palmada.

—Bien. Hagamos algo que suele funcionar muy bien como diagnóstico. Lo que sabemos y lo que no sabemos. Bittor, ¿qué sabemos?

Este intenta ocultar su reticencia pero no pasa del intento.

—Sabemos que se trata de un varón de raza blanca de entre treinta y cuarenta y cinco años, estatura media, complexión atlética, zurdo, a quien le gusta matar asfixiando a sus víctimas mediante el mecanismo antebraquial y que antes las tortura causando múltiples heridas no letales con un arma blanca. Su firma consiste en practicar la sonrisa de Glasgow *post mortem* que, de algún modo, creemos que podría estar relacionado con el abogado al que llamaban el Joker en el internado.

El pelirrojo se limita a tomar notas.

—También sabemos que dos de sus víctimas iban a ese mismo colegio —prosigue—, pero cerró hace tiempo y estamos tratando de dar con alguien que coincidiera con ellos. En cuanto a su ámbito de actuación, no se ciñe a ningún territorio concreto, sino que es itinerante y organizado, porque se esmera en no dejar pruebas que puedan incriminarlo en los distintos escenarios.

El teniente eleva la mirada al techo como si fuera a leer ahí alguna otra cosa más que decir.

—Y poco más —culmina.

Sancho levanta la mirada y se aclara la garganta.

—Sabemos más cosas. Sabemos que, tras los hechos del 2019 ocurridos en Valladolid, entró en una larga fase de enfriamiento que se ha roto con la aparición de los dos cuerpos enterrados en el pinar. La más que probable identificación de uno de ellos es lo que ha hecho saltar por los aires el tinglado que se había montado para salir impune y, quizá por ello, ha decidido dejar de reprimir sus instintos. Es, por tanto, un gran manipulador.

—O que no pudo actuar por el confinamiento —objeta Bittor.

—Eso duró seis meses y, aunque es posible que le coartara, parece claro que hay un efecto acción reacción entre el hallazgo de los cuerpos en ese pinar y los homicidios posteriores.

—Sí, yo también pienso así —opina Sara.

—Sabemos que está evolucionando —retoma Sancho—, porque nada tienen que ver sus actos iniciáticos en la casa de Urueña con el sadismo con el que se emplea en el despacho del abogado ni con las prostitutas de Valencia y Cartagena, comportamiento que nos hace pensar que lo que busca es obtener placer ocasionando el dolor a otras personas. De igual modo sabemos que tiene límites porque dejó viva a la niña con los riesgos que ello conlleva.

—La dejó viva, sí, pero se sirvió de ella para… ¡Qué hijo de la gran puta! —aporta Sara.

—Correcto. Vamos a pelar esa cebolla. Ninguna de sus víctimas presenta signos de haber sido agredida sexualmente ni antes ni después, porque el placer con mayúsculas lo obtiene mediante la tortura y casi con total seguridad alcanza el clímax al matarlas.

—Me resulta muy complicado entender que alguien pueda obtener placer causando dolor. Muy complicado —asevera Bittor.

—Y eso tiene una explicación que parte de un error muy común: tendemos a considerar dolor y placer como términos antagónicos y no es así. Lo contrario de dolor es felicidad, y de placer es insensibilidad. Y es justo en este punto donde reside la clave para tratar de comprender este tipo de conductas, porque os aseguro que el tipo a quien nos enfrentamos no procesa las emociones de la misma manera que nosotros. No perdamos el tiempo juzgando sus actos, anticipémonos a ellos.

Sara asiente.

—Volviendo a lo de la niña, está claro que fue algo no planificado que no podía dejar pasar, lo cual es muy mala noticia, porque si ha supuesto una experiencia satisfactoria para él es muy posible que quiera volver a repetirla.

—¿Quieres decir que es posible que ese malnacido se convierta en un pederasta así porque sí? —cuestiona Bittor.

Sancho toma aire por la nariz y lo retiene en los pulmones antes de soltarlo.

—Lo que digo es que a partir de ese momento los niños también forman parte de sus presas y con el siguiente podría subir un escalón más. Si existe un común denominador en los peores casos de depredadores sexuales sádicos, como el de Luis Alfredo Garavito, Alonso López, Chikatilo, Samuel Little o Camargo Barbosa, es que necesitan experimentar con sus víctimas hasta que encuentran la fórmula mágica.

Bittor chasquea la lengua.

—Vale, entonces, por lo que dices, no nos queda otra que agarrarnos los machos, porque la cosa se va a poner aún más fea y, como los que están al frente de la investigación se chupan el dedo, pues…

—Para un segundo, Bittor, por favor —le corta Sara agarrándole de la mano en un gesto tan inconsciente como efímero que no pasa desapercibido al pelirrojo—. Tampoco creo que sea malo ponernos en la peor situación posible. Sancho, sigue.

Pero su mente está ocupada en el intento de dar respuesta a alguna de las incógnitas que, como la mala hierba, están creciendo en su cabeza.

—¿Sancho?

—Sí, disculpad —desbroza—. Lo que no sabemos es todo lo demás, que es justo lo que nos impide tener la más mínima posibilidad de anticiparnos a su siguiente movimiento. ¿Y sabéis qué implicaciones tiene eso?

—Que en este juego de mierda le vuelve a tocar tirar a él —responde Sara.

—Peor. Que nosotros todavía no tenemos ni una ficha fuera de casa y ese cabrón cada vez que tira saca seis.

Saca seis, los traslada con sumo cuidado a la otra pecera y dedica unos minutos a revisar que ningún otro guppy tenga motas blancas en las aletas. Luego vierte las gotas que le facilitó el veterinario y vuelve a centrar su atención en el acuario. En este momento Ruth se cambiaría por cualquiera de ellos sin pensárselo, incluso por uno de los que están enfermos. Sin otra preocupación que nadar armoniosamente de un sitio a otro. De buen rollo. Sin amenazas que opriman su existencia en un ejemplo de convivencia perfecta con las otras especies que habitan un mismo universo acristalado de setecientos litros de agua dulce. Los guppys, los platys y los peces cebra a su bola, como siempre; el pez disco que aún sobrevive de los cuatro que compró —ajeno a la desgracia ajena— recorriendo el fondo del acuario en busca de comida; los corydoras a lo suyo: la limpieza exhaustiva del vidrio; la bandada de mollys negros, elegantes y ceñudos, patrullan las proximidades del tesoro con extrema eficacia y obligan a la pareja de tetra neón a modificar el itinerario que se aproximaba a la zona cero. Incluso el macho de pez betta, auténtico dominador del hábitat acuático, se muestra magnificente con sus súbditos a pesar de la cercanía de los guppys sanos que tanto le suelen incomodar.

Allí dentro todo es orden y concierto. Fuera no. Para nada. Fuera, la vida —en concreto la suya— se ha convertido en un auténtico sinvivir.

Desde que Ruth ha terminado la llamada con la sargento Quiñones no ha dejado de pensar en ello. ¿Por qué tiene que ser todo tan complicado? ¿Por qué los seres humanos no pueden convivir en paz con los demás miembros de su misma especie? ¿Por qué no respetan, como lo hacen los peces de su acuario, que cada individuo tenga una particular naturaleza que le hace diferente y ello no genere rivalidad?

La batería de absurdas preguntas sin respuesta queda interrumpida en el instante en que el móvil del Torturador Risueño vibra primero y suena después a su espalda. Es entonces cuando la periodista admite que el nombre con el que le han bautizado no puede ser más estúpido. Al tercer tono contesta.

—¿Hola?

—Muy bien, Tontalculo, vamos mejorando.

—¿Te importaría no llamarme así? —se atreve a decir.

—A mí también me jode cómo se me conoce por tu culpa.

—Ya te dije que se le ocurrió a mi jefe.

—Me importa una mierda. Mientras yo sea el Torturador Risueño, tú eres Tontalculo, ¿está claro?

Ruth está a punto de decirle que debería aprender a controlar su agresividad, como el pez betta, pero contesta con un monosílabo.

—Sí.

—Bien. Dime, ¿has hablado ya con la sargento Quiñones?

—Sí.

—¿Y?

—Se ha cabreado bastante, claro está.

—¿Qué le has dicho?

Mientras sigue con la mirada el lento progresar del pez disco, Ruth emite un prolongado suspiro.

—En resumen: que si no me consideran su única interlocutora de prensa, en el directo de mañana contaré lo de la niña. Por cierto, no le hiciste nada, ¿verdad?

Conforme formula la pregunta se arrepiente de haberse dejado llevar por su instinto periodístico.

—La dejé con vida, cosa que no haré con tu sobrina Patri como vuelvas a importunarme.

Ruth se muerde el interior de los carrillos.

—Lo siento.

—¿En qué has quedado con la sargento?

—En que tiene que consultarlo con sus superiores.

—Estupendo. ¿Te ha dicho cuándo volverá a llamarte?

—No. Pero yo le he puesto como hora límite las seis de la tarde.

—Bien hecho. A las seis y media en punto volvemos a hablar tú y yo.

Todavía con el teléfono pegado a la oreja, Ruth sigue con la mirada a uno de los peces cebra que, algo separado de su grupo, se desplaza describiendo una repetitiva trayectoria de unos cuarenta y cinco grados hacia la superficie, itinerario que aborta a pocos centímetros de alcanzar la meta. En ese instante recuerda que la vendedora de la tienda de mascotas le dijo que esa especie tenía tendencia a saltar y que si se los quería llevar debía tapar el acuario. Y eso hizo. Sin valorarlo demasiado, Ruth quita la tapa y observa.

—Vamos, inténtalo, eres libre —le anima.

El pez, acomplejado, repite el movimiento, pero cuando se acerca a la superficie modifica la trayectoria y regresa a la seguridad que le ofrecen los suyos.

—Ya me parecía a mí, cagón.

Acto seguido se sienta en el sofá y con la mirada sigue la estela de los peces cebra en completo silencio.

En completo silencio y desde lo alto de su atalaya mental, Bittor Balenziaga contempla con recelo un campo de batalla que, desde luego, no resulta nada favorable para sus intereses. Su rival ocupa la parte más elevada del terreno y sus huestes están mucho mejor armadas que las suyas. Sin embargo, es él quien tiene las hostiles intenciones de conquista, por lo que no tarda en resolver que lo que más le conviene es mantenerse fuerte en su posición defensiva.

—Bittor, hace tiempo que no dices nada, ¿todo bien? —le pregunta Sara.

—Todo en orden —contesta él, escueto.

—¿Estás de acuerdo en que nos centremos en...?

Alguien toca la puerta. Se trata de la sargento Quiñones.

—¿Verónica? —se extraña Bittor.

—Disculpad la interrupción. Te he estado llamando, pero supongo que lo tienes apagado.

Bittor lo comprueba.

—Tengo que contarte algo importante.

—Está relacionado con el caso, supongo.

—Claro.

—Entonces puedes hablar sin tapujos. Él es Ramiro Sancho, de la Interpol. Ha venido a echarnos una mano. Ella es la sargento Quiñones, trabaja conmigo. Siéntate.

—Encantada.

—Lo mismo digo —responde el pelirrojo.

—Hace una hora más o menos me ha llamado la periodista. No me ha dicho cómo se ha enterado, pero sabe lo de la niña y me ha amenazado con contarlo en el programa ese en el que colabora a no ser que le proporcionemos información de primera mano que le autoricemos a desvelar.

—¡Joder! —se queja Sara—. ¡¿Cómo es posible que lo sepa?! Se suponía que la filtración venía de Valencia y lo de la niña solo lo sabemos nosotros y los compañeros de Cartagena. ¡¿Es que la muy cabrona tiene contactos en todos los grupos de homicidios del país?!

—No lo sé. El caso es que me ha puesto de límite hasta las seis de la tarde para que le demos una contestación —desvela la sargento.

—Perdonad —interviene Sancho—. ¿Me podéis poner al corriente de esto de la periodista?

Sara le hace un resumen de cuatro minutos.

El pelirrojo introduce los dedos en el espesor de su barba, se masajea el mentón y sonríe.

—Os va a sonar raro, pero podríamos intentar sacar partido de la situación.

Sacar partido de la situación en la que me encuentro se ha convertido en mi prioridad.

Sentado en la terraza del bar La Junta, consulto de nuevo la hora. Faltan ocho minutos para que se cumpla el plazo y he de reconocer que siento cientos de mariposas revoloteando en mi estómago como un estúpido colegial antes de pedirle una cita a la guapa de clase.

No suelo empezar a beber tan pronto, pero este doble de cerveza me está bajando tan bien que aún me queda casi un tercio en la copa y ya he ordenado el siguiente. Un doble al que le queda un tercio, qué cosas. Llevo todo el día con la suerte de cara. A veces me sucede. Lo primero fue reconocer a la periodista por pura casualidad cuando entraba con su coche en los estudios de televisión. Mi intención era seguirla al terminar su intervención y averiguar dónde vivía, pero me di cuenta de que no había cerrado el coche por las prisas y decidí jugármela y aprovechar la oportunidad. La tarde anterior, tan pronto como llegué de Granada, me puse a investigar a Ruth Domínguez y su Facebook me dio todo lo que necesitaba. Todo y más. Hasta sabía que vivía por esta zona, por lo que la muy boba ni siquiera podía intentar jugar conmigo. Y lo de su hermana... Un balón botando dentro del área pequeña con el portero tirado en el suelo. Marcar es tan sencillo que causa bochorno celebrarlo y sin embargo me siento tan eufórico que he tenido que meterme una sesión de casi dos horas de pesas y saco para quemar el exceso de energía.

—Otro doble por aquí —anuncia el camarero, un sesentón espigado con el pelo plateado que recorre la terraza a ritmo de marcha atlética.

Cinco minutos.

También he aprovechado para pedir cita con la doctora Velasco, a quien no veo desde hace cinco semanas. Necesito meter en vereda a Suso y es más que evidente que en estos momentos él ha tomado el control de mi voluntad. Y me gusta, es evidente, pero no puedo permitir que se desmadre. Además, cada vez que termino una sesión con Paz me siento como si hubiera descubierto pasadizos secretos dentro de mí, recovecos antes intransitables, áreas prohibidas. Y quizá sea esta la razón por la que me cuesta tanto ir, porque ella es muy capaz de leerme por dentro y hay aspectos que debo mantener ocultos, incluso a mi terapeuta.

Tres minutos.

Otra cita de distinto calado es la que tengo esta noche con Moncho. Voy a necesitar mierda de la buena ya que apenas me quedan dos pastillas y medio gramo de Eme. Es un tipo detestable, arrogante y vanidoso, pero maneja material de primera y trabaja con absoluta discreción desde el chalet que se ha montado a las afueras de Boadilla del Monte.

Dos minutos.

También he cerrado la cita con el experto en caracterización. Dicen de él que es el mejor y que las productoras de cine se lo rifan. Más vale que así sea, porque el dinero que me ha pedido no es ninguna tontería. Ardo en deseos de ver qué se inventa conmigo, porque el resultado tiene que estar a la altura de mis necesidades o todo podría irse al garete.

Un minuto.

Al despegar la mirada de la esfera de mi reloj me encuentro con los inocentes ojos de una chica de unos doce años que me observa con descarada curiosidad. Tiene los rasgos en proceso de definición, pero ya se atisban los cimientos sobre los que se edificará un rostro peligrosamente atractivo. Le sonrío y ella me paga con monedas de sincera indiferencia. Hija de puta, pienso, al tiempo que me bato en retirada.

A las seis y media en punto busco y selecciono el contacto de Tontalculo; al primer tono escucho su voz.

—Aquí estoy.

—Cuéntame.

—Al parecer, la policía no quiere que trascienda lo de la niña para evitar una alarma social que sin duda enturbiaría aún más el caso. Yo le he dicho que ese no es mi problema y es entonces cuando me han prometido que si colaboro con ellos me irán filtrando información en exclusiva que sí podré sacar a la luz.

—Información de qué tipo.

—Por ejemplo: que al frente del equipo han colocado a un experto que viene ni más ni menos que de la central de la Interpol.

—De la Interpol, ¿eh? Me encanta. ¿Algo más?

—De momento no.

—Bien. Pues ponle un lazo a eso y mañana lo sueltas en directo.

—Eso haré.

—¿Ves como no era tan complicado, Tontalculo? Mañana hablamos después del programa. Que descanses.

El camarero pasa junto a mi mesa y me sonríe.

El mundo me sonríe.

—Otro doble, por favor.

LA MUJER BARBUDA: EXCESO DE ADJETIVACIÓN HORMONAL AL SERVICIO DEL ESPECTÁCULO ESTILÍSTICO

Residencia de Moncho. Boadilla del Monte (Madrid)
31 de marzo de 2022

Odio que supliquen. Me aturulla.

Una vez leí que la caja de Pandora no solo contenía todos los males que podrían aniquilar a la humanidad, también se encontraba Elpis, la esperanza, porque Zeus pensaba que los mortales la iban a necesitar en el caso de que la caja fuera abierta. Se equivocaba. La esperanza no es más que otra calamidad, quizá la peor de todas, porque hace que los débiles se agarren a una idea remota que solo provoca inacción. Que es, precisamente, lo que le está sucediendo a esta maldita estúpida.

Arrodillada, se cubre la cabeza con ambas manos y articula vocablos que, a pesar de que no forman parte de ninguna lengua conocida por el ser humano, conforman un mensaje que mi cerebro descodifica a la perfección.

«No me mates».

¿Pero de verdad cree que tiene la más mínima posibilidad de salir viva?

La esperanza idiotiza.

Más aún cuando acaba de ver cómo he disparado dos veces a su novio sin que se me haya movido un solo músculo de la cara. A él, sin embargo, sí que se le han movido.

Mala suerte.

Resulta que la segunda bala ha impactado en el maxilar inferior, se lo ha desencajado y ahora le cuelga de un solo lado como un columpio roto. Fallo mío, lo asumo. Pese a que tuve que disparar con la izquierda, a esa distancia y teniendo en cuenta mi destreza como tirador, su cerebro debería estar adornando la pared como el gotelé, pero el muy cabrón se ha girado de forma repentina justo cuando he apretado el gatillo y el proyectil ha dado en la barbilla provocando este desaguisado. Si Moncho pudiera hablar, se arrepentiría de haberse movido, porque, aunque el tiro en el estómago terminará resultando mortal, aún le quedan unos cuantos minutos de lenta agonía hasta que la dama de la guadaña le venga a buscar. Encima la culpa no ha sido suya sino de esta otra estúpida que no para de gimotear como una actriz de tercera.

—Cállate de una vez, joder, que necesito pensar.

Más quejidos y lamentos.

Un culatazo en la sien, seco, contundente, me regala el descanso que necesito. Tomo asiento para meterme la generosa raya que me estaba preparando Moncho antes de recibir el tiro en la panza y me siento en el sillón de masaje del que tanto le gustaba alardear al muy soplapollas, como si yo no pudiera permitirme tener uno similar o mejor. Igual que ha sucedido con el hierro.

—¿Quieres ver la última maravilla de Glock? —me ha dicho acercándose al taquillón horrible que tiene en la entrada—. Es una versión mejorada de la Glock 17, que es la que llevan casi todos los polis en Estados Unidos. Y esa gente sabe lo que necesita. Está limpia, claro. Toma, cógela, pero ten cuidado, que está cargada por si acaso alguno se pasa de listo conmigo, ya sabes.

La he examinado como si jamás hubiera visto un artilugio semejante y se la he devuelto; luego hemos cerrado el negocio, le he pagado y, justo cuando me iba a meter esa loncha por puro compromiso, ha aparecido Sandra —a quien ha calificado como su media naranja desde que ha descubierto lo mucho que le gusta comerle el coño, según sus propias palabras— y todo se ha ido a la mierda.

—¡Pero bueno, pero bueno, pero bueno! —no ha parado de decir, la maldita estúpida, en cuanto ha entrado en escena—. ¡Yo a ti te conozco! Tú eres el escritor ese que vende tanto, ¿no? ¡Pues claro que sí! El otro día entré en una librería para comprar el de recetas de Chicote y ahí estaba tu careto junto a una pila de libros así de alta. Álvaro no sé qué más, ¿verdad?

No he sabido cómo reaccionar, lo reconozco. Negarlo no tenía sentido, pero no sé muy bien por qué me he dejado arrastrar por este tsunami de ira.

—¡No jodas que para convertirse en escritor famoso el secreto está en la metanfetamina!

Esa ha sido la última ocurrencia de Moncho porque, sin valorarlo demasiado, he agarrado la Glock que había dejado sobre la mesa, le he quitado el seguro y le he disparado dos veces.

Una cagada, la verdad. Con lo bien que iba el día.

Ahora toca evaluar la situación y actuar en consecuencia. Lo de Moncho es solo cuestión de tiempo, pero lo de esta otra petarda es otra cosa. No temo que alguien haya podido escuchar los disparos, la vivienda más cercana está a más de tres kilómetros y a esta hora no creo que haya nadie dando un paseíto por aquí. No obstante, tampoco creo que sea muy inteligente entretenerme demasiado a pesar de lo mucho que disfrutaría con ella.

Encontrarme con la moribunda mirada de Moncho me da una idea. Me quito la ropa con rapidez antes de agarrar a Sandra de las axilas y arrastrarla hasta el sillón de masaje, donde la acomodo con cuidado de no mancharme con la sangre que mana con abundancia de la brecha que tiene en la cabeza.

Está inconsciente pero respira.

Por ahora.

—Mira, no te voy a decir que lo sienta, pero no podía permitir que esta cacatúa de los cojones fuera diciendo por ahí que me meto mierda. Tengo que cuidar mucho mi imagen, ¿entiendes?

Como es lógico, Moncho no está para mucha charla, pero entenderme, me entiende.

—Tú vas a palmar en breve, pero antes vas a tener el privilegio de ver cómo saco todo el jugo a tu media naranja, que es la única culpable de que estés a punto de espicharla.

De repente reacciona abriendo mucho los párpados como si acabara de acordarse de algo importante. Debilitado como está, poco más puede hacer para expresarse, pero yo me doy por satisfecho, porque si alguna vez Moncho ha imaginado una forma cualquiera de morir, estoy convencido de que no es esa.

No es esa su postura preferida. Tampoco el momento del día que más le gusta, pero en ese espacio delimitado por el colchón y en todos los demás donde van a follar, Sancho manda más bien poco.

Y poco es lo que le importa.

Recuperar sensaciones perdidas ha sido lo único que de verdad quería. Una mueca de puro placer, la marcada sinuosidad de sus caderas, el olor de su pelo, la suavidad de su piel, la firmeza de sus pechos o el sabor de su piel. Aunque en este preciso instante todo ello ha pasado a un segundo plano desplazado por la necesidad de liberar el orgasmo que lleva reteniendo contra su voluntad desde hace varios minutos.

Por la cuenta que le tiene.

No se imaginaba el pelirrojo que la jornada fuera a terminar así después de zanjar la reunión con muchos más tiras que aflojas, sobre todo los que ha mantenido con Bittor Balenziaga, con quien ha chocado en varias ocasiones. En concreto con su propuesta de utilizar a la periodista para tratar de desestabilizar al Torturador Risueño.

—Me parece una auténtica locura —calificó el guardia civil a bote pronto—. Es demasiado arriesgado y de verdad te digo que no creo que funcione.

—¿En qué te basas si puede saberse? —preguntó Sancho—. Porque nosotros sí contamos con documentación de casos en los que han atrapado asesinos en serie gracias a la creación de un canal de comunicación entre los investigadores y ellos.

—No sabemos si ese cabrón quiere comunicarse con nosotros.

—Ya, pero es muy posible que alguien que se esmera tanto en firmar sus crímenes esté buscando notoriedad. Reconocimiento. Se está expresando a través de sus actos. Y no son pocos los casos en los que son los asesinos quienes construyen su propia marca contactando de manera directa con los medios de comunicación, como es el caso de BTK, Unabomber o El hijo de Sam. Hubo uno, incluso, y ojo con la similitud porque se hacía llamar Happy Face Killer, que reivindicaba sus crímenes dibujando una carita feliz en el escenario, misma carita que acompañaba los escritos que enviaba a los periódicos.

—¿Y con qué propósito lo hacen? —intervino la sargento Quiñones.

—Buena pregunta. Pueden ser muy diversos: desde generar pánico en la sociedad hasta intoxicar la investigación criminal. O, más sencillo aún, para dar a conocer al mundo cómo funciona su privilegiado intelecto, o incluso para justificar su manera de actuar. Lo que quiero haceros comprender es que si esa periodista, por lo que dice tu compañera, está consiguiendo atraer mucha atención de los medios y del público, es muy posible que ella también esté buscando alcanzar la fama y eso nos puede ser muy útil para desestabilizarle.

—¿Cómo? —se interesó la inspectora Robles.

Sancho se acarició la nuca y anotó en su mente que tenía que afeitarse cuanto antes.

—Primero hinchándole con halagos y buenas noticias para después pinchar ese globo. Bum.

—No sé, desde luego en nuestros protocolos no figura nada al respecto y no creo que la superioridad esté de acuerdo en permitirnos actuar de ese modo —objetó el teniente Balenziaga.

—Por supuesto, pero eso no supondrá ningún problema, porque la superioridad no quiere que la informemos de todo lo que hacemos. Lo que quiere es que lo que hagamos desemboque en una detención.

Que Sara argumentara que había que hacer algo distinto para obtener resultados diferentes terminó de doblegar la resistencia de Bittor y con un: «Bien. Si estáis todos de acuerdo no me opondré, pero que quede claro que no estoy en absoluto convencido de jugar esta baza».

Hay algo en el de la Benemérita que no le termina de encajar a Sancho. Sus intervenciones no han sido para nada desafortunadas y le parece que tiene buenos mimbres, pero en ocasiones se ha sentido tratado como si arrastrara alguna deuda del pasado con él y necesitara saldarla de inmediato. Al margen de eso, se ha percatado de que entre él y Sara hay algo que trasciende de lo meramente profesional, pero no se ha atrevido a meterse en ese jardín por si acaso la imprudencia le impedía el acceso al edén donde de verdad quería meterse.

—Me voy a correr —anuncia Sancho.

Sara, dándole la espalda y sentada sobre sus piernas, ha incrementado la intensidad de sus movimientos para favorecer lo inevitable. Él ha gritado cual primate en apuros y ha liberado las últimas existencias seminales que quedaban en sus ya ajados testículos.

Hasta ahí, todo en orden. Es a partir del momento en el que Sara se levanta para ir al baño sin mediar palabra cuando Sancho se percata de que algo no va bien. El tiempo que tarda en regresar lo invierte en elucubraciones que no terminan de enraizar en el terreno que está abonando y mueren tan pronto como interpreta los desencajados rasgos faciales de Sara. Muy despacio, y en sepulcral silencio, se sienta en el borde de la cama dándole la espalda.

—Soy una hija de puta de primera categoría.

Sancho alarga el brazo y su mano ameriza sobre la suave superficie del muslo con suma delicadeza.

—Venga, Sara...

Esta se contorsiona para conectar con la expectante mirada del pelirrojo.

—Llevo un tiempo liada con Bittor —desvela.

De forma involuntaria, los dedos de Sancho se despegan de su piel y los usa para frotarse los párpados y, aunque querría decir algo más apropiado para la ocasión, sus cuerdas vocales fabrican esas tres palabras que tanto utiliza en diversos y variados contextos:

—Hay que joderse...

Sara asiente varias veces a la vez que se humedece los labios.

—Sí, Sancho, sí. Hay que joderse y mucho. Porque ahora mismo me siento como una auténtica mierda. Una hija de puta que ni siquiera ha valorado la posibilidad de comerse las ganas de follar contigo. Tan sencillo como dejarme llevar sin valorar las consecuencias.

—Sara, escucha por favor: yo no te estoy recriminando nada. Solo que no me esperaba que...

—¿Que tuviera pareja? ¿Y qué pensabas? ¿Que me metería en un congelador y esperaría a que tú regresaras algún día para salir como pescado fresco del día?

—No, pero... No sé.

Sancho carraspea como si quisiera limpiar la sucia pregunta que se está fabricando en su cerebro.

—¿Estás... Estás enamorada de él?

Sara humilla la cabeza.

—Me gusta. Estoy bien con él, pero... Yo qué sé.

—Vale.

El pelirrojo se rasca la barba, se incorpora y rodea la cama para arrodillarse frente a Sara.

—Mírame, por favor —le pide agarrándole las manos.

Ella lo hace y se deja atrapar en la fina red de enrojecidos vasos capilares que tiene delante.

—No me mires como si fuera la mujer barbuda, joder.

Sancho sonríe.

—Siento no haberme dado cuenta. Soy un tarugo. Lo mejor es que me eche a un lado para que tú ordenes tus ideas. Respetaré cualquier decisión que tomes.

Sancho la agarra con delicadeza por la nuca y la atrae a sus labios. Sara se deja hacer y el beso le sabe a lo mismo que los que recibe cada vez que se despiden hasta la siguiente.

—No hace falta que te vayas —logra decir ella.

Una amarga sonrisa se pinta en el rostro de Sancho mientras se pone los gayumbos.

—Sí, sí que hace falta.

Hace falta ser muy estúpido para aferrarse así a la vida. En el caso de Moncho, además, no entiendo qué sentido tiene hacerlo cuando acaba de asistir desde su particular palco de honor al momento en el que he arrebatado el aire a Sandra que, estando todavía aturdida, apenas ha presentado algo de resistencia en los últimos segundos. Ha sido efímero, demasiado, pero he disfrutado y mucho contemplando el proceso de metamorfosis que ha experimentado la mirada de Moncho, que ha pasado del pánico al odio en menos de un minuto. Al final, vencido, ha apretado con fuerza los párpados y no ha querido ver cómo se relajaba el cuerpo de Sandra coincidiendo con el instante en el que yo alcanzaba el orgasmo y eyaculaba, como siempre, dentro de mis calzoncillos. Como anécdota diré que no he gritado, pero no creo que se deba a alguna forma de respeto hacia él. No, no lo creo. Moncho tampoco ha querido ver cómo le fabricaba la sonrisa antes de colocar a su media naranja junto a él en el sofá. Parecen parte de un cuadro pintado por El Bosco.

Delirante.

Lo que sí está llegando a irritarme, a pesar del buen rollo que me ha proporcionado la metanfetamina que ya circula por mis venas, es la magistral manera de esquivar a la muerte de Moncho. Despanzurrado en el sofá con los ojos entreabiertos, sin rubor en el rostro y con el maxilar inferior colgando de algún tendón por el que chorrean sangre y saliva, parece más un muñeco que han dejado caer desde cierta altura que un miembro de mi misma especie.

—¿Vas a tardar mucho más en morirte? En el estado en el que estás no vas a volver a comerte un coño en tu vida, así que podrías bajarte en la siguiente parada, ¿no crees? Además, no pienso marcharme de aquí hasta que no te reúnas con tus antepasados.

Con una secuencia de toses secas y furibundas, asperja la mesa de gotas que hacen juego con el color rojo cardenalicio de los adornos que remachan el cristal.

—Te voy a contar algo, por si te ayuda a palmarla de una santa vez. Es un pensamiento que cada vez tengo más claro. Creo que tememos morir porque no alcanzamos a comprender lo que ello conlleva. Pero si la gente se muriera de vez en cuando eso no sucedería, ¿verdad? Es la incertidumbre de lo desconocido lo que nos asusta.

Moncho no se manifiesta.

—Escucha: voy a aprovechar para vestirme y limpiar cualquier evidencia de mi paso por aquí. Estoy casi seguro de que no guardarás por ahí ningún archivo ni base de datos de tus clientes —bromeo—, pero de igual modo me voy a asegurar no vaya a ser que resultes ser aún más soplapollas de lo que pensaba y la cague por culpa de tu negligencia. Por cierto, me voy a llevar tu fabulosa Glock 17 y unos cuantos gramitos más de Eme de los que habíamos acordado. Por las molestias, ya sabes. Llámame tiquismiquis si quieres.

Cuarto de hora más tarde, con todos los deberes hechos, regreso al salón y lo primero que me sorprende es que

Moncho ha sacado fuerzas para alargar el brazo y agarrar de la mano a Sandra.

Lo mismo sí era su media naranja de verdad.

Algo enternecido, por qué no reconocerlo, se me ocurre que quizá la solución pase por arrancarle de una vez la mandíbula que, igual que él, se resiste a ser sometida. Agarrando uno de los zapatos de Sandra con un trapo de cocina logro desencajarla al tercer intento sin que Moncho dé muestras de acusar el dolor. No mucho después, por suerte, y sin decir «esta boca es mía», muere. Vuelvo a asegurarme de que está todo correcto y, algo molesto por lo surrealista de la velada, me marcho como llegué: furtivamente. Cuando ya estoy al volante de regreso a casa se me ocurre sacar partido de este episodio tan inesperado.

—Llamar a Tontalculo —le digo a mi Apple Car.

Un timorato «dime» se escucha por los altavoces.

—¿Te he despertado?

—No.

—¿Tienes problemas de insomnio?

Silencio.

—¿De verdad me estás llamando a la una y media de la madrugada para saber si duermo bien?

—No, pero me preocupo por ti. Te llamo para darte dos noticias: cuál prefieres antes, la buena o la mala.

—No me lo puedo creer…

—Tienes que elegir —insisto.

—La mala.

—Acabo de marcar dos muescas más en mi revólver.

—¿Y eso qué significa? ¡¿Que has matado a otras dos personas?!

—Lo pillas todo a la primera. Una pista: en un chalet a las afueras de Madrid.

Casi puedo oír cómo traga saliva.

—Por si se te ha hecho un nudo en el estómago te diré que la buena noticia es que no se trata de tu hermana ni de tu sobrina.

—Eres un hijo de puta.

Una carcajada explota en mi garganta.

—Descansa, mañana tienes un día ajetreado y recuerda que si tú cumples, yo cumplo. Buenas noches.

Al terminar la llamada me percato de que he tenido una pequeña erección, lo cual me provoca una risa estúpida que me acompaña unos cuantos kilómetros. Es muy probable que el Eme —en su afán por empujarme a que me devane los sesos con asuntos trascendentales— sea el culpable de que me pregunte si lo que me circula por el cuerpo es eso que llamaban felicidad. Como estado emocional que es y vinculado como está al cumplimiento de determinadas expectativas podría concluir que sí; algo que siempre he tenido claro desde que tengo uso de razón es que la obligación del ser humano es ser feliz. Cada uno elige el camino. Y el mío, aunque distinto al de los demás, es igual de legítimo que cualquier otro. La gran diferencia son las implicaciones que acarrean unos y otros, lo cual, forzosamente, me obliga a disfrutar del proceso.

De manera muy simplista, podría decirse que solo estoy siendo coherente con el compromiso que un día adquirí, y poco me importa si esto que siento es felicidad o no, lo que sí tengo claro es que quiero más.

Mucho más.

LA CONTORSIONISTA: ELASTICIDAD Y FLEXIBILIDAD AL SERVICIO DE LA TRAMA

Zerocafé (Valladolid)
8 de abril de 2022

Tiene el rictus de Sara un corte bastante gótico, muy en sintonía con la música que suena en el interior. La pantalla en la que Paco DVT está proyectando «Becoming Numb» de Ludovico Technique capta su atención durante unos segundos antes de dirigir la mirada hacia el fondo del local por donde espera ver entrar a un barbudo pelirrojo. Acertar le hace esbozar una ligera sonrisa, mueca que ha brillado por su ausencia la última semana y que desaparece en el instante en que uno de los parroquianos se tropieza con ella y le pide muy achispadas disculpas por ello.

Lo cierto es que no tiene muchos motivos para sonreír.

Ninguno, en realidad.

En el plano profesional hay pocos avances. Los esfuerzos se han centrado en discernir si los homicidios de Boadilla del Monte son obra del Torturador Risueño o de un imitador. Sara y Sancho no tienen dudas y, aunque es cierto que hasta ahora no había usado ningún arma de fuego, la puesta en escena es muy similar a la de Cartagena en cuanto a que resulta notoria la intención de dejar una impronta personal. Una marca. Bittor, más conservador en sus conclusiones —o solo por diferenciarse del de la Interpol—, no lo tiene tan claro y prefiere esperar a los informes definitivos de sus compañeros de Criminalística. Lo que sí comparten los tres es la sensación de ir a remolque en la carrera y de que no son capaces de reducir un solo metro de la mucha ventaja que les saca su rival. El único momento esperanzador de la semana se ha producido esa misma mañana de mano de Álvaro Peteira, cuyas pesquisas relacionadas con el Colegio San Nicolás parecen por fin haber dado frutos. Tras remover muchas Romas con los pocos Santiagos que tenía, el subinspector ha averiguado que el director del internado, un tal padre Garabito, vive en Ávila capital, y lo mejor de todo es que consiente ser entrevistado en su casa el próximo lunes. Esa ha sido la de arena. La de cal, también servida por el gallego, ha consistido en descubrir que el único amigo que recordaba la viuda de Darío Gallardo, Felipe de la Fuente, había fallecido el año pasado en un hospital de Palma de Mallorca por el maldito covid. De cualquier modo, por no descartar ninguna línea de investigación, Peteira había quedado en hablar con su esposa por si aportaba algún dato de interés. El plan de Sancho tampoco es que estuviera dando muchos frutos excepto para la periodista Ruth Domínguez, cuya popularidad se ha disparado tras sus apariciones diarias en *Las mañanas de Claudia* aportando novedades sobre el caso que pita, y de qué forma, en todos los medios. En realidad, la información que da es del todo intrascendente, pero sabe vestirla tan bien que parece formar parte del equipo de investigadores encargados de atrapar al Torturador Risueño, pseudónimo que, de tanto usarlo, ha dejado de sonar tan ridículo. De hecho, si se introduce en Google ya aparecen más de cuatro millones de resultados.

En lo personal la cosa pinta aún peor. La inspectora se siente como si estuviera buceando entre dos aguas con poco aire en los pulmones y teniendo que decidir si bracea hacia la superficie, donde la espera Bittor, o deja que su cuerpo se hunda para reencontrarse con Sancho en las profundidades abisales. Por el momento, y a la espera de tomar alguna decisión —o que alguna decisión la tome a ella—, trata de hacer vida «normal» o, lo que es lo mismo, la misma vida que llevaba antes de que él reapareciera. Sin embargo, ha notado a Bittor mucho más distante, menos cálido en la cama que antes, más mecánico, cual experimentado funcionario preocupado solo por cumplir con el expediente. Ese fin de semana le ha tocado ir a Bilbao con los niños, lo cual le viene a ella de perlas para darle un buen trago a la bombona de oxígeno y ganar tiempo antes de tomar una determinación que prefiere no tener que tomar.

Así las cosas, cuando Sancho le ha dicho en comisaría que de esa noche no pasaba sin hacer su visita rutinaria al Zerocafé, ella le ha propuesto que si la admitía como animal de compañía le pagaba todo el Jameson con hielo que pudiera beberse. Con un: «Te voy a joder la extra de los próximos dos años», el pelirrojo ha cerrado el trato.

—Ya me debes dos —la recibe Sancho.

Labios rozando mejillas.

—Copito me entretuvo cuando iba a salir.

—¿Y?

—Sin novedad. Que el provincial, la jueza y el subdelegado le persiguen mañana, tarde y noche, y que si esta semana no tenemos algún avance considerable, es muy probable que cometa un triple homicidio imprudente.

—Ojalá. ¿Qué tomas?

—Ya le pido yo a Luis, y así lo saludo, que hace tiempo que no piso por aquí.

Copa en mano, Sara regresa moviendo la cabeza al ritmo de la música.

—He hablado hace un rato con Paco y me ha contado lo que han sufrido para sobrevivir a la pandemia y a las brillantes medidas que les han impuesto desde la Junta de Castilla y León.

—Ya. Para los políticos, la hostelería y el ocio nocturno eran los máximos culpables de la transmisión del virus. Pero para virus malo el comandante Viciosa, que sigue haciendo la guerra por su cuenta y tiene a Copito de los nervios.

—Suele pasar. Vacunémonos, entonces —propone levantando su vaso.

Sara sonríe y bebe, por ese orden.

—Hace un rato, recordando el escenario de Boadilla, me ha venido a la cabeza algo que quizá no tenga importancia, pero yo te lo cuento. ¿Te has fijado en que en el inventario de la vivienda, entre otras cosas, venía reflejado que se encontraron tres mil seiscientos y pico euros en el cajón de un aparador que había en el baño del dormitorio?

—Sí. Para ser un *dealer* tenía mucha confianza en sus clientes, porque en los otros cajones había marihuana, hachís, coca y demás estupefacientes.

—Demás estupefacientes menos éxtasis en cualquiera de sus versiones.

—Exacto. Tendría ahí la mierda para tirarla por el retrete en el caso de encontrarse con alguna visita inesperada.

—Seguro.

—Entonces —retoma él levantando el índice—, aprovechando la situación y que el muy cabrón debe ser amigo de colocarse, se da un garbeo por la casa, encuentra el tesoro pero se lleva solo lo que le interesa.

—Correcto. Lo mismo de ahí le viene lo de «Risueño».

—Pues mira, no lo había pensado. Pero... ¿por qué no se lleva el dinero?

Sara deja la mirada suspendida en el aire.

—Puede que no lo viera, no sé.

—O que no lo necesitara. Según lo veo yo, y aquí estoy cien por cien de acuerdo con la reconstrucción de Bittor, no creo que se trate de un hecho premeditado. El tipo acude a su camello de confianza que, según nos han dicho los del EDOA, atendía a pocos clientes pero de los buenos, como así lo atestiguan las rodadas de los neumáticos que había en el exterior de la vivienda, todas pertenecientes a coches caros. Era muy precavido con las comunicaciones y no se pringaba con grandes cantidades.

Sancho apura el Jameson y levanta el vaso para que Luis, que está disparando combinados varios tras su trinchera, lo vea vacío y actúe en consecuencia.

—También sabemos que el hierro con el que lo mataron era suyo por la caja de munición 9 x 19 milímetros Parabellum que hallaron en la vivienda. Bien. Algo va mal y su cliente le trinca el arma, le dispara dos veces y luego se carga a la novia por el método tradicional. Sin prisa ninguna registra la casa y se lleva las reservas de meta y la pipa, pero no el dinero.

—Bien.

—Pues yo diría que este hijo de puta vive en Madrid y es de clase acomodada —sentencia el de la Interpol—. Viaja por España por cuestiones laborales y aprovecha para dar rienda suelta a sus impulsos sádicos.

Sara toma aire y exterioriza su escaso interés con un desganado resoplido.

—Podría ser. O podría no tener nada que ver con eso. El caso es que no me apetece una real mierda hablar de esto ahora.

Sancho encaja el golpe con la veteranía de un boxeador en horas bajas. Tocado, se acerca a su rincón para recibir el tratamiento de Luis, su médico personal cuando se sube al cuadrilátero.

Sara vuelve a mirar a la pantalla, donde unos tipos con camisas naranjas y corbatas negras sobre un escenario hacen botar a sus fieles a ritmo de música electrónica.

—¿Quiénes son? —le pregunta a Sancho por preguntar. Este le traslada la pregunta a Paco.

—Solitary Experiments —responde—. Muy alemanes.

—Me recuerdan a Solar Fake o a VNV Nation.

—Son de ese rollo, sí.

Cuando se lo va a contar a Sara, se encuentra con unos ojos mucho más apagados de lo que él recordaba.

—Perdona por la bordería de antes —se disculpa ella—, pero...

—Tranquila —la corta él—. Ya sabes que me cuesta desconectar.

De improviso, ella le agarra de la mano y le sonríe.

—No sé si ha sido buena idea venir al Zero. El garito me recuerda demasiado a ti, a nosotros, y una trata de no sufrir más que lo justo y necesario —comenta Sara cambiando de tercio.

Sancho se moja los labios en el whisky irlandés y, pensativo, se tira de los pelos del bigote.

—¿Tú crees que podríamos tener una vida juntos? —suelta.

Sara eleva las cejas y las deja suspendidas ahí, como si se le hubieran congelado los músculos faciales.

—Haber tenido, querrás decir. Porque no creo que haga falta que te recuerde que la distancia nos ha hecho fracasar de forma estrepitosa. Y no, yo por ahí no vuelvo a pasar.

—Está claro. Pero ambos sabemos que la distancia es lo que nos impide disfrutar uno del otro. Por eso, antes de proponerte algo que tengo en la cabeza quiero hacerte una pregunta que bien podrías no responderme.

—¿Proponerme algo? —repite ella.

—Primero la pregunta comprometida.

Sara, expectante, se avitualla.

—¿Lo tuyo con Bittor va en serio? Es decir... ¿Os habéis planteado algo a futuro?

—Eso son dos preguntas. La respuesta a la segunda es no, no todavía —matiza—, y la primera... Ni idea. ¿Qué coño significa eso de ir en serio?

Sancho hincha los carrillos, nervioso.

—Hay que joderse... —musita—. Bueno ahí va: existe la posibilidad de que te consiga un puesto en la Interpol.

De inmediato, como si algo se hubiera encendido dentro de Sara, la luz regresa a sus ojos.

Sus ojos, apagados, casi inertes, no se despegan de la pantalla del móvil. Sabe que de un momento a otro va a sonar, como lo hace cada día entre las once y doce de la noche desde que ese maldito demonio salido del infierno se coló en su coche.

Está al límite. Tanto, que han pasado varios días desde que se celebró el concierto de Love of Lesbian y ni siquiera se ha acordado de que Raúl le había conseguido entradas. No tiene la cabeza para eventos de ningún tipo.

Ruth ama su vida pero odia su existencia. Se aferra a la idea de que esa situación no puede prolongarse una eternidad igual que tiene el convencimiento de que no puede terminar bien. Lo único que quiere es que Elena y Patri salgan indemnes. Solo pensar en lo que podría hacerle a su sobrina le provoca una violenta contracción en el estómago que no siempre consigue doblegar.

Como intuye que va a suceder ahora.

Por ello, para no volver a manchar la alfombra del salón, Ruth sale corriendo en dirección al baño del pasillo, se encorva frente al retrete cual contorsionista profesional, levanta la tapa justo antes de meter la cabeza y consiente que la primera arcada vacíe el estómago de jugos gástricos —porque comida o algo que se le parezca no hay—. Es en la segunda cuando lo oye. Suena el teléfono, pero el mecanismo fisiopatológico que provoca las náuseas no atiende llamadas que no sean de naturaleza nerviosa. No es hasta que suena el tercer tono cuando Ruth toma la determinación de imponer su voluntad a la de su caprichoso estómago y, dejando a medias la tarea, se incorpora tapándose la boca como si así fuera a impedir que continuara el proceso. Resulta curioso cómo el cuarto tono y la cuarta arcada se sincronizan, y la periodista se ve en la necesidad de doblar el espinazo cuando pasa bajo el arco de la puerta del salón. Un líquido amarillento se escapa entre los dedos, lo cual no la frena en su empeño de llegar al teléfono. Lo logra cuando suena por quinta vez, pero el sistema de deslizado del iPhone no es compatible con la yema de un índice impregnado de saliva, bilis, pepsina, renina y lipasa gástrica.

—¡No, no, no, no! —chilla al tiempo que lo intenta con otros dedos de la misma mano y por consiguiente igual de inhabilitados.

Sexto tono.

La desesperación la impide razonar con claridad y en vez de hacer uso de los dedos de la mano izquierda, limpios aunque sudados, restriega la derecha contra el sofá logrando así su objetivo.

Quinta arcada.

—Sobre la bocina, Tontalculo —escucha al fin.

Al fin, tras varios intentos infructuosos, ha logrado que Íñigo y Egoitz se metan en la cama. Acodado en el alféizar de la ventana, Bittor tiene la impresión de que las nubes quieren proteger a la luna en cuarto menguante de los peligros que la oscuridad esconde. Sentir el frío nocturno en la cara le traslada a su niñez, cuando después de jugar con sus primos en el patio de la casa de sus abuelos se metía en la cama y seguía notando las mejillas congeladas.

Le ha venido muy bien ver a sus hijos para desconectar durante unas cuantas horas, pero ahora que ya están en brazos de Morfeo, Bittor no puede evitar caer en los de Éride, diosa de la discordia. Porque desde el momento en que Ramiro Sancho ha aparecido en sus vidas tiene la sensación de haber pasado a un segundo plano. Le consuela saber que aún no se ha convertido en el segundo plato, pero el riesgo de serlo está siempre presente y quizá sea eso lo que le empuja a no estar de acuerdo con el de la Interpol en casi ningún planteamiento. Incluso cuando tiene razón. Le incomoda no ser capaz de trazar una línea entre lo personal y lo profesional. Una frontera que solo pueda cruzar cuando esté a solas con Sara y, entonces sí, deje de comportarse como un león inexperto que intenta llamar la atención de una hembra. Lo cierto es que el pelirrojo no le cae mal del todo. Es solo que lo considera una amenaza porque, aunque ella trata de ocultarlo, se nota que todavía hay algo que late entre los dos. Al margen de ello, no deja de preguntarse si se ha ganado el derecho a reivindicar el corazón de Sara. Apenas llevan unos meses juntos y, si bien es cierto que disfrutan mucho en la cama, Bittor sigue teniendo la impresión de que hay muchos lugares en su interior donde ella no le permite la entrada.

Áreas prohibidas, zonas vetadas.

Y lo peor de todo es que son estos asuntos, los sentimentales, los que priman en su cabeza por encima del deber. Está faltando a su honor como guardia civil y, sin que pueda hacer nada por evitarlo, pronuncia el cuarto artículo de la cartilla que el fundador del Cuerpo, el duque de Ahumada, redactó en 1845 con el propósito de que sirviera de guía para todos los integrantes de la Benemérita.

—Siempre fiel a su deber, sereno en el peligro y desempeñando sus funciones con dignidad, prudencia y firmeza, será más respetado que el que con amenazas solo consigue malquistarse con todos.

Bittor menea la cabeza.

—Siempre fiel a su deber —repite en voz alta—. Cojones tiene…

Y como si quisiera despojarse de la vergüenza se restriega la cara con ambas manos. Acto seguido, ofuscado, saca su móvil y se dispone a llamar a Sara.

A Sara se le prende la mirada.

Pero no es luz.

Es fuego.

La ira, el combustible.

Por evitar quemarse por dentro la deja caer y se deja llevar por la letra del tema que ha inoculado Paco a través de los altavoces del Zerocafé.

Te busco en las palabras desgastadas por el uso.
Te busco en el origen de un monólogo confuso.
Escucho a duras penas los rugidos del león.
Me como la cabeza.
Y cómo cae de pronto la noche americana.
¿Cómo actuar si esta película es tan mala?
Tu ruido y mi silencio encajan a la perfección.
Me como la cabeza, tú te comes mi corazón.
Te lo sirvo en bandeja, tú te comes mi corazón.

—Sara, ¿estás bien?

La última frase de la canción «Te comes mi corazón» de León Benavente es la chispa que prende la mecha.

—¡¿Me estás proponiendo que deje mi vida aquí y me construya una nueva en el jodido Lyon pero junto a ti?! —estalla.

Si fuera mariscal de campo, Sancho ordenaría la inmediata retirada de todas sus tropas en ese preciso momento, pero resulta que no es más que un soldado de infantería desarmado tratando de sobrevivir a la carga de la caballería pesada.

No le queda otra que apretar los dientes.

—No te lo estoy pidiendo, te estoy ofreciendo una opción que tú y solo tú tienes que valorar —se defiende a la desesperada.

Sara tira de las bridas justo antes del impacto.

—Así de sencillo —responde chasqueando los dedos.

—Yo no he dicho que lo sea, pero no se me ocurre otra manera de salir del laberinto en el que nos hemos metido.

—Tu vida y la mía son dos laberintos independientes, Sancho, ese es el problema. Tienen entradas y salidas distintas.

Abrumado, el pelirrojo despliega la bandera blanca, pero antes de contestar se concede un tiempo.

La voz de Abraham Boba es la peor terapia de pareja:

Las ramas y las hojas secas bajo nuestros pies,
crujiendo como cruje todo antes de romper.
Permíteme que me refugie en mi cascarón.
Te entrego lo que queda y lo que queda es mi corazón.
En forma de galleta tú te comes mi corazón.

—Bueno, pues si eso es así —se arranca al fin—, lo mejor será que asumamos que nunca vamos a poder...

—Calla un poco, joder —le interrumpe ella antes de agarrarlo por la nuca y lanzarse a su boca.

Y Sancho, curtido en mil batallas, obedece.

Obedece a un modo de comportamiento convencional, poco previsible, eso sí, pero en definitiva bastante normal. Porque las emociones, cual placas tectónicas de nuestra corteza racional, son las responsables de la inestabilidad que gobierna nuestro comportamiento.

Ellos son un buen ejemplo: aunque saben que es lo último que les conviene, son incapaces de controlar los impulsos que sin duda terminarán provocando un seísmo de fatales consecuencias. Ella es la clave. Es el magma que no sabe por dónde erupcionar. Y él, marioneta volcánica, no es más que el medio que justifica su fin.

Me encanta.

La calidad del vídeo no es la mejor por la falta de luz que hay en el garito, pero se los distingue de maravilla, que es lo importante, y a nadie le habrá llamado la atención ver a un tipo captando con su móvil lo que sucede a su alrededor. Hábitos inveterados de la vida moderna. Sin dejar de grabar, presto atención a la letra de la oscura canción que está sonando en este momento:

Soñé contigo, niña, contigo yo soñé.
Mojabas tu meñique en un tarro con miel.
Después hacia tu boca imitando un aeroplano.
Y ahí, ahí he despertado.

Desconozco quiénes son, pero me han dado una fantástica idea. Con disimulo, me mojo el dedo y lo introduzco en la bolsa de Eme, mi particular jalea real, para que se adhieran un par de cristales. Los hay que se quejan de su amargo sabor; no es mi caso. Más bien al contrario, lo identifico con el preludio de algo bueno que está por llegar, y lo cierto es que no suelo equivocarme.

La semana está resultando más que provechosa.

Cómo me alegro ahora de haber invertido tanto tiempo en estudiar de cerca a mis oponentes. Un imprudente atrevimiento del que voy a sacar mucho provecho. Y todo gracias a mi querida periodista. La adoro. Me va a costar deshacerme de ella, y precisamente eso es lo que hará del momento en que lo haga un instante especial, un recuerdo inolvidable.

Antes de dejar Madrid de forma provisional he aprovechado para arreglarlo todo con Oriol Mateu, mi abogado desde que empecé a necesitar los servicios de un profesional sin escrúpulos como él, con quien he tenido que discutir más de lo que habría querido para lograr convencerle de que hiciera con mi capital lo que tenía en la cabeza y, aunque al principio yo no tenía la menor idea de dónde estaba Saint Kitts and Nevis, que Colón bautizó como San Cristóbal y Nieves, enseguida me pareció un gran acierto que cumplía con los requisitos que le había pedido. También acudí en persona al estudio del experto en caracterización, y he de admitir que el tipo, al margen de ser lo discreto que dicen, tiene talento. Vaya si lo tiene. No reconocerme en el espejo fue la prueba definitiva de que había vuelto a acertar. Queda pendiente una última visita en la que va a enseñarme cómo poner y quitar todos los elementos que conforman el disfraz, y entonces sí podré marcar el check junto a esta tarea tan sensible. El resto de las acciones que completan mi plan de huida —incluida una larga y agotadora charla con Gonzalo Albert, mi director editorial, en la cual le he hecho ver la necesidad de tomarme un par de años sabáticos— ya están en curso y solo tengo que esperar a que los intervinientes me confirmen que todo está en orden para provocar el desenlace.

Cuando los tortolitos dejan de besarse vuelvo a dirigir mi atención hacia la pantalla. No me importa una mierda la música electrónica que está sonando, pero tenerlos tan cerca me estimula y alimenta el intelecto. Me excita. ¿Y quién es capaz de pararse en seco cuando estás a punto de alcanzar un orgasmo intelectual? Yo no, desde luego.

Dispuesto a marcharme con los deberes hechos y sin la necesidad de asumir riesgos innecesarios, una llamada fisiológica me obliga a subir al baño y es al bajar de nuevo cuando me topo con la inquisitiva mirada del pelirrojo. Sorprendido, la retiro de inmediato en un acto reflejo y, sin hacer parada en la barra, me dirijo a la salida algo asustado. Ya en el exterior, como si quisiera alejarme del rastro que deja mi propia vergüenza, aprieto el paso, ofuscado, abochornado. A modo de tratamiento medicinal y, por qué no, de resarcimiento, me desnudo en cuanto llego al apartamento que he alquilado en el edificio Fénix de la plaza Mayor y me masturbo de pie con fiereza imaginando la misma escena que protagonizaron Moncho y Sandra pero interpretada por Ramiro Sancho y Sara Robles.

Desde un punto de vista aspiracional, no encuentro un final mejor.

EL LANZADOR DE CUCHILLOS: DE ÉL SE ESPERA PRECISIÓN POR EL BIEN DEL ARGUMENTO

Consulta de la doctora Velasco (Madrid)
Dentro de dos días

No sabrá con certeza el motivo, pero cuando esté a punto de apagar el equipo notará una alarma parpadeando en su cabeza. Será una sensación muy parecida a esa que se produce cuando uno va a cerrar la puerta de casa e intuye que se está olvidando algo importante.

Sea lo que sea, sabrá que lo que busca tiene que estar recogido en su cuaderno de sesiones por paciente. Algo más tarde su mirada se detendrá en una frase subrayada varias veces que pertenece a la sesión n.º 17 del 8 de octubre de 2019: «Verificar si el detonante de la ira de Suso puede estar motivada por algún tipo de disfunción eréctil». Buscará por tanto en la siguiente cita, fechada el día 24 del mismo mes.

Clic.

—... y sobre un asunto que se me quedó en el tintero la última vez que nos vimos.

—Lo has clavado, Paz —dirá.

—¿Qué asunto?

—Diría que falta algo importante en la construcción del personaje de Suso. Tenemos claro cómo actúa y cuáles son sus propósitos. Sin embargo, no sabemos por qué. Por lo menos en lo que a mí respecta, claro.

—¿Por qué? ¿Tiene que haber un porqué?

—Siempre lo hay. Y de cara a los lectores, si existiera una razón que hubiera empujado a Suso a emprender un camino que le lleva a convertirse en un sádico asesino en serie, creo que haría mucho más creíble al personaje.

—¿Y según su experiencia cuál sería el más creíble?

—Bueno, yo diría que valdría cualquiera que estuviera bien argumentado y que le generara a Suso una carga de odio hacia el prójimo que solo fuera capaz de canalizar causando dolor. Y lo cierto es que en este tipo de casos no es nada infrecuente encontrar una relación directa de causa-efecto relacionada con la impotencia sexual.

—Resulta muy creíble, porque no poder follar vuelve loco a cualquiera, ¿no cree?

Le escuchará decir a Álvaro en un tono jocoso bastante forzado.

—Así es. No poder mantener relaciones sexuales provoca serias secuelas psicológicas, y no es un problema menor porque afecta más o menos al veinte por ciento de la población masculina y en el rango de edad de entre cuarenta y setenta el porcentaje se dispara hasta el cincuenta.

—Joder, pues habrá que cruzar los dedos. ¿Y se sabe qué lo provoca?

—Yo no soy especialista, pero puede ser por causas neurológicas, médicas, hormonales, psicológicas o una combinación de varias. Un prolongado periodo de mucho estrés, por ejemplo, a Suso le encajaría bien por su profesión.

—Vale, se lo compro, pero acláreme algo: si Suso fuera impotente, ¿cómo podría alcanzar el orgasmo aunque fuera a través del sufrimiento de sus víctimas?

—No sabría explicarlo de un modo científico porque, como le decía antes, no domino esa materia, pero le aseguro que una persona que padece disfunción eréctil y que por tanto no está capacitada para mantener un coito con penetración, sí que podría llegar al orgasmo y eyacular. El caso de Andrei Chikatilo, por ejemplo, es muy significativo.

—Me suena.

—El carnicero de Rostok. En el juicio reconoció que era incapaz de mantener una erección desde la adolescencia y que eso le llevó a experimentar otros caminos, hasta que un día descubrió que había eyaculado mientras acuchillaba a una niña. Desde entonces, el cuchillo con el que apuñalaba a sus víctimas se convirtió en su pene.

Silencio.

—¿Pasa algo?

—No, no, nada. No sé si termina de encajarme para el personaje de Suso, la verdad. Ser un impotente de mierda lo afearía demasiado.

Clic.

La doctora Velasco arrugará la frente. Acto seguido sonreirá con amargura antes de pinchar en la barra del audio y hacerla retroceder unos segundos.

—... la verdad. Ser un impotente de mierda lo afearía demasiado.

Clic.

—Un impotente de mierda, ¡¿eh?! —dirá en voz alta—. ¿Eso eres, Alvarito? ¿Por eso te odias tanto a ti mismo que lo tienes que proyectar en los demás?! Desgraciado... ¡¿Así que no se te levanta y por eso necesitas otra clase de estímulos?!

Otra clase de estímulos le habrían venido mejor a Sara Robles. Los días tormentosos como el de hoy —en alianza con su huracanado estado de ánimo— no la benefician en absoluto para desarrollar la tarea que la ha llevado hasta Ávila capital, en concreto al domicilio de Jesús Ángel Garabito Gutiérrez, antiguo director del Colegio San Nicolás.

Acompañada por Álvaro Peteira y Ramiro Sancho, Sara apenas ha abierto la boca durante el trayecto. Su semblante, acerado, oculta el avinagramiento que le provoca no tener noticias de Bittor desde que se marchó a ver a sus hijos. Le ha llamado siete veces a lo largo del fin de semana, pero tiene la certeza de que hubiera tenido el mismo éxito —ninguno— si hubieran sido setenta y siete. Del mismo modo está convencida de que no se sentiría como una auténtica basura si no se hubiera estado follando a Sancho en su ausencia, pero no ha podido —ni siquiera lo ha intentado— enfrentarse a la voracidad vaginal que acaudilla su instinto.

—¿A qué hora dijiste que salía en antena la raposeira esa? —le pregunta el gallego al pelirrojo.

—Sobre las 12.30 —contesta.

—¿Y de verdad crees que funcionará?

—Si resulta convincente y se lo traga sí, funcionará. Debería —matiza Sancho.

—Debería... ¡Cómo llueve, carallo! —se queja al tiempo que eleva los hombros y encoge el cuello como si así fuera a mojarse menos.

—Manda cojones que seas tú quien se queje.

—Ya estamos. La gente piensa que en Galicia está cayendo agua todo el santo día y no es cierto.

—Llueve más en Castilla, claro que sí, por eso hemos disfrutado de un paisaje tan verde al venir. De todos modos, no voy a ser yo quien te lo demuestre —prosigue Sancho agitando su móvil.

—Mierda de Google...

—Media de días de lluvia al año en Vigo: ciento veintinueve. Media de días de lluvia al año en Valladolid: sesenta y ocho. Casi el doble...

—Bah, eso en el día a día ni se nota.

—Sobre todo si no vives allí.

Peteira se ríe.

—Estamos —anuncia Sara señalando el portal—. A lo que hemos venido —les recuerda en tono severo.

La vivienda cumple a rajatabla el estereotipo de decoración que correspondería a un inquilino octogenario de evidente vocación religiosa. Reina en el ambiente esa mezcolanza de aromas que conforman lo que se conoce como «olor a cerrado», en cuyo trono se sienta la naftalina como fragancia predominante que es. La señora que le atiende los espera con la puerta abierta y los conduce con cierta amabilidad hasta el salón donde, sentado en un sofá con pose episcopal, los aguarda el padre Garabito. Son sus ojos los de alguien que ha ido perdiendo vista pero nunca la mirada. Fino y canoso, aún conserva el suficiente cabello como para poder peinarse, y su pálida tez adherida al cráneo da la sensación de que va a rasgarse al primer gesto.

Sara le da los buenos días y se sienta frente a él mientras que Sancho y Peteira permanecen de pie algo apartados.

—Le reitero nuestro agradecimiento por atendernos, señor Garabito.

Con esta frase, Sara —que ha hecho un esfuerzo notable para aligerar su todavía agria expresión— da comienzo a una obertura en la que la partitura incluye cumplidas presentaciones primero, seguidas del obligado recordatorio del objeto de la visita.

—Sí, comprendo, comprendo, pero llámeme padre, se lo ruego.

Su trémula voz suena paradójicamente firme.

—Fue usted director del Colegio San Nicolás desde el año 1987 hasta 1994, ¿verdad?

—Así es. La memoria empieza a fallarme. No tanto como la vista y el oído, claro, pero gracias a Dios siempre he sido bueno con las fechas. Ayuda a colocar los recuerdos de manera correcta, ¿sabe?

Sara sonríe.

—Claro. En el asunto que estamos investigando están involucrados dos alumnos de la misma promoción que estudiaron allí durante ese periodo: Darío Gallardo Carpintero y Mateo…

—¡Darío Gallardo! —la interrumpe—. ¡Cómo olvidarme de ese muchacho! Era un bicho de padre y muy señor mío. Guerrero desde el primer día que entró en la institución. Venía de buena familia, pero ya se sabe que eso hoy en día no es garantía de nada. De tonto no tenía un pelo, pero era de esos alumnos que cuesta encauzar. Vaya que sí. ¿Cómo dijo que se llamaba el otro chico?

—Mateo Cabrera Nogal.

El hombre baja la mirada y, como ocurre con las tormentas de verano, su expresión pasa de cielo despejado a completamente nublado en apenas un pestañeo.

—¿Se encuentra bien, padre? —se interesa Sara.

—Sí, sí. Deme solo un segundo, por favor. Mateo… Pobre chico. ¡Ay, Señor! —suspira.

El padre Garabito alarga el brazo izquierdo para alcanzar una mesa auxiliar sobre la que hay un vaso de agua y una botella. El temblor de toda la extremidad hace que Sancho reaccione de inmediato para acercarle el vaso.

—Permítame.

El anciano lo agarra con ambas manos y se moja los labios. El pelirrojo completa el viaje de regreso y el aterrizaje.

—Ocurrió en el curso 92-93. Se nos coló el diablo. Se me coló el diablo —rectifica—, porque fui yo quien dio el visto bueno a su contratación. Que Dios lo haya perdonado por todos sus pecados —murmura.

—Si es tan amable, padre, necesitamos saber a qué se refiere. Es importante.

—Sí, sí, por supuesto. Pero no es fácil para mí revivir aquello. Nada fácil. Después de una vida entera dedicada a la docencia por vocación, ese borrón todavía me persigue. Lo tengo aquí clavado —añade llevándose la mano a la parte izquierda del pecho.

Tras suspirar varias veces y asentir otras cuantas, el padre Garabito parece preparado.

—Teófilo Sáez del Amo se llamaba. Don Teófilo. Tenía un buen currículum, la verdad. Atesoraba experiencia, además, en otros internados. Todos colegios de prestigio, lo cual sumaba mucho porque, aunque otros lo nieguen, yo digo que esos chicos necesitan una atención especial. Una educación a medida impartida por docentes dispuestos a… En fin —resume—. Lo que no podíamos saber porque no figuraba en ningún sitio ni él nos lo contó, como es lógico, es que arrastraba un gran problema. Una tara que va contra natura y que…

—Vamos, que era un pedófilo de mierda —acorta Peteira.

Sara lo atraviesa con la mirada.

—Disculpe, padre —se excusa el gallego.

—Yo lo hubiera dicho con otras palabras, pero sí: don Teófilo se sentía atraído por los niños.

—¿Y qué les hacía? —quiere saber Sara.

—Tocamientos hasta que… ya sabe.

—Entiendo. ¿Los violaba?

El anciano abre mucho los párpados como si acabara de blasfemar contra todos los santos del cielo.

—¡No, no! Solo tocamientos y… lo otro.

—¿Puede ser más específico?

El padre Garabito toma aire por la nariz antes de fabricar palabras que no quiere pronunciar.

—Con la boca —musita.

—Entiendo. Y Darío Gallardo y Mateo Cabrera fueron víctimas de abusos por parte de don Teófilo, ¿no?

—No. Solo Mateo. Y antes de él hubo otros casos menos graves, insinuaciones más que nada, pero parece ser que se encariñó bastante de Mateo, si es que la palabra «cariño» tiene cabida en este contexto. Lo que recuerdo de él es que era un chico muy apocado, poco sociable, de los que solo se sienten cómodos en su mundo interior y les cuesta horrores salir.

—Entonces ¿qué papel desempeñó Darío Gallardo en todo esto?

—Darío fue quien tuvo el coraje de venir a mi despacho y contármelo. Según le entendí, había otros chicos que también estaban al corriente de lo que hacía el Sapo, pero no se atrevieron a denunciarlo. Le apodaban así, el Sapo, supongo que porque tenía los ojos algo saltones. A mí me llamaban Carapito —rememora antes de taparse la cara con ambas manos como para cubrir su vergüenza.

—Padre, tranquilícese, por favor, está usted sirviéndonos de mucha ayuda. ¿Recuerda los nombres de otros chicos que sufrieran abusos?

—No. En realidad no trascendieron más nombres. Solo supimos que Mateo no había sido el único, pero tampoco quisimos escarbar más.

—¿No?

—No. Verán —dice levantando la cabeza. Su mirada transmite rabia y frustración—: ese mismo día convoqué a la junta directiva del colegio que, por aquel entonces, era mixta y estaba conformada por miembros seglares y religiosos de la orden. Todos estuvieron de acuerdo en cesar de inmediato a don Teófilo, pero también hubo unanimidad en lo otro.

—¿Lo otro? —pregunta Sara.

—En taparlo —completa Sancho.

—Exacto.

El padre Garabito se aferra al crucifijo que tiene colgado del cuello.

—Pero les prometo que yo no estuve de acuerdo. ¡Y así se lo hice saber a todos! —prosigue endureciendo el tono—. Les dije que ese monstruo no podía salir por la puerta de atrás y olvidarnos del asunto. Porque podría ser que recabara en otra institución e hiciera lo mismo. Pero fue como predicar en el desierto. No me escucharon. Tenían miedo de manchar el nombre del colegio y que nos quedáramos sin alumnos. Por eso yo presenté mi dimisión como director al final de ese año y un tiempo después regresé aquí, a mi antigua parroquia.

—Muchas gracias, padre —dice Sara—. Gracias por sincerarse con nosotros. Ahora le vamos a enseñar una fotografía que nos ha proporcionado la viuda de Darío Gallardo en la que...

El padre Garabito, que estaba inmerso en lo más profundo de su indignidad, sale a flote. Pálido, eso sí.

—¿La viuda? ¿Darío Gallardo está muerto?

Con la mirada, Sara traslada la pregunta a Peteira y, tras encogerse este de hombros, se percata de que el padre Garabito no está al corriente de los últimos acontecimientos.

—Sí, lo siento, pensé que lo sabía.

—¿Y Mateo?

Sara tuerce la boca. Prever la respuesta hace que el rubor abandone por completo la tez del padre Garabito, tornándose esta en un tono casi trasparente, nada sano.

—También. Ambos han sido víctimas de la misma persona. Y pensamos que de algún modo pudo tener relación con los hechos que... Padre, ¡¿se encuentra usted bien?!

Pero el religioso, superado por noticias que no esperaba recibir, ya se encuentra en ese lugar donde las preguntas no obtienen respuestas.

Obtienen respuestas quienes las buscan sin importarles la mugre que quede bajo las uñas. Durante el confinamiento me acostumbré a ejercitar mi mente con la misma exigencia con la que entrenaba mi cuerpo.

Sin embargo, el desafío al que voy a enfrentarme requiere el disfrute de una fase de barbecho intelectual, por lo que podría decirse que me he pasado en la horizontal todo el fin de semana: desnudo, abarcando la superficie de este magnífico *chaise longue*, disfrutando de la sensación de estar en contacto con la cálida piel del sofá que gobierna el salón. Por momentos me he sentido incluso más cómodo que en mi propia casa, lo cual no está mal, porque muy presumiblemente esta será mi casa durante el crucial desenlace que está a punto de producirse.

A través de la única ventana que no tiene las cortinas echadas y que da a la plaza Mayor de Valladolid, observo cómo se comportan las gotas de lluvia que, cual kamikazes enviados por el cielo, se estrellan contra el cristal.

Me gusta que el tiempo pase sin que pase nada.

Mi único propósito de hoy es esperar a que Ruth Domínguez comparezca en *Las mañanas de Claudia* y suelte la bomba que le he regalado el sábado. Entretanto, fijo mi atención en un transeúnte que camina bajo un paraguas tratando de esquivar los charcos que se han formado sobre el adoquinado, y reconstruyo esa insulsa vida de la que no va a ser capaz de escapar jamás. Tiene un nombre compuesto horrible, pero todos lo conocen por el ridículo apodo con el que lo bautizaron en el instituto y trabaja en el banco que patrocina su paraguas. Ha solicitado la prejubilación y ya le han dicho que se olvide, que su despido cuesta demasiado, que le toca joderse hasta los sesenta y cinco por lo menos. Por ello, al igual que lleva haciendo los últimos veintiocho años, el despertador ha sonado a las seis y media de la mañana, se ha preparado el mismo desayuno de siempre: café con leche y una rebanada de pan de molde sin tostar sobre la que alterna mermelada de naranja amarga o de mora según el estado de ánimo con el que se despierte. Hoy ha tocado naranja amarga. Acto seguido se ha encerrado en el baño antes de que se levanten sus hijas y se lo expropien, se ha quitado el pijama de franela azul Prusia, se ha metido en la ducha y, cuando el agua ha llegado a la temperatura que le gusta, se ha empezado a masajear el miembro. Hay mañanas que la polla —esa que ya no usa para penetrar a su mujer ni falta que a ella le hace— le responde y consigue correrse sobre esos azulejos que tanto aborrece pensando que son las tetas de Angélica, la directora de la sucursal. Pero hoy no ha sido una de ellas, conque se ha enjabonado, aclarado y secado en menos de tres minutos. Los mismos que ha tardado en enfundarse su traje de diario, que combina con cinco corbatas a elegir entre las más de cincuenta que cuelgan del corbatero de su armario. Como es lunes, le ha tocado esa que le regaló su hija Marta, la mediana, por su cincuenta cumpleaños: verde botella con margaritas estampadas, que es objeto de mofa por parte de Jacinto, su compañero de grandes cuentas. Porque él, como su polla, nunca ha sido de grandes nada. Se la suda. A las siete y veinte en punto se ha despedido de Tere, su mujer, con un «Que tengas buen día, luego te veo» que no ha obtenido respuesta alguna, se ha montado en su flamante Wolkswagen Passat —cuando lo compró en el año 2007 lo era— y a las ocho menos cuarto ya estaba sentado en su puesto de trabajo. Desde que han abierto al público hasta ahora, que ha salido a tomar café, ha atendido a tres pensionistas que, con la excusa de actualizar su cartilla, le han ido a ver para que les dé conversación, y dos reclamaciones que no llegarán a ningún sitio. Lo único que puede alegrarle el día es que Silvia, la camarera de siempre, luzca ese escote que le hace acordarse de que un día fue un ser humano al que le latía el corazón dentro del pecho.

En menos de dos años estará valorando suicidarse sin levantar ampollas.

La vibración de mi móvil me roba imaginarme el modo que ese desgraciado va a elegir para quitarse del medio. Es Rosa, mi agente, que lleva varios días tratando de hablar conmigo. Como todavía no está Ruth en pantalla decido atenderla.

—Rosa, dime.

—Álvaro, por fin. Llevo días tratando de...

—Ya, lo siento, pero he estado desconectado del mundo. Lo necesitaba.

—¿Estás bien?

—Cansado. Y harto de todo. Necesito espacio.

—Ya, bueno. Tienes a la editorial en pie de guerra.

—Ya hablé con Gonzalo para dejarle bien clarito que necesitaba un descanso.

—Pues no parece que hayas acertado con ninguno de tus cuchillos, porque está que trina.

—A Gonzalo ya le pueden ir dando bien por el culo.

Escucho un suspiro.

—Álvaro, por favor.

—¿Qué pasa, que han bajado las ventas?

—No van como tenían que ir, y ellos lo achacan a que has suspendido la promoción de *Astillas en la piel.*

—Pues les dices de mi parte que el dinero que se están ahorrando en viajes, hoteles y demás lo inviertan en otra campaña de marketing en condiciones y listo.

—Yo no les puedo decir eso, Álvaro, y lo sabes. Quieren saber si suspenden todos los actos programados de manera definitiva o tratan de aplazarlos.

—Que suspendan los que estaban fijados las siguientes dos semanas. Pasado ese plazo volvemos a hablar, y si me encuentro en condiciones de seguir, seguimos.

—Vale, tú mandas.

—Por supuesto.

En ese instante aparece Ruth en televisión y una sonrisa se agiganta en mi boca antes de buscar el mando para subir el volumen.

—Solo quiero que tengas presente que existe un contrato en vigor y que podrían emprender acciones legales —continúa Rosa.

—Y yo podría tocar la puerta de otra editorial, que siempre están abiertas para mí.

—Siempre que sigas vendiendo lo que vendes.

Por mi parte, mis intervenciones van tendiendo hacia el monosílabo mientras las suyas se van alargando en un tono maternal que ya conozco y que me aburre soberanamente. Al margen, estoy más pendiente del sonido de la televisión que de la voz de mi representante, a quien, aunque todavía no lo sabe, le queda muy poco que hacer con su representado.

«Y bien, Ruth, hoy vienes con una exclusiva que va a provocar un giro radical en el caso del Torturador Risueño, ¿no es así?».

Cuando la cámara acorta el plano sobre el azorado rostro de la periodista me doy cuenta de que algo no va bien. Me incorporo y se me tensan los músculos como si fuera a perseguir a alguien.

«Así es, Claudia. Según fuentes policiales, durante este fin de semana se han producido avances muy importantes en la investigación. Avances que, están convencidos, van a desembocar en la próxima detención de un sospechoso sobre el que tendrían indicios muy serios de su vinculación con las muertes de…».

—¡¿Álvaro, por Dios, me estás escuchando?! —oigo gritar a Rosa.

—¡Calla, cojones! ¡Calla de una puta vez! —le exijo antes de lanzar el teléfono al otro lado del sofá.

Rebote, doble tirabuzón y recepción crítica contra el parquet flotante.

«¿Puedes aportar algún detalle sobre esos indicios que mencionas?». «No, lo siento. Si desvelara esa información podría perjudicar el operativo que están preparando tanto la Policía Nacional como la Guardia Civil, y eso es lo último que querrían todos los que nos están viendo desde sus casas, ¿verdad?». «Desde luego, Ruth, desde luego. Pero quizá sí puedas hacernos un resumen de cómo se han ido desarrollando las pesquisas de los cuerpos y fuerzas de seguridad involucrados en este espeluznante caso que nos tiene a todos con el alma en vilo». «Por supuesto. Desde que una perra de nombre Roma descubriera los cuerpos de Mateo Cabrera y el Loco Eusebio, recordemos, principal sospechoso de...».

Ya no escucho más.

Dos martillos golpean mis sienes y, aun así, en cuestión de segundos encuentro otro camino para llegar al mismo lugar que había previsto.

Un atajo sangriento, según parece.

Parece más un bar de copas que un bar a secas, pero el café está bueno. Bastante bueno, acaba de juzgar Sancho, que ha sido el que ha propuesto tomar uno rápido antes de regresar a la carretera.

Fuera jarrea.

No han ido mal del todo las cosas con el padre Garabito a pesar del susto que se han llevado. Peteira hubiera apostado su pensión y la de los gemelos a que no salía de esa, pero todo ha quedado en un desmayo fruto del disgusto que le ha causado al hombre recibir la funesta noticia de las muertes de sus antiguos alumnos. El listado que les ha proporcionado puede acabar siendo ese punto de inflexión que andaban buscando, y quizá sea esa la razón por la cual la expresión de Sara Robles, sin que todavía haya desaparecido del todo la tensión, ha dejado de ser la de un fox terrier hambriento.

—¿Cuántos nos ha dado? —pregunta ella.

El gallego revisa el papel. Al lado de cada nombre, un número que corresponde con el orden de colocación en la foto, de izquierda a derecha y empezando por la fila superior.

—Completos ocho, con un apellido seis y solo con nombre tres. Total, diecisiete de veinticinco. Bueno, veintidós, porque tres ya no están en el mundo de los vivos que sepamos.

—No está nada mal para la edad que tiene. Ya me gustaría a mí llegar a los ochenta con esa memoria —comenta Sancho.

—Y sin esa memoria también —le arrea Peteira—, que acabas de cumplir los cincuenta y parece que tienes cincuenta y uno.

—Empezamos ya mismo con los que tienen nombre y dos apellidos —le dice Sara al gallego—. La mayoría estarán al corriente de la investigación, así que entiendo que si no tienen nada que ocultar, no pondrán inconvenientes en colaborar. Si saltara alguno con antecedentes, lo ponemos al principio de la cola de inmediato, viva donde viva.

—¿Y con su amigo del alma? —propone Sancho—. ¿El tal Schuster?

—¿Quién era? —pregunta Sara.

—Un minuto, a ver... Sí, este. El número nueve. Álvaro Rodríguez. A la derecha de Mateo.

En la foto, el aludido compone una mueca de difícil interpretación. Tiene los brazos cruzados a la altura del pecho y, en efecto, luce un corte de pelo que hace honor al de su apodo.

—¿Cuántos Álvaro Rodríguez nacidos en 1980 puede haber en España? —cuestiona ella—. ¿Cien, quinientos? Tratemos de sacar el segundo apellido antes de meternos en ese berenjenal.

—Sí, tienes razón —reconoce Sancho.

—Luego intentaré hablar con la viuda del abogado a ver si ella se acuerda —dice Peteira.

—Era este, ¿verdad?, Darío Gallardo —señala.

—Ese era —corrobora el subinspector—. Les saca una cabeza a todos, el cabrón.

—Y es cierto que sonríe como el Joker —observa Sancho.

—Era el matón del colegio, y sin embargo fue el que denunció a don Teófilo. Extraño.

—Lo mismo el muchacho ya llevaba lo de abogado dentro —comenta Peteira.

—Antes de ser abogado, a cientos habrás timado —sentencia Sancho.

Acto seguido consulta su reloj.

—Ya habrá terminado *Las mañanas de Claudia* —dice—. A ver si tiene algún efecto y conseguimos desestabilizar un poco a este malnacido. Alguna cagada se tiene que montar. Siempre lo hacen. No son infalibles ni mucho menos.

—Por el momento ni un borrón en su expediente —interviene Sara apurando su café.

—O puede que sí y todavía no lo hayamos detectado. Quién sabe.

—Pues deberíamos, que para eso nos pagan —sentencia ella al tiempo que aparece escrito en la pantalla de su móvil el nombre del comisario—. Nos vamos.

Sara se levanta a la barra para pagar, instante que aprovecha Peteira para dar una patada por debajo de la mesa.

—¿Y qué? ¿Lo vuestro tira para delante o qué?

Sancho duda si contestar o no.

—Ni puta idea.

—Ah, pues si no lo sabes tú…

—Tengo competencia.

—El picoleto, ya lo sé.

Sancho lo atraviesa con la mirada.

—Pues podrías habérmelo dicho, cabrón, que para eso somos colegas.

Peteira levanta el índice y lo señala.

—Tú eres mi colega, pero ella, aparte de serlo, también es mi jefa, así que no me toques los cojones. Son vuestras movidas.

Sancho asiente varias veces con la cabeza.

—Tienes razón.

—Ya sé que la tengo. Algún día esta mierda os va a explotar en la jeta. Espero no estar cerca para que no me salpique, la verdad.

Sara les hace un gesto con la mano y ambos se ponen en marcha. En su cara de nuevo la expresión de fox terrier hambriento.

—Era Copito. Le ha llamado el subdelegado para preguntarle sobre el sospechoso ese que vamos a detener en breve —le dice a Sancho—. Le ha dado largas, pero me ha dicho que ya nos puede salir bien la jugada o nos manda a todos a cagar solo con billete de ida.

—Ojalá esto fuera tan sencillo como sacar la carta más alta —farfulla el pelirrojo.

—Un día de estos me tienes que contar cómo coño conseguiste convencerlo para que nos dejara incorporar a la periodista a la ecuación.

—Cuando uno no tiene ni idea de hacia dónde tirar, cualquier señal sirve para seguir avanzando —argumenta.

—Pues más nos vale a todos que la maniobra no nos lleve a un callejón sin salida.

En el exterior, la lluvia parece haber ofrecido una tregua a los mortales, pero la plúmbea tonalidad con la que se tiñe el cielo no permite relajar el paso. Al cruzar la acera algo hace que Sancho se detenga en seco frente al escaparate de la librería Letras. El de la Interpol no sabe cómo se denomina ese elemento publicitario que consiste en un estand de cartón cargado de libros y el careto del autor con forzada expresión interesante, pero sí sabe que ese rostro lo ha visto antes.

—¿Qué pasó? —indaga Peteira.

—No sé. Ese tipo... —señala—. Me suena su cara.

—Es el Vázquez de Aro. Parece modelo o actor pero es escritor. Novela negra, que está de moda. No debe ser muy allá según me dicen, pero el cabrón se está hinchando a vender libros. Y te sonará, claro, porque está hasta en la sopa.

—Sí, puede ser...

—¿Nos vamos todos de compritas por Ávila o qué? —oyen decir a Sara, parada con los brazos en jarra unos metros más adelante.

—Anda, tira, que está la jefa como para caralladas.

Sancho amusga los ojos sin despegarlos de los que tiene delante.

—Esa cara...

Esa cara refleja la zozobra que está padeciendo Ruth Domínguez en el momento que el Alvia 6174 con destino Valladolid sale de la estación de Chamartín. Superada por la calamitosa sucesión de acontecimientos, la periodista no es capaz de permanecer sentada ni un segundo más. Su acelerado ritmo cardiaco no es compatible con la inactividad, pero, por suerte, su velocidad de procesamiento cerebral quintuplica la del convoy que tiene previsto llegar a Valladolid a las 15.16, es decir, en una hora y cuatro minutos.

Ese es el tiempo que tiene para tomar una decisión.

La decisión más importante de su vida, sin lugar a dudas.

Aún no había salido del plató cuando le sonó el teléfono. A pesar de que había previsto que pasaría, volvió a paladear el miedo y aceptó la llamada sin hablar.

—¡¿Pero de qué cojones te crees que vas, Tontalculo?! —fue lo primero que le dijo. Su voz tomada por la irritación—. ¡¿Es que no te quedó claro lo que tenías que hacer hoy?!

—Sí, y así lo he hecho, pero los productores del programa no han aceptado el material. Han dicho que se les podía caer el pelo si emitían el vídeo en directo. Que lo tenían que hablar con la cadena.

—¡Y una mierda! ¡No te creo, jodida mentirosa! Me la has jugado y ahora mismo voy a ir al colegio de Patri y me la voy a llevar.

—¡No! —chilló—. ¡Te lo juro por Dios! No se han atrevido. Yo se lo he enseñado pero ellos no se han atrevido. Yo no puedo hacer más. ¡Te lo juro! —insistió—. No puedo hacer más.

—¡¿Y eso de que tienen un sospechoso?! ¡¿Qué mierda es esa?!

—Es lo que me ha dicho la sargento Quiñones. Cuando la he llamado esta mañana me lo ha contado tal cual, pero como es lógico no me ha dado más detalles. Solo me ha dicho eso: que durante el fin de semana habían avanzado mucho y que ya tenían un nombre.

—¡¿Qué nombre?!

—Te juro por mi vida que no lo sé. ¡No me lo ha dicho! ¿Cómo me lo iba a decir?

Silencio.

—Como me la estés jugando te vas a arrepentir, Tontalculo. Te prometo que, como averigüe que me estás jodiendo, te voy a hacer sufrir tanto que vas a desear poder viajar hacia atrás en el tiempo para impedir que tus padres te concibieran.

—¡Es la verdad! Es lo que ha pasado.

Aún tardó varios minutos más en convencerlo.

—Muy bien. Pongamos que te creo. Puede que incluso me venga bien lo que ha pasado. Escúchame con mucha atención, porque esto es lo que vas a hacer ahora. ¡¿Me estás escuchando?!

El miedo habló por su boca.

—¡Que sí, joder!

—Vas a subirte al coche y a conducir muy rápido hasta Chamartín para llegar a tiempo de pillar el tren que sale a las dos de la tarde a Valladolid. En cuanto sientes el culo le vas a enviar el vídeo a la sargento Quiñones, la vas a llamar a los cinco minutos y le vas a decir que quieres hablar en persona con ella. Que quieres que te cuente cómo está la investigación y que te hable de ese sospechoso, o mañana mismo el vídeo de dos de los responsables del caso dándose el lote verá la luz.

—Pero...

—¡Ni pero ni hostias! —la cortó de inmediato—. ¡Como pierdas ese tren, el cabreo que me voy a agarrar solo se me va a pasar con su hermana y tu sobrina, y la única duda que voy a tener es con quién empiezo primero! A las dos y media te voy a volver a llamar y lo único que quiero escuchar es que has hecho lo que te he dicho.

—Vale, vale, vale...

Eso ha sido lo último que ha dicho la primera vez que ha hablado con él. La segunda, la que ha terminado por sacarla de quicio la ha recibido cuando estaba a punto de pasar el control de equipaje.

—Estoy a punto de subirme al tren —le ha contestado.

—Ya lo sé, Tontalculo. Te estoy viendo. ¿Sabes qué? He decidido viajar contigo.

De manera intuitiva ha mirado hacia atrás, luego a derecha e izquierda, y una flojera de piernas ha estado a punto de hacerle besar el suelo.

—No te molestes, no me vas a ver. No me fío de ti. No me fío una mierda. Así que antes de que tengas el encuentro con la sargento nos vamos a ver tú y yo. Te voy a mirar a los ojos y me vas a volver a contar qué ha sucedido hoy en el programa. Si me has mentido, lo voy a saber en el acto y te vas a arrepentir de haber intentado joderme.

—No te he mentido.

—Eso es lo que voy a comprobar yo en un rato.

—Te juro por lo que más quieras que no…

—¡Cierra el pico de una puta vez! Dime cuál es tu asiento.

El billete le tiembla en la mano como una hoja zarandeada por un vendaval. Impresos hay un montón de números, pero no acierta a encontrar los que le está pidiendo.

—¡¿Me has oído?! Dime cuál es tu maldito asiento.

—¡Estoy en ello!

Las primeras lágrimas hacen acto de presencia.

—Coche 4, plaza 122.

—¿Ves? No era tan complicado. En cuanto te sientes haz lo que te dije antes: envías el vídeo a la sargento, esperas cinco minutos y la llamas. A las dos y media en punto volvemos a hablar tú y yo. No intentes joderme, Tontalculo, o lo vas a lamentar.

El ataque de ansiedad que se ha apoderado de la periodista le ha dificultado hasta el extremo la tarea de dar con su plaza y, cuando por fin lo ha logrado, empapada en sudor, le ha asaltado la idea que está valorando en este instante.

De pie en la plataforma de tránsito de los vagones, Ruth observa cómo se mueve el paisaje urbano madrileño ante sus ojos mientras escucha en su cabeza lo que le va a contar a la sargento Quiñones cuando la llame. Ninguna de las dos opciones es buena, se trata de decidir cuál es la menos mala. Su instinto le repite que la única alternativa que tiene —si no quiere poner en riesgo las vidas de Elena y Patri— es seguir al pie de la letra las instrucciones. Sin embargo, hay otra voz que le susurra que si no hace nada por cambiar las cosas, la pesadilla que le ha tocado vivir no tendrá un final feliz.

Solo el hecho de prestarle oídos le causa auténtico pavor.

Alguien que sale del baño le roba el aliento. Él podría estar observándola en ese mismo momento por lo que, sin pensárselo dos veces, se mete en el servicio y echa el pestillo. Mareada, se sienta en la taza e intenta controlar su agitada respiración. El cuerpo le pide vaciar el intestino, pero no dispone de tiempo. Por su parte, la cabeza le pide salir de su cuerpo, abandonarlo a su suerte y que se joda, y si pudiera sin duda lo haría, pero no está incluida entre las dos opciones que tiene.

—Vamos, Ruth —se anima—. Haz lo que tienes que hacer.

Es entonces cuando saca su teléfono personal y, salvando el temblor que se ha apropiado de sus dedos, consigue abrir WhatsApp y encontrar el contacto de Verónica Quiñones. Segundos después, el vídeo está viajando a través del universo cibernético.

—Ya está hecho. Ya está...

Ahora cuenta con cinco largos minutos para seguir debatiendo qué hacer.

O eso cree, porque no ha transcurrido uno hasta que el nombre de la sargento aparece en su pantalla.

Sus constantes vitales se detienen.

Se detienen al llegar al peaje de la A-6. Contra el parabrisas choca una fina cortina de agua que, mecida por el viento, parece empeñada en acompañarlos todo el trayecto.

—Le doy las gracias de nuevo por su atención, señora. Buenos días —se despide Peteira antes de colgar.

—¿Nada? —se anticipa Sancho.

—Nada. Jamás le mencionó nada sobre abusos ni malos tratos ni nada que se le pareciera. De hecho, la señora me recordó que la anterior vez que hablamos me dijo que su marido era muy reacio a contar nada de esa etapa de su vida.

—Solemos evitar revivir recuerdos que queremos eliminar —dice Sancho sin quitar la vista de la carretera.

Sara Robles, que está en el asiento de atrás revisando unos papeles, levanta la cabeza.

—Puede. Pero el mero hecho de tratar de eliminarlos nos hace revivirlos, por lo que a veces es mejor no hacer nada —opina ella.

—No hacer nada casi nunca es la mejor opción —rebate Sancho.

—Por eso he dicho que «a veces» en vez de «casi siempre» o «por lo general».

—A ver, a ver... si nos vamos a enfrascar ahora en una discusión dialéctica me bajo y sigo a pie, ¿eh? —interviene Peteira.

Sancho se ríe, Sara no.

—Y otra cosa: tampoco escuchó hablar del tal Schuster, así que con la viuda del abogado hemos pinchado en hueso.

—Ya, claro, cómo nos iba a sonreír la jodida fortuna —comenta Sara con trazas de amargura.

—Antes venía pensando en una posibilidad —avanza Sancho cambiando de tercio—. Hay algo que nos suele funcionar para intentar comprender el comportamiento criminal de determinado individuo: consiste en aislar el hecho con el que da comienzo su carrera homicida. Los que ponen nombres a las cosas denominan criminogénesis al conjunto de factores y causas que desembocan en una conducta delictiva.

Durante la pausa solo se oye el constante golpeteo de la lluvia contra el chasis.

—En este caso, dando por hecho que las de noviembre de 2019 fueran sus primeras víctimas, resulta muy difícil encajar los roles de cada uno. Mateo, un muchacho que sufrió abusos; Darío, el que los denuncia, y luego está el tío del primero. Al legionario lo eliminamos de la ecuación porque ya sabemos que lo mató para inculparlo. Por tanto, si seguimos pensando que a quien debemos encontrar está relacionado con Mateo y Darío, ¿qué papel desempeñó en el pasado?

—Yo, si pudiera elegir, preferiría entender qué pasó en esa casa de Urueña —comenta Sara.

—Resolver la cuestión que yo planteo nos ayudaría a reconstruir esos hechos.

—Es posible, sí —conviene ella.

—Lo mismo es una chorrada, pero ¿y si era cómplice del... cómo se llamaba el asqueroso ese...? —interviene Peteira.

—Don Teófilo —aporta Sara—. Improbable. Los pederastas no suelen contar con ayuda de terceros para satisfacer sus perversiones. Yo me inclino a pensar que se trataba de otro niño que sufrió abusos.

—Vale. Supongamos que se reúnen para hablar de ello por el motivo que sea. Y al día siguiente han quedado con

Darío, que es abogado y está al corriente de todo, para sacar a la luz lo que en su día la institución tanto se empeñó en ocultar. Conocemos muchos casos similares, ¿verdad? Que los menores, muchos años después, se atreven a destapar un escándalo equis. Pues siendo así, todavía no soy capaz de entender qué coño pudo pasar en esa bodega para que la cosa terminara como terminó.

—Ya —dice Sara—. ¿Y sabes cuándo vamos a averiguarlo? Cuando trinquemos a ese cabrón y nos lo cuente. Antes no.

Y de nuevo el sonido de la lluvia.

Solo la lluvia.

La lluvia siempre le llamó la atención. Muchos de los primeros recuerdos de Bittor están relacionados con días así. El sonido de la monotonía, el olor de la regeneración, la paleta de grises democratizándolo todo y pintando de hirsuta tonalidad el carácter de algunos. A su madre, por ejemplo, no le disgustaba que lloviera, pero le ponía muy triste, nunca supo por qué. A él lo único que le molestaba era que, si caía mucha agua, los curas no les dejaban salir al patio y el día se hacía mucho más largo. Por lo demás, ni siquiera le importaba mojarse. Era su forma de estar en contacto directo con la naturaleza, y no fueron pocas las veces que llegó a casa calado de los pies a la cabeza. «Solo es agua, ama. Agua solo», se justificaba. Con el tiempo su madre dejó de reñirle e incluso llegó a convencerla de que gracias a los días de lluvia se alegraban tanto cuando el cielo amanecía limpio de nubes. Ver llover formaba parte de su cotidianidad. Tanto era así que cuando se instaló en Guadalajara lo que más le costó fue adaptarse a la aridez del ecosistema.

A la aridez en general.

Por eso, cuando llovía en Valladolid le gustaba dedicar unos minutos a contemplar el fenómeno como si esa fuera la última vez.

Paradójicamente, ese fin de semana no había llovido en Algorta, y contra todo pronóstico había conseguido desconectar de la realidad durante muchos momentos del día, lo cual no obstaba para que tuviera siempre presentes las nubes de tormenta que se estaban formando en ese horizonte que intentaba construir con Sara. En el otro plato de la balanza pesaba una decisión que, de tan evidente que era, no entendía cómo había tardado tanto en tomarla: priorizar lo profesional sobre lo personal hasta que la situación con Sara no se aclarara del todo. Es decir, o cielos despejados o jarreando. Y para jarreo bueno el que le ha caído esta mañana en el despacho de Viciosa. No se lo ha especificado —ni falta que hacía—, pero era más que evidente que al coronel le habían leído la cartilla, y si existen las personas que toleran que les arrojen mierda a la cara, el comandante Viciosa no es una de esas. Bittor Balenziaga tampoco, por lo que ha regresado a su puesto con la intención de coger al toro por los cuernos.

No ha transcurrido un cuarto de hora hasta que se ha percatado de que igual los papeles están intercambiados y no es al astado a quien tiene que atrapar sino al torero.

De este modo, por avanzar en alguno de los frentes que tiene abiertos, decide llamar a Sara y pedirle disculpas por no haber atendido sus llamadas con la excusa de haberse centrado en sus hijos. Tres fuertes golpes en la puerta le hacen abortar la llamada al primer tono. La sargento Quiñones sostiene su móvil en la mano por encima de la cabeza como si fuera a explosionar en cualquier momento. Su enervada expresión funciona como heraldo de sus palabras.

—¡Lo tenemos, Bittor, lo tenemos!

EL TITIRITERO: POSEE LA CAPACIDAD DE EXPRESARSE A TRAVÉS DE LOS PERSONAJES QUE MANEJA

Antiguo depósito de locomotoras (Valladolid)
11 de abril de 2022

Que estuviera tan cerca de la estación pero, sobre todo, tan asombrosa e incomprensiblemente abandonado, ha sido lo que ha provocado que se me encienda la bombilla.

El emplazamiento no puede ser más ideal y lo conozco como la palma de mi mano tras las muchas veces que me colé dentro durante el año que escribí *Los que ya no gritan,* mi segunda novela, ambientada casi en su totalidad en Valladolid. En la ficción se convirtió en un lugar muy especial para Suso, una suerte de santuario donde llevar a las presas que cautivaba con sus muchos encantos y deshacerse de sus cuerpos sin dificultad.

De estructura simétrica y corte vanguardista para su data decimonónica, el armazón, hoy muy deteriorado, está dispuesto en herradura de caballo, con una parte central destinada a talleres, mientras que las curvas hacían la función de depósito para las locomotoras de vapor de la época. A lo largo de su vida ha sufrido varias remodelaciones, pero hoy en día es el único de su categoría que aún sobrevive en pie en toda Europa. Su resistencia a ser doblegado por el paso del tiempo me resulta más que inspiradora.

En sí mismo, perdurar ya es un porqué.

Por ello y para ello, necesito asegurarme de que sigo teniendo el control de la situación y, aunque me pudra por dentro reconocerlo, dependo demasiado del vínculo artificial que he establecido con esa periodista. El MDMA que azota mi sistema nervioso me va a ayudar a quitarme la venda que quizá me esté impidiendo ver determinadas cosas con la claridad que necesito.

Colarme dentro ha sido tan sencillo como lo era antaño. Una antigua brecha en el muro de hormigón grafiteado que acota el recinto, oculto por la profusa vegetación que crece en esa zona, es mi alfombra roja. Antes de acceder al interior solo he tenido que esperar a que se alejara la señora que transitaba por esa acera de la calle Santa Fe para colocar la lata de cerveza que me va a servir de señalizador. Enseguida he vuelto a paladear esa sensación de confianza indestructible que me embargaba cuando me metía en la piel de Suso y escribía utilizando este mismo escenario sin que se me agotaran las palabras.

La lluvia, que no deja de caer, me obliga a buscar refugio en un área cubierta por los restos de lo que en su día fue una robusta y solvente cubierta de uralita. Evito pisar los numerosos charcos que se han formado aprovechando las imperfecciones del solado y, cuando llego al lugar indicado, compruebo que pasan cuatro minutos de las dos y media. Doscientos cuarenta segundos de agónica espera para Tontalculo. No creo que vaya a acusar demasiado aguardar otros tantos, que son los que invierto en volver a comprobar el material que llevo en la mochila.

Esta vez ni siquiera suena el segundo tono.

—Dime —contesta, seca.

—¿Qué tal vas?

—Voy.

—¿Has hecho lo que te he dicho?

—Sí.

—¿Y?

—Me llamó ella a los dos minutos.

—¡Esa es una muy buena señal! —juzgo.

—Intentó averiguar de dónde había sacado esa información, pero... Bueno, en resumen, que volvía a llamarme para ver a qué hora y dónde nos veíamos.

—Estupendo. Te noto mucho más tranquila.

—Pues no lo estoy. Lo único que quiero es que esto acabe de una vez por todas.

—Todo tiene su principio y final, no te preocupes por ello.

La voz de fondo que se cuela en la conversación agudiza mi ingenio.

—Bueno, pues ya estamos llegando a Segovia. En un ratito en Valladolid. Cuando llegues a la estación te volveré a llamar. Sigue mis instrucciones al pie de la letra, no te gires porque estaré detrás de ti y no quiero que...

—¿Detrás de mí? —me interrumpe—. ¿Pero por qué?

—¡Deja de hacer preguntas, joder, solo haz lo que te digo! ¡¿Es tan difícil?!

—Vale, vale, vale.

—Pues eso. Disfruta de lo que queda del viaje, Tontalculo.

Al terminar la llamada sonrío pensando en la escrupulosidad del cumplimiento de horarios de RENFE.

La función empieza en veinte minutos.

—¡En veinte minutos, más o menos!

En el semblante de Bittor Balenziaga se refleja el fracaso de la sargento Quiñones a la hora de hacer un resumen de la situación en la que se encuentran. En su cabeza rebotan frases como: «Están llegando en tren a Valladolid», «Se comunica con ella a través de un móvil», «Me ha enviado un vídeo que no sé si quiero que veas», o «La tiene amenazada con matar a su hermana y su sobrina, que viven en Galapagar».

—Verónica, por favor, siéntate —le ofrece estirando el brazo—, trata de sosegarte y empieza de nuevo, porque lo único que he entendido es que te ha llamado Ruth Domínguez.

Luchando contra la ansiedad y la frustración, la sargento obedece.

—Vamos a ver, porque mucho tiempo no tenemos —arranca—. Me ha llamado Ruth, está de camino a Valladolid y se supone que el Torturador... ese hijo de puta —acorta—, va también en ese tren.

—En qué tren.

—Un AVE o Alvia o lo que sea que llega de Madrid en... dieciocho minutos —precisa consultando su reloj.

—Entendido.

—Según me ha contado, la lleva extorsionando un tiempo bajo la amenaza de matar a su sobrina y a su hermana, pero dice que ya no lo soporta más. Hoy se tenía que haber publicado un vídeo que él le ha mandado, pero los de la cadena no lo han visto oportuno y él le ha ordenado que venga a Valladolid y lo utilice conmigo para averiguar qué hay de verdad en lo del sospechoso. Al final la idea del de la Interpol ha funcionado, mira tú.

Esa última frase le taladra el orgullo, pero Bittor consigue no exteriorizarlo.

—La cuestión —prosigue la sargento—, y esto no lo he entendido muy bien, pero es así, es que él quiere tener un encuentro con ella, y en cuanto llegue a la estación la va a llamar para darle instrucciones de dónde tiene que ir.

—Joder, la hostia —evalúa el teniente, pensativo—. ¿La crees?

—Estaba cagada de miedo, Bittor. O es la mejor actriz del universo o esa mujer está de mierda hasta el cuello.

—¿Y se va a arriesgar tanto solo para charlar con ella?

—Eso mismo es lo que Ruth cree, que ha quedado con ella porque quiere matarla.

—No podemos montar un operativo por el cauce oficial en veinte minutos. Si informamos al comandante Viciosa no nos ponemos en marcha en menos de dos horas.

—Bittor, hay que moverse ya pero ya.

—Joder, la hostia —repite frotándose las manos.

Los tres segundos que transcurren desde que pronuncia su muletilla favorita hasta que vuelve a abrir la boca se le hacen eternos a Verónica Quiñones.

—¿Chalecos? —pregunta mientras abre el primer cajón para sacar la reglamentaria.

—En el maletero.

—Tu arma.

—La pillo de camino.

Marcha atlética por los pasillos de las dependencias de la Guardia Civil.

—Oye, y lo del vídeo ese que has mencionado... ¿de qué va? —quiere saber Bittor tras pasar por la mesa de la sargento.

—¡En el coche, en el coche! —elude ella.

Cien metros lisos por el patio de la Comandancia de la Guardia Civil.

—De la Guardia Civil no sabemos nada, comisario —contesta Sara.

—Pues mejor. Nosotros a lo nuestro —concluye antes de terminar la llamada.

Es entonces cuando, al mirar la pantalla de su teléfono, ve la llamada perdida de Bittor. No es de extrañar que no le haya podido atender. Desde que ha entrado por la puerta no ha hecho otra cosa que ir de un sitio a otro, hablando con estos y aquellos, recopilando informes aquí y allá, apagando fuegos y encendiendo otros. Se dispone a devolvérsela cuando una voz grave, que oye a su espalda, le lanza una propuesta imposible de rechazar.

—¿Y si vamos a ver a Cuqui?

Lo último sólido que ha caído en su estómago ha sido la tostada cuya superficie coloreó de verde con lo poco que le quedaba de un bote de mermelada de ciruela. Los primeros compases intestinales de la novena sinfonía del hambre resuenan con ímpetu.

De camino al Rosabel, aprovechando que Sancho estaba hablando con Lyon, Sara ha contactado con la Fundación Arcos del Castillo para charlar un rato con Carmelo Ramos. El psicólogo le ha contado que Mariam progresa lento pero progresa, y que en el caso que les atañe eso es lo único importante: avanzar. Luego le ha pasado con la niña y ha podido intercambiar algunas palabras hasta que ella le ha preguntado algo para lo que Sara no ha encontrado respuesta y no le ha quedado más remedio que terminar la llamada.

Donde Cuqui hay más gente de lo habitual, pero casi todas las caras son conocidas. Lechazo guisado con setas para él y merluza a la cazuela en salsa marinera para ella. Antes, por no perder las costumbres, un pincho de tortilla para compartir del tamaño de Texas.

Desde que se han sentado han aguantado doce minutos y ocho segundos sin hablar de trabajo, hito al que el barbudo pelirrojo se dispone a poner punto final con un potente aclarado de garganta que anuncia el cambio de tercio.

—¿Has leído el informe del forense de lo de Boadilla? —pregunta.

—No, ¿cuándo ha llegado?

—Esta mañana, creo.

—He conseguido sentarme en mi mesa cinco minutos en tres etapas distintas. Ni lo he visto. ¿Algo interesante?

Él, sin mucho entusiasmo, pero alimentando el suspense con la mirada, asiente.

—Voy al meollo: El hombre tardó bastante en morir. Ya sabes, el hígado lo cuenta todo, hasta lo que sufre uno o deja de sufrir antes de irse al otro barrio. Ella presentaba un traumatismo severo en el parietal derecho que, casi con total seguridad, la dejó KO. Así que la teoría más plausible es que fuera a comprar sus mierdas, la cosa se torciera y terminara a tiros. Primero le dispara a él en la mandíbula y en el estómago y luego asfixia a la mujer utilizando la misma técnica de siempre mientras el hombre agoniza.

Sara pincha una zanahoria y dos judías y se lleva la captura a la boca.

—Parietal derecho. Un zurdo —comenta antes de tragar.

—Sí, y la trayectoria de los disparos lo corrobora. Otra cosa. La mandíbula. Y aquí es posible que hayamos tenido algo de suerte. Bueno, o lo que sea. Hay que rejoderse... —anticipa moviendo la cabeza—. Según se recoge en el informe de los de la Científica, el disparo impactó en la parte izquierda de la barbilla —se señala—, haciendo que se desencajara de ese lado. Sin embargo, el maxilar inferior fue encontrado a su derecha, unos metros más allá del sofá. A la derecha, no a la izquierda.

Sancho agarra el vaso de agua y bebe.

—Vale, ¿y?

—Que, al parecer, no se desprendió por el tiro sino que el muy cabrón le dio un golpe —gesticula en el aire como si ejecutara un revés— con algo para terminar la faena. Lo que no son capaces de determinar es si eso sucedió mientras él estaba todavía vivo o ya muerto.

Sara hincha los pulmones mira hacia arriba y suelta el aire muy despacio.

—Creo que nunca he odiado tanto a una persona como a este hijo de su puta madre.

Sobre la mesa suena el móvil de Sancho. De nuevo se trata de ese número extraño. Rechaza la llamada y retoma la conversación.

—El caso es que los de Criminalística han hilado muy fino para ver si golpeó el maxilar con algún objeto y creen que han dado con ello. Al loro porque han hallado sangre de él en la suela del zapato de ella.

—¿En serio?

—Y algo más: una huella bastante completita que no corresponde a la mujer.

—Mira tú por dónde...

—Sí. Ahora están contrastándola con las muchas que han extraído del escenario, por si encuentran más coincidencias, pero esa ya está en la base de datos.

—Algo es algo.

Durante los siguientes segundos no hay intercambio de palabras. Vuelve a ser Sancho el encargado de citar al morlaco con el capote.

—Oye, no me respondas si no quieres, pero... ¿puede ser que antes te escuchara hablar con una niña?

Sara juguetea con el tenedor.

—Sí. Es la hija de la víctima de Cartagena. He llamado para interesarme por su estado y luego he hablado un rato con ella.

—¿Y?

—Bueno, evoluciona positivamente, pero ya me dirás tú qué futuro le espera a la hija huérfana de una inmigrante sin familia en España.

—A veces la vida te sorprende. Cuando te toca tragar tanta basura, una manzana podrida resulta un manjar. Igual a esa niña la adopta una familia que le ofrece todo lo que...

—¿Sabes qué es lo único que le importa a Mariam en este momento? —le corta Sara.

Como con la llamada de teléfono, Sancho opta por no contestar.

—Que atrape al hombre malo que mató a su mamá. Pero no me lo ha dicho por hacer justicia ni con ánimo de venganza sino para que no vuelva a hacerlo.

Silencio.

—Y mira cómo estamos —añade.

—Sara, esto siempre es así. Ellos van por delante, juegan con mucha ventaja, pero un día, de repente y sin saber muy bien por qué, todo cambia. Y ese día va a llegar, que no te quepa duda.

—Vale, muy bien. ¿Y qué coño hay que hacer para que ese día sea hoy y no mañana?

—Dejar de pensar en ello.

Pensar en ello, visualizarlo, hace que la expresión de Bittor sea la de un niño que acaba de enterarse de que los Reyes Magos son los padres, a medio camino entre la sorpresa desagradable y la profunda decepción. No se lo termina de creer. No quiere. No conviene. Y, sin embargo, ahí está el bofetón de realidad, esperando a que ponga la otra mejilla para repartir el dolor. La sal en la herida la aporta esa voz que le ha susurrado, mientras veía el vídeo, que hay pasión en ese beso. Que no es la primera vez que se besan, pero, sobre todo, que no tiene pinta de que vaya a ser la última.

—Joder, la hostia —juzga.

—Lo siento mucho, Bittor, yo…

Y no será porque la sargento Quiñones no lo haya intentado. Desde que salieron de la Comandancia ha desviado la atención de su superior con el propósito de no enseñárselo. No en ese instante. Sabía que antes o después tendría que mostrárselo, pero en la tesitura en la que se encuentran —en pleno operativo no autorizado que podría terminar en la detención del hombre más buscado del momento—, habría convenido que hubiera sido después que antes.

—Bittor, tenemos que centrarnos en lo que tenemos que centrarnos —le pide alargando la mano para que le devuelva el teléfono sin quitar los ojos del retrovisor. El coche camuflado, aparcado en doble fila frente a la puerta de la estación Campo Grande, es su improvisada base de operaciones.

La lluvia acaba de conceder una tregua que tiene visos de no ser más que una retirada estratégica para organizar el asalto definitivo contra su acérrimo enemigo, el asfalto.

—Joder, la hostia —insiste él.

—Sé que es una gran putada, pero Ruth puede aparecer en cualquier instante y no podemos... ¡Mira, ahí está!

Dubitativa, la periodista mira a ambos lados como si fuera a cruzar la Castellana en hora punta. La descomposición de sus rasgos faciales conforma la definición gráfica del pánico.

En su mano izquierda sostiene un móvil, en la derecha también, aunque este lo manipula con forzoso disimulo.

Un doble pitido suena en el habitáculo.

—Estoy fuera —lee la sargento.

Inmediatamente el otro teléfono capta su atención.

—Voy yo —dice Bittor.

—¿Estás seguro? —duda ella.

El teniente Balenziaga le responde sin necesidad de articular palabra. Hay algo extraño en sus ojos que va más allá de la furia y que no sabría definir qué es, pero que está convencida de que no le conviene lo más mínimo.

No le conviene lo más mínimo jugar conmigo. La cuestión es si Tontalculo es consciente de ello.

Pasados cuatro minutos exactos de la hora prevista de llegada, me ajusto los auriculares y la llamo. Apostado en el interior del antiguo depósito de locomotoras puedo notar la adrenalina circulando a toda velocidad por mi torrente sanguíneo y mis neurotransmisores acaudillados por el Eme en pie de guerra, preparados para la batalla.

—Dónde estás, que no te veo —le pregunto sin darle la oportunidad siquiera de contestarme.

—He salido al exterior, como me dijiste —contesta con un hilo de voz—. Estoy justo al lado de la parada de taxis.

—Espera, no me cuelgues.

Los doce segundos que tarda en volver a escuchar mi voz son doce losas en la condenada existencia de Ruth Domínguez.

—¿La del paraguas negro? —me la juego.

—No, no. No llevo paraguas.

—Vale, sí, ya te veo —miento—. Camina por la acera de la izquierda en dirección al Arco de Ladrillo, y te repito que no quiero que te gires en ningún momento.

—Voy, voy.

—Y tranquilízate un poco, mujer, que si haces todo lo que te diga no tiene por qué pasarte nada.

Agradezco que haya dejado de llover, pero al elevar la mirada compruebo que el cielo sigue encapotado y que aún se perciben esos matices que la electricidad estática deja en el aire a modo de advertencia.

—¡¿Me puedes decir adónde voy?! —me pregunta al rato, alterada.

—Enseguida lo sabrás. Tú sigue caminando.

Poco después vuelvo a escuchar su tono de voz quebradizo.

—¿Y ahora, qué?

—Justo al pasar el puente por debajo, a tu izquierda, verás un paso subterráneo. Avísame nada más cruzarlo.

—Vale, pero…

—¡No hay peros, joder! ¡Haz lo que te digo y punto! —le grito.

Casi puedo ver sus ojos vidriosos titilar. No sé cómo he podido dudar de la lealtad de este caniche, pero así y todo saco la correa de nudo deslizante que he comprado para adiestrar a mi mascota preferida.

—Ya estoy al otro lado —escucho.

—Escucho un ruido bastante molesto. Repite, por favor —le pide Bittor a su compañera.

—Te decía que le ha mandado meterse por un subterráneo —le informa por el equipo de transmisión que acaba de recibir el mensaje de la periodista.

—Sí, ya lo veo.

Su frecuencia cardiaca se intensifica.

Desde la acera de enfrente, pero sin perder contacto visual con la periodista, Bittor camina con las manos en los bolsillos de la cazadora vaquera. Con precaución y disimulo, ha tratado de localizar algún viandante que le esté dando instrucciones y que pudiera encajar en el perfil del sospechoso que tiene en su cabeza, pero ha contabilizado al menos cinco candidatos y lo cierto es que podrían ser todos o ninguno.

—Ponte en movimiento —le dice a su compañera—. Si te das prisa, puedes estacionar en un hueco que hay casi en la esquina con Arco de Ladrillo.

—Oído. Acabo de escribirle a Ruth para decirle que, aunque no nos vea, seguimos ahí. A ver si logro que se tranquilice un poco porque está de los nervios.

—Lógico.

Él también lo está. No logra eliminar de sus retinas la secuencia en la que Sara agarra a Sancho por la nuca y le come la boca como una quinceañera. Es consciente de que es harto peligroso no estar al cien por cien concentrado en lo que se supone que tiene que hacer, pero su subconsciente no está dispuesto a ponerse de perfil y mirar hacia otro lado.

Aprovechando que el semáforo está en verde, cruza la calzada y aprieta el paso. De improviso, un tipo con la cabeza cubierta por la capucha de una sudadera, gafas de sol, y que se dirige hacia el paso subterráneo, capta su atención. Le ha parecido ver que movía los labios.

—Tengo un posible sospechoso. Sudadera azul marino, vaqueros y zapatillas de deporte multicolor. Mantengo la distancia.

—En camino.

—Quédate en el coche hasta que yo te avise.

—Bittor...

Silencio.

—Quédate en el coche.

—Recibido.

Recibido y leído el último mensaje de la sargento, a Ruth le cuesta despegar la lengua del paladar, pero todavía le resulta más complicado sujetar el impulso de darse la vuelta y empezar a correr con todas sus fuerzas. Al no tener contacto visual con los que se supone que la están protegiendo, se siente del todo vulnerable a pesar de que la sargento Quiñones

—con quien se está comunicando vía WhatsApp con la dificultad de tener que hacerlo sin que él se dé cuenta— le ha vuelto a pedir que conserve la calma.

—Lo estás haciendo muy bien, Tontalculo —escucha ahora—. Sigue recto y, si miras a tu izquierda, verás que al fondo hay un muro grafiteado.

—Vale, lo veo.

—Ve hacia allá y enseguida te digo dónde me vas a esperar.

«Muro *grafiteafo*», escribe.

Con el temblor que se ha apoderado de sus dedos es casi un milagro que sea capaz de escribir una sola palabra.

«OK», lee.

A punto está de chocarse con un niño en bicicleta con el que se ha cruzado y que no ha visto por tener los ojos puestos en la pantalla del móvil.

—Vete hacia la parte del muro que está toda cubierta por arbustos, ¿la ves?

—Sí.

—¿Y ves una lata de cerveza en el suelo?

—¿Roja?

—Sí, esa es. Ve hacia allá.

Entonces ocurre. Superada por la tensión, Ruth se gira. El vistazo dura apenas unas décimas hasta que el miedo la fuerza a mirar de nuevo al frente. Juraría que no ha visto a nadie tras ella.

—Si apartas unas ramas, verás que hay un buen boquete por el que puedes entrar. Hazlo y espérame justo ahí, tardo menos de un minuto.

Ruth, ocupada en informar a la sargento Quiñones, no toma en consideración que el tono de voz del Torturador Risueño ha bajado varias octavas.

«Lata cerveza roja, boquete. Cruzo al otro lado», escribe antes de guardar ese móvil en el bolsillo trasero del pantalón.

El agujero, en efecto, es hermoso. Situado a medio metro del suelo, la obliga a doblar el espinazo, sacar los brazos primero y la cabeza después. Una gota de lluvia impacta contra el tabique nasal haciendo que Ruth eleve la mirada como si estuviera pidiendo protección a alguna divinidad de las que habitan por ahí arriba.

Pero no parece que vaya a funcionar.

Que vaya a funcionar el operativo que ha improvisado depende de no perder el contacto visual con la periodista en ningún momento. Pero resulta que así ha sido, y lo peor de todo es que no sabe cuándo ha podido ocurrir. Bittor fuerza la vista y mira en derredor, pero ninguna de las personas que tiene dentro de su campo de visión es, ni se parece, a Ruth Domínguez.

Maldice su suerte.

El caso es que la variable fortuna ha tenido muy poco que ver. Se ha distraído con el tipo de la sudadera. O puede que, incluso, estuviera distraído ya desde que se ha bajado del coche. Ahora tiene que tomar una decisión: seguir al sospechoso o descartarlo y tratar de encontrar a la periodista.

Y ahora es ahora.

Bittor decide.

Y decide mal.

Y, como si el cielo quisiera advertirle de su error con una señal luminosa inconfundible, le envía un fogonazo.

Un fogonazo alumbra el horizonte y, en el instante en el que veo aparecer unas manos a través del muro, un trueno desgarra el silencio con extrema violencia provocando que Ruth dude. Apretando los dientes, hago uso de la paciencia que nunca tuve y aguardo en silencio a que asome la cabeza. Segundos después ocurre, y, entonces sí, la engancho del cuello con la correa y tiro de ella con fuerza como haría un titiritero sacando del escenario a una marioneta que ha terminado su actuación. La cuerda le oprime tanto la garganta que le impide gritar. Y respirar. Sin darle la oportunidad de reaccionar, la arrastro unos metros por el suelo para dificultarle una posible huida y le robo el aire de los pulmones de dos patadas en el plexo solar. Aprovecho que está fuera de combate para inmovilizarle manos y pies con las bridas y hago que se siente apoyando la espalda contra el muro.

—Hola, Tontalculo, por fin nos vemos las caras —la saludo enseñándole la pistola de Moncho, oculto, eso sí, tras el pasamontañas y las gafas de sol.

Ruth intenta emitir algún sonido, pero su máxima prioridad ahora consiste en captar oxígeno.

Llueve de nuevo con fuerza.

—Vamos a comprobar si eres una persona de fiar o no.

No me cuesta encontrar los dos móviles, pero no es el que yo le di el que me interesa fiscalizar.

—El código de desbloqueo —le ordeno.

Conseguirlo me cuesta dos patadas más. En su aterrada mirada puedo leer lo que me voy a encontrar en la pantalla de WhatsApp que tiene abierta. Se trata de una conversación con la sargento Quiñones. En el último chat recibido hay tres interrogaciones que tienen que ver con lo que Ruth ha escrito hace tan solo tres minutos.

«Lata cerveza roja, boquete. Cruzo al otro lado».

—Hija de la gran puta —le digo—. Sabía yo…

Es mentira, si hubiera tenido que apostar, habría dicho que nunca se atrevería a delatarme. Me concedo unos segundos para pensar.

Me acuclillo para apoyar el cañón de la Glock en su frente.

—Te han seguido hasta aquí, ¿verdad?

No se atreve a contestarme.

Ni falta que hace.

Su papel en este acto termina al recibir una patada frontal en la cara.

La cara de Bittor Balenziaga es un lienzo donde se pinta la desesperación al comprobar que el sospechoso deja de serlo al introducir las llaves en el bombín del portal en el que vive.

—Joder, la hostia —dice.

—¿Qué pasa? —quiere saber Verónica.

—Es un vecino de la zona —informa por el equipo de transmisión—. ¡Y lo peor es que a ella la he perdido de vista!

Silencio.

—¿Hace cuánto?

—No sé, hará un par de minutos. Máximo tres.

—Vale, mantengamos la calma. Estoy tratando de entender los últimos mensajes de Ruth. ¿Ves cerca algún muro que esté grafiteado?

—Dame un segundo.

Bajo la lluvia que vuelve a arreciar, Bittor aguza la vista.

—Sí, al fondo de la calle.

—¡Corre hacia allá!

Bittor lo hace.

—Estoy.

—¿Hay alguna lata por ahí?

—¡¿Una lata, dices?!

—Sí, de cerveza roja.

A unos treinta metros a su izquierda la localiza.

—Vale, ya la veo. ¿Y ahora?

—No sé. Dice algo de un boquete y que cruza al otro lado. ¿Quieres que vaya para allá?

—No. Alguien tiene que estar pendiente de la comunicación con ella.

—Tú mandas.

Bittor examina los arbustos y detecta varias ramas partidas que le llaman la atención.

—Aquí hay algo...

Al retirarlas descubre el desperfecto en el muro.

—Un boquete. Ha tenido que pasar por aquí. Voy a entrar.

—Ten cuidado, Bittor, por lo que más quieras —le ruega su compañera.

Este empuña la Beretta 92 y quita el seguro. Inspira y espira varias veces antes de meter la mano que tiene libre con la intención de apoyarla en el suelo cuando saque el tronco. Al otro lado del muro, difuminado tras la cortina de agua, no alcanza a distinguir más que una gran explanada sobre la que se le levanta una estructura de hierro y hormigón. Desoyendo la alarma interna que le avisa del nivel de riesgo al que se expone, Bittor procede.

No queda otra.

No ha terminado de sacar la cabeza cuando se percata de que, en efecto, ha sido un grave error, y tampoco le hace falta alzar la vista para saber que eso que tiene apoyado en su sien es el cañón de un arma.

—No te muevas o te reviento la cabeza —oye.

Asumiendo lo peor, Bittor aprieta con fuerza los párpados. En su mano derecha, oculta tras el muro, empuña el arma con la intención de usarla. El cálculo de probabilidades de éxito que le reporta su cerebro es mínimo.

—¡¿Bittor, qué pasa?!

La voz desesperada de su compañera resuena en el equipo de transmisión, pero no es capaz de verbalizar ningún pensamiento.

—Esto ya no te va a hacer falta —le dice antes de quitarle el auricular que lleva en la oreja.

Un ramalazo de dignidad le hace abrir los ojos y girar el cuello hacia donde viene la voz. Un hombre con el rostro cubierto por un pasamontañas y unas gafas de sol se descubre muy despacio y le sonríe.

Los segundos pasan.

—Teniente Balenziaga, ¿verdad? Un placer que por fin hayamos podido coincidir, aunque no sea en las mejores circunstancias. Sobre todo para ti.

—Joder, la hostia —evalúa antes de consentir que sus pestañas se abracen de nuevo.

Bittor siente la lluvia acariciando su cara y piensa: «Solo es agua, ama. Agua solo».

Un trueno.

EL FORZUDO: CAPAZ DE SOSTENER TODA LA CARGA DRAMÁTICA DE UNA NOVELA

Calle Recondo (Valladolid)
11 de abril de 2022

Ten cuidado, Bittor, por lo que más quieras.

Tiene un mal presentimiento. Le pasa desde que era una niña. En el colegio solía librarse porque sabía detectar el momento en el que las cosas empezaban a torcerse. Y cuando eso sucedía lo raro era que no se terminaran rompiendo.

Hoy lo ha sentido al enseñarle el vídeo. Lo ha visto reflejado en la cara de Bittor. En concreto en el modo en que le ha ido cambiando la expresión, como una rosa que se marchita a cámara superrápida. Desde entonces no ha dejado de paladear esa amarga sensación que se ha ido intensificando con el paso de los minutos y que, en ese preciso instante, encerrada por orden de su superior en el habitáculo del coche camuflado, está a punto de hacerla vomitar.

Ahora sabe que tenía que haber hecho lo necesario para abortar el operativo al darse cuenta de que Bittor no estaba en la plenitud de sus facultades o, por lo menos, convencerle de que fuera ella la encargada de seguir a Ruth. Todavía no puede creer que la haya perdido de vista. Él no comete esos errores, pero es evidente que se ha dejado llevar por las ganas de atrapar a ese malnacido.

—No te muevas o te reviento la cabeza —le parece oír.

Con sus constantes vitales en suspenso, solo escucha el repiqueteo de la lluvia contra el parabrisas.

—Bittor, ¡¿qué está pasando?!

—Esto ya no te va a hacer falta —oye.

Reacciona en el acto.

Sale del coche y cruza la calle sorteando vehículos. Uno blanco está a punto de llevársela por delante, pero Verónica Quiñones ha trazado una línea recta entre ese punto y el sitio en el que Bittor se encuentra, aunque no sepa con exactitud cuál es.

Solo corre.

Al cruzar el paso subterráneo saca su arma y afloja el ritmo para hacerse una composición de lugar. Tiene que localizar el muro. Detenida bajo el viaducto, su mirada se encuentra con la de una señora que, asustada bajo un paraguas, da dos pasos hacia atrás, tropieza y está a punto de caerse. Es en ese momento cuando registra un ruido seco, tajante, que viene de su izquierda y que, de manera inconsciente, hace que se mueva en esa dirección. Ni siquiera se para a pensar en que podría tratarse de un disparo, no.

Solo corre.

Al divisar el muro grafiteado se enciende un rayo de esperanza en el negro horizonte que tiene frente a sus ojos. Esperanza que desaparece cuando, a unos quince metros para llegar y buscando la lata roja de cerveza, se encuentra con una anomalía.

Que unas piernas inertes sobresalgan de un muro es bastante anómalo.

Bajo la lluvia, mientras la sargento va recortando la distancia paso a paso —muy despacio, como se hace cuando no se quiere llegar a un lugar—, suena un ruido idéntico al anterior y esta vez sí, reconocido en el acto como el sonido de un disparo, provoca la parálisis inmediata de su sistema locomotor. El arma se desprende de su mano y de inmediato se produce la interrupción del resto de funciones. Sucede de forma involuntaria, pero responde a un sistema ancestral de defensa que consiste en huir de la realidad cuando es tan adversa que preferimos rechazarla a enfrentarnos a ella.

Y lo último que quiere Verónica Quiñones es enfrentarse a esa realidad que tiene delante.

Porque ese calzado lo ha identificado de inmediato.

Porque el dueño de ese calzado que ha identificado de inmediato no se mueve.

Porque el dueño de ese calzado que ha identificado de inmediato no se mueve y al fijarse en el resto de los detalles reconoce la pistola que está entre la vegetación.

Ella no quiere, pero su cerebro resuelve y completa la imagen que no alcanza a ver al otro lado del muro. En esa tesitura, la única respuesta —inútil pero no por ello estéril— se manifiesta a través de sus lagrimales. Luego abre la boca en un intento de pronunciar su nombre, pero se queda en la tentativa y, como si el esfuerzo fallido afectara a la estabilidad de las rodillas, estas ceden dramáticamente haciendo que el ser humano que solían sostener colapse.

Sobre el suelo mojado, Verónica Quiñones se atreve a estirar los brazos para agarrar con ambas manos el pantalón de su amigo y tirar de él hacia sí. La fuerza que nace de la desesperación y el dolor lo hacen posible y consigue recuperar el cuerpo, que queda tendido bocabajo junto a ella. Solo se le ve medio rostro, pero no parece Bittor, sino una figura de cera mal rematada. En la sien localiza la razón por la cual anticipa que tomarle las constantes vitales roza lo absurdo, pero así y todo lo hace con el resultado que esperaba.

Abatida, abre mucho la boca y eleva la mirada como si le estuviera pidiendo explicaciones al cielo como testigo directo de la muerte que ha sido.

Un alarido silencioso es todo lo que consigue producir.

Todo lo que consigue producir es un bostezo que ni siquiera llega a escapar de su boca. No obstante, no ha sido el aburrimiento ni el cansancio lo que lo ha motivado, sino que responde a un mecanismo para liberar el estrés más propio de los cánidos que de los humanos.

Han sido varias las razones que han provocado que se incremente la tensión ya acumulada en el organismo de Sara Robles: la intensidad de los golpes que Copito ha dado en el cristal de la puerta de la brigada para llamar su atención, la amargura reflejada en su rostro, que les haya señalado con el índice a Sancho y a ella sin decir nada más, pero, sobre todo, que haya seguido sin abrir la boca durante el trayecto hasta su despacho; todo ello es motivo más que suficiente como para estar tensa.

Bastante tensa.

No se lo ha preguntado, pero intuye que a Sancho debe de sucederle lo mismo porque no ha dejado de tirarse de los pelos de la barba y, en el cruce de miradas que ha mantenido con ella mientras que el comisario Herranz-Alfageme cerraba la puerta de su despacho, ha visto reflejadas las mismas emociones que la embargan a ella.

—Acaba de llamarme el comandante Viciosa —anuncia en un tono funesto que no hace sino confirmar sus sospechas—. Todavía no saben cómo ha podido suceder, pero el caso es que hace solo unos minutos, cerca de la estación de tren, han aparecido muertos el teniente Balenziaga y la periodista.

Una dentellada.

Luego un desgarro.

Y después nada.

Vacío.

Sara observa al comisario mover los labios, pero no registra ninguna de las palabras que salen de su boca ni acusa la leve presión en el muslo que está ejerciendo la mano de Sancho. Su capacidad para procesar estímulos externos está desactivada y en su mente solo se repiten tres palabras: «Han aparecido muertos».

Sara comprende el significado de la frase, pero no se encuentra en condiciones de asumirla. De hecho, está valorando la posibilidad de que no sea cierta. No puede serlo. No tiene ninguna lógica, pero es que, además, en el improbable caso de que sea verdad, no sería justo.

Y eso lo condiciona todo.

—Sara, ¿te encuentras bien? —pregunta Herranz-Alfageme.

—Sí, sí, bien —contesta—. Pero necesito un poco de aire. Sí, eso es. Necesito respirar. Ahora mismo vuelvo. Sí, vuelvo ahora.

—¿Quieres que te acompañe? —se ofrece el pelirrojo.

—¿Eh? No, no. Estoy bien, gracias. Es solo que me cuesta respirar.

Desde que abandona el despacho hasta que sale al exterior de la comisaría, todos los esfuerzos de Sara se concentran en no exteriorizar nada de lo que se está produciendo en su interior. Porque el vacío que llegó después de la dentellada y el desgarro se ha ido llenando de angustia, desconsuelo, impotencia, aflicción, ira, amargura, fragilidad y dolor.

Un dolor hasta entonces inédito para ella.

Un dolor que no tiene nada por dentro.

Un dolor hueco.

El vacío rebosa ahora de un dolor hueco insoportable y por algún sitio tiene que reventar.

La lluvia que empapa su pelo funciona de billete de regreso a la realidad justo cuando se dispone a doblar la esquina de la calle Gerona con la calle Caamaño. Unos pasos más adelante se detiene frente a una puerta metálica con una señal de vado permanente. Es en ese prohibitivo círculo rojo donde Sara resuelve descargar ese vacío, conque empieza a golpearlo con la parte blanda del puño una y otra vez.

Llora angustiada.

Y golpea desconsolada.

Grita impotente.

Y golpea afligida.

Berrea iracunda.

Y golpea amargada.

Amargada, iracunda, afligida, impotente, desconsolada, angustiada, Sara chilla hasta romperse la voz. Y cuando su sistema nervioso la obliga a detenerse por haber superado el umbral del dolor, se percata de que el otro dolor, el hueco, sigue ahí y ahí va a seguir. Rendida ante la frustración, se gira apoyando la espalda en la puerta metálica para no caer al suelo. Frente a ella se recorta la silueta de un barbudo pelirrojo que la observa desde la distancia.

El tiempo se detiene.

Solo la lluvia se atreve a manifestarse, y lo hace de forma violenta.

Sin testigos, Sancho da el primer paso.

Sin jueces ni jurado, Sara hace lo propio.

El abrazo provoca que el vacío se llene de algo.

Algo que Sara no sabría identificar.

No sabría identificar ninguna de las emociones que ahora me embargan. Catalogarlas es un ejercicio para el que no estoy cualificado y, sin embargo, sí sé que me siento bien. Mejor que bien.

Una parte de mí, y no insignificante, se está dejando llevar por la euforia de haber salido victorioso de una situación que podría haber supuesto el final de todo. Mi final. Pero hay otra, arraigada en algún lugar recóndito de mi interior, donde me noto tan decepcionado por haberme fiado de esa zorra que debería dispararme en la cabeza como castigo, por estúpido. Es verdad que la sospecha estaba ahí, planeando como un buitre sobre la carroña, pero nunca pensé que se atreviera a tenderme una trampa. Jodida Tontalculo. Cómo me hubiera gustado haber podido disfrutar de ella. Poco a poco, saboreando cada minuto de su padecimiento físico antes de arrebatarle su miserable existencia. No obstante, la tesitura en la que me encontraba no daba pie a demasiados excesos, por lo que la he tenido que quitar del medio siguiendo el mismo método que con ese guardia civil. Un tiro en la cabeza y a correr. La diferencia entre el uno y la otra está en cómo han asumido su suerte, sabedores ambos de que no verían un nuevo amanecer. El teniente con total templanza y dignidad, la periodista…, qué bochorno. Para morirse así es mejor no morirse jamás.

Debió de volver en sí cuando escuchó el otro disparo y, haciendo honor a su reptiliana condición, empezó a arrastrarse por el suelo suplicando entre lágrimas.

—Por favor, por favor, por favor —me decía la muy boba.

—Justo eso: te voy a hacer el favor de hacerte inmortal. A partir de mañana tu careto va a salir en todas las televisiones.

Y no me alargué más. Mencionar su careto me dio la idea de dónde dispararle; me lo tomé como una pequeña compensación por haberme traicionado, pero, principalmente, por no haber podido disfrutar de ella como merecía.

Ahora sí que se va a poner precioso todo. Los medios de comunicación tendrían que levantarme una estatua, porque cepillarse a uno de los responsables de la investigación y a la periodista que informaba del caso a toda España es un combo que nadie esperaba. Un hito sin precedentes en nuestro país dada la repercusión mediática que, estoy convencido, va a tener. Conmigo les ha tocado el premio gordo y todavía no lo saben. Deseando estoy poder llegar a casa, tirarme en el sofá y ver la televisión. No me va a hacer falta meterme nada para colocarme, pero tengo que evitar a toda costa cometer algún error estúpido que me complique la existencia ahora que lo tengo todo atado.

Desde la barra de un bar cualquiera de Las Delicias en el que estoy tomando un café horrible puedo escuchar a lo lejos el sonido de las sirenas: sinfonía para mis oídos. Me pregunto a quién coño estarán buscando, porque incluso en el caso de que alguien me haya visto saltar el muro, cosa muy improbable por no decir imposible, la descripción será la de un hombre vestido de negro con pasamontañas y gafas de sol; atuendo que he cambiado en cuanto he tenido ocasión gracias a la privacidad que me proporcionaba el garaje en el que me he colado. Luego he ido repartiendo el contenido de mi mochila por distintos contenedores y papeleras, a excepción de la pistola, de la que me desharé cuando me encuentre a salvo. Después del jaleo de hoy no me quedará otro remedio que volver a la inactividad hasta que reciba la confirmación de mi abogado de que ya está todo dispuesto para comenzar una nueva vida en mi retiro caribeño, lo cual, según me aseguró ayer, podría ser cuestión de horas.

Al salir a la calle me percato de que ha dejado de llover. Dudo entre parar un taxi o caminar hasta el apartamento, pero me decanto por dar un paseo con el propósito de hacer balance de estas últimas semanas, dejándome seducir por el aroma que desprende el asfalto mojado.

Al llegar a la plaza de la Cruz Verde me cruzo con una lolita que capta mi atención. Tiene el pelo y la ropa empapados, lo que hace que esta se ciña a su cuerpo, cincelando formas que sin duda corresponden a las de una mujer en pleno proceso de formación. Tentado me siento de seguirla, pero mi nivel de compromiso con la hoja de ruta que he marcado es tal que enseguida desecho la opción. Además, mi isla tiene que estar plagada de lolitas y corderitos.

Ya escucho al lobo aullar.

Tiempo al tiempo.

Al tiempo que asoma la cabeza y mira hacia abajo, Sara recuerda las palabras de un especialista que les dio una charla en la universidad sobre prevención de suicidios. Su nada académica forma de expresarse y su extravagante aspecto físico —poblado mostacho al estilo Nietzsche y fornido tren superior— le hacían parecer el forzudo de un circo más que un psicólogo, pero el hecho es que sabía lo que decía: «El deseo de quitarse la vida no está vinculado con las ganas de morirse, sino más bien con la necesidad de acabar de una vez por todas con la persona que uno lleva dentro y que tanto dolor le causa. Convertirte en tu peor enemigo es la causa principal». Sara no sabe si el postulado tiene o no algún fundamento, pero en lo que sí está de acuerdo es en que sería una vía excelente para dejar de sufrir. A pesar del alcohol que corre por sus venas y que sin duda afecta a cualquier tipo de estimación que haga, calcula que a esa altura tardará unos tres o cuatro segundos en recorrer la distancia que la separa del suelo.

Tres o cuatro segundos no es mucho.

Luego el apagón.

Y ya.

No es, ni mucho menos, un precio elevado a pagar para dejar de sufrir. El inconveniente, y no es uno menor, está en las implicaciones que conlleva. En dejar de sufrir está implícito dejar de vivir.

Y Sara Robles no se lo plantea como una alternativa posible.

En realidad se conformaría con no sentirse como la más repugnante de todas las mierdas catalogadas en el gran catálogo de las mierdas catalogables. Eso ya sería un avance considerable. Hay olores que son para toda una vida, y el hedor que ahora mismo emana de su interior no parece que vaya a desaparecer así porque sí. Empezó a percibir ese horrendo tufo después de que Sancho la rescatara de ese ensoberbecido mar en el que estaba dispuesta a naufragar y la convenciera de que tenían que volver de inmediato al despacho de Herranz-Alfageme. Este, al que olfato no le falta, olisqueó en el aire la descomposición que manaba de la experimentada jefa del Grupo de Homicidios que tenía delante e intuyó que ello debía de responder por fuerza a alguna razón de índole personal. No quiso sin embargo ponerla en el brete de tener que responder a la comprometida pregunta que estaba fabricándose en sus cuerdas vocales, pero le pidió de buenas maneras que se fuera a casa a descansar. Petición que mutó en orden directa cuando Sara sugirió participar en la Operación Jaula que acababa de ponerse en marcha en toda la ciudad. El comisario le hizo responsable a Sancho de que se cumpliera su voluntad, y a partir de ese momento los recuerdos que conserva Sara se vuelven etéreos, como si los hubiera vivido en primera persona pero protagonizados por otro individuo. Durante el trayecto hasta casa no hubo intercambio de palabras, y solo al final, cuando Sancho le preguntó si quería que la acompañara, ella se limitó a observarlo antes de bajarse del coche y a alejarse caminando muy despacio.

Desde ese punto hasta ahora podría decirse que su única actividad ha consistido en tragar. Tragar mierda, sobre todo, pero también ha tragado bastante ron con cola. De lo primero tiene de sobra, barra libre; de lo segundo le queda solo la copa que sostiene en la mano. No está borracha, ya le gustaría a Sara, porque sumida en la distorsión quizá pudiera ver las cosas de otra forma, relativizar o cuando menos aligerar el dolor. Pero no. En su mueble bar no queda nada que pueda ingerir, y como tampoco conoce ningún sortilegio con el que convertir su pesar en odio —en concreto hacia el desconocido que le ha metido una bala en la cabeza a Bittor—, se dispone a pasar una noche de esas que se resisten a convertirse en día.

Al alzar la mirada se topa con la torre de la catedral, a la cual no suele prestar demasiada atención por formar parte de su particular paisaje urbano recurrente, sin embargo, hoy se detiene en la imagen del Sagrado Corazón que la corona. Le encantaría ser creyente y poder pedirle a Jesucristo que le conceda la oportunidad de tener delante al hombre que ha asesinado a Bittor y que le dé fuerzas para no matarlo con sus propias manos. Porque eso es lo que le pide el cuerpo: vengarse en su nombre. Un cuerpo que sigue despidiendo un olor feo.

Olor a mierda, que es de lo que está hecho.

Aun a sabiendas de que no va a conseguir nada con ello, Sara cierra la ventana, deja la copa sobre la mesa y se dirige al baño para limpiarse. Abre el grifo de agua caliente, se desnuda y espera a que el vaho se apodere de la estancia. Acto seguido mete la mano bajo el agua y chilla. Arde, pero es un dolor tolerable que enmascara el otro. Repite por tanto la operación y esta vez la mantiene bajo la alcachofa durante todo el tiempo que puede conteniendo además las ganas de gritar. Transcurridos unos segundos sus cuerdas vocales fabrican un alarido estremecedor.

El método funciona.

Ya huele menos.

MALABARISTAS: TIENEN TENDENCIA A JUGAR CON LOS ADVERBIOS SIN QUE ESTOS SE CAIGAN

Comandancia de la Guardia Civil (Valladolid)
12 de abril de 2022

Desde el fondo de la sala escucha un murmullo que crece. Enseguida Verónica Quiñones deduce que se trata de la confirmación acústica de la inminente llegada del ministro y de la directora general de la Guardia Civil. Tan insigne honor poco o nada interesa tanto a la sargento como a los compañeros que la arropan desde que ha puesto los pies en la capilla ardiente, instalada desde primera hora en la Comandancia del Instituto Armado tras la entrega de los restos mortales del teniente Balenziaga después de su paso por el Instituto Anatómico Forense, donde se limitaron a certificar su defunción por herida de bala en la cabeza.

La noticia saltaba a las pocas horas de que se produjeran ambas muertes y abría los informativos de radio y televisión vespertinos. Hoy es portada en varios periódicos de ámbito nacional y #ElTorturadorRisueño sigue siendo trending topic en Twitter. El especial de *Las mañanas de Claudia* comenzó a las nueve de la mañana y en lo único en lo que coinciden los expertos y tertulianos convocados para la ocasión después de más de tres horas de emisión es en que Ruth Domínguez —colaboradora habitual de la casa— había dado su vida por la profesión. Del guardia civil muerto en acto de servicio poco se sabía más allá de que era padre de dos niños pequeños y se había separado recientemente.

Y gracias.

Gracias de verdad, porque si algo le quita el sueño a Verónica Quiñones —al margen de no haber podido hacer nada para evitar la muerte de su compañero y amigo— es que el maldito vídeo que le envió la periodista termine trascendiendo y ensuciando la memoria de Bittor. Ella, por su parte, no ha mencionado su existencia —ni piensa hacerlo— durante el intenso interrogatorio al que fue sometida a lo largo de la tarde anterior con el fin de esclarecer los hechos. Ni siquiera tuvieron la consideración de concederle algo de tiempo para digerir el trauma que había tenido que vivir horas antes. El comandante Viciosa se mostró especialmente duro y aséptico con la sargento antes de comunicarle que, como esperaba, la apartaban del caso hasta que la comisión de investigación interna dictaminara si habían actuado o no de forma negligente. El Ministerio del Interior no parecía albergar tantas dudas sobre el teniente Bittor Balenziaga, como evidenciaba la concesión a título póstumo de la Cruz de la Orden del Mérito de la Guardia Civil con distintivo rojo. Verónica Quiñones es muy consciente de lo que se juega omitiendo lo del vídeo a la superioridad, pero sabe que si lo cuenta es más que probable que la comisión concluya que Bittor tomó la decisión de actuar por su cuenta y riesgo espoleado por las emociones. Y puede que así fuera, porque es evidente que sus acciones no resultaron acertadas. Pero eso queda entre colegas. Ha revivido los hechos al menos cincuenta veces a lo largo de la noche y le han sobrado cuarenta y nueve para colegir que cayeron en una trampa. Lo que no es capaz de saber —ni va a serlo— es si el Torturador Risueño contaba o no con la connivencia de la periodista, pero es evidente que Bittor terminó en el lugar exacto y del modo que había previsto ese malnacido. Otra incógnita para la que no tiene respuesta es si el tiempo que transcurrió desde que encontró a Bittor hasta que logró reaccionar para dar el aviso a emergencias pudo facilitar su huida. Ese cóctel de preguntas sin resolver, aderezado con imágenes de las que no logra —ni va a lograr— desprenderse, es el responsable de las dos manchas negras que se extienden bajo sus ojos como dos ominosos vertidos petrolíferos en el océano de su rostro.

El movimiento que se produce junto a la puerta capta su atención. El comandante Viciosa se cuadra y saluda a la comitiva que encabeza el ministro; todos ellos lucen un semblante funesto muy propio para la ocasión. El silencio arrasa con los pocos murmullos supervivientes durante el breve periplo que los lleva hasta el féretro que, cubierto con una bandera española, coronado con un tricornio y una foto de uniforme del finado, domina el espacio. Dos grandes candeleros y cuatro coronas de flores completan el catafalco dispuesto por la organización. María Gámez, directora general del Instituto Armado, es la primera en tomar la palabra para cedérsela al ministro casi de inmediato. Este, tras aclararse la garganta y asegurar que nadie, por muy ministro que sea, está preparado para acudir a este tipo de actos, se explaya en subrayar las virtudes del homenajeado como si hubiera sido su pareja de mus de toda la vida. El tono firme pero monocorde del político invita a la dispersión de la sargento Quiñones, que se entretiene analizando las expresiones de los presentes. Las hay más o menos afligidas, más o menos creíbles, pero solo hay una que le revuelve el estómago: la de la inspectora Robles. Sucia, desleal, puerca, traidora y zorra asquerosa son los primeros adjetivos que le vienen a la cabeza. A su izquierda está el subinspector Peteira y justo detrás sobresale la pelirroja barba del tipo de la Interpol con el que se estaba pegando el lote en un bar de copas a la vista de cualquiera. Esa imagen, bien conservada en su memoria, provoca que sus placas tectónicas emocionales choquen de forma dramática. Un seísmo de proporciones ciclópeas se produce en su interior y, sin embargo, no es hasta que terminan las intervenciones de sus superiores y suenan los vivas a la Guardia Civil, cuando la sargento se pone en marcha trazando una línea recta entre el punto en el que se encuentra y Sara Robles. Cuando está a dos pasos, la inspectora, que parece recién salida de su tumba, vuelve en sí, eleva las cejas y le tiende la mano. La sargento, mucho más entera, se la acepta, pero solo con la intención de atraerla hacia sí.

—Necesito hablar contigo a solas un minuto. Es muy importante —le susurra al oído.

Sara frunce el ceño primero y asiente después. Luego se vuelve hacia sus compañeros y, tras cruzar unas palabras, estos se dirigen hacia la salida y ella se va con la sargento.

Huele a lejía perfumada en el servicio de mujeres. Verónica Quiñones, que nota cómo le palpitan las sienes, sigue haciendo un esfuerzo titánico por controlar sus impulsos mientras busca el vídeo en su terminal.

—Solo quiero que veas esto. Me lo envió Ruth Domínguez ayer a las trece horas y treinta y seis minutos —le informa con un tono aséptico fingido—. Todo tuyo.

Sara Robles, que está a punto de darle el pésame, contrae los músculos faciales al tiempo que coge el teléfono. Durante los doce segundos que dura el vídeo, una sensación gélida le recorre la espalda, penetra en su interior y le escarcha el alma.

—Lo grabó el hijo de puta que asesinó a Bittor —aporta la sargento—. Pretendía que esa periodista consiguiera que lo emitieran en televisión, pero al parecer no lo ha logrado. De momento —añade.

Los ojos de Sara, vidriosos, no se despegan de la pantalla.

—No sé qué vio Bittor en ti, pero sí sé que le gustabas. Le gustabas mucho.

La inspectora quiere decir algo, pero la lengua no se despega del paladar.

—¿Bittor lo vio? —logra verbalizar al cabo.

Sara no lo ve venir.

El terremoto de cinco dedos con epicentro en su mejilla izquierda le vuelve la cara, y, no obstante, congelada como está por dentro, no acusa el golpe.

—¡Por supuesto que lo vio! —le confirma la sargento sin poder contenerse—. ¡Le rompiste el corazón! ¡Eres una zorra! ¡Una zorra asquerosa, y Bittor te importaba una mierda!

—No es cierto.

La segunda sacudida, localizada en el mismo punto que la anterior, hace que dé un pequeño paso atrás. Su instinto le exige que responda a la agresión, pero, desconectada por completo, se limita a levantar la mirada y colisionar con los anegados y encolerizados ojos que tiene delante.

—Como se te ocurra aparecer mañana en el funeral de Bittor te juro que me voy a encargar de que todo el mundo sepa la clase de persona que eres. Allí solo vamos a estar los que de verdad le queríamos y le respetábamos. ¡¿Te queda claro?!

Sara no responde. No está capacitada.

Lo último que registran sus oídos es un «zorra asquerosa» que se solapa con el sonido de la puerta al cerrarse.

Es entonces cuando libera el aire que ha retenido en los pulmones, humilla la cabeza y la flojera de piernas aparece. Superada, Sara se ve en la necesidad de agarrarse al frío mármol del lavabo para mantener la verticalidad y, al levantar la mirada, el reflejo del espejo le devuelve una caricatura tragicómica de sí misma, con media cara enrojecida y la otra mitad desencajada, sumando entre ambas un todo vergonzante. Con la sangre superando el punto de ebullición, aprieta con fuerza los dientes y cierra los puños. Indignada, Sara se ve en la necesidad de destrozar a esa zorra asquerosa que tiene delante y le lanza un puñetazo que impacta contra el espejo sin producir daño alguno.

Y otro.

Y otro.

Y otro.

Pero no se quiebra.

Busca un objeto con el que lograrlo y lo encuentra a sus pies. Al segundo intento lo revienta con la papelera y, ya por completo fuera de sí, arroja esta contra la pared.

—¡Jódete, zorra asquerosa! —grita a los pedazos de cristal esparcidos por el suelo.

Cuando levanta la mirada se topa con otras, atónitas —la mayoría—, asustadizas —las menos—; eso sí, todas hostiles.

Y ante tanta hostilidad reacciona como le ordena su instinto.

Lo primero es lo primero.

Lo primero que ha hecho el pelirrojo cuando ha recibido la noticia ha sido llamar a Sara, a la que no ha visto desde que los dejó plantados a la salida de la Comandancia de la Guardia Civil. Tras esperar más de media hora y no dar señales de vida dedujeron que lo mismo quería estar sola y se marcharon, pero, según le han asegurado, la inspectora no ha pisado la comisaría desde entonces. Todas las intentonas de ponerse en contacto con ella se han topado con la metálica y fría voz femenina que certifica —como si fuera necesario— que el móvil está apagado o fuera de cobertura. Esto no ha hecho más que sumar puntos en contra en su particular marcador de la jornada: sabe que va a perder el partido y eso se refleja en su semblante de delantero veterano.

Y si hay alguien que sabe interpretar ese mapa expresivo es Patricio Matesanz, decano del Grupo de Homicidios, que hace dos minutos se ha acercado hasta la mesa en la que Sancho rumia su malestar y le ha recordado que le debe un café desde el día que apareció por sorpresa en comisaría.

—No te he preguntado porque sé que no te gusta hablar de ello, pero ahora que no nos oye nadie aprovecho: ¿cómo llevas lo tuyo? —le pregunta Sancho.

Con el posesivo se refiere al cáncer que le detectaron en mayo de 2019 y que, en teoría, ha dejado atrás.

—Tuve la suerte de pillarlo a tiempo y, de momento, no ha vuelto a dar señales de vida, pero el cabrón sigue campando a sus anchas aquí arriba —responde tocándose la cabeza—. Lo bueno es que este santo oficio deja poco tiempo para comerse el tarro, así que, toco madera —añade tocándose la frente—, la cosa va más o menos bien. ¿Y tú, qué?

—De salud bien, gracias. Es todo lo demás lo que no termina de estar en orden.

—Ya. Y lo que queda. A los de la corbata ya les han crecido las uñas y andan arañándose la cara. Copito ha salido bastante trasquilado, por cierto.

—Pues me disponía a hablar con él y no tengo ninguna buena noticia que darle.

—Pues casi mejor no vayas.

—Tengo que hacerlo.

—Ya.

El subinspector se moja los labios en el café y arruga la cara.

—La misma mierda de siempre, Sancho. Como este café. Sabemos que es horrible, pero seguimos metiendo monedas por la ranura para llevarnos un mal sabor de boca. Luego echamos la culpa a la máquina y todos contentos.

—La misma mierda de siempre —repite el pelirrojo.

—¿Y qué vas a hacer? —le lanza Matesanz.

Sancho se rasca la barba.

—Si tuviera algo a lo que aferrarme trataría de convencer a mi gente de que, aunque no lo parezca, vamos por buen camino. Pero lo cierto es que estamos más perdidos que el jodido Pulgarcito y ni siquiera tenemos migas de pan para que se las coman los pájaros.

Patricio Matesanz se ríe.

—Claro, compañero, claro, pero estos cuentos suelen acabar siempre igual. Cuando parece que el ogro te va a comer de repente sucede algo que lo cambia todo.

—Ese cabronazo nos saca demasiada ventaja.

—Hasta que demos con las botas de siete leguas, lo cual, bien lo sabes, sucede cuando uno menos se lo espera. Solo hay que seguir el rastro y ser paciente.

—Resulta bastante complicado cuando toca tragar mierda. La propia, la ajena y la de…

El agente Botello asoma la cabeza.

—Ah, estás aquí. Te está buscando Copito.

Matesanz le da una palmada en el hombro.

—A tragar —lo anima.

Herranz-Alfageme no tiene buena pinta. Nunca la tiene, pero normalmente no aparenta que le vaya a dar un ictus de forma inminente. De rostro abuhado, la habitual albura de su tez, ahora violácea, habla por sí sola, pero es esa abisal red de enrojecidos vasos capilares que tapizan sus ojos lo que más llama la atención. Desde que ha entrado en su despacho no ha dejado de pronunciar vocablos que bien podrían pertenecer a alguna lengua muerta o ser parte de un sortilegio con fines malévolos.

—Me cago en su condenada alma —es lo primero que entiende.

A Sancho le sobreviene el impulso de aprovechar que se la ha puesto botando para lanzarse en plancha y rematar la jugada, pero como delantero experimentado que es al intuir que está fuera de juego deja pasar el balón.

Y que lo remate otro, si llega.

—El subdelegado se ha salido con la suya —prosigue—. Estamos fuera. A partir de ahora se encarga la UDEV. Están en camino.

Sancho mastica la noticia y para evitar degustar su amargor la digiere sin más.

—¿Y Sara lo sabe? —indaga.

—No he conseguido localizarla. Pero da igual, porque ella ya lo estaba. Fuera, me refiero. Después de la que ha preparado esta mañana en el velatorio del guardia... ¡Qué vergüenza me ha hecho pasar el comandante Viciosa este de los cojones! Le he cogido una tirria que no puedo con ella.

Hay confusión en la mirada de Sancho.

—Que si es intolerable, que si no podemos consentirlo, que si las formas para arriba, las formas para abajo —prosigue impostando la voz—. ¡Las formas de mis santos cojones! —se desahoga.

—Ahora no sé de qué me estás hablando... ¿Qué ha pasado en el velatorio?

—Pues yo tampoco lo sé con exactitud porque me he marchado antes que tú, pero al parecer Sara se ha encerrado en un baño, se ha puesto a romper cosas y al intentar reducirla se ha puesto a repartir estopa a los de verde.

—¿Estopa?

—Hostias como panes, Sancho. Como panes.

La del pelirrojo es una expresión babélica.

—Viciosa me dice que por camaradería no van a interponer denuncias contra ella por lo civil —prosigue el comisario—, pero que controle a mi gente; como es lógico, han dado parte a la autoridad competente. Pero ¡¿sabes lo que más me jode?! ¡Que el mariconazo tiene toda la razón del mundo!

—Hay que joderse —murmura—. ¿Sara está bien?

A Copito le sorprende la pregunta.

—Si te refieres a si está bien de la cabeza la respuesta es no. Para nada. Si es de lo otro, pues no tengo ni puta idea porque no he conseguido hablar con ella. Y por lo que veo, tú tampoco, que es para lo que te he llamado.

—No, tiene el móvil apagado.

—Fantástico. Muy oportuno. Me preocupa no saber dónde se encuentra la jefa del Grupo de Homicidios que hasta hace unas horas se hallaba al frente del caso que está en boca de todos los españoles. ¡Me preocupa bastante! —añade dando un manotazo en la mesa.

—Yo me encargo.

—Pues hale, arreando.

Sancho toma aire.

—Una última cosa.

El otro relincha.

—A ver, sorpréndeme.

—Me devuelven a toriles. Tengo que regresar a Lyon.

—Ah, pues cojonudo entonces. Cojonudo. Odio los días así, de verdad que los odio.

Odio compartir espacio con desconocidos. Me roba el aire.

Sentado junto a la ventanilla de la penúltima fila de este ALSA con destino a la estación de Méndez Álvaro, centro mi atención en el paisaje, pero no porque resulte interesante o evocador, sino como último recurso evasivo de esta denigrante realidad que me rodea. En concreto la mujer con sobrepeso que ocupa el asiento contiguo a la que he bautizado con el nombre de Charo. Charo se comporta, viste y huele a quiero y no puedo. Un bolso de imitación, un reloj falso, unas baratijas en los dedos y un móvil chino con carcasa indestructible la delatan. No sé si me da pena o asco. O las dos cosas. Es tan poca cosa que ni siquiera me motivaría arrebatarle su ignominiosa existencia. Cada vez que cometo el error de dejar de mirar al exterior, Charo me dedica una protocolaria sonrisa que todavía no he correspondido por no ser capaz de superar la inquina que me provoca.

Jamás me habría subido en un autobús de no ser por causas de fuerza mayor. Y la nutrida presencia policial en la estación de trenes lo era. También había en la de autobuses, sí, pero bastante menos, y los usuarios que las suelen frecuentar, más los que deambulan por las dársenas, distraen mucho más a los agentes que los que tienen que pasar de forma ordenada por el control de seguridad de acceso al tren. Antes de eso, me he entretenido desde primera hora de la mañana desmontando la Glock 17 paso a paso a través de un fantástico tutorial disponible en YouTube. Tras limpiar a conciencia las piezas en las que podría haber dejado impresas mis huellas, las he metido en la mochila y las he ido arrojando en papeleras —las más pequeñas—, en contenedores —las medianas—y las más comprometedoras —armazón, corredera, cargador y disparador—, cómo no, a las aguas del Pisuerga. Luego he puesto rumbo a la estación y sin más contratiempo que el esfuerzo que me ha supuesto aparentar calma absoluta me he subido en el primer autobús que salía hacia Madrid.

Ardo en deseos de llegar a casa a pesar de que estoy seguro de que voy a experimentar una sensación, digámoslo así, anómala. Me va a costar despedirme para siempre del que ha sido mi hogar, sí, pero no es menos intenso el orgullo que siento por haber cumplido todos y cada uno de los hitos que establecí después de que me golpeara la noticia del hallazgo de los cadáveres de Mateo y el Loco Eusebio.

Y en ese plan abandonar España no era opcional.

Hoy, por fin, he recibido la comunicación oficial a través de un e-mail de Oriol Mateu, mi abogado y gestor, de que ya soy bienvenido —en concreto mis dos millones cuatrocientos mil dólares— en San Cristóbal y Nieves, el país antillano donde voy a fijar mi residencia. Todo ello, por supuesto, bajo una nueva identidad de la cual ya obra en mi poder un nutrido pack de documentos oficiales que he conseguido en la Deep Web por el módico precio de cincuenta y seis mil euros. Tras darle muchas vueltas al nombre que, confío, me va a acompañar durante el resto de mis días, me decanté por el de mi querido amigo Mateo Cabrera Nogal. Qué mejor forma de devolverle la vida que le arrebaté que viviendo la que él siempre habría querido tener.

Paleto de los cojones.

El resto de mi dinero hasta sumar los cuatro millones ochocientos mil euros que hemos liquidado de mis cuentas lo ha repartido Oriol en otras entidades financieras con sede en las Islas Vírgenes Británicas, Islas Caimán y el grueso del montante en Bermudas con la intención de, como le gusta tanto repetir, «minimizar al máximo el riesgo». Todo ello oculto bajo un complejo entramado de sociedades cuyo administrador único será el señor Cabrera Nogal. Para cuando los de Hacienda se percaten de la jugada estaré degustando un banana daiquiri en alguna playa de arena fina bañada por las cálidas y cristalinas aguas del Caribe.

Desconozco cuánto tiempo voy a aguantar viviendo en esas dos diminutas islas que cuentan con poco más de cincuenta mil habitantes, pero si sé que el traslado me va a proporcionar el cambio de aires que necesito y, sobre todo, la protección que implica no tener tratado de extradición con España ni con la Unión Europea. Eso en el supuesto de que terminen averiguando la identidad del Torturador Risueño, lo cual no va a suceder antes de que yo me suba al vuelo que aterrizará en Bridgetown, Barbados, dentro de tres días.

Cuando resuelva los trámites administrativos y recale en mi isla, ya he comprobado que desde Basseterre, la capital, podré moverme con total libertad a otras islas cercanas, paraísos que me apetece explorar —y explotar— como son Antigua y Barbuda, Guadalupe, Martinica o Barbados, donde quién sabe si podría perderme para siempre.

O encontrarme.

Con la mente puesta en el corto plazo noto que mi móvil vibra en el bolsillo delantero del pantalón. Al ver en la pantalla el nombre de mi psicóloga, Paz Velasco, me percato de que no he acudido a mi cita fijada para ayer por la tarde.

—Buenos días, qué sorpresa —contesto.

—Buenos días, Álvaro. ¿Va todo bien?

—Sí, claro, ¿por qué?

—No, porque después de tantos años es la primera vez que no se presenta a...

—¿Ayer? —la interrumpo—. ¿No me la dio para el día 13?

—No, el 11.

—¡Vaya! Pues ya lo siento, de verdad, debí anotarlo mal. Lo cierto es que con esto de la gira de promoción tengo un lío de fechas terrible. Le pido mil disculpas.

—No se preocupe, estas cosas pasan. Mañana tengo un hueco a última hora de la tarde. De siete a ocho —concreta—. ¿Qué tal le viene?

—Deme un minuto que lo mire en mi agenda.

No tengo nada que consultar, solo debo decidir si me apetece o no tener una última consulta con la doctora. Sin ser consciente desvío la mirada del exterior y me topo de nuevo con la sonrisa ceremoniosa de Charo. Esta vez sí logro responder con una mueca amable.

O algo similar.

Definitivamente, es asco lo único que siento.

—Lo único que siento, si te soy sincero, es tener que volver a verte cada mañana —le ha dicho Makila en clave de humor antes de colgar.

Ha sido en el acmé de la conversación que ha mantenido con su superior cuando le ha comunicado que, dadas las circunstancias, lo más conveniente era que se reincorporara a su puesto; no le ha pillado por sorpresa. En la Interpol son muy amigos de cuidar la imagen que proyectan en el exterior, esto es: agigantar los éxitos y empequeñecer los fracasos y este, sin lugar a dudas, pertenece a los últimos.

—La OCN de Madrid nos lo ha dejado muy claro, Sancho: quieren hacerse cargo de la situación al cien por cien y contarán con nosotros, sí, pero de forma no presencial —le ha explicado.

—Se equivocan. Todo lo que les podamos aportar sobre el terreno servirá para recortar la distancia con ese cabrón, que es mucha.

—Si se equivocan es porque pueden. Nosotros no. Pensé que esa pequeña diferencia ya la tenías presente. No hay más malabarismos que puedas hacer en España, pero no te preocupes, porque tengo otros espectáculos esperándote donde tú y tu equipo vais a poder brillar.

Pero a Sancho le preocupa muy poco lo que menciona Makila cuando no ha sido capaz de localizar a Sara en todo el santo día. Es por esto que, a pesar de no estar seguro de si es o no conveniente, ha decidido ir a buscarla a su casa. Al doblar la esquina de la calle Regalado con San Felipe, un destello azul reflejado en el cristal del quiosco le hace fruncir el ceño y apretar el paso. No es hasta que Sancho ve la dotación de bomberos estacionada frente al portal cuando lo nota.

La garra.

La maldita garra y sus afiladas uñas clavándose en el estómago.

Sancho recorre al trote los últimos metros que lo separan de la pareja de municipales que trata de impedir que se acerquen los curiosos.

—Buenas tardes. Soy compañero —se identifica mientras trata de guardar la compostura—. Una amiga mía vive aquí. ¿Qué ha pasado?

—No sabemos —responde uno—. Un vecino ha llamado a los bomberos porque ha visto salir humo de una galería que da al patio interior.

—¿De qué piso?

Ambos se miran.

—Tercero o cuarto, creo —dice el otro municipal.

No necesita más información.

—¡Eh! ¡Espere, no puede entrar en el edificio! —es lo último que oye.

Subiendo las escaleras de dos en dos siente cómo la garra le oprime con fuerza y le hace acordarse de una situación similar: la que le tocó vivir con Martina Corvo.

El olor de las partículas quemadas es más intenso con cada zancada y, aunque siente la necesidad de aliviar el picor de los ojos, prefiere bracear enérgicamente y agarrarse a la barandilla para impulsarse en cada tramo. Un bombero que está operando con la manguera junto a otro compañero intenta detenerlo.

—¡No puede subir ahí! —le grita.

Al llegar al descansillo la densidad del humo apenas le permite ver, pero no es del todo necesario para corroborar que, en efecto, el incendio se ha producido en la casa de Sara. Sin valorar el riesgo se tapa la nariz y la boca con la camiseta y avanza hacia la puerta en cuclillas, pero cuando va a cruzar el dintel se topa con un cuerpo muy sólido —en concreto un metro noventa de altura y cien kilos de bombero— que se lo impide. Este le agarra del brazo con fuerza y se quita la máscara del equipo de respiración autónoma.

—Pero ¡¿qué cojones cree que hace?! No queda oxígeno en la vivienda.

—¡Ahí vive una amiga mía! —vocifera Sancho entre toses.

—¡¿Qué es lo que no ha entendido?! ¡Le repito que ahí dentro no se puede respirar!

Otros dos compañeros que han salido tras él lo prenden sin demasiadas contemplaciones.

—¡Sacadlo de aquí cagando leches! —les ordena.

Sancho quiere decir algo, pero de su boca solo salen toses. Le lloran los ojos, cada vez le cuesta más llenar los pulmones y, como si el humo le hubiera afectado al cerebro, no logra pensar con claridad. Es en esas penosas circunstancias cuando lo escucha a través del equipo de transmisión que lleva uno de los bomberos que le están custodiando hasta la salida.

—¡Atención, equipo 1 para Charlie! Procedemos a extraer a una mujer en parada cardiorrespiratoria y que no hemos conseguido reanimar *in situ*.

Y, como si se produjera un efecto de contagio inmediato, a Sancho se le entrecorta la respiración y, mareado, no le queda otra que apoyarse en la pared.

En la pared del fondo se puede leer SHOOT YOU DOWN iluminado en letras corpóreas de neón. Suena indie español en The Bowie Bar, lo cual, a los oídos de alguien que no se ha actualizado desde que desaparecieron Os Resentidos, Siniestro Total, Los Cafres o Heredeiros da Crus, ni le va ni le viene. Lo que sí le viene bien a Álvaro Peteira es esa cerveza que está a punto de acabar.

La necesitaba. Esa y las dos anteriores que ya han regado su interior.

Desde que abrió los ojos esa mañana ha sido consciente de que el día que tenía por delante iba a ser de esos que no se olvidan, pero no imaginaba hasta qué punto. En comisaría impera una atmósfera irrespirable; demasiados silencios, palabras de más y conversaciones de menos. Tendría que remontarse muy atrás en el tiempo para encontrarse con un ambiente tan enrarecido. Solo de pensar que aún es martes y que ese fin de semana está de guardia le dan ganas de pegarse un cartuchazo en la cabeza. Se decanta el gallego por pedir otra cerveza en el momento en el que ve entrar a Áxel Botello por la puerta y levanta de inmediato otro dedo para conformar el signo de la victoria y ampliar el pedido.

—O yo llego muy tarde o tú has venido muy pronto —observa el recién llegado al ver los tres cadáveres de vidrio que reposan sobre la mesa.

—Aparqué a la primera.

—Y venías con sed, está claro.

—Estar de mala hostia es lo que tiene.

—Para mala hostia la que tenía Copito. Nunca le había escuchado pegar esas voces en su despacho. Vamos, que no necesitaba el teléfono.

—Ya. Tiene que estar en una posición muy complicada y mañana llega la gente de Madrid a enseñarle a hacer su trabajo. No debe de ser fácil.

—No —coincide.

—Me gusta el garito este —observa el gallego.

—Yo vengo bastante. El dueño, Elías, es colega mío desde los ocho años. Soy yonqui de un cóctel que preparan que se llama expreso martini.

—Pues te he pedido una birra.

—Tampoco le hago ascos, no te preocupes.

Y como si respondiera a un conjuro de invocación, los dos tercios aparecen en sus manos pocos segundos después.

—¿Y lo de la jefa, qué? —comenta Botello.

Peteira resopla y bebe, en ese orden.

—Menuda movida. ¿Quién te lo contó?

—En la brigada lo sabe todo el mundo.

—Porteras…

—Dicen que tenía un lío con el guardia.

Ahora solo bebe.

—Ni idea —despeja.

—Yo pensé que estaba con Sancho.

—Estuvieron, pero desconozco si siguen juntos ni me interesa. Solo sé que ya se la han quitado del medio y eso me toca mucho los cojones porque Sara es una tía muy válida.

—Nadie lo pone en duda.

—Al parecer sí. Y pocos valoran todo lo que le tocó aguantar. Es normal que estalle.

—Bueno, que reviente un baño de la Comandancia de la Guardia Civil no sé yo si es muy normal.

—Donde se le acabó la mecha. Esas cosas no se eligen, compadre.

—¿Es verdad que les costó un huevo reducirla?

—Eso he oído. Ojito con la jefa, que...

—No, no, si ya lo sé.

—Por ella —propone el gallego levantando su cerveza.

Botello brinda.

Les están sirviendo dos expreso martini cuando a Peteira le suena el móvil. Es un número que no tiene registrado.

—Lo voy a coger, que me ha llamado dos veces, no sea que...

—Pilla, pilla.

Álvaro se levanta y sale al exterior.

La espuma es lo único que queda en la copa de Áxel Botello cuando el gallego regresa luciendo una enigmática expresión difícil de interpretar.

—¿Qué pasa? —se interesa.

—No estoy seguro, pero puede que tengamos algo importante.

—¿El qué?

—Tengo que llamar a la jefa.

Esta vez salen los dos y toman al asalto una de las mesas de la terraza.

—¡Lo tiene apagado, carallo! Me dan ganas de ir a su casa, que vive aquí al lado, y quemarle el timbre.

—Prueba con Sancho.

Peteira lo hace.

—Vamos, vamos, Sancho, cógeme el puto teléfono…

A menos de trescientos metros suena un móvil.

Conmocionado, con los ojos y la garganta irritados por el humo, Sancho sale a la calle sin saber qué hacer. Algo le vibra en el bolsillo. Es su teléfono. Lo saca, se queda mirando la pantalla durante unos segundos para comprobar que de nuevo se trata de ese número desconocido que no deja de acosarle y a continuación lo arroja con rabia contra el suelo. La muerte del terminal, que se produce en el acto, capta la atención de alguien que se encuentra entre los curiosos y los vecinos desalojados que se agolpan en las cercanías.

Ese alguien duda si aproximarse o no.

Los desconocidos que rodean a Sancho, sin embargo, ni se lo plantean. No parece muy prudente estar cerca de ese barbudo pelirrojo que acaba de reventar un móvil contra el suelo y que ahora tiene los puños apretados mientras grita como un neandertal al que se le ha caído el hacha en el dedo gordo del pie.

Ese alguien, contra todo pronóstico y bajo la atónita mirada de los presentes, eleva la voz para pronunciar un nombre. De inmediato, el neandertal pelirrojo se gira hacia el lugar de donde viene la voz. Se diría que está a punto de arremeter contra la mujer, pero sucede algo por completo inesperado. Se deja caer de rodillas y se tapa la cara con ambas manos.

—¡Hay que joderse! —creen escuchar los presentes.

LA MUJER DE GOMA: POSEE LA RARA HABILIDAD DE ESTIRAR EL SUSPENSE HASTA LÍMITES INSOSPECHADOS

Consulta de la doctora Velasco
Príncipe de Vergara, 31 (Madrid)

Frunce el ceño. Lo hace de forma fugaz, en un movimiento casi imperceptible, sí, pero lo hace, y los cuarenta y tres músculos faciales implicados en el proceso determinan su suerte.

Su muerte, casi con toda probabilidad.

En realidad, su problema —y no es uno menor— tiene más que ver con el instante preciso en el que el músculo prócer tira de la piel hacia abajo arrastrando consigo a las cejas y haciendo que se junten entre sí, pero mucho más relevante aún es delante de quién lo hace: la persona más buscada del momento tanto por la policía como por la Guardia Civil.

A favor de la doctora Velasco habría que aclarar que ese 13 de abril de 2022 no es conocedora de tal pormenor.

El caso es, por ir al meollo de la cuestión, que al hombre que ha acudido esa tarde a su consulta le ha llamado la atención el gesto de la doctora, visaje con el que se suele transmitir desagrado, reprobación o extrañeza. Le ha chocado porque no es una mueca habitual en su terapeuta, pero principalmente porque él no ha dicho o hecho nada que haya podido provocar las dos primeras reacciones. El descarte le ha llevado por tanto a deducir que a la doctora Velasco no le ha encajado algo de lo que ha dicho. De hecho, mientras estaban intercambiando las habituales frases vacías de contenido previas a comenzar la sesión, él ha reproducido en su cabeza la conversación para averiguar qué ha provocado esa respuesta facial en la doctora Velasco.

—Que no le siente mal, pero se le nota agotado —ha comentado ella.

—La maldita gira de promoción no ha hecho más que empezar y ya se me ha atragantado. Cada vez me cuesta más acudir a los medios y, sobre todo, exponerme en los actos públicos —ha justificado él.

—¿Y por dónde ha andado estos últimos días?

Él ha tardado en contestar.

—Valencia y Murcia. Me tocaba seguir la ruta por Andalucía, pero al final lo he mandado todo y a todos a la mierda. De momento.

Y ahí, precisamente ahí, ha sido cuando la doctora Velasco ha fruncido el ceño. Segundos después, ella le ha invitado a tumbarse en el diván y han mantenido una sesión distinta —por distante— a todas las anteriores.

Una última sesión.

El reloj del despacho marca las once y treinta y cinco. Desde que Álvaro se ha marchado de la consulta lleva más de tres horas sin levantarse de la butaca, escuchando audios de las conversaciones más relevantes que ha mantenido con él. Nota cómo el cansancio merma sus facultades, pero solo le queda grabar las conclusiones a las que ha llegado antes de marcharse a comisaría con todo el material que ha ido recopilando.

Clic.

> —Rodríguez López, Álvaro. Sesión n.º 37. El paciente presenta una clara tendencia a mantener una conducta antisocial desde la adolescencia, cuyo desencadenante podría estar vinculado con los abusos sexuales sufridos por un amigo cercano. Tiene grandes dotes para la persuasión, habilidad a la que recurre con frecuencia para manipular a su entorno y así lograr su bienestar personal y su crecimiento profesional. Al no ser capaz de mantener relaciones afectivas convencionales, busca el placer a través de la dominación y el dolor ajeno con el propósito de infundir el miedo a sus víctimas. La necesidad de experimentar sensaciones cada vez más intensas es lo que le ha llevado hasta el extremo de matar. No empatiza con sus víctimas ni tiene remordimientos; por tanto, aunque distingue a la perfección entre el bien y el mal, sus actos no conllevan un sentimiento de culpabilidad que le haga plantearse que debe parar. Todo lo contrario: su distorsionada visión egocéntrica de la realidad le hace sentirse especial, diferente al resto y, por consiguiente, por encima de normas y leyes morales que solo tienen validez para los demás.

Paz se concede unos segundos para tomar aire.

—Por todos estos motivos, al estar del todo convencida de que Álvaro Rodríguez López representa un peligro para toda la sociedad, me siento en la obligación de romper el secreto profesional que mantengo con mis pacientes y de poner en conocimiento de las autoridades esta valoración terapéutica.

Clic.

La doctora Velasco, depauperada, se frota los párpados antes de bajar la tapa de su Macbook como quien deja caer el telón de una función en la que nunca hubiera querido participar. Luego recoge su cuaderno de anotaciones y se incorpora muy despacio de la butaca. Al dar los primeros pasos hacia la puerta nota que tiene las piernas algo dormidas, conque dobla el espinazo para aplicarse unas friegas que activen la circulación. Es en el momento de incorporarse que detecta en su campo de visión periférico un objeto que se acerca a gran velocidad.

Si el tiempo se detuviera en ese instante, Paz se daría cuenta de que se trata de una figura de bronce —réplica a escala de una estatua del emperador Trajano— que compró en un zoco de Túnez y que adorna una mesita que tiene a la entrada del despacho. Pero como todo transcurre bajo la dictadura de las leyes de la física, la coraza del romano impacta con violencia justo donde se encuentran el temporal y el parietal de la mujer. El traumatismo provoca el efecto buscado por quien la sostiene por el pedestal: pérdida inmediata del conocimiento.

La última imagen que registra la doctora Velasco antes de desvanecerse es la del rostro del último paciente al que ha atendido esa tarde.

El problema —su problema, y no es uno menor— es que será la misma que verá la próxima vez que abra los ojos.

Que abra los ojos es lo que más le interesa a Sancho. Quiere penetrar dentro de Sara, y no solo con eso que ahora tiene metido entre sus piernas.

Hoy lo quiere todo.

Su intención es leerla por dentro, averiguar lo que está pensando al tiempo que se corre sobre su vientre. No ocurre así. Sara se muerde el interior de los carrillos y se deja llevar, aprieta los párpados antes de dejar escapar un nada habitual orgasmito lento y silencioso, como si le estuviera dando vergüenza disfrutar. No parece importarle demasiado al pelirrojo el nivel de decibelios que alcanzan mientras follan y tampoco está para muchas quejas dado que, hace menos de veinticuatro horas, el de la Interpol se encontraba en una tesitura bien distinta. Bien jodida. Roto por dentro y sin saber cómo reaccionar ante la inesperada muerte y más inesperada aún resurrección de Sara. Cuando la vio en la calle, tan cerca, tan indemne —excepto por la venda que le cubre la mano derecha— y tan viva, a punto estuvo de sufrir una apoplejía.

Aún tardaría unos minutos en recuperar el oremus mientras ella le explicaba que el incendio se había producido en el tercero y que la víctima era esa vecina suya con la que había tenido tiranteces considerables durante el confinamiento por ruidos inexistentes. Por suerte, el siniestro le pilló a Sara fuera de casa, volviendo de un largo paseo en el que había intentado ordenar las ideas después de haber sufrido una hecatombe personal que amenazaba seriamente con ocasionar una debacle profesional. Por lo menos en esta última faceta ha logrado Sara profundizar lo suficiente como para tomar una determinación, decisión que todavía no ha compartido con nadie, ni siquiera con Sancho. Tras encontrarse con él en la calle, y al estar restringido de forma provisional el acceso a su vivienda, aceptó la invitación de trasladarse a su hotel esa noche, y aunque bien es cierto que su intención no era acostarse con él, lo cierto es que desde que han pisado la habitación 203 no han hecho otra cosa distinta que intercambiar fluidos corporales. Se siente mal por ello, sí, pero para protegerse de sí misma ha resuelto asumir que se trata de un impulso atávico imposible de controlar.

Y punto.

Y Sancho encantado con la resolución.

—Creo que deberíamos incinerar esas sábanas —comenta Sancho al salir del baño.

La media sonrisa que intenta ganar espacio en la boca de Sara se desinfla casi de inmediato, fiasco que el pelirrojo sabe interpretar con premonitoria corrección.

—¿Pasa algo? —pregunta no obstante.

—Antes me han llamado los municipales para decirme que ya puedo entrar en casa. Tengo que hacer la maleta.

—¿La maleta?

—Me voy a Jaca.

Las pobladas cejas de Sancho se suspenden en el aire.

—¿Cuánto tiempo?

Sara se encoge de hombros a la vez que se ajusta los pantalones.

—Dos semanas, tres, quizá más. Lo que necesite. Y a Herranz-Alfageme no creo que le importe demasiado, la verdad.

—Ya. ¿Necesitas alejarte o aislarte?

Ella se detiene y valora su respuesta.

—La segunda implica la primera. Y también quiero pasar unos días con mi padre. Hace mucho que no hablo con él más de tres frases seguidas.

Sancho, a quien se le ha ido ensombreciendo el semblante, se sienta en la cama, chasquea la lengua y niega con la cabeza.

—A mí me han pedido que vuelva a Lyon. Ordenado, más bien. Pero después de lo de ayer estaba valorando declararme en rebeldía y...

—¿Ayer? ¡¿Porque pensaste que había palmado se te encendió la llama del amor?! Venga ya, Sancho.

—No es solo por eso. Es por lo que siento aquí —argumenta dando varias palmadas sobre la cama— y por lo que me dice y repite una voz que escucho en mi cabeza cada vez que se acerca el día en el que nos volvemos a separar. Sé que lo que te he ofrecido no es definitivo ni definitorio, pero sigo pensando que podría conseguirte esa plaza en la Interpol.

—Claro. Seguro que tras mis últimos éxitos cosechados aquí estarán deseosos de contar conmigo.

—Nada de lo ocurrido ha sido culpa tuya, Sara. Actuaron por su cuenta y riesgo, sin autorización ni...

—¡Yo era la responsable de la investigación y ni siquiera estaba al corriente! ¡¿Y sabes por qué?! Porque fui tan inteligente que me tuve que tirar a un miembro del equipo y lo personal acabó pudriendo todo lo demás. ¡Por eso! ¡Así que no digas que no fue culpa mía porque yo sí me siento responsable de lo sucedido!

Sancho se tira de los pelos del bigote al tiempo que valora si pronunciar o no la frase que revolotea en su mente.

—Te quiero, Sara. Ven conmigo —decide al fin.

Esta agita la cabeza como si quisiera espantar esas palabras convertidas en avispas.

—¡Que no, Sancho, que no! Que tú no me quieres. Quieres que esté a tu lado, eso sí, pero eso es muy distinto que estar enamorado.

—¡¿Entonces?! ¿Qué alternativa propones? ¿Lo de siempre? ¿Nos separamos de nuevo y ya nos veremos si nos vemos? ¡¿Es eso lo que quieres?! —pregunta elevando la voz.

Sara se sienta junto a él.

—Es lo que nos merecemos. Y déjame que te diga algo más que necesitas saber. Por ti siento una atracción animal difícil de controlar. Imposible, más bien —corrige—. Pero si últimamente me he sentido vinculada a alguien de forma emocional no ha sido contigo, Sancho, ha sido con Bittor.

El dardo atraviesa el pecho del pelirrojo.

—Y ya que estoy te voy a confesar algo para ayudarte a zanjar este asunto. La que monté en el servicio de la Comandancia no fue porque me diera un ataque de nervios así, de la nada. Fue porque la sargento Quiñones entró en el baño y me enseñó un vídeo que envió a Ruth Domínguez el tipo que estamos buscando.

—Un vídeo —repite el pelirrojo.

—Sí, un vídeo que protagonizamos tú y yo en el Zerocafé. En concreto cuando nos estamos comiendo el morro junto a la cabina de Paco, y tan a gusto estábamos que ni siquiera nos dimos cuenta de que nos estaban grabando.

Sancho se masajea las sienes, como si con la maniobra favoreciera el procesamiento cerebral de esa información.

—¡El hijo de la gran puta nos tenía bien marcados, nos siguió y tuvo los santos cojones de grabarnos! ¡Y nosotros tan cojonudos, sin coscarnos una mierda de nada! ¡¿Y quieres saber lo peor de todo?! Que por gracia divina la escenita aún no ha salido a la luz, pero Bittor sí la vio.

A Sara le tiembla la voz.

—La vio el mismo día que…

Sancho alarga la mano para agarrar la de Sara, pero ella se zafa. Su voz pierde toda vitalidad al retomar la palabra.

—La sargento Quiñones me dijo que le destrocé el corazón, y quién sabe si eso fue lo que le incitó a tomar las riendas y, por rabia o desazón, tratar de enganchar a toda costa a ese cabronazo. Y ahora está muerto, ¿sabes? Muertos los dos: Bittor y Ruth. ¿Cómo coño quieres que me sienta? ¡¿Cómo coño quieres que en este estado tome una decisión como la que me estás pidiendo?!

Heridos de muerte, Sancho humilla la cabeza y verbaliza en un tono tan furibundo como el de Sara una verdad indubitable.

—Hay que joderse...

Los siguientes segundos, eternos, pegajosos, densos, transcurren en completo silencio.

—Sí, me temo que sí, Sancho. Eso es lo que nos toca a los dos, jodernos bien jodidos.

Sara introduce los dedos en la poblada barba del pelirrojo y posa sus labios sobre los de Sancho, que inertes se limitan a recibir la caritativa limosna. Ni siquiera es capaz de elevar la mirada para ver cómo ella abandona la habitación y así, abandonado por completo, permanece inmóvil.

Permanece inmóvil, con los párpados muy abiertos por expreso deseo de su instinto de supervivencia pese a que, si pudiera elegir —cosa que no tiene pinta de que vaya a ocurrir—, la doctora Velasco declinaría la posibilidad de ver lo que intuye que está por venir.

La posibilidad de sentir, en general.

Ha vuelto en sí hace unos minutos y lo primero que ha notado es un intenso palpitar en el lado derecho de la cabeza que, convertido en dolor indómito, se ha extendido por la nuca y hasta las cervicales de manera lenta e imparable cual derrame de chapapote en el mar. A pesar de que está sentada en su butaca y envuelta en cinta de embalar que reconoce como suya, siente un ligero vaivén que le recuerda a eso que le embarga cuando se sube a cualquier embarcación. Ojalá fuera así, piensa, aunque tuviera que enfrentarse a la peor de las tormentas estaría en mejor posición que en la que ahora se encuentra, con algo metido hasta la garganta y respirando con suma dificultad por la nariz a la vez que contempla en silencio cómo su paciente introduce el índice en una bolsita de plástico y se lo lleva a la boca sin dejar de mirar a la pantalla de su equipo informático.

—Me encanta el sistema de búsqueda de los MAC —comenta mientras opera con el ratón.

A la doctora no se le escapa que lleva puestos unos guantes azules.

—No se le escapa nada a la lupita esta. He introducido mi nombre como criterio de búsqueda y… ¡bluf! Al instante me ha llevado a la carpeta que tienes, tenías —corrige— con todo mi historial de sesiones. Muy ordenada tu forma de trabajar. Te felicito.

Ahora sí, se gira. Y su expresión no corresponde en absoluto con el sosegado tono de su voz.

—Solo te lo voy a preguntar una vez: al margen de la información que ya he eliminado de tu disco duro, el pendrive con las grabaciones, tu diagnóstico final y ese cuaderno que pensabas llevar a la policía, ¿hay algo más en este despacho o en tu domicilio que te vincule conmigo?

Paz niega con la cabeza.

—Espera, espera… Has contestado muy rápido. Piénsalo bien, porque está en juego tu vida y la de Antonio, tu marido. Sé que tienes el domicilio fiscal en el número 24 de la calle Ibiza y las llaves de tu casa estaban en el bolso. En menos de quince minutitos me planto allí y le aplasto el cráneo con esto sin pestañear —precisa alzando la estatua de Adriano—. Dos por uno.

La doctora Velasco, atenazada por el pánico, no reacciona.

—Te lo explico de otra manera para que lo entiendas bien: no me conviene matarte porque, aunque los investigadores no han demostrado ser demasiado inteligentes, antes o después podrían terminar relacionando tu muerte conmigo. Ahora mismo no tienen nada, nada de nada —enfatiza— que los lleve hasta mí. Nada, y eso que me he cargado... ¿cuántos son ya? —Álvaro eleva la mirada hacia el techo—. Unos cuantos. Más de los que ellos creen. Es verdad que todos eran desconocidos y no me supuso ningún esfuerzo, y que en tu caso es distinto, pero... En definitiva, para que yo me marche de aquí tranquilo tengo que estar seguro al cien por cien de que no me dejo nada que me relacione contigo y, por supuesto, que no vas a plantarte en comisaría para contarles que el famoso escritor Vázquez de Aro es, además de tu paciente, el tipo al que se le conoce como el Torturador Risueño —dice impostando la voz como si fuera un presentador de televisión.

La psicóloga aguarda unos segundos y repite el gesto. Álvaro entorna los ojos y ladea la cabeza.

—Vale, te creo. Otra pregunta: ¿alguna vez has hablado con alguien de tus pacientes en general y de mí en particular?

Paz frunce los labios y trata de decir algo, pero las palabras se debilitan y mueren en su boca.

—Bien. Te voy a sacar esta mierda, pero si se te ocurre gritar... —Álvaro acaricia la cabeza de la estatuilla de Adriano—. No me obligues, por favor.

Paz abre y cierra la mandíbula y ejercita la lengua para despegarla del árido desierto que es su paladar. De un vistazo reconoce la bayeta amarilla que tiene junto al microondas en el cuarto que habilitó como office y le sobreviene una arcada.

—Lo siento, pero era lo único que había por ahí. Espera, que te traigo un vaso de agua.

Los segundos que tarda en volver son un oasis en medio del desierto donde brilla la esperanza.

—Contéstame a la pregunta —escucha de lejos.

Un espejismo.

—Yo nunca hablo de mis pacientes con nadie —dice, aunque con defectuosa pronunciación—. Ni siquiera con Antonio, lo cual, he de decir, no le interesa en absoluto.

Álvaro se planta delante de ella sosteniendo el vaso de agua con una servilleta de papel.

—¿Ni siquiera cuando tratas a alguien tan conocido como yo?

—Ni siquiera.

—Bebe.

La doctora obedece.

—Bien, entonces cuando me marche no habrá nada que me relacione contigo, tampoco le has hablado a nadie de mí, ni, por supuesto, vas a ir a comisaría. Así que de momento está todo en orden.

—Todo en orden, sí —balbucea ella.

—Eso es. Ahora quiero que me cuentes cómo me descubriste.

Paz se concede unos segundos en los que valora y decide que no tiene la opción de no contestar.

—Fue cuando dijo que había estado en Valencia y Murcia, y yo… —dice ella, que sigue tratándolo de usted más por costumbre que por respeto.

—Vale, vale —la interrumpe, abochornado—. Lo imaginaba. Ha sido una gran torpeza por mi parte. Menuda cagada, joder. Bajé la guardia. Contigo me pasa muchas veces.

—Es parte de mi trabajo que se sienta a gusto en las sesiones.

—Tengo que reconocer que me has ayudado mucho a conocerme a mí mismo. Durante las tres horas que me he pasado escuchando las sesiones sentado ahí fuera, me ha dado tiempo a reflexionar sobre mi trayectoria. A detectar esos instantes clave, hitos en mi histórico vital que me han traído hasta aquí. El primero de ellos, como ya sabes, tuvo lugar en el internado San Nicolás. En concreto, cuando me planté en el despacho del Sapo con las fotos en las que se le veía con la polla de mi amigo Mateo en la boca. Fue la primera vez en mi vida que me sentí poderoso de verdad. Oler el miedo de don Teófilo, tan acostumbrado a salirse siempre con la suya ejerciendo su posición de poder fue algo maravilloso. Me hizo entender que para ganar la mano hay que tener los triunfos, pero no tienes por qué esperar a que la diosa Fortuna decida cómo repartirlos, ¿me explico?

Al asentir, la doctora Velasco siente un pinchazo en el cuello que le hace arrugar el semblante.

—Siento haber tenido que golpearte, con la izquierda no termino de controlar bien la fuerza y la derecha… ya sabes. No podía aparecer así como así y tratar de mantener esta conversación. Oye, una curiosidad: si sospechaste de mi al principio de la sesión, ¿cómo es que no me acompañaste a la puerta para asegurarte de que me iba?

—Jamás lo hago. Y sí, sospechaba, pero tenía que escuchar de nuevo las sesiones para analizarlas desde otra perspectiva. Me tragué el cuento de Suso desde el principio, y eso ha sido lo que no me ha permitido detectar...

—El árbol no te dejó ver el bosque, ¿eh? —se ríe—. Continúo. El siguiente hito aconteció el día de la boda de Felipe. La maldita boda. El accidente que me convirtió en un asqueroso tullido resultó como un nuevo despertar. Llevaba años aletargado, viendo la vida pasar, languideciendo día a día y sin hacer nada por evitarlo. Aprendí a encauzar el odio para que, en vez de corroerme y destruirme, me hiciera más fuerte. Y como consecuencia del anterior llegó el siguiente hito: cargarme al soplapollas de Joserra, el que conducía borracho, ya sabes —aclara levantando la garra—, me hizo ver que yo era diferente a los demás y que no tenía que avergonzarme por ello. Todo lo contrario, más bien; debía enorgullecerme y actuar en consecuencia. Es mi naturaleza, no puedo sentirme culpable por ello. Lo has definido muy bien en ese último audio, ¿cómo has dicho? Sí: «Grandes dotes para la persuasión». Me encanta.

En ese punto, Paz siente que le cuesta seguir el monólogo de Álvaro. Es como si su cerebro no procesara bien las palabras, pero sabe que su única oportunidad de salir viva consiste en no contrariarlo.

—Las tiene, sí, pero utiliza ese poder para manipular a las personas y...

—Sí, eso ya lo has dicho antes.

—Es la tercera vez que me interrumpe —dice ella arrepintiéndose en el mismo instante.

El rictus agriado con el que Álvaro recibe la reprimenda se va transformando hasta convertirse en una sonrisa lobuna que le provoca un escalofrío a la psicóloga.

—Disculpa, tienes razón. No sé escuchar. Es un defecto muy grosero en el que tengo que trabajar de cara al futuro. ¿Te importa que continúe con lo mío? —Paz compone un gesto lo más amable posible—. Voy a tratar de ser más conciso. Siguiente hito: la impunidad. Ngozi, una prostituta nigeriana, fue mi tercera víctima y aunque no disfruté en exceso, me di cuenta de que si era capaz de hacer bien las cosas, es decir, que no me vincularan con el hecho delictivo, podría alargarlo todo lo que quisiera. Y en Urueña lo puse en práctica. Si esa perra no hubiera desenterrado los cuerpos todavía estarían buscando al Loco Eusebio. Pero, oye, ese golpe de mala suerte también terminó resultando algo positivo, porque me sacó del estado latente en el que estaba sumido y me obligó a evolucionar de nuevo. Y así llegamos al último hito, de momento —precisa levantando el dedo índice.

Álvaro se acuclilla y se apoya sobre los muslos de la doctora Velasco.

—Lo has clavado en tus conclusiones. He aprendido a relacionarme con mi entorno, como bien has definido, de manera no convencional y, no obstante, tengo que hacerte una corrección: no disfruto haciendo sufrir a los demás, lo que sucede es que, en mi universo, el placer y el dolor son caras opuestas de una misma moneda, y para que a mí me salga cara, a otro le tiene que salir cruz. Y no, no voy a parar.

No puedo. Como los tiburones, que son los grandes depredadores del mar y tampoco pueden dejar de moverse en ningún instante. Cuando sus cotos de caza disminuyen o se sienten amenazados por la aparición de un rival más fuerte, amplían su territorio. Pues eso es lo que pretendo hacer yo, pero antes necesito asegurarme de que puedo seguir moviéndome en las profundidades sin que nadie vea mi aleta. Dime, Paz, ¿puedo?

La doctora Velasco asiente con un sutil movimiento.

—Está bien. Supongo que en unas horas tu marido se despertará y vendrá a buscarte. Entretanto, te va a tocar esperar así. No me lo tengas en cuenta porque, de otra forma, la teoría del robo no se la tragaría nadie. A la policía le contarás que cuando fuiste a salir de la consulta un hombre con un pasamontañas y acento de Europa del Este te abordó y te metió dentro a empujones. Como tú te resististe te golpeó con algo en la cabeza y perdiste el conocimiento. Cuando has despertado estabas así y el tipo ya se había ido. ¿Te queda claro?

—Muy claro.

—A tu marido, sin embargo, le contarás la verdad. Quiero que sepa que si en algún momento se os ocurre acudir a la policía con otra versión, a mí se me van a complicar las cosas bastante, pero a vosotros dos os voy a hacer sufrir tanto que me rogaréis que os mate.

—Eso no va a suceder, puede estar tranquilo.

—Estupendo. Para terminar... —prosigue frotándose las manos—, ¿qué tienes de valor por ahí que pueda llevarme?

Pero ella, emulando a santa Teresa de Jesús en plena transverberación, no contesta. Su mirada quiere alcanzar el cielo, pero se topa con algo mucho más mundano: el techo.

El techo. Lleva comiéndoselo al menos media hora. Momificada en esa misma posición: bocarriba, inmóvil y con los ojos puestos en un punto cualquiera de esa anodina superficie blanca que tiene encima, Sara Robles tiene la mente del mismo color. En esta noche sin luna, la escasa luz que se cuela por las oquedades de las lamas convierte todo lo que toca en penumbra, generando una atmósfera lúgubre que, lejos de incomodarla, la hace sentirse protegida, como si ese fuera su hábitat natural. Todavía huele a quemado, pero su pituitaria ya se ha acostumbrado y su cerebro lo ha asumido como una circunstancia para nada circunstancial.

Nunca había tardado tan poco tiempo en hacer la maleta. No tiene la menor idea de lo que ha metido, pero sí sabe lo que no se va a llevar a Jaca. El móvil, por ejemplo, que sigue apagado desde que habló con el comisario para decirle que quería desconectar una temporada.

O la serie completa.

—Lo que haga falta, Sara —le dijo Copito—. De verdad, lo que necesites —recalcó.

Le hubiera gustado contestarle que lo que de verdad necesita es alejarse de sí misma, lo cual es bastante complicado sin dominar la habilidad de trascender de un modo espiritual. El cuerpo le sigue oliendo mal, pero después de haberse acostado con Sancho empieza a pensar que deben de ser imaginaciones suyas. Así las cosas, a ella y a su cuerpo no les quedan más opciones que refugiarse en ese rincón del planeta en el que recuerda haber estado sin tener que cargar con preocupaciones. Ya tiene en mente al menos cinco rutas de montaña donde ir soltando lastre, pero lo primero que va a hacer es recorrer los tres kilómetros que la separan de Bergosa y perderse en sus abandonadas calles como hacía de pequeña, reconstruyendo esas ruinas en su imaginación hasta levantar la ciudad de sus sueños. Luego, cuando se haya recuperado de las contusiones de la mano que tanto la abochornan, tiene decidido subir al Garmo Negro, el Algas, el Posets y cerrar con el Aneto. Nunca lo ha subido sola, pero su padre ya no está para esos trotes de altura, y aunque le tocará extremar las precauciones, no piensa renunciar a las vistas que hay desde el glaciar, donde suele hacer un descanso antes de afrontar el ascenso de los cuatrocientos metros que restan hasta la cumbre. Allí confía en que la pureza del aire la ayude a limpiarse por dentro, a enjuagar su mirada y a empezar a ver las cosas de otra forma. Quizá así logre recuperar a la Sara con la que ha sido capaz de convivir los últimos años, aceptándola como es y será, una persona corriente con una adicción nada moliente.

Mientras rememora parajes pirenaicos escucha el rugir de su estómago recordándole que eso de comer techo le puede ir genial para su estado anímico, pero que alimentar, no alimenta. Casi contra su voluntad, Sara se incorpora y recorre el pasillo hasta la cocina. No espera encontrar en el frigorífico algo que le apetezca comer, pero localiza una manzana y un yogur de coco que podrían aliarse con ella para calmar al monstruo que sigue gritando dentro de su barriga. Se deja caer en el sofá del salón, agarra el mando de la televisión de manera mecánica y pulsa el botón de encendido. El Canal 24 horas aparece como desapareció la última vez que apagó la tele hace más de una semana. A Sara le gusta la voz del presentador del informativo de madrugada, Moisés Rodríguez, y el tono neutral pero a la vez cercano con el que narra las noticias. O puede que sea por la extraña atracción que le producen los calvos, quién sabe. Masticando el primer trozo de manzana oye, pero no escucha, los detalles de la operación que han firmado dos entidades financieras cuyos nombres conoce, pero no reconoce. La siguiente imagen, muy al contrario, sí le despierta todos los sentidos: el rostro compungido de Verónica Quiñones portando un féretro a hombros junto con más uniformados al salir de un edificio religioso.

«Hoy ha tenido lugar en la localidad vizcaína de Algorta el funeral del teniente de la guardia civil muerto en acto de servicio en Valladolid, Bittor Balenziaga. Sus compañeros del Instituto Armado han acompañado al féretro con los restos mortales a la salida de la parroquia de San Ignacio de Loyola, donde ha recibido el último adiós por parte de familiares y amigos. El teniente Balenziaga, de cuarenta y cuatro años, deja esposa y dos hijos de corta edad, una tragedia que la directora general de la Benemérita ha calificado de…».

La manzana —menos la porción que va camino de su estómago— recorre los tres metros que la separan de la pantalla impactando en la cara de la alto mando y provocándole de inmediato una afasia digital.

Fundido a negro.

Sara se oprime las sienes con las manos y gruñe. Gruñe hasta que las cuerdas vocales se lo permiten, y como no encuentra ninguna forma mejor de liberar la rabia que siente, consiente —por fin— que los lagrimales realicen su ingrata función.

Su ingrata función, la decorativa, en nada se parece a la que yo le he procurado a esta horripilante estatuilla. Sacarla de la consulta de la doctora conllevaba un riesgo, pero necesitaba que relacionaran ambos crímenes con un robo perpetrado por un diestro. Por eso he tenido que envolverme de nuevo la garra con cinta de embalar para suplir mis carencias a la hora de asir con fuerza un objeto pesado con la mano derecha.

Con la doctora Velasco el recurso me ha funcionado de maravilla.

Con la excusa de buscar objetos de valor por la casa para alimentar la teoría del robo, salí del despacho y, gracias a esa feliz idea, logré agarrar con garantías el pedestal sobre el que se erige Adriano. No quería hacerle sufrir demasiado, y habiendo descartado ya el disfrute con ella para evitar que conectaran los asesinatos, le regalé un par de frases antes de golpearla con precisión y contundencia en la base del cráneo. Apostaría a que hubiera sido suficiente con eso, pero el cuerpo me pedía que me deleitara con más crujidos. Diría que solo han sido dos o tres las veces que los he escuchado; las otras, entre que estaba más pendiente de no mancharme mucho la ropa y que la tensión ósea del cráneo había desaparecido, sonaban a carne y tejidos machacados. Luego, lo de siempre: dedicar el tiempo necesario a asegurarme de que nadie va a encontrar rastros biológicos míos en el escenario y abandonar el lugar con mucha precaución. Que fueran casi las dos de la madrugada ha ayudado bastante, la verdad.

Quince minutitos después, tal y como le anuncié a Paz, he llegado al número 24 de la calle Ibiza, y haciendo buen uso de las llaves de la propietaria me he colado en su casa dispuesto a terminar la faena. Estoy casi seguro de que no he dejado nada en la consulta que pueda relacionarse conmigo, pero por supuesto que no me he creído eso de que jamás le haya hablado a su marido de mí; de hecho, cuando estaba escondido escuché cómo le decía que pensaba acudir a la policía. Esto último desbarataba por completo la historia del robo, y por eso, en vez de irme a mi puta casa a descansar, aún tengo que encargarme de su maridito. Eso sí, Adriano y yo no pensamos complicarnos lo más mínimo. Dos hostias y a correr, que ya he tenido suficientes crujidos por hoy y a punto he estado ya de cagarla al tropezar con una arruga de una alfombra asquerosa que tienen en el pasillo.

Preparado para actuar junto a la puerta del dormitorio, desde donde le escucho respirar con anhelado sosiego, me asalta una duda. Si le reviento la cabeza mientras duerme va a parecer una ejecución y no sé si los que se dedican a robar actuarían con tanta rotundidad y determinación. Puede que sea más conveniente que haga un ruido para provocar que se levante y lo sorprenda en otro punto de la casa. Pero, claro, si el supuesto ladrón ya viene calentito del despacho de su mujer, ¿por qué demonios ahora se va a andar con chorradas?

Pues eso: dos hostias y a correr.

Lo visualizo antes de ponerme en marcha: cuatro pasos firmes, misma cantidad y calidad de adrianazos y asunto zanjado.

Es al segundo paso cuando la cosa empieza a torcerse. El suelo, de tarima flotante, protesta, y el durmiente, como si se tratara del padre de la criatura, se incorpora de improviso y me atraviesa con la mirada. Descubierto de cintura para arriba, constato que es un hombre velludo, fornido, de espalda ancha, hombros bien musculados y pectorales marcados. Tras mi momentánea e inesperada parálisis consigo recobrar el control y me abalanzo hacia él blandiendo a Adriano por encima de la cabeza. Descargo el golpe en dirección a la suya, pero interpone el antebrazo con eficacia y con otro rápido movimiento gira sobre sí mismo para salir por el lado contrario de la cama. Con un clic se hace la luz en el dormitorio y me percato de que, además de ser un tipo fornido, mide más de metro noventa y en su semblante no atisbo rastro de miedo.

—Te has equivocado de casa, cabrón —dice con voz de ultratumba.

Por fortuna, llevo el pasamontañas, pero de poco me va a servir si no logro dejarlo seco, lo cual intuyo que el coloso velludo que tengo delante no me va a poner nada fácil. La alternativa que no descarto consiste en escapar de allí, pero dejaría un cabo suelto demasiado peligroso.

Separados por la cama, nos estudiamos durante unos segundos. Ninguno toma la iniciativa, y si no fuera porque me estoy jugando el pellejo, me parecería un absurdo gag sacado del repertorio de los Monty Python. El primero en moverse es él, dando un amplio paso lateral hacia la puerta, desplazamiento que imito como si fuera su tardío reflejo. Luego emprende una corta pero rápida carrera hacia la puerta que no soy capaz de impedir al estar más alejado que él. Algo desconcertado, compruebo que se ha dirigido hacia la izquierda dejándome franco el camino hacia la salida. Distinguir el ruido de los utensilios de cocina me hace tomar la cobarde pero oportuna decisión de eludir el enfrentamiento y escapar de allí. Doy la orden a mis piernas y estas, como si estuvieran del todo de acuerdo conmigo, responden de inmediato, y en un abrir y cerrar de ojos me encuentro con la mano en el picaporte a punto de abrir la puerta.

A partir de ese instante, supongo que por el exceso de adrenalina que circula por mis venas, todo transcurre a cámara lenta. Así, cuando por instinto giro el cuello, compruebo que el coloso velludo está al otro lado del pasillo blandiendo un enorme cuchillo de cocina. Al arrancar lo hace como un búfalo, y por primera vez en mucho tiempo siento eso que tanto me gusta provocar a mí: miedo. Acciono el picaporte y, cuando estoy con un pie fuera, oigo cómo el coloso velludo rueda por el suelo.

Bendita alfombra.

No me lo pienso.

Cuando termino con él parece una caricatura de Sloth, el personaje contrahecho de *Los Goonies*. Me arden los ligamentos del hombro derecho y tengo que descansar unos segundos para recuperar el resuello apoyando la espalda contra la pared. Eufórico, me invade la necesidad de reírme para celebrar el golpe de suerte, pero aborto en cuanto examino mi entorno y compruebo que hay salpicaduras de sangre.

—Menudo cuadro, joder.

Jackson Pollock no lo habría pintado mejor.

Enseguida deduzco que yo formo parte de ese lienzo expresionista abstracto y me dirijo al baño con el fastidioso propósito de solucionarlo.

Casi una hora más tarde me dispongo a abandonar el lugar vestido con ropa que he cogido prestada del coloso velludo —que, dicho sea de paso, he averiguado por una foto que era bombero— y cargado con mi mochila llena de ropa ensangrentada. Igual que en la consulta de la doctora, he optado por llevarme cosas de pequeño tamaño: dinero en efectivo, joyas, relojes y esas mierdas fáciles de hacer desaparecer. Los euros me los quedaré por eso de compensar las molestias ocasionadas.

De camino a casa y aprovechando la nocturnidad, voy arrojando el botín en distintas alcantarillas y las últimas existencias las deposito junto a un mendigo que duerme en un cajero sin que él se percate de ello. No lo hago movido por un impulso benefactor, sino con la esperanza de que, al tratar de colocarlas, deje un rastro que despiste a los que les toque investigar tan macabro crimen.

Son más de las cuatro de la madrugada cuando me conjuro para relajarme en la terraza de mi ático. Contemplo ensimismado cómo el fuego consume las pruebas de esta agitada jornada deseando que llegue el momento en que me vea embarcando en el vuelo que despegará hacia mi nueva vida. Me siento tentado de celebrarlo con algo de Eme, pero necesito descansar y, como si mi cerebro buscara un efecto relajante inmediato, me hace revivir las palabras que le dediqué a la doctora Velasco antes de convertir en mermelada su analítico cerebro.

—Algo que nunca te he contado es que, siempre, desde muy pequeño, he sospechado que este mundo está hecho para los que sueñan infinito y saben que el tiempo no lo es. Hoy, esa conjetura es una certeza. ¿Y sabes cómo se consigue pasar de un estadio a otro? A través de la experiencia. Sí, eso es. Viviéndolo todo en primera persona, no a través de vidas ajenas. Y gracias a los que me rodean, ilusos y conformistas como tú, vendedores de humo que se vendan los ojos con la única esperanza de tener otra oportunidad más, yo vuelo y el resto se arrastra.

—Álvaro, lo siento mucho pero no sé qué me quieres decir…

—Nada, en realidad. Que el poder y el placer se fundan.

Crujido.

Crujido.

Crujido.

EL ESCAPISTA: EL TÍPICO PERSONAJE QUE SUELE JUGAR CON LA MUERTE PARA LIBRARSE DE ELLA

Comisaría de distrito de Las Delicias (Valladolid)
14 de abril de 2022

A punto ha estado de marcharse a Madrid, pero una voz interna le susurraba que hay ocasiones en las que hay que tragarse el orgullo para digerir bien la conciencia.

Esta es una de esas.

Porque cuando Sancho se ha despertado después de pasar una noche que ha dedicado por completo a hacer balance para extraer estériles conclusiones, lo último que le apetecía era pasar por la brigada a despedirse. En realidad, lo que le pedía el cuerpo era plantarse en casa de Sara y tratar de explicarle que, según su propia experiencia, poner distancia con los problemas no los soluciona, solo los aleja, y que cuando uno regresa, estos han arraigado y dado sus frutos: más problemas. Eso era lo que quería, pero ha descartado la opción al intuir que lo único que iba a obtener de esa visita era otra cornada como la que se llevó anoche. Y no está el diestro para más revolcones. Por otra parte, pasar por comisaría habiendo aportado a la investigación menos que nada no es ni se parece a salir por la puerta grande. En absoluto. Y para un torero como él, acostumbrado a que lo saquen a hombros de plazas más complicadas, asumirlo implica que va siendo hora de que piense en cortarse la coleta. Ser consciente de que, en el punto en el que están, las probabilidades de dar con el malnacido al que ha venido a atrapar son casi nulas y que su intento de provocarle ha resultado un estrepitoso fracaso —dos muertes incluidas—, le produce una quemazón interna imposible de aliviar. No obstante, aún peor es ese quebranto que siente al tratar de asumir que lo suyo con Sara vuelve a la casilla de salida y que, con cincuenta recién cumplidos, le convendría, y mucho, ir buscando una mascota que le haga compañía.

Al bajar del taxi toma aire por la nariz, eleva el mentón y se encamina con paso firme hacia la entrada. Las palabras del Rata, aquel que fuera su compañero —que no amigo ni mentor— durante sus años de iniciación resuenan en su cabeza: «Cuando te vayan a dar bien fuerte por el culo, hazme caso, no te resistas, pero que luego no parezca que te ha gustado». Entonces, como si su espíritu lo poseyera en ese instante, Sancho cambia de rumbo y se encamina hacia el lugar donde hubiera ido el Rata en esa misma tesitura: a tomar un sol y sombra con Cuqui.

—Menudo careto traes hoy —le saluda el dueño.

Por su expresión se deduce que acaba de darse cuenta —algo tarde— de que podría haberse ahorrado el comentario. Eva, la camarera que lo soporta, interviene para rescatarlo.

—Más bonito que un san Luis de porcelana.

—A ti te parezco guapo hasta yo —replica Cuqui—, así que tu opinión no cuenta.

Ella relincha.

—Estoy acostumbrada, son demasiados años.

—Demasiados, sí.

El intercambio continúa ante la atenta mirada de Sancho, que se divierte recordando otros tiempos en los que presenciaba a diario su show.

—¿Qué te pongo? —le pregunta Cuqui por fin.

—Un sol y sombra.

Cuqui no oculta su cara de sorpresa.

—Venga, no me jodas.

Sancho se encoge de hombros.

—Así, ¿de buena mañana?

Mismo gesto.

—Pues que sean dos, que picha española nunca mea sola.

—¡Venga, nada, oye... Fiesta! —celebra Eva con sorna.

Pero fiesta poca, en realidad. Sancho, muy reacio a compartir sus penas con nadie, se limita a ver, oír y beber. No está disfrutando de la copa, pero desde que ha entrado en el Rosabel no ha pensado ni una sola vez en Sara y mucho menos en el Torturador Risueño.

—Escucha, Cuqui —interviene el pelirrojo—, tú tenías gatos, ¿verdad?

El otro suelta una carcajada.

—En efecto.

En efecto: Sara se encuentra a ocho kilómetros de Logroño, pero bien podría estar pasando Albacete o cerca de Liérganes, que no sería consciente de ello.

Conduce con ambas manos en el volante y la vista al frente, pero la mirada la tiene en Jaca. Sosegarse no resultó sencillo anoche. Tras inutilizar la televisión y expulsar de su cuerpo todo lo que la estaba ulcerando a través de las cuerdas vocales y las glándulas lagrimales, Sara regresó a la cama y adoptó la misma hierática posición en la que estaba cuando comía techo sin que ningún presentador de informativo nocturno le recordara que era una auténtica basura de persona. Sin embargo, el empacho de yeso sí le sirvió para llegar a una conclusión: no le quedaba otra opción que aprender a convivir con ello.

Con ella, concretamente.

Admitir que no era ni tenía por qué ser un ángel de luz benefactor, pero que tampoco era una arpía, la colocaba en el punto intermedio de la indefinición en el que, sin encontrarse cómoda del todo, podía mirarse al espejo.

Y ya.

La fórmula funciona. Por lo menos no le sobrevienen las ganas de acocotarse contra la pared más cercana, de desgañitarse ni de romper cosas. Y con cada kilómetro que engulle en su camino hasta la cima del Aneto nota que le cuesta menos respirar, que el corazón vuelve a conformarse con latir dentro del pecho y que el estómago se desarruga hasta volver a su forma habitual. De vez en cuando le asaltan imágenes que en ese momento no son bienvenidas. Las relacionadas con Bittor, por fortuna, suelen desaparecer casi de inmediato, arrastradas por las ráfagas de viento que soplan con fuerza en su cabeza. Las vinculadas a Sancho, en cambio, le importa menos que permanezcan unos instantes en sus retinas, probablemente porque le duelen menos, o porque las tolera más, pero el hecho es que durante el trayecto se ha sentido tentada varias veces de llamarlo. Y puede que lo hubiera hecho si llevara el móvil encima, pero no es el caso, y de algún modo se siente orgullosa de haberse desprendido del único medio que la conecta con la realidad que está dejando atrás. Ha cortado el hilo, y, como cometa que es, solo tiene que aprender a dominar las corrientes de aire.

Y dejarse llevar.

Dejarse llevar por las emociones no suele dar buen resultado. Mucho menos cuando la situación exige cabeza fría y templanza. Decirlo es fácil, cumplirlo es otro cantar, más aún si cabe cuando he aderezado mi estado de ánimo con un poco de metanfetamina.

La llamada de Oriol tiene la culpa.

Acelerado, bajo al gimnasio, me desnudo y paso la cuerda de saltar a la comba por la argolla que, anclada en el techo, soporta el saco. Hacer el nudo del ahorcado no tiene ningún misterio para mí y, cuando tengo todo dispuesto, meto la cabeza y me inclino hacia delante para que se cierre sobre mi cuello.

No he sido capaz de contenerme. Hay días que me levanto así, subyugado por un torrente de energía que, todavía en ayunas, he tratado sin éxito de consumir boxeando. Ocho asaltos de tres minutos con uno de descanso no han sido suficientes. Me he duchado, desayunado y, por mantenerme ocupado, he empezado a preparar el equipaje que me voy a llevar a mi isla. Sin importarme en absoluto qué metía o dejaba de meter en las maletas, notaba que la euforia esquivaba con presteza mis defensas aéreas y arrasaba con todo desde el aire dejando caer toneladas y toneladas de buenos presagios. Visiones alentadoras del futuro inmediato que me espera, conciliado como estoy con mi pasado, abrumado por los acontecimientos del presente. Podía sentir todos los minúsculos engranajes que forman parte de mi maquinaria acoplados entre sí y engrasados a la perfección, funcionando como un todo. Lo escribiría en clave epopéyica si fuera posible, pero este relato, mi relato, trasciende cualquier tipo de género conocido por el hombre desde que nuestros ancestros empezaran a expresarse pintando bisontes en el interior de las cuevas. ¿Cómo plasmar en el papel lo que otros no están capacitados para comprender? ¿Qué sentido tendría hacerlo?

Ninguno.

Con el propósito de aplacar el caudal de animosidad descontrolado en el que estaba inmerso y asumiendo que con otros ocho u ochenta asaltos no lo iba a lograr, me decanto por volver a tirar de comba, una práctica a la que recurrí con asiduidad durante el confinamiento y que me había prometido no realizar jamás.

Excepto en casos extremos como este.

Yo lo llamo hacerme un Kung Fu, tomando prestado el nombre de la mítica serie que protagonizaba David Carradine, cuya muerte le sobrevino al querer llevar al extremo la hipoxifilia, precioso término con el que se conoce el arte de pelarse el badajo al tiempo que uno se está autoasfixiando. No alcanzo a imaginar un final más ominoso. Yo, que pretendo vivir al menos hasta que conozca mi nuevo hogar, controlo la técnica, pero reconozco que ha habido ocasiones en las que he estado a punto de desfallecer mientras me corría como un búfalo. Estaba ocupado en los preparativos cuando he recibido la llamada de Oriol que lo ha estropeado todo.

—¿Has visto las noticias? —me ha asaltado.

—Estaba haciendo deporte.

—Joder, te prometo que me he quedado de una pieza. Cuando lo he escuchado enseguida he pensado, ¿de qué me suena a mí este nombre? Y venga a darle vueltas hasta que me he acordado…

—Oriol, ando bastante liado con los preparativos del viaje, ¿puedes concretar?

—¿No me contaste una vez que estabas acudiendo a una profesional para que te ayudara a conocer mejor a Suso? Paz Velasco se llamaba, ¿no? Me quedé con el nombre porque mi ex se llama Paz y su futuro exmarido se apellida Velasco.

Mis constantes vitales se han detenido en seco. No recordaba que se lo hubiera mencionado. De hecho, sigo sin recordarlo.

—¿Es o no es tu psiquiatra o psicóloga, o lo que sea?

—Es —confirmo.

—¡Joder, lo sabía! Pues resulta que a ella la han encontrado muerta a golpes en su despacho a primera hora de la mañana y a su marido en su domicilio. Un robo, al parecer.

—¡No me jodas! —interpreto.

—Como te lo cuento.

A partir de ahí he seguido interpretando hasta que he tomado la única decisión posible y, tras cambiar de asunto de modo sutil, le he lanzado la propuesta.

—Oriol: has sido una gran ayuda para mí estos años y me gustará darte en mano un detallito de despedida que te va a encantar. ¿Qué tal si me paso por el despacho mañana a primera hora antes de coger el vuelo?

Al despedirme, el nivel de excitación y cabreo superaba cualquier estadio que haya conocido antes, y no he encontrado mejor forma de mitigarlo que con la cuerda. Al sentir su presión en mi cuello noto cómo responden de inmediato los cuerpos cavernosos, hinchándose de sangre casi sin tener que estimularme con la mano. Si advirtiera que estoy llegando a mi límite, con envararme de nuevo el oxígeno volvería a llenar mis pulmones. Ahora solo tengo que construir el relato y tengo a la candidata ideal. Mi querida doctora Velasco es la elegida. Para alcanzar el efecto que busco he de modificar los sucesos e imaginarme la situación tal y como hubiera sido de no tener que ocultar mi firma. Así, cierro los ojos y me veo en su consulta, rodeando su estilizado cuello aristocrático con mi brazo izquierdo, ayudándome de la garra para administrar la presión a mi conveniencia. Puedo percibir los matices que su piel libera, trazas de cremas y perfume entreveradas con los acres matices sudoríferos que emanan del miedo. Sabe que va a morir, pero no se resiste. Se entrega a mí como si fuera su primera y última noche de bodas. La beso en la mejilla e introduzco el lóbulo de su oreja en mi boca para mordisquearlo sin dañarlo. No quiero correrme todavía, pero la hipoxia me empuja a descender hasta donde ella se encuentra generando un vínculo muy real. Sentimos lo mismo.

Dolor y placer.

Placer y dolor.

Conectamos en el mismo plano, en idénticas condiciones, y en cuanto percibo el olor de la orina que moja sus muslos, aumento tanto el ritmo como la fuerza que ejerzo sobre mi polla al tiempo que me inclino un poco más hacia delante para que se cierre el nudo. Aguanto lo que puedo, no sé cuantificarlo, quizá un par de segundos o tres, pero cuando el orgasmo arrasa conmigo siento que voy a eyacular por las cuencas orbitales.

Gritaría si pudiera.

Si pudiera, el pelirrojo haría caso a esa voz interior que le dice y le repite que lo mejor que le puede pasar es justo lo que tiene toda la pinta de que va a pasar. Y si resulta que sucede como piensa, no parece que el destino les vaya a ofrecer una nueva oportunidad.

Si pudiera le prestaría oídos, pero no puede.

Se niega a asumir que no va a volver a verla ni oírla.

Se opone a la idea de no volver a olerla ni tocarla nunca más.

Pero, sobre todo, se resiste al hecho de no volver a degustarla.

Se resiste, sí, como lo hace el segundo sol y sombra que sostiene en la mano y que no se ha atrevido a probar.

—¡Arrecarallo, Sancho, estás aquí! —oye.

Álvaro Peteira y Áxel Botello aparecen en escena. El gallego, haciendo aspavientos, se dirige hacia él como si le debiera dinero.

—¡Llevo desde anoche tratando de hablar contigo y no hubo forma! —protesta.

Sancho amusga los ojos.

—He tenido un pequeño gran percance con mi móvil.

—La Virgen, ¿eso es un sol y sombra?

El de la Interpol lo apura de un trago.

—Era.

—¿Y la jefa?

—Camino de la montaña.

—¡¿Y eso?!

—De retiro espiritual.

—Forzoso, claro —añade Botello.

Peteira murmura algo mientras otea el local.

—Vamos para allá, tengo que contarte algo.

Los tres se sientan en torno a una mesa vacía.

—Botello ya lo sabe porque estaba conmigo anoche cuando me llamó la viuda.

—¿La del abogado?

—No, la otra. La mujer de Felipe de la Fuente, el que murió de covid en Mallorca.

—Primera noticia.

—Pues ya te lo estoy contando. Felipe es uno de los chicos que reconoció el viejo en la foto y del que ya me habló la otra viuda.

—La del abogado.

—Esa. Bueno, pues resulta que invitaron a su boda a varios excompañeros del internado entre los que estaban Darío Gallardo y Mateo Cabrera. Cuando le pregunté a la viuda, que se llama Virginia García por cierto, si sabía algo de posibles abusos me contestó que sí. Al loro con esta movida: que los sufrió Mateo, que eso ya lo sabíamos, que lo denunció Darío, también, y que el mejor amigo de Mateo, un tal Álvaro Rodríguez, lo sabía todo desde el principio, pero quiso sacar tajada y extorsionó al profesor, el Sapo, ese asqueroso. ¿Me sigues?

—Te sigo.

—No, creo que no. El hijo de puta se llama Álvaro Rodríguez López —enfatiza dando una palmada—. Te lo presenté el otro día, ¿recuerdas?

Ahora es Sancho el que se sacude como si acabara de tragarse una avispa.

—Al salir de casa del cura. En el escaparate de la librería de Ávila.

—¿Qué cojones dices?

Peteira alza los brazos.

—¡Que el hijo de puta de Álvaro Rodríguez López es ni más ni menos, ni menos ni más que el escritor Álvaro Vázquez de Aro!

Silencio.

En el cerebro del pelirrojo, dentro del lóbulo temporal —en concreto en el giro fusiforme, responsable del reconocimiento facial—, salta una alarma.

Una coincidencia.

—¡Hay que rejoderse! —dice para sí—. Por eso me sonaba su cara…

—¿Cómo?

—¡¿Te acuerdas de que te dije que lo había visto antes?!

—Me dijiste que te sonaba su jeta.

—¡Pues eso, cojones! Y me sonaba porque lo había visto hace poco... ¡Maldito bastardo! —vocifera.

—¿Dónde?

—Joder, no me lo puedo creer, era él.

—¡¿Dónde?! —insiste el gallego.

—En el Zerocafé, el día que nos grabó a Sara y a mí para... ¡Me cago en su puta madre! —murmura entre dientes.

—Que os grabó a...

—Sí, ya te contaré más tarde —zanja—. Y además de eso, ¿qué te hace pensar que se trata de él?

—Llevo toda la noche con esta mierda. Antes de nada, Virginia me contó que el día de la boda hubo un accidente de coche en el que estaba involucrado el futuro escritor y que él se llevó la peor parte. Al parecer se le atrofió la mano derecha y, siendo diestro, tuvo que aprender a hacerlo todo con la izquierda. Todo —recalca.

—Es zurdo. Vale, ¿y qué más?

—He entrado en su web y he visto que estaba de ruta de promoción de su última novela, *Astillas en la piel,* y el malnacido estaba en Valencia en las fechas en que encontraron a la prostituta muerta, y en Murcia cuando sucedió lo de Cartagena. Luego tenía más compromisos, pero los canceló, por lo que pudo estar en Madrid cuando se cepillaron a la pareja esa de camellos de postín. Y en Valladolid cuando... Eso —acorta.

El pelirrojo se mesa la barba y baja la mirada.

—Puede, o puede que no. Pero lo que es seguro es que si nos plantamos delante de Copito solo con esto nos va a mandar a cagar y con razón. No vamos a conseguir nada, joder, son todo indicios. No nos sirve. Necesitamos más.

—Opino lo mismo —interviene Botello—. Y más tal y como está el patio. No se van a mojar. Encima famoso. Ni de coña.

—Bueno, ¿y qué proponéis? —dice Peteira—. Os recuerdo que hoy vienen los de la central a hacerse cargo de todo.

Sancho se pasa la mano por su recién afeitado cogote.

—¿En esa web venía alguna forma de contactar con el autor?

—Sí, me suena que sí. Espera.

Peteira saca su móvil.

—Aquí, mira, pero es a través de su representante.

—Su representante, ¿eh?

—¿En qué estás pensando? —quiere saber Áxel Botello.

Sancho se palpa los bolsillos y de repente aprieta los párpados.

—Dime que ese cabrón ha publicado sus mierdas en Francia.

El gallego invierte unos segundos en comprobarlo.

—Pues sí, en Francia y en treinta y cuatro países más.

Sancho sonríe.

—Déjame tu móvil.

«Tu móvil será tu dueño siempre que tú aceptes ser su esclava», se repite mentalmente Rosa. Las palabras de su amiga

Carmen resuenan en su cabeza cuando se siente tentada a usarlo en momentos que no lo necesita. Ella dio con la clave pero, aunque lo intenta, no suele conseguir desprenderse de su principal herramienta de trabajo.

Lo de pasear a diario por El Retiro, en cambio, empezó a hacerlo por prescripción médica, pero se acabó convirtiendo en una obligación placentera que, a no ser que se encuentre fuera de Madrid, cumple a rajatabla cada día entre las nueve y las once del mediodía. Le gusta hacer la misma ruta: entra por la puerta de Mariano de Cavia, que es la que más cerca le pilla de casa, y, sin prisa pero sin pausa, atraviesa el parque callejeando por su parte central hasta salir por la calle de Alcalá donde, si anda bien de tiempo, suele premiarse con el segundo y último café del día.

Cuando Rosa se ha despertado, el cielo había amanecido con nubes que amenazaban lluvia, pero a esa hora, a punto de entrar en la Rosaleda, hay más claros que nubes y nota que le empieza a sobrar el forro polar con el que ha salido a la calle. Rara es la vez en la que uno de sus representados la molesta, no en vano los tiene muy acostumbrados a que la contacten por e-mail, así que al oír el tono del móvil tuerce el gesto antes de meter la mano en el bolso y ver que se trata de un número desconocido. Mejor. Rechaza la llamada y sigue caminando al tiempo que inspira muy despacio para llenar los pulmones con el aroma primaveral que impera en el lugar. Rosa suelta algunos sapos y bastantes culebras cuando nota que su teléfono insiste en reclamar su atención. Al comprobar que es el mismo condenado número piensa que podría tratarse de alguna nueva incorporación de una editorial que no tiene controlada y, desoyendo la máxima de su amiga Carmen, modula su voz y contesta.

—Sí, buenos días.

—Buenos días, mi nombre es Vincent Lauvergne. Soy el jefe de la sección de cultura de *Le Progrés*. Pregunto por la señora Pellitero.

Tono grave, marcado acento francés.

—Sí, soy yo. ¿De qué medio dice que me llama?

—*Le Progrés* de Lyon. ¿Habla usted francés?

—Sí, lo hablo.

—Estupendo, porque mi español es más bien básico. Verá —prosigue en su lengua—, estamos haciendo un reportaje sobre el auge de la novela negra en España y queríamos contar con su máximo exponente, el señor Vázquez de Aro.

Escuchar su nombre, a pesar de la deficiente pronunciación, le provoca ardor de estómago. Era su mayor fuente de ingresos, pero desde que él la mandó a paseo, ha notado que su nivel de estrés se ha reducido de forma considerable, lo cual es tan beneficioso para su salud como el paseo diario que a punto está de estropearle el franchute con el que está hablando.

—Verá, hace unos días que he dejado de ser la agente del señor Vázquez de Aro, así que, sintiéndolo mucho, tendrá que buscar otro modo de contactar con él —responde en francés.

—Oh, lo lamento mucho, señora Pellitero, porque nuestro periódico tiene mucha difusión y podría servirle de mucha ayuda en Francia. ¿Podría facilitarme entonces su teléfono para que me pueda poner al habla con él?

—No. Yo no puedo hacer eso, lo siento.

Silencio.

—Comprendo, comprendo. ¿Y se le ocurre de qué otra forma podríamos contactar con él?

—Pueden intentarlo vía e-mail, pero rara vez los lee y nunca responde. Las estrellas son así.

—Por tanto… ¿no hay ninguna posibilidad de que incluyamos a Vázquez de Aro en nuestro reportaje? Póngase en mi lugar, señora, sin él va a perder mucho interés.

—Mire, yo lo que no quiero es que me monte un lío por haberle facilitado su número de teléfono. Ese cabrón… —se arrepiente de inmediato, pero acto seguido se alegra de haberlo verbalizado—, ese cabronazo es capaz de denunciarme al imbécil de su abogado y… —Pausa—. Espere, se me está ocurriendo algo. Le voy a dar el teléfono de Oriol Mateu, su abogado. Él, que es su mano derecha, su izquierda, su hombre de confianza, además de ser una serpiente repugnante, les podrá decir si le apetece o no hacer la entrevista. Le va a encantar hablar con usted. Anote.

El periodista francés los repite en alto.

—Muchas gracias, señora Pellitero.

—Tendrán que ser muy persuasivos o ir con unos cuantos billetes por delante, porque este gratis no hace nada. Que tengan suerte, buen día.

Rosa termina la llamada y sin detenerse selecciona el modo avión.

—Que os den a todos.

A todos los compañeros que han entrado en el Rosabel les ha extrañado verlos sentados en esa mesa del fondo, pero más raro aún le ha parecido a Peteira presenciar el espectáculo del falso periodista francés.

—La madre que te parió, Sancho —califica el gallego—. No quiero saber cómo coño trabajáis en la Interpol, pero esa faceta tuya interpretativa no la conocía.

El pelirrojo frunce los labios con resignación mientras marca el número que le ha facilitado la representante.

—Buenos días, mi nombre es Vincent Lauvergne. Soy el jefe de la sección de cultura de *Le Progrés* —repite con el mismo acento que tantas veces ha escuchado a sus compañeros franceses que creen saber hablar español—. Pregunto por el señor Mateu.

—¿Quién dice que es y para qué me llama?

—Vincent Lauvergne, su contacto me lo ha proporcionado Rosa Pellitero. El motivo de mi llamada es un reportaje que me han encargado sobre la novela negra en España y queríamos contar con su máximo exponente, el señor Vázquez de Aro y...

—Pero... vamos a ver. ¿Y para qué me llama a mí? Hable con su editorial o con su agente, que para eso está.

—Sí, ya lo hemos hecho. La editorial nos proporcionó el teléfono de la señora Pellitero, pero esta nos ha dicho que ya no representa al señor Vázquez de Aro y por eso nos ha dado su número para que...

—¡¿Ya no es su representante?! —le interrumpe.

—Eso me ha dicho ella.

—¡Se le acabó vivir del cuento! ¡Que se joda esa vieja cacatúa!

—Bueno, en fin, señor Mateu... Yo para lo que le llamo es para ver si puede facilitarme el contacto de su cliente para hacerle...

—¡¿Yo?! ¿El contacto de mi cliente? ¿Están ustedes locos? Ni por los cojones. Encima para un periodicucho francés que vete tú a saber quién coño lee.

—Señor Mateu —insiste endureciendo el tono—, sepa usted que *Le Progrés* es uno de los diarios más importantes del país y que a su cliente le conviene mucho...

—Mira, gabachito de los cojones, yo no sé qué es lo que le conviene o le deja de convenir a mi cliente, pero sí sé que en este momento estará llenando la maleta de bañadores para coger el vuelo de mañana y que no le van a volver a ver el pelo por España en mucho tiempo. Así que vete a la mierda tú y tu fabuloso periódico, y olvídame, que no es mi santo, subnormal.

Segundos después de que se corte la comunicación, Sancho todavía tiene la mirada fija en la pantalla del móvil.

—Qué bastardo, el abogado —califica Peteira.

El pelirrojo da un manotazo en la mesa.

—Está tratando de huir.

—O puede que solo haya decidido pasar unas largas vacaciones por ahí... —suelta Botello—. Tan simple como eso.

—No, está intentando huir —insiste.

—Ya, ya... Y de ser así, ¡¿qué hacemos?! —interviene Peteira—. Con lo que tenemos no podemos hacer nada para impedírselo. ¿O no?

El gallego busca consenso en los ojos de Sancho.

No lo encuentra.

—¡¿En qué coño estás pensando ahora?!

—En que voy a necesitar un coche.

Un coche que hace sonar su claxon en la avenida Jacetania no consigue sacarla del trance en el que está sumida mientras remonta la vía que divide el casco histórico de Jaca. Lo logra una ráfaga de aire que se cuela entre los espacios que deja la cazadora vaquera haciendo que su piel reaccione. De inmediato se frota los antebrazos para combatir el escalofrío sin dejar de caminar. Lo que está viendo Sara Robles no termina de empatar con las imágenes que guarda en su memoria. Y, como si se tratara del juego de encontrar las diferencias, se da cuenta de que todas esas anomalías se acumulan en los locales comerciales, no en las fachadas de los edificios. Esos siguen igual. Mientras recorre los más de cuatrocientos metros que tiene la calle Mayor, Sara piensa en lo que le va a contar a su padre cuando este le pregunte qué demonios hace allí y por qué no le ha avisado. Si le dice que ha decidido pasar unos días allí, sin más, no va a colar. Tampoco le va a valer aquello de la visita sorpresa, y mucho menos piensa recurrir al argumento de que hace demasiado tiempo que no se ven y que ya era hora. Confesarle que la han apartado del caso y que es muy probable que le abran un expediente sería la mejor opción, sin duda, pero no la baraja. No la considera por evitar tener que tragarse el silencio que vendría a continuación, como si aquello significara un deshonor, un agravio para su linaje, una terrible afrenta que haría removerse en sus tumbas a sus antepasados. No. Por eso, la excusa de tener mono de montaña es la primera en el ranking, lo cual es cierto aunque no sea la verdad.

Una fachada de madera pintada de rojo llama su atención. Mesas altas y taburetes a juego típicos de terraza de bar. GASTROBAR, para ser exactos, según reza en el letrero. A esa hora se tomaría una cerveza, pero intuye que después de la primera llegará una segunda y que, en el estado en que está, esa tampoco sería la penúltima.

—¿Qué le traigo? —le pregunta el camarero.

—Café solo, gracias.

El otro entrecierra sus ojos azules, saltones. Corpulento, de pelo castaño claro con notables entradas.

—¿Sara?

Ahora es ella quien configura una expresión de sorpresa a la vez que asiente con la cabeza.

—Soy Javier, el de Cris.

El petrificado semblante de Sara lo empuja hacia la concreción.

—Cris, tu amiga de toda la vida del colegio. Erais inseparables, ¿no te acuerdas?

Las rústicas pero delicadas facciones de un rostro siempre risueño aparecen en su memoria. En efecto, Cris fue su mejor amiga desde los cuatro hasta los dieciocho. Luego ella se fue a estudiar a Huesca y, aunque se veían cuando Sara regresaba a Jaca, eso de «inseparables» dejó pronto de tener sentido.

—Sí, por supuesto que la recuerdo —contesta en el tono más amable que es capaz de fabricar—. ¿Qué tal os va?

—Bien. Nosotros somos de los pocos que nos hemos quedado por aquí. Y por aquí seguimos. Mira, ahora Cris trabaja ahí enfrente —señala.

—¿En El Siglo?

No recordaba el año, pero sí sabía que era una de las librerías más antiguas de España y como tal conservaba la estética exterior de la época: madera de roble, vidrieras en el escaparate y acceso principal estrecho. Muchas tardes, después de clase, acompañaba a Cris para preguntar si había llegado algún volumen nuevo de «Elige tu propia aventura» o para hojear el último de Astérix y Obélix, o de Tintín.

—No, al lado, en el Inside, de dependienta.

—Ah, vale —responde—. ¿Y está contenta?

—Pues mira, me voy a acercar, la aviso de que estás aquí y que te lo cuente ella.

En ese instante, Sara querría hacerse un buen Houdini, pero como no controla el arte del escapismo pronuncia:

—Vale, estupendo.

Un minuto más tarde, Cris se sujeta la cara con ambas manos como si se le fuera a desprender en cualquier momento.

—¡No me lo puedo creer! —viene gritando—. ¡Pero si estás igual, tía!

Aunque sabe que no es del todo cierto, Sara no puede decir lo mismo. «Su» Cris pesaba al menos veinte kilos menos y su rubia melena le llegaba por la mitad de la espalda. Ahora luce un corte moderno de esos que llevan las actrices desenfadadas y los actores que pretenden aparentar desenfado. Ahora bien, su inmarcesible sonrisa sigue brillando con la misma vitalidad.

Sara se prepara para el abrazo.

La intensidad, volcánica, la pilla prevenida, no así tanto la duración, que como el magma descendiendo por la ladera, arrasa con todo lo que encuentra a su paso.

—¡Qué sorpresa más acojonante, por favor! —dice Cris.

Agarrada al cráter, Sara no consigue articular palabra.

—Pero, tía, ¿estás bien?

Sara logra construir una sonrisa a la vez que asiente.

—Escúchame una cosa. Esta tarde descanso, conque te vienes a comer a casa y nos ponemos al día. Y conoces a los niños. Luego, cuando venga este —señala a Javi— de currar se los encasqueto y nos quedamos nosotros a nuestra bola, ¿vale?

Aunque quisiera negarse, no podría. No está capacitada más que para repetir el mismo gesto afirmativo.

—Pues hale, arreglado, tómate unas cañitas por aquí cerca y a las tres me vienes a buscar.

Mismo gesto afirmativo.

—Afirmativo —zanja Oriol Mateu—. Ya les volveré yo a llamar, señores, cuando tenga alguna novedad al respecto. Buenas noches.

El abogado guarda el móvil en el bolsillo interior de su americana y chasquea la lengua como si fuera una suerte de liturgia antes de pronunciar alto y claro el adjetivo calificativo que más utiliza en todas sus variantes.

—¡Subnormales!

El insulto hace años que ha alcanzado la categoría de muletilla a pesar de que Oriol lo pronuncie a su manera: alargando la primera consonante y eliminando la segunda.

A punto de llegar a las once de la noche y después de una jornada así, en lo único que piensa es en quitarse la corbata, lanzar el maletín lo más lejos posible, apagar el teléfono y tirarse en el sofá con una copa de Hennessy Paradis en la mano. El coñac, excelente, se lo regaló un concejal de urbanismo a quien libró de entrar en la cárcel por cohecho. Cuando este le dijo que le había costado casi novecientos euros, Oriol le contestó que sumara esa cantidad a los treinta y seis mil que le había cobrado de minuta y dividiera el resultante entre los días que tendría que haber pasado entre rejas si la parte contraria se hubiera salido con la suya —cinco años pedían— y vería lo barato que le había salido seguir en libertad. Poco más de veinte euros al día.

El tipo era un auténtico subnormal —porque solo los subnormales piensan que conseguir dinero fácil es sencillo—, como subnormales son los dos altos cargos de una empresa farmacéutica a los que acaba de colgar el teléfono después de haber invertido toda la tarde en una absurda reunión que, intuye, no le va a traer ningún beneficio. Porque va a ser harto complicado trabajar con quienes, palabras textuales, afirman que «no les parece nada justo tener que pagar tantos impuestos así porque sí». «Al resto de seres humanos que tributan lo que les corresponde, sin embargo, les encanta, no te jode, subnormal», le habría encantado contestarles. Al margen, si estos dos subnormales hicieran bien los números se darían cuenta de que, a la larga, utilizar su red de blanqueo, con el riesgo que ello supone, les va a ahorrar mucho menos de lo que se imaginan, pero… ¿quién es él para abrir los ojos a los codiciosos con los que alimenta su cuenta corriente? Gracias a clientes como ellos acaba de terminar de pagar el dúplex de doscientos once metros con terraza en la plaza Duque de Pastrana, y para celebrarlo ha encargado un Ford Mustang rojo cereza de más de sesenta mil euros.

Tratar con subnormales tiene sus ventajas.

Bien es cierto que en su cartera también cuenta con otros clientes que están en el polo opuesto a la subnormalidad. Con estos rara vez tiene que ponerse la toga, solo se viste con el traje de conseguidor. Alguien necesita algo y él de lo único que se encarga es de mover sus contactos para ponérselo en bandeja. Para agitar el árbol adecuado. En ocasiones, las menos, su cliente le exige adaptarse a un modelo mixto; es decir, el tipo es subnormal pero no se comporta como tal. No busca el dinero fácil. Busca otras cosas y no le importa pagar lo que sea por conseguirlas. Es el caso del escritor con el que tanto odia tratar y que mañana le va a hacer levantarse más pronto de lo habitual para hacerle entrega de «un detallito de despedida» que toda la pinta tiene de ser un ejemplar de mierda dedicado. No es que Oriol lo vaya a echar de menos, no, pero tiene muy presente que gracias a esta clase de gente vive en un dúplex con terraza y no en un piso de ciento veinte metros cuadrados en el popular distrito de Hortaleza como Abelardo, el subnormal de su cuñado, abogado como él.

Acordándose de la última y lamentable cena de Navidad en la que tuvo que compartir mesa y mantel con él, Oriol sube los últimos peldaños de la escalera que le lleva a la planta superior donde se ubican el salón, la terraza y su habitación. Casi paladeando ese toque a establo caballar que tanto le gusta en el coñac, el abogado no se percata de que alguien le acecha cobijado en la penumbra. Alguien que se mueve con extrema rapidez y determinación para lograr que en menos de dos segundos el propietario de la vivienda esté a su merced, arrodillado en el suelo y con algo metálico presionándole en la garganta.

—No grites ni te resistas o te prometo que te rajo el cuello —le susurra.

A Oriol Mateu no le hace falta escuchar nada más para reconocer esa voz.

Reconocer esa voz en el estado en el que está no le resulta nada sencillo.

—Pero bueno, chica, qué sorpresa. ¿Cómo tú por aquí?

Sara se gira muy despacio. Se trata de Alfredo, vecino y sin embargo amigo de su padre, con quien conforma tándem indisoluble de mus desde antes de que se inventaran las reglas.

—De visita —responde intentando pronunciar con corrección.

El reencuentro con Cris le ha dejado secuelas en el habla. En concreto los chupitos de orujo de hierbas casero que se han metido entre pecho y espalda, que, mezclados con las cervezas de antes de comer, el vino de durante y el gin-tonic de después, han conformado un mejunje alcohólico que ha superado con creces la capacidad de sintetizar alcohol de su hígado.

—Anda, por eso José María lleva dos días sin dar señales de vida... Hoy, por primera vez desde que lo conozco, y mira que son años ya, no se ha presentado a jugar la partida.

—¡¿No?!

—Que no, que no. Y no me coge el teléfono. Si hasta le he tocado el timbre y todo. Nada. Nos la han dado por perdida, claro, porque es la única forma que tienen esos dos de ganarnos.

Y, como por arte de magia, los efectos aletargadores del alcohol desaparecen.

Sara reemprende la marcha, aprieta el paso primero y trota después hasta llegar al portal. Por suerte, sí tiene las llaves de casa de su padre; por desgracia, no parece que estén dispuestas a encajar en la cerradura. Los nervios y la falta de coordinación —esa secuela permanece— provocan que no consiga abrir el portal hasta el quinto intento. Ser consciente de su ataxia la hace meterse en el ascensor, de lo cual se arrepiente tan pronto como se cierran las puertas y el mundo se ralentiza hasta el extremo. Tarda un lustro en llegar al tercero, una milésima de segundo en salir y cuatro segundos —dos por intento— en entrar en casa.

La oscuridad reinante la obliga a aguzar el oído y, estaferma, capta un sonido que proviene del final del pasillo. Del salón casi con total seguridad. La televisión aparece dibujada en su mente antes de ordenar a sus piernas poner rumbo hacia allí.

El corazón, tucún, tucún, tucún.

Y las balas, pacán, pacán, pacán.

Una película de acción, deduce.

Al entrar se detiene como si fuera incapaz de procesar en movimiento lo que está viendo: su padre repantingado en el sofá en una posición antinatural, con los ojos cerrados, la boca entreabierta y la cabeza apoyada sobre el hombro. Los brazos cuelgan inertes y las piernas, estiradas por completo, no parecen pertenecer a ese cuerpo.

El corazón, tucún, tucún, tucún.

Y las balas, pacán, pacán, pacán.

SALTIMBANQUIS: DISTRAEN A LOS LECTORES MIENTRAS OTROS PREPARAN NÚMEROS MÁS ESPECTACULARES

Residencia de Oriol Mateu (Madrid)
14 de abril de 2022

Ese acento tan ridículo lo delata: el gabachito de los cojones.

—¡No levantes la mirada del suelo! —le grita—. Podríamos haberlo resuelto de otra forma, pero tú me has obligado a tomar este camino.

Arrodillado en el último peldaño de la escalera que sube al piso superior y con eso presionándole la garganta, el abogado —puede que por primera vez en su vida— no sabe qué decir ni qué hacer. Lo que sí le ha dado tiempo a deducir es que el hombre que tiene a su espalda muy periodista no debe de ser.

—Solo necesito que me digas dónde vive tu cliente el escritor y me marcharé sin hacerte daño.

—¡¿Y por qué tendría que saberlo?! —se atreve a decir—. Siempre nos hemos visto aquí, en mi despacho. Mis clientes no acostumbran a invitarme a ir a sus casas.

El intruso le pellizca el carrillo con fuerza. Es entonces cuando nota que lleva guantes.

—Escúchame con mucha atención porque te va la vida en ello: las personas para las que trabajo me han encargado encontrarlo porque, al parecer, ese escritor les debe dinero. Bastante dinero. Mi trabajo es hacer que pague, ¿me comprendes? Si él no paga, yo no cobro y mi... ¿cómo se dice? «Pregstis» —pronuncia en francés— cae por los suelos.

—¡¿Y qué pinto yo en todo esto?! Es vuestro problema, no el mío —protesta.

El filo del objeto metálico presiona su cuello.

—Te estoy dando la oportunidad de salir vivo. Dime dónde puedo encontrarlo esta noche.

—Su dirección no la conozco, lo juro por lo más sagrado. Lo único que sé es que mañana a mediodía coge un avión y que no tiene intención de regresar a España durante un largo periodo de tiempo porque me ha hecho cancelar sus cuentas en el país para, supongo yo, depositar su dinero en algún paraíso fiscal —miente Oriol, o no dice toda la verdad.

—¿Dónde?

—No lo sé. Me ha pagado por hacer esa gestión y punto, que solo soy su abogado, no su padre ni su amante.

—Me estás empezando a cabrear mucho, abogado. ¿Me quieres hacer creer que ni siquiera te ha dicho adónde vuela mañana?

—No me lo ha dicho ni yo he preguntado. Manejo decenas de clientes, no me interesa una mierda saber qué hacen o dejan de hacer con su vida, menos aún cuando tiene toda la pinta de que no van a volver a requerir mis servicios. Además, nunca me ha terminado de caer bien ese escritor engreído…

—No, ¿eh? Vale, muy bien, pues vamos a averiguarlo. Tienes ahí su móvil, ¿verdad?

Oriol tarda en contestar.

—Aquí lo tengo sí.

—Llámalo con la excusa de despedirte y búscate la vida para que te cuente dónde coño va.

—¿Que lo llame? ¿A estas horas?

—Cuando has llegado venías hablando por teléfono de negocios con alguien, así que no me vengas ahora con excusas idiotas.

—Esos eran unos subnormales que…

—¡Me importa una mierda! —le grita sin elevar el tono—. ¡Haz lo que te digo de una vez!

Oriol Mateu concluye que no está en posición de oponerse, conque saca el móvil del bolsillo interior de la americana y busca en contactos el número de su cliente.

Mientras escucha los pitidos contiene la respiración.

La respiración se me entrecorta cuando en el display de mi coche veo que me está llamando mi abogado. Habíamos quedado en que me pasaba mañana a primera hora de la mañana, pero he cambiado de opinión porque no quiero que, si surge alguna dificultad, como me sucedió con el jodido bombero, pierda el vuelo. Por ello, y dado que sé que Oriol vive en un dúplex que hace las funciones de despacho y vivienda, resolví que lo más conveniente era darle esta misma noche la sorpresa que le tengo preparada.

Y yo no creo en las casualidades. En los porqués, sí. Tiene que haber uno, pero prefiero averiguarlo dentro de catorce minutos, que es el tiempo que mi navegador dice que voy a tardar en llegar a su dirección.

—¿Su dirección, otra vez? ¡Que no la sé y tampoco tengo la culpa de que no le salga de ahí cogerme el teléfono a estas horas! —protesta el abogado.

A Sancho le han fallado el plan A y el B, y plan C no ha traído, por lo que no le queda otra que improvisar.

—En qué banco ha depositado su dinero.

Oriol Mateu resopla.

—Te digo que no lo sé.

—Mientes.

—Te juro por lo más sagrado que no lo sé. No tengo ni la menor idea, pero si lo supiera, que no es el caso, de nada te serviría por la política de protección de datos del cliente de cualquier entidad financiera que se precie de serlo. Pero, además, supongo que sabes que esos bancos no son muy amigos de cumplir con los estándares internacionales de transparencia e intercambio de información, ¿verdad?

El de la Interpol piensa que podría hablar con Makila para cursar una orden internacional de búsqueda y embargo de todas las cuentas de una persona física o jurídica, pero para eso tendría que acusar formalmente de un delito —y justificar la denuncia— al titular de la cuenta.

Mientras valora otras posibilidades, en el cerebro del pelirrojo se reproduce la correspondiente y ficticia conversación con su superior, que si por algo se caracteriza es por su acendrada moralidad: «Sí, no tengo ninguna duda de que se trata del tipo al que estamos buscando en España. Pensamos que estudió en el mismo internado que dos de sus víctimas, es diestro pero tuvo un accidente de coche y desde entonces utiliza la mano izquierda y además me crucé con él una noche en el Zerocafé».

Imaginarse la expresión de incredulidad de Makila lo invita a descartar la exploración de nuevas vías e insistir en itinerarios ya recorridos.

—¿Dónde vuela mañana?

—Y vuelta la mula al trigo. No me ha dicho nada, pero si con esto consigo que me dejes en paz de una vez, te puedo decir que alguna vez me mencionó su intención de instalarse en no sé qué isla perdida del Caribe, y que como no hay vuelos directos desde España, la mejor opción es hacerlo desde Londres a la capital de Barbados, que no recuerdo cuál es.

—El Caribe, ¿eh?

—No lo sé seguro, solo te estoy contando lo que me dijo no hace mucho. ¡Y de verdad que no puedo ayudarte con nada más! El señor Vázquez de Aro es un cliente con el que llevo trabajando bastante tiempo, sí, pero no deja de ser solo un cliente más con el que no guardo ningún tipo de relación personal. ¡Por favor, márchate ya de mi casa, te lo ruego!

El cambio en el tono del abogado es notable. Sancho, que no tiene intención alguna de sobrepasar el límite de la amenaza verbal, se plantea la retirada.

—Está bien, te creo. Levántate.

El pelirrojo lo ayuda sin demasiada delicadeza al tiempo que se guarda en el bolsillo trasero del pantalón la cucharilla de café que tomó prestada al entrar.

—Túmbate bocabajo y no te des la vuelta hasta que yo me haya ido porque como me veas la cara te voy a tener que abrir en canal. Me voy a quedar con tu teléfono, no sea que te sientas tentado de avisar a tu cliente o, peor todavía, que cometas el error de llamar a la policía en cuanto me marche. Dime el código de desbloqueo y el PIN.

El abogado lo hace sin rechistar.

—No tengo ninguna intención de dar aviso a la policía para que metan el hocico en mi casa y menos aún de arriesgar el pescuezo por un cliente con quien ni siquiera guardo buena relación. Esta guerra no es mía.

—*Je supposais* —dice en perfecto francés para reforzar el papel que ha venido a interpretar—. Es lo que más te conviene, créeme. Espero que tú y yo no volvamos a vernos porque...

Sancho no completa la frase.

—Sí, sí, ya sé, ya sé.

Minutos después, ya en el interior del coche que le ha conseguido Peteira en comisaría, anota el número de teléfono al que se ha realizado la última llamada. De poco o nada le va a servir sin que un juez apruebe intervenirlo, cosa que no aspira conseguir ni en el mejor de sus sueños húmedos.

Sí le sirve en cambio para buscar en internet los vuelos desde Londres con destino a Barbados antes de que el titular de la línea llame a su compañía para darlo de baja. De todas las opciones que aparecen en el buscador, deshecha las que contemplan dos o más escalas y se queda con la única combinación que más le encaja con la información que le ha sacado al abogado: Vuelo 8642 de British Airways, 12.45 en la T4. Lo siguiente que hace es desactivar la opción de localizar el dispositivo y, tras revisar las conversaciones por WhatsApp con Vázquez de Aro sin encontrar nada interesante, se lo guarda en el bolsillo como si siempre le hubiera pertenecido.

Sancho, que desde el momento que ha allanado la casa del abogado ha asumido que no hay vuelta atrás, inspira por la nariz y se tira de los pelos de la barba como si le fuera a ayudar a tomar la decisión correcta de entre las distintas opciones que tiene.

De entre las distintas opciones que tiene, Sara opta por acercarse con involuntaria lentitud. Lo hace a cámara lenta porque, en realidad, no quiere llegar a donde está su padre.

No quiere enfrentarse al escenario que su intoxicado cerebro plantea.

No está preparada.

«No», es lo único que repite para sí.

Hasta la televisión parece rendir cumplido homenaje con un repentino y honroso silencio que, aunque pueda parecer paradójico, capta su atención. Un hombre que porta una pistola se acerca a otro que, herido en la pierna, se arrastra a duras penas por un lúgubre callejón. La intensidad de la luz que emana de la pantalla disminuye de modo dramático y apenas baña a su padre de cintura para abajo.

—¿Papá? —se atreve a decir.

Pero, lógicamente, no hay respuesta.

Sara se acerca extremando el sigilo, como si no quisiera despertarlo de una siesta. A un par de metros de distancia alarga el brazo y estira los dedos, timoratos, temblorosos, para tomarle el pulso en la carótida. En cuanto entra en contacto con su piel, como si hubiera accionado un interruptor, los párpados y la mandíbula se abren de forma simultánea provocando la activación inmediata de las cuerdas vocales. El uno chilla asustado, la otra grita sorprendida, ambos lo hacen con las miradas enfrentadas y los músculos faciales crispados.

Y así permanecen hasta que ella se arroja a sus brazos y él utiliza los suyos como cepo para atraparla.

Tras unos reconfortantes segundos, es José María quien rompe el silencio.

—Hija, pero ¿por qué no me has avisado de que venías?

—Pero ¿por qué no me has avisado de que venías? —me pregunta Oriol, demudado, al abrir la puerta—. Te aseguro que por esta noche ya he cumplido el cupo de sorpresas.

—He visto tu llamada perdida y como no andaba muy lejos se me ha ocurrido acercarme ahora mejor que mañana por la mañana, que ya sabes lo tenso que me pongo cuando tengo que coger un avión. Espero no molestarte. Por cierto, ¿a qué te refieres con eso del cupo de sorpresas?

Oriol se frota la cara y se echa a un lado, invitándome a pasar.

—Ve subiendo, yo voy a por un coñac, que todavía tengo los huevos de corbata. ¿Tú quieres algo?

—No, gracias.

El Hennessy Paradis casi ha desaparecido de la copa cuando termina de relatar lo sucedido. Por absurda e inverosímil que suene la historia es evidente que no puede no ser verdad, aunque suene a escena mal adaptada al guion de una pésima novela negra. Por un momento he pensado que iba demasiado colocado y todo era fruto de mi imaginación, pero no.

Me noto alterado, no obstante debo mantener la cabeza fría para tratar de encontrarle algún sentido.

—Madre mía... Menos mal que estás de una pieza. ¿Y dices que no pudiste verle la cara? —pregunto simulando estar preocupado.

—No me dio opción. Me amenazaba con un cuchillo en la garganta.

—Un sicario que se hace pasar por un periodista francés —comento casi en clave de humor—. ¿Y de verdad te ha dicho que les debo dinero? ¿A quién?

—Literalmente: «A las personas para las que trabajo». No ha especificado.

—No puede, porque yo no debo un céntimo a nadie. No sé, todo esto me resulta muy extraño. Parece una broma de mal gusto. Hace no mucho un amigo quiso gastarme una bromita parecida y la jugada le salió bastante mal.

—¡¿Una broma?! —repite indignado—. ¡Y una mierda! Te aseguro que ese cabrón iba muy en serio. Joder, te repito que me ha puesto un cuchillo en el cuello y aun así no me ha sacado nada.

—¿Nada?

—Quería saber tu dirección, pero te juro por la tumba de mis padres que me he mantenido firme.

—¿Solo quería eso? ¿Saber dónde vivo?

—Sí, solo eso. Se le veía con muchas ganas de hacerte una visita esta noche.

—Ya. ¿Y cómo es que ha llegado hasta ti?

Oriol da una fuerte palmada y se sienta en el borde del sofá de capitoné marrón que tanto odio.

—¡Ah, es verdad, eso no te lo he contado! A través de tu querida representante. Se hizo pasar por periodista francés para hacerte una entrevista en no sé qué periódico. En la editorial le dieron el teléfono de Rosa y a ella le pareció una gran idea quitarse el marrón de encima para que me lo comiera yo. ¡Tócate los cojones!

—¡Qué hija de puta! ¿Y se ha marchado así, sin más?

—Tal cual. Bueno, no, el muy cabrón se ha llevado mi móvil para que no llamara a la policía. Todavía estaba intentando recuperarme cuando has llegado tú. Ahora que lo pienso, menos mal que no lo has hecho diez minutos antes porque te habrías dado de bruces con él.

—Sí, menos mal —repito alimentando el tono dramático—. Entonces ¿qué crees que debo hacer esta noche? Porque aunque no le hayas dado mi dirección, a casa no pienso volver… ¿Hay algún hotel por aquí cerca?

—Hombre, yo no creo que vaya a volver, y tratándose de ti, puedes quedarte a dormir en la habitación de invitados.

Además, mañana te subes a un avión y «au revoire» que dijo Voltaire.

—No.

Oriol compone una mueca de desconcierto bastante ridícula.

—¿No?

—Que eso, a pesar de que le hayan atribuido la frase en los libros de historia, nunca lo dijo Voltaire.

—Ah.

—Pero quizá tengas razón y lo mejor sea que me quede aquí esta noche. Te confieso que estoy algo turbado. No entiendo muy bien qué ha pasado en realidad, porque te vuelvo a decir que yo no debo nada a nadie y tampoco me he mezclado con ningún grupo mafioso.

Pensativo, camino en círculos cabizbajo.

—Creo que me voy a tomar una copa de eso —digo agarrando la botella por el cuello. Con un nada casual diseño curvilíneo, puedo notar su contundente robustez y sobriedad.

A Oriol se le ilumina la cara.

—¡Pues creo que yo te voy a acompañar! ¡Este coñac es el auténtico néctar de los dioses! Espera, que voy a por un vaso.

—No, no te levantes. Ya voy yo.

—En ese armario de ahí atrás —me indica.

Como había previsto, la botella no se rompe cuando se la estampo en la coronilla, pero al no escuchar el sonido que esperaba repito el movimiento, eso sí, con mucho más ímpetu y determinación. El resto de los golpes hasta que constato que el cráneo ha perdido su esencia esférica van perdiendo intensidad y tampoco quiero obcecarme porque me interesa, y mucho, que la botella no se rompa para evitar tener que recoger los cristales con mis huellas. Prefiero llevármela de una pieza y, por qué no, comprobar si, como aseguraba Oriol, es para tanto. Por suerte el respaldo del sofá ha actuado de parapeto y no me he pringado la ropa con sangre ni ningún resto de su ADN.

Poco después, sentado en la cómoda silla de su despacho, pruebo por fin el licor. Vierto un dedo y medio en la copa y le doy vueltas para extraer aromas a maderas nobles y frutos secos. También percibo delicadas notas florales justo antes de mojarme los labios en el coñac y sorber un trago que mantengo en la boca antes de tragarlo.

Tampoco es para tanto.

—Tampoco es para tanto. Hija, ¿me escuchas?

Sara, que aún está en modo koala, se separa unos centímetros de su cuerpo para mirarle a la cara.

—Papá, joder, que pensé que te había dado un chungo y te habías quedado seco.

—Todavía me queda mecha para rato, lo que pasa es que el otro día cayó una de narices y me pilló sin paraguas. Así que me he cogido un pasmo de tres pares y desde entonces estoy sin salir de casa.

—¡Ya me lo ha dicho Alfredo, que me lo he encontrado abajo y me ha metido el miedo en el cuerpo! Luego, cuando he entrado y te he visto en esa postura, con la tele puesta y sin moverte...

Ella olvida mencionar que es posible que el alcohol también influyera en el hecho de haber distorsionado la realidad.

—Lo entiendo, lo entiendo, pero todavía no me has respondido a por qué no me has avisado de que venías. ¿Querías darme una sorpresa o qué?

Sara se incorpora muy despacio y busca el mando de la televisión para enmudecerla. Su padre estira el brazo, acciona el interruptor de la lámpara de pie que tiene al lado y la estancia se baña con una tenue luz amarillenta que genera una atmósfera más enfermiza que cálida.

—No lo sé. Quizá solo quería salir de donde estaba y no se me ocurrió mejor opción que venir aquí.

—Claro, hija, cómo no. Esta es tu casa, ya lo sabes. Te están apretando las tuercas de lo lindo con lo del asesino ese que raja la cara, ¿verdad?

—De lo lindo —repite—. Entre otras cosas.

—Qué otras cosas.

Sara se sienta en una de las sillas del comedor.

—La he cagado, papá. Bien cagada —precisa—. No he sabido separar lo personal de lo profesional y me he convertido en alguien muy vulnerable.

El crecimiento paulatino de una sonrisa en la boca de José María, lejos de contagiar a su hija, le hace arrugar la frente.

—Siempre lo has sido. Vulnerable, me refiero. Desde pequeña —precisa—. En el colegio no te gustaba jugar con otros niños e incluso llegaron a decirnos que podrías tener algún grado de autismo.

—Venga ya…

—Lo que oyes. Más tarde, una profesora que tuviste con seis o siete años nos habló por primera vez de tu mundo interior y de que te sentías mucho más cómoda estando allí dentro que aquí fuera.

—¿La señorita Celia?

—Esa.

—La recuerdo porque cuando estaba distraída me decía que tenía la cabeza llena de saltimbanquis.

A José María le hace gracia.

—Nos costó entenderlo. A mí sobre todo. Luego, cuando falleció tu madre, aquello se acrecentó. Casi no hablabas con nadie. Ni siquiera conmigo. Pero mal no se te veía, porque en ese mundo interior tuyo en el que te refugiabas, tú lo controlabas todo. Allí eras inmune al dolor.

De modo inconsciente, Sara apoya la planta de los pies en la silla y se abraza las piernas.

—Cuando cumpliste los trece, lo recuerdo como si fuera ayer, yo me empeñé en que hicieras una fiesta de cumpleaños igual que hacía el resto de los niños de tu clase y cuando te pedí los nombres de tus amigas me diste tres.

—Y solo vino una: Cris —se adelanta.

—Exacto. Y lo mismo te dio. Casi os da un empacho de comer chuches, la tarta, refrescos…

—Acabo de estar con ella. Me la he encontrado por casualidad y… En fin.

—Ya me imagino: que os teníais que poner al día y refrescos no tenía a mano —completa él.

—Eso.

—A Cris le permitías entrar en tu mundo y si estabas con ella no te importaba salir al exterior. Con el paso de los años te empezó a llamar la atención lo que sucedía fuera y, casi de repente, floreciste.

—¿A qué te refieres?

—Podría buscar fotos si quieres, pero hasta los quince o dieciséis eras más bien feúca.

—Ah, vale, eso. Sí, ya lo sé.

—Eras como un tarro de miel para los moscones y hacías con ellos lo que te daba la gana, pero no dejabas entrar a ninguno.

—A ti sí.

—Solo cuando te convenía, y yo tampoco estaba ahí golpeando siempre la puerta, lo admito.

—Es posible —reconoce ella—, pero siempre estabas al otro lado, por si te necesitaba.

—Claro, soy tu padre. Pero a lo que iba, hija, que me voy por las ramas. Tu mundo interior sigue estando ahí, y puede que ahora, que lo que está sucediendo fuera no te gusta, o te da miedo, o lo que sea —acota, impreciso—, lo que crees que necesitas es volver a refugiarte dentro. Y no digo que no sea lo que te convenga, ojo, digo que mientras tú estás ahí, el mundo exterior no se detiene.

—En este momento me importa una mierda lo que suceda en el mundo exterior, papá.

—En este momento, tú lo has dicho.

Sara apoya el mentón sobre las rodillas y toma aire por la nariz.

—No quiero ser agorero, pero nada tienen que ver las consecuencias de aislarte cuando eras una niña sin responsabilidades que las que vendrán ahora cuando decidas salir. Eso es lo que tienes que evaluar muy bien, porque si tardas demasiado, puede que todo haya cambiado tanto que o bien no reconozcas el paisaje, o bien el paisaje no te reconozca a ti.

—¿Y si lo que de verdad quiero es encontrarme con un mundo exterior diferente al que conozco?

José María aprieta los labios.

—¿De verdad es eso lo que quieres? ¿Empezar de cero?

—Igual sí.

José María se incorpora del sofá y se da unas friegas en las piernas para combatir el hormigueo. Acto seguido se acerca adonde está Sara, suspira y alarga el brazo para acariciarle la mejilla.

—Eso solo tú puedes saberlo, hija, pero no te sorprendas si te sientes perdida y sola cuando vuelvas a poder tener contacto con la realidad. Me voy a la cama, a ver qué tal me levanto mañana. Si me encuentro medio bien, ¿damos una vuelta? Aunque lo más probable es que llueva. ¿Te apetece? —le propone señalando la ventana.

Fuera no se ve más que la fachada del edificio de enfrente, pero ambos saben lo que hay más allá.

—A eso he venido.

—Vaya, qué decepción, pensé que habías regresado para escuchar los sermones de tu anciano padre —bromea—. Buenas noches, trata de dormir algo, anda.

—Buenas noches.

Sara permanece inmóvil durante un tiempo indefinido antes de ponerse en movimiento. Todavía nota la presencia del alcohol en su torrente sanguíneo. Al pasar junto a la ventana siente el impulso de respirar aire fresco y la abre de par en par. La diferencia de temperatura le resulta tan agradable que saca la cabeza y cierra los ojos con la esperanza de trasladarse hasta el lugar en el que le gustaría estar.

Le gustaría estar en cualquier otra tesitura diferente. Durante su etapa como agente de la Comisaría General de Información, destinado en San Sebastián, comió tanto salpicadero que Sancho detesta permanecer dentro del coche con el motor apagado.

Pero esta noche no le queda otra opción.

Estacionado en una calle poco transitada del pueblo de Barajas donde se dispone a pasar la noche, Sancho trata de acomodar sus casi ciento noventa centímetros de humanidad en un habitáculo diseñado para conducir, no para dormir. Entre intento e intento no puede evitar hacer balance de la situación en la que se encuentra: tanto o más incómoda que el asiento. Siendo muy benévolo, tiene que admitir que la jugada no le ha salido como había planificado. Como consuelo le sirve pensar que con las cartas que le habían repartido, bastante mérito tiene el mero hecho de seguir en la partida. Siendo realista, la valoración sería otra muy diferente y podría resumirse en las tres palabras que no ha dejado de murmurar desde que salió furtivamente de la casa de Oriol Mateu: «Hay que joderse».

No deja de preguntarse cómo es posible que, con la experiencia que atesora —aunque solo sea por edad—, no sea capaz de controlar sus impulsos. Que le venga ahora a la cabeza, traspasar los límites que marcan los procedimientos le ha llevado a pasar una temporadita en una cárcel serbia, a ser apartado del cuerpo y, cómo no, a estar a punto de diñarla varias veces, y aun así insiste en actuar por su cuenta y riesgo. Quizá vaya siendo hora de asumir que su carácter es más temperamental que racional; eso que Paco el Rata definía tan bien en una sola frase: «Un tontopolla de talla mayúscula». El calificativo se le ajusta como un guante, habida cuenta de su querencia hacia el enamoramiento —o lo que sea eso que le hace comportarse como tal— poco oportuno. Martina Corvo, Gracia Galo y Sara Robles conforman un trío de ases sentimental que le hacen ser más que un digno merecedor del título. ¿No podría conseguir una pareja más convencional? O singular, como acostumbra, pero que no los separen cientos de kilómetros. En ese preciso instante, Sancho se conformaría incluso con mantener una conversación telefónica con Sara, pero ni siquiera se sabe su número de teléfono de memoria. El único que podría marcar desde el terminal que sostiene en las manos es el de Álvaro Peteira, pues se lo aprendió en su día de tanto marcarlo y todavía lo recuerda. Por un momento se siente tentado a hacerlo, pero al ser casi las dos de la madrugada y sin tener nada claro para qué coño va a molestarle, lo descarta.

Tras fracasar en su enésima tentativa de acoplar su morfología al respaldo reclinado, tira de manilla y sale al exterior.

Buscando en el firmamento razones de peso que justifiquen sus actos, Sancho eleva la mirada y se encuentra con una negrura premonitoria que se extiende hasta donde le alcanza la vista. La escasa contaminación lumínica de la zona le permite divisar un punto que brilla a lo lejos. Y luego otro. Y otro.

Decenas.

Cientos.

Puede que miles.

Y como si el hecho de haber descubierto la existencia de las estrellas se convirtiera en un buen augurio que contrarrestara el anterior, Ramiro Sancho, jefe de una de las Transnational Operating Cells de la Interpol, deja escapar una carcajada absurda, del todo improcedente, que dice muy poco sobre su capacidad intelectual.

—Su capacidad intelectual, la de Suso quiero decir, ¿es superior a la media?

—No lo especifico en ninguna página, pero se sobrentiende.

—Ya. Un tópico. En la ficción siempre nos presentan a los asesinos en serie como si fueran auténticos superdotados, cuando, en realidad, sus cocientes intelectuales suelen ser bastante mediocres tirando a bajos. Es más, la inmensa mayoría de ellos, estadounidenses por supuesto, se labraron su fama gracias a la ineptitud de los muchos y variopintos cuerpos de policía encargados de investigar sus homicidios.

—¿Usted cree?

—No lo creo, lo sé. En los años setenta y ochenta, era dorada de los asesinos en serie, cualquiera podía ir matando de condado en condado sin que nadie relacionara los hechos. Y si los crímenes se habían perpetrado en distintos estados..., inmunidad total. Por eso no me suelen interesar las películas, series y novelas sobre asesinos en serie, porque no acostumbran a parecerse en absoluto a la realidad.

Paz tenía razón. Tengo esta conversación grabada a fuego en mi memoria. Ocurrió durante una de las primeras sesiones con ella y, aunque tengo que reconocer que ese día sus palabras me dolieron, me preocupé por constatar que, en líneas generales, la inteligencia de los asesinos en serie con más renombre brillaba por su ausencia.

—De cualquier modo... ya sabe por qué conocemos sus identidades, ¿verdad? —prosiguió la doctora.

—Ya sé por dónde va...

—Porque antes o después cometen un error y terminan entre rejas el resto de sus miserables vidas o, mejor aún, achicharrados en la silla eléctrica.

—Por tanto, los que realmente tienen mérito son los que no conocemos.

—Eso es. Pero muchos matan para conseguir reconocimiento. ¿Suso es de esos? ¿De los que solo buscan la fama?

Aquella pregunta, que quedó flotando en el aire durante algunos segundos, me hizo reflexionar. Y esta noche, todavía en el dúplex de mi difunto abogado y gestor, indignado por no saber quién está siguiendo mis pasos y tratando de decidir qué hacer, me ha vuelto a la cabeza como si mi yo inconsciente, sabedor del momento crucial en el que nos encontramos, quisiera hacer un recordatorio a mi parte consciente.

—¿Suso es de esos? ¿De los que solo buscan la fama?

—No, Suso no mata para salir de la mediocridad, mata por pura necesidad —respondí.

—Entonces le auguro una larga carrera a su personaje.

LOS PAYASOS: IGUAL QUE LAS NOVELAS NEGRAS QUE NO LO SON, HACEN REÍR

T4, aeropuerto Adolfo Suárez (Madrid)
15 de abril de 2022

Como un muerto viviente. Así camina Ramiro Sancho por la terminal del aeropuerto camino de la puerta de embarque S67. No ha dormido nada, pero lo peor no es el cansancio físico que se ha apoderado de todas y cada una de las células que forman parte de su aparato locomotor, lo que más le incomoda es esa presión creciente que nota en las sienes. A pesar de ello, avanza mirando a izquierda y derecha, buscando parecidos razonables con la única imagen que se proyecta en su mente: la de la foto de autor que vio en la librería Letras de Ávila. Ese almibarado sonreír, ese mirar de seductor arruinado de la Costa Azul, esa pose de Bond provinciano. Si el genio de la lámpara se le apareciera en ese instante, le pediría tener la oportunidad de poder tirar esa puta cara al suelo a puñetazos. Pero lo que aparece es el tren automático subterráneo que conecta la T4 con la terminal 4S.

Atendiendo a la naturaleza zombi que lo gobierna, sigue a la masa humana que cruza las puertas de la lanzadera y busca un lugar donde ubicar su triste figura, que, al igual que hiciera el ingenioso hidalgo de Cervantes, persigue una causa perdida. Lo más extraño es que Sancho es consciente de que las posibilidades de que se encuentre a Vázquez de Aro en el aeropuerto son tantas como las que tenía don Quijote de derrotar imaginarios gigantes. Poco le importa ya al pelirrojo, metido como está hasta el cuello en sus propios delirios, paranoias que giran en torno a una obsesión bastante improbable de ver cumplida. Más o menos las mismas que tenía el Quijote de ver correspondido el idílico amor que profesaba hacia Dulcinea, cuestión que le lleva a pesar a Sancho en un posible paralelismo con la relación que ha mantenido con Sara: puede que no haya existido jamás.

Cuando un pitido estridente le hace regresar de su particular Toboso —situado este en plenos Pirineos oscenses—, Sancho se percata de que el vagón se ha vaciado casi por completo y que se tiene que bajar de inmediato.

—La madre que me parió —murmura.

El susto le hace apretar el paso al tiempo que sigue la rotulación del aeropuerto en dirección hacia su destino, que muy poco tiene que ver con el que está escrito en el billete que ha comprado a Casablanca —era el más barato— para poder acceder a la zona de embarque. Londres es su desesperada apuesta, confiándolo todo a que la información que le sacó al abogado sea buena. Pensar en Oriol Mateu le lleva a comprobar el móvil de este y, aunque solo le queda un nueve por ciento de batería, el hecho de que todavía siga operativo le hace elevar las cejas, sorprendido. Admite que, al haberse quedado en shock por su visita, pueda habérsele pasado llamar en el acto a la compañía para anular la tarjeta, pero como han transcurrido tantas horas desde que lo dejó en su casa, no encuentra ninguna razón lógica para que aún no lo haya hecho.

Minutos después llega arrastrando los pies a la puerta de embarque. Hay unas treinta personas esperando sentadas en el área habilitada junto a los inmensos ventanales, a través de los que certifica que el avión de British Airways ya está aguardando al final de la pasarela. Otras dos decenas lo hacen de pie, estáticas junto a su equipaje de mano o paseando en círculos para gestionar la tensión previa de quienes no les gusta volar. Sancho se rasca la barba para aliviar la suya, que está empezando a devorar las dosis de paciencia de las que había hecho acopio durante la larga espera nocturna. Intentando disimular al máximo su cometido, se pasea con los brazos recogidos a la espalda como si se tratara de un pasajero más, chequeando uno a uno los rostros de los presentes. Busca un varón de mediana edad, pelo rubio, ojos claros y probablemente solo. Absorto en el proceso de descarte se ve sorprendido cuando, de improviso y casi de forma simultánea, decenas de pasajeros se incorporan para unirse a una fila que ha aparecido casi como por arte de magia frente a dos sonrientes auxiliares de vuelo de la compañía.

El tiempo se agota.

Sus esperanzas también.

—Hay que joderse —se queja.

Su intelecto lo procesa como si acabaran de recoger las cartas del tapete, barajado y repartido de nuevo para disputar la última mano. Y sobre ese invisible e imaginario crupier Sancho vuelca todo su odio.

Odio los aeropuertos.

Me agotan. Son auténticos generadores de estrés, de angustia. En las expresiones de los que vienen y van tirando de una maleta se refleja el nerviosismo que genera la posibilidad, por muy remota que sea, de perder su vuelo. El único antídoto que funciona contra este mal es el tiempo. Por eso he llegado con más de una hora de antelación y, en cuanto han comunicado la puerta de embarque en los paneles, me he dirigido hacia aquí con suma parsimonia, he abierto *Astillas en la piel* y me he sentado a leer. Es la primera vez que compro un ejemplar de alguna de mis novelas, pero en esta ocasión está más que justificado. Tenía que verificar la eficacia de mi disfraz, y qué mejor lugar que una de esas librerías de aeropuerto donde tantas y tantas veces habrán tenido que convivir con mi careto como elemento de decoración impuesto por decreto editorial.

Toda una prueba de fuego.

Salir de la tienda con el ejemplar en la mano sin que la dependienta me haya reconocido ha sido… ¿cómo expresarlo? Parecido a esa sensación que te embarga cuando subes a un escenario a recoger un premio que no te importa una mierda pero que te encanta solo por el simple hecho de haberlo ganado tú y no otro. El «yo sí, tú no» que tanto nos gusta a los artistas y a cualquiera al que le lata de vez en cuando el corazón. Lo prodigioso es que he empezado a leerlo y me he quedado atrapado en sus páginas escuchando la voz de Suso como si fuera la de un perfecto desconocido. Ha sido entonces cuando he tomado conciencia de que no estoy preparado para despedirme del personaje con el que he convivido todos estos años y a quien debo el reconocimiento de haber sido la luz que ha permitido combatir la oscuridad que reinaba en mi interior. Sin Suso nunca hubiera podido recorrer los senderos de mi embetunada alma, los recovecos de mi memoria y, mucho menos aún, habría sido capaz de apuntalar mis vigas maestras. Sin embargo, en cuanto me suba a ese avión que aterrizará en mi nuevo futuro dejando atrás mi pasado, aunque siempre forme parte de mi nueva identidad, estaré castigando a Suso a vivir una eterna condena encerrado en esa prisión que son las páginas ya escritas. No puedo evitarlo ni enmendarlo de ninguna manera, es él o yo, y no me queda otra que acostumbrarme a su silencio.

Lo voy a extrañar, lo sé.

Un repentino y simultáneo movimiento colectivo me saca de mis pensamientos. La estampida de viajeros que se apresuran a tomar posiciones en la cola frente al mostrador de la puerta de embarque me recuerda a una manada de ñus cruzando el río Mara. Y yo, como miembro veterano que soy, aguardo a que caigan los primeros en las fauces de los cocodrilos que, hambrientos, los esperan bajo el agua con los colmillos afilados. Cuando los auxiliares de vuelo se hayan aburrido de masticar pasaportes, sacaré el mío, cuyas imperfecciones, de tenerlas, pasarán más desapercibidas. Al margen, el avión no va a despegar hasta que el ciudadano peruano Cabrera Nogal, Mateo, haya aposentado sus preferentes pelotas en el asiento 2A.

Es algo después, cuando por fin decido incorporarme, que lo veo e identifico de inmediato. Su morfología no pasa inadvertida, sus intenciones tampoco.

Mi cuerpo se paraliza. Le ordeno que actúe con normalidad, que se ponga en movimiento, pero, en plena insurrección, no me obedece. Apenas quedan un puñado de personas sentadas, lo cual me hace sentir más vulnerable y entonces sí, el pánico hace acto de presencia.

Hace acto de presencia con suma naturalidad. En la cocina huele a café recién hecho y a tostadas quemadas. Descalza, nota el frío del azulejo en las plantas de los pies, que la invita a abrazarse a sí misma antes de dar los buenos días.

—Buenos días, hija. No te pregunto si has dormido bien.

—Sí, muy bien —corrobora—. Hacía mucho tiempo, demasiado, que no me despertaba tan tarde.

José María consulta su reloj.

—Aún no son ni las diez.

—Ni los fines de semana me levanto a estas horas…

—Desayuna tranquila. Acabo de quemar unas tostadas, por si te apetece. El café creo que está bueno.

—Café es lo que necesito ahora.

—Escucha: hoy me he levantado con más fuerzas y estaba pensando en subir a Bergosa. No hace frío y diría que tampoco va a llover. ¿Te apetece?

Ella se conoce la ruta de memoria y, aunque no es la mejor ni la más bonita de las caminatas que podrían hacer esa mañana, sabe que le va a venir mejor la compañía que disfrutar del paisaje.

—Dame quince minutos.

—Lo que necesites.

Bajo el marco de la puerta, el guardia civil retirado se da media vuelta y la señala varias veces con el índice.

—Por cierto, antes me ha venido a la cabeza cuando te estabas preparando las pruebas físicas para entrar en la academia. Salías al alba y no regresabas hasta bien entrada la tarde. Te duchabas, comías lo que hubiera y te metías en la cama. Así, día tras día, semana tras semana.

Sara agarra la taza con ambas manos para calentárselas y compone una mueca que está más próxima a la indiferencia que a la nostalgia.

—Sí, ya sabes que cuando me da por algo, me da por algo. Me pasa con todo —se justifica Sara.

—La cabezonería, como cualquier otra cosa, tiene una parte buena y una mala. Depende del enfoque que se le quiera dar.

—Obcecarse con algo o con alguien casi nunca lleva a nada bueno. Lo único que consigues en el mejor de los casos es apropiarte de ese algo. O ese alguien.

Ese alguien a quien busca Ramiro Sancho es Vázquez de Aro. Tal evidencia provoca que recupere las riendas de mi voluntad y que casi de inmediato logre sofocar la revuelta que había anulado mi capacidad para tomar decisiones. Mientras me encamino hacia el final de la fila sin perder de vista a mi enemigo, los engranajes de la maquinaria deductiva que llevo dentro empiezan a funcionar fabricando otras certezas: El de la Interpol es el falso periodista francés que ha visitado por sorpresa a Oriol haciéndose pasar por sicario. Al vivir en Lyon no le habrá costado imitar el acento francés. Desconozco cómo ha llegado a mí, pero está claro que actúa a la desesperada, porque de otra forma no habría asaltado la casa de un posible testigo, tampoco estaría allí solo y, sobre todo, de tener una orden contra mí ya habrían interrumpido el embarque.

Solo tengo que comportarme con absoluta normalidad.

Mi disfraz es mi coraza.

Es en ese instante cuando me percato de que aún sostengo en mis manos el ejemplar de *Astillas en la piel*, lo cual podría captar su atención y desbaratarlo todo.

Y de nuevo el corazón me golpea dentro del pecho.

Dentro del pecho siente que, con cada persona que pasa por el control de pasaportes, se le escapa una oportunidad, aunque, siendo honesto, tras recorrer tres veces con la vista la fila de pasajeros, lo mejor sería que fuera admitiendo que su arriesgada apuesta por ese vuelo concreto no le ha salido bien. De todos ellos, el único que podría encajar en las características morfológicas que busca es al menos diez años más joven que Vázquez de Aro y va acompañado por una mujer que tiene toda la pinta de ser su madre.

Solo queda una docena por embarcar, y el agotamiento físico y mental, pero sobre todo la falta de estímulos positivos, hace que decida tomarse un descanso. Se sienta y, resistiéndose a la rendición, vuelve a frotarse los párpados con ambas manos como si así fuera a mejorar su agudeza visual. Fuera de plano aparece un hombre de avanzada edad que camina ayudándose de un bastón. Se detiene frente a él para mostrarle lo que sostiene en la mano izquierda.

—Disculpe, señor, ¿es suyo?

La portada la reconoce de inmediato. Unas Converse de color rojo cuyo reflejo invertido son unos zapatos negros de corte clásico.

—*Astillas en la piel* —lee de forma involuntaria.

—Sí, estaba en uno de los asientos de allí —le señala—. Y como es la única persona que queda, he supuesto que era suyo.

Sancho lo agarra y se incorpora como si se le hubiera accionado un resorte en la columna vertebral.

—Sí, sí. Muchísimas gracias —dice clavando la mirada en los que aún no han cruzado.

Su cerebro echa la cuenta: ocho son las personas, ocho las oportunidades.

Oportunidades de este calado no las dejo escapar jamás, aunque he de reconocer que cuando he visto que el viejo se fijaba en la novela, la cogía y se dirigía hacia donde acababa de sentarse el de la Interpol se me ha secado de nuevo el paladar.

Pero siempre he pensado que hay que arriesgarse para alcanzar la gloria. Espero no tener que arrepentirme.

Superado el instante en que me he percatado de lo que podía suponer llevar el libro encima, me ha parecido que podría utilizarlo para dejar a mi rival un último mensaje. Todo ello, por supuesto, sabiendo que en unas cuantas horas voy a estar en un país que ni tiene ni va a tener tratado de extradición con España.

No contaba, no obstante, con la intervención del viejo antes de pasar el último control, y de reojo veo que Sancho se ha levantado para chequear de hito en hito a los ocho últimos que quedamos.

Ahora seis.

Es entonces cuando se me ocurre algo un tanto a la desesperada.

Un tanto a la desesperada —y de forma tan grosera que incluso ha llamado la atención del personal de la línea aérea al solicitar la presencia de una patrulla de vigilancia aeroportuaria—, Sancho se planta junto al mostrador y taladra con la mirada a los últimos pasajeros que, más molestos que sorprendidos, rehúyen el encuentro con los irritados ojos cargados de furia del desconocido. Cuenta con unos cinco segundos por persona para encontrar alguna anomalía que justifique su intervención.

Es el turno de una pareja de jubilados que, al sentirse intimidados por la presencia de ese barbudo pelirrojo, se agarran el uno al otro mientras comprueban sus pasaportes. Farfullando, pero sin perderlo de vista, avanzan hacia la pasarela con paso acelerado.

—Disculpe, señor, ¿le podemos ayudar en algo?

Sancho se gira con brusquedad, alterado, y provoca que la mujer que le ha formulado la pregunta dé un paso atrás movida por un automatismo. Se fija entonces en que pertenece a Trablisa, empresa de seguridad privada, y que ha llegado acompañada por su binomio masculino, un tipo con el que podría rivalizar en frondosidad de barba, no así en corpulencia.

—No. Bueno, sí, verá… —se le ocurre—. Necesito encontrar al dueño de este libro.

—¿Y eso por qué?

—Es muy largo de contar, pero le aseguro que es muy importante.

La mujer eleva sus finas y bien perfiladas cejas antes de intercambiar muecas cargadas de interrogantes con su compañero, que, tras unos instantes de indecisión, resuelve intervenir.

—Escuche: no puede estar aquí. Esto es una zona reservada para realizar el embarque del vuelo en cuestión, ¿entiende?

Sancho entiende, por supuesto, pero no por ello deja de examinar a las dos últimas personas atendidas en la puerta de embarque: un hombre de color y mediana edad que luce una gorra del Chelsea y conversa de forma amistosa en inglés con el que lo acompaña, de unos cincuenta años, calvo y con una pronunciada curva abdominal.

Ninguno de los dos es el que busca.

—Señor, se lo pido por favor —insiste el de seguridad.

—Hay que joderse —musita al tiempo que se retira unos metros sin quitar la mirada de esa extraña pareja.

No sabría argumentar por qué, pero extraña en definitiva.

Algo que se mueve a la espalda del calvo gordo capta su atención. Al forzar la vista comprueba que el hombre lleva ambas manos recogidas a la espalda y que una de ellas está más contrahecha que contraída. Sin embargo, es en la otra donde se produce el movimiento de uno de sus dedos.

El anular, en concreto.

Las afiladas uñas de esa garra invisible que es su instinto se le clavan en el estómago.

—Su puta madre... ¡La puta madre que lo parió! —grita apretando los puños.

Acto seguido da un par de pasos en su dirección, pero se encuentra con un uniformado muro de músculo y hueso que le corta el paso primero y lo sujeta después. Forcejea, pero enseguida se percata de que le va a resultar imposible zafarse sin meterse en un lío del que no va a poder salir, por lo que hace lo único que puede hacer: gritar.

—¡Es Vázquez de Aro, cojones, es él!

Es él quien vocifera, lo sé. Empujado por la necesidad de corroborarlo me voy la vuelta y conecto con su iracunda mirada. Al comprobar y cerciorarme de que no le van a permitir el paso, sonrío, y por señas le hago unas indicaciones para que mire la primera página del libro. Luego le guiño un ojo y levanto la mano para despedirme. Lo siguiente que hago es feo, lo reconozco, pero no puedo privarme de ello.

En dos movimientos giro la muñeca y le vuelvo a mostrar el dedo anular bien firme, enhiesto.

—¡Ya te pillaré, hijo de puta! —me advierte a voces.

Y yo, hierático, me limito a mantener el gesto durante un par de segundos más.

—¡Ya te pillaré, hijo de puta! —se desgañita el pobre desgraciado mientras me alejo caminando por la pasarela de acceso al avión.

Sus desencajadas facciones, descompuestas por la frustración —lógica, por otra parte— que implica haberse visto vencido en la misma línea de meta es ya una de las instantáneas que guardaré para siempre en el archivo de mi memoria que, junto a otras muchas de mis últimas hazañas, conforman un álbum de fotos para el recuerdo.

Una vez dentro, con el pecho todavía henchido, me acomodo en mi asiento y le devuelvo a la auxiliar de vuelo el afectuoso saludo con el que me recibe. Pasados unos minutos empiezo a valorar lo caprichosa que puede resultar a veces la vida. El disfraz, postizos, rellenos y maquillaje estaba pensado como parte de la performance que requería la entrada en Reino Unido con mi nueva documentación, pero jamás pensé que me salvaría el culo para salir de España. No puedo evitar imaginarme en la piel de Ramiro Sancho en estos momentos, dando explicaciones en la comisaría del aeropuerto.

En mi cabeza se reproduce la escena:

—¡Que les digo que el señor ese que acaba de subir a un avión con destino Londres estaba disfrazado, pero es en realidad Álvaro Rodríguez López, el escritor Vázquez de Aro, autor de esta novela, ¿ven?! ¡Miren qué dedicatoria me ha escrito aquí el muy…!

Puedo escuchar las risas contenidas de los policías y el ridículo balbuceo del gran investigador, azote del mal, en su obsesivo intento de que se traguen su historia. De policía estrella a estrellado en un abrir y cerrar de ojos.

—Señor, tiene que abrocharse el cinturón, vamos a despegar —oigo.

—Sí, disculpe, estaba sumido en mis pensamientos. Aprovecho para pedirle, cuando se pueda, claro, que me traiga una botella de su mejor champán.

La mueca de la auxiliar de vuelo, condescendiente, no termina de gustarme, su dentadura equina tampoco, y menos aún el perfume de esencias cítricas y florales que habrá adquirido en algún Dutty Free. Pero hoy nada puede irritarme.

Cuando regresa la yegua después de alcanzar la altitud de crucero, un relámpago en forma de imagen me atraviesa de parte a parte: la botella de Hennessy Paradis olvidada en el dúplex de Oriol. Limpia de sangre y otros restos, sí, pero con mis huellas impresas en el cuello.

Gran error.

Cagada mayúscula.

Un acaloramiento repentino seguido de una oleada de frío me recorre la espalda para terminar congelando mi semblante.

—¿Se encuentra usted bien?

Tardo unos segundos en reaccionar.

—Sí. Déjelo ahí, yo me sirvo.

El disgusto todavía me dura un tiempo que no sabría cuantificar hasta que me percato de que ya da lo mismo lo que ocurra en España. Aunque sacaran las huellas de esa botella, no tendrían con qué contrastarlas dado que nunca he estado detenido; pero, poniéndonos en el remoto caso, primero tendrían que averiguar mi paradero, cosa que no va a ocurrir, y después tendrían que cambiar las leyes para sacarme del país. ¿De qué coño me preocupo si hoy es el día de mi santa muerte y diabólica resurrección?

Sí: hoy es el día.

Hoy es el día, que Sancho recuerde, más bochornoso de toda su vida. A esa conclusión ha llegado mientras circula por la M-40 apretando los dientes y con el ceño fruncido, tratando de esquivar las sonrojantes imágenes que no dejan de venirle a la cabeza.

Inmovilizado por dos guardias de seguridad del aeropuerto, anulado por completo, sin poder hacer nada más que contemplar cómo un bastardo asesino se transformaba en un jodido payaso de circo para mofarse de él, el de la Interpol ha tenido que tragar bilis y orgullo para salir indemne de una situación que bien podría haberle complicado la existencia.

Aún más.

Tras unos segundos de forcejeo y asumiendo que las cosas solo podían ir a peor, Sancho se calmó, se inventó una milonga de talla descomunal relacionada con una expareja que los de Trablisa le compraron por quitarse el problema de encima y se marchó de allí pidiéndoles disculpas por su inadecuado comportamiento. Le hervía la sangre, pero, antes de llegar al aparcamiento de la terminal donde había estacionado, ya había realizado un profundo análisis respecto a la probabilidad real de trincar a ese malnacido según aterrizara su vuelo y el resultado era concluyente: cero.

Descartada la posibilidad de que la Interpol emitiera una notificación roja sin una sentencia judicial a la que agarrarse, y sin ninguna prueba de peso más allá de la suma de evidencias que le han llevado a hacer el ridículo hace escasos minutos, tendría que llorar océanos de convicción para que Herranz-Alfageme consiguiera que el juez que instruye el caso se la jugara a cursar una euroorden de detención y entrega contra Álvaro Rodríguez López —en el caso de que haya comprado el billete bajo esa identidad, lo cual, deduce, es poco probable—, y mucho menos en el escaso plazo que tiene para lograrlo.

Por ello, desde que ha arrancado el motor y ha puesto rumbo a Valladolid, no ha dejado de soltar sapos y culebras por la boca, como si verbalizar el odio que siente hacia Vázquez de Aro le fuera a facilitar el licuado de la inquina que le circula por las venas a borbotones. Todavía no ha decidido qué va a contar en comisaría, ni siquiera si va a contar algo, todo o nada. Es consciente de que la información que ha conseguido de forma ilegal a través del abogado la invalidaría cualquier estudiante con primero de derecho ante cualquier tribunal, por lo que, objetivamente, no se le ocurre ninguna vía por la cual puedan hacerle pagar por sus crímenes. Pensar en Oriol Mateu le lleva a comprobar de nuevo que el móvil sigue operativo, circunstancia que le hace torcer el gesto antes de tirarlo al asiento del copiloto donde descansa el ejemplar de *Astillas en la piel* que le ha regalado su autor. Es en ese preciso instante cuando le asalta la imagen de Vázquez de Aro indicándole con mímica que le ha dedicado el ejemplar. Sin dejar de conducir, estira el brazo para cogerlo, lo abre por la primera página y lee: «Llegas tarde. Dale un abrazo de mi parte a nuestro querido amigo Oriol».

Y de nuevo la garra comprimiendo su estómago.

Volantazo y cambio de sentido.

—Sentido no tiene, lo sé, pero tampoco es necesario que lo tenga, papá.

Se refiere Sara al enfoque que le está dando a su vida respecto al modo que su padre tiene de entender la suya y que podría resumirse en dos palabras: confianza y constancia. Creer en lo que uno hace y hacerlo.

Sin más.

Ella, muy poco convencida de que esa receta de dos únicos ingredientes le vaya bien a su estilo de cocina, le ha tratado de explicar lo complicados que son sus fogones y que cada vez está más convencida de que la improvisación es el mejor camino para ahorrarse el sufrimiento que implica no estar a la altura de las expectativas.

A esto último es a lo que José María no le encuentra ningún sentido.

—Ah, pues entonces apaga y vámonos —ha concluido.

Sara inspira muy despacio, como si no quisiera sufrir una sobredosis de aire puro. Hasta Bergosa han llegado siguiendo el camino que asciende por una ladera de pendiente poco agresiva pero sí muy constante, rodeados de pinos y profusa vegetación arbustiva. Durante la caminata de una hora no han intercambiado muchas palabras, pero el guardia civil retirado no ha podido contenerse cuando ha recuperado el resuello y se ha visto paseando entre las abandonadas casas del pueblo.

—Siempre hay una forma correcta de hacer las cosas —es lo último que ha dicho.

—Puede, pero todo el mundo funciona de la misma manera —insiste Sara—. Y todas las formas de vivir son válidas.

—Bueno, todas, todas... Tampoco. Por ejemplo, los que ocupan casas que no les pertenecen y no pegan un palo al agua, pues no —rebate él—. Esas formas de vivir no son válidas.

Sara deja escapar una risa ligera que termina arrastrada por la primera ráfaga de viento que se encuentran de frente.

—No, esas no, pero no iban por ahí los tiros. Me refiero a que hay veces que el día a día te pasa por encima y no consigues levantar cabeza. Y casi mejor, porque cada vez que lo haces te llevas un bofetón, ya sea por un motivo u otro la hostia te la llevas, ¿entiendes?

José María se detiene y trata de descifrar las palabras de su hija buscando las claves en el interior de esos ojos carentes del brillo que solían desprender.

—Sí, hija, sí. Claro que te entiendo. Lo que no sé es cómo puedo ayudarte yo y...

—Papá —le corta posando la mano con suavidad en su hombro—, es que no puedes. Esta vez no. Yo me he metido en el laberinto en el que estoy dando vueltas y yo tengo que encontrar la salida.

José María tarda unos segundos en asimilar el golpe, pero como buen encajador que es, se repone, chasquea la lengua y asiente.

—A la orden —dice él—. ¿Te parece que vaya yo bajando y me paso por el súper? Tengo el frigorífico tiritando. Así puedes quedarte tú por aquí un rato más, que seguro que te apetece.

Sara acerca los labios al rostro de su padre. Curtida por el tiempo, sigue notando la piel áspera, dura, impenetrable y a la vez tan acogedora como cuando la acompañaba hasta la puerta del colegio.

—Te quiero, papá.

José María asiente, se da media vuelta y desanda a paso ligero el camino. No tiene prisa, pero no está preparado para que su hija lo vea llorar. Sara lo sigue con la mirada hasta que desaparece entre las ruinas de lo que un día fue un hogar para alguien y emprende la marcha hacia ningún lugar en concreto, sabedora de que, haga lo que haga, sus pasos la van a llevar hasta el mirador. Una vez allí, se deja empequeñecer por la inmensidad del valle que se extiende ante ella y, esta vez sí, se llena los pulmones con el aliento de la montaña, vivo, verdadero.

Nubes de trazado infantil tratan de dulcificar sin éxito la agresividad imperfecta de una instantánea que, lejos de provocarle hostilidad, le genera la misma pulsión que sintió aquel día que se asomó a la ventana de su casa.

Verticalidad.

Alivio.

Emociones que se hacen con el control de su voluntad.

El control de su voluntad aún lo mantiene, pero tan pronto como Sancho traspasa de nuevo la puerta de la vivienda del abogado, la garra, que no ha dejado de hostigarlo desde que la cruzó por primera vez, vuelve a aferrarse a su estómago y clava sus repulsivas uñas con saña.

Esta vez, a plena luz del día, y aunque ha tenido la suerte de no cruzarse con nadie en el edificio por transitar en la franja horaria de la comida, ha tomado más precauciones que hace unas horas. Ha llamado al telefonillo por si su instinto le estaba guiando por el camino equivocado, pero al no recibir respuesta, ha vuelto a tirar de ganzúas y listo. Enseguida ha percibido algo distinto y que, sin embargo, reconoce de inmediato, porque son muchas las veces que le ha abofeteado ese intenso dulzor metálico que conquista el ambiente cuando los fluidos corporales abandonan el cuerpo. Con cuidado de no intoxicar lo que para él ya es la escena de un crimen, Sancho asciende las escaleras anticipándose a lo que va a encontrar en la planta superior.

Un guiñapo.

Desde donde está detecta que la cabeza ha perdido su forma y consistencia originales, por lo que decide ahorrarse las comprobaciones vitales rutinarias. Tras un breve vistazo en busca de algo que le llame la atención, desciende las escaleras y se dirige al despacho. Allí, una botella de coñac y un portátil son los únicos objetos que despiertan su interés, el primero por anómalo, el segundo por útil. No se lo piensa demasiado a pesar de estar cometiendo una ilegalidad. Otra más. Antes de marcharse se plantea si llamar a emergencias, opción que descarta dado lo irreversible de la situación y las fatales consecuencias que podrían derivarse de ello. Por tanto, cual delincuente rastrero abandona el lugar con el portátil bajo el brazo sin saber si le podrá sacar algo de provecho.

Ya en el coche, con la mirada puesta en el oscuro río de asfalto que desemboca en Valladolid, Sancho baja la ventanilla y arroja el móvil de Oriol Mateu, que estalla al chocar contra el pavimento y convertirse en trocitos de tecnología puntera. Algunos kilómetros más tarde ordena a su cerebro elaborar un balance realista de las circunstancias actuales y, antes de llegar al resumen ejecutivo, se ve golpeando el salpicadero con la mano abierta, maldiciendo su suerte y su condenada existencia. La voz de la sensatez en tono coherente le dice que más vale asumir la derrota con humildad, y que, en ocasiones, no pasar página conlleva perder la posibilidad de empezar un nuevo capítulo. Pero no es esa la que con más fuerza resuena en ese instante en su cabeza. Es la voz de la vanidad, en tono soberbio, a la que presta oídos cuando le grita que si se da por vencido nunca va a desaparecer la vergüenza y va a tener que escuchar su bochornoso discurso hasta el final de sus días.

Al pelirrojo le encantaría poder compartir con alguien sus cuitas, pero ese alguien ya ha arrojado la toalla, sea por obligación o por devoción. Solo le queda, por tanto, una cosa que hacer antes de regresar a Lyon a lamerse las heridas.

Por suerte, es viernes.

LOS ENANOS:
LOS QUE CRECEN EN LOS CIRCOS DE LETRAS

Zerocafé (Valladolid)
15 de abril de 2022

De piedra.

Patidifuso, atónito o arrobado serían calificativos que podrían definir el estado en que se ha sumido Sancho cuando, nada más poner los pies en el Zero y tras saludar a Luis, este le ha dicho que alguien lo estaba esperando en la cabina de Paco DVT.

Alguien.

Si el local tuviera bandera, habría dos tipos encaramados en lo más alto con una copa en la mano. Movido más por la curiosidad que por la necesidad de despejar la incógnita, el pelirrojo ha avanzado esquivando los distintos grupúsculos —cuyos activistas comparten una sola ideología: la buena música— que se interponen en su itinerario. Al llegar a su destino, ese alguien tenía la mirada puesta en la pantalla y, al estar de espaldas, no la ha reconocido. No ha sido hasta que se ha girado y ha visto esos ojos azules casi grises que su sistema locomotor se ha vuelto todo loco y nada motor.

En efecto, es alguien, pero no es cualquiera. No, no lo es. De hecho, ese alguien está en la orilla contraria de la indeterminación.

Antes de sufrir ese proceso de petrificación, Sancho ha pasado por comisaría para devolver el coche, y cuando ha preguntado a Botello por Álvaro Peteira, este le ha dicho que Copito le ha metido en un marrón a primera hora de la tarde y que no creía que fuera a volver. Si bien no tenía del todo claro qué le iba a contar al gallego sobre lo sucedido en Madrid, le ha molestado, y mucho, no tener la oportunidad de hacerlo, y tras despedirse de sus excompañeros más allegados, ha pasado por el despacho del comisario para hacer lo propio.

—Quizá sea lo mejor. Y sin quizá también —ha sentenciado Herranz-Alfageme cuando le ha dicho que se volvía a Lyon de manera definitiva—. La gente de la UDEV ya está a los mandos y van a hacer borrón y cuenta nueva. Además, en Canillas creo que no son muy amigos de contar con recursos externos... tan externos como tú, Sancho.

Este, como buen recurso externo que es y así reconoce, se ha limitado a rascarse la barba.

—Se ha hecho lo que se ha podido —ha proseguido Copito—, pero las cosas no han salido bien. Nada bien. Mi figura como comisario ha quedado en entredicho y el subdelegado no va a hacer nada en absoluto por limpiar la imagen de la brigada, porque la imagen de la brigada se la refanfinfla por completo. Eso lo tengo yo clarinete. En la Comandancia de la Guardia Civil también se están repartiendo hostias, no te creas, pero a mí lo de mal de muchos, consuelo de pocos ya sabes que me la trae muy floja.

—De tontos —ha corregido Sancho.

—¿Qué tontos?

—Consuelo de tontos.

—De tontos de los cojones como nosotros.

Habría sido sin lugar a dudas un excelente corolario a la conversación, pero no ha terminado ahí. El comisario le ha preguntado si tenía noticias de Sara y él ha negado primero y suspirado después.

—No te voy a mentir, Sancho, pero fácil no se lo van a poner. De puertas adentro están buscando un candidato a quien cargarle el muerto. Los muertos —ha rectificado—, que la familia de la periodista la está preparando picuda también.

—Justo por eso ha decidido largarse y mantenerse alejada de todo este circo que han montado los medios. Porque ya sabes qué nos pasa a los guardias cuando nos montan un circo, ¿verdad?

Herranz-Alfageme, agotado mentalmente, se ha limitado a mantenerse a la expectativa.

—Que nos crecen los enanos.

Tras despedirse, el pelirrojo ha tratado sin éxito de liar a Botello y a Navarro para que se unieran a su plan nocturno y se ha marchado al hotel. Allí se ha dado un baño de agua caliente con el que, lejos de relajarse, lo único que ha conseguido es poner sus alocadas ideas en ebullición, por lo que ha salido a la calle con dos únicos propósitos: darse un homenaje gastronómico y dejar que en el Zerocafé se produzca ese efecto lenitivo que tanto necesita; que, para ablandar esa costra de inquina que le está obstruyendo el riego sanguíneo van a hacer falta unos cuantos Jameson con hielo.

El primero de los objetivos lo ha cumplido con creces en el Gastrobar Pasión, lugar al que no volvía desde que Álvaro Peteira lo llevó allí a comer la mejor chuleta de Valladolid. Para su sorpresa, Julia, la propietaria del local, le ha reconocido y tratado a las mil maravillas pese a que él la haya llamado Lucía en cuatro ocasiones. Chipirones plancha de primero y callos de segundo regados ambos con un Emina crianza.

Pim, pam, pum.

Trece han sido los minutos que han transcurrido desde que ha saldado la cuenta hasta que se ha producido esa parálisis en el Zero que aún no ha podido superar a pesar de que ella no ha dejado de sonreírle en ningún momento.

—¡Hay que joderse, Erika! —dice Sancho al fin antes de estrujarla entre sus brazos.

Entre sus brazos, su hija —la única que tiene— no se mueve. Sara se ha limitado a plantarse frente a él, ladear la cabeza y dejar que el instinto paternal hiciera el resto. José María sostiene ese cuerpo fibroso a punto de quebrarse como un roble necrosado. Lo hace con reciedumbre pero de forma delicada, suave, decidido a convertirse en sus vigorosas nuevas raíces si fuera necesario.

—No sé si voy a poder superar esto —susurra ella.

—Puede que tú no lo sepas, pero yo sí. Entre los dos lo haremos.

Con un beso en la mejilla sella el compromiso. La nota húmeda, con ese toque de salinidad que deja el rastro de las lágrimas mal disimuladas.

—¿Has cenado?

—No tengo hambre.

—Tienes que comer. Podemos bajar donde Carlos, que todavía estará abierto, o si quieres te caliento las patatas con costillas que me sobraron de ayer y que están para chuparse los dedos.

Sara se despega de su anfitrión, da unos pasos hacia la mesa del comedor y se sienta en la misma silla que elegía de pequeña.

—Vale —consiente.

Humea el plato cuando José María se lo sirve de la cazuela. Sumida en sus pensamientos, la percepción de Sara es que han transcurrido escasos segundos desde que su padre se metiera en la cocina, aunque en realidad ha tardado casi cinco minutos en encontrar la cazuela adecuada para poner al fuego. Sumerge la cuchara en la salsa y la remueve muy despacio, provocando que emerjan los aromas del laurel, la nuez moscada y la pimienta negra molida.

—Tiene muy buena pinta —valora motivada por su nariz.

—Chafa las patatas, verás qué buenas están. Son de la huerta de Remigio, ¿te acuerdas de él?

—Papá, necesito hacer un par de llamadas, ¿me dejas tu móvil?

—Cena primero, anda.

Sara no discute y cuando termina, teléfono en mano, marca uno de los pocos números que sabe de memoria: el del subinspector Álvaro Peteira.

—Coño, jefa, dichosos los oídos —le contesta—. ¿Está todo bien?

—Sí, bueno, yo qué sé. Da igual. Necesito que me hagas un favor.

—Me pillas tratando de dar de cenar a los gemelos.

—No me corre prisa.

Un suspiro derrotista se escucha tras unos infinitos segundos de silencio.

Tras unos infinitos segundos de silencio, Sancho eleva sus pobladas cejas y sacude la cabeza. Y como si ese gesto formara parte de un embrujo para salir de la fatamorgana en el que se ha visto atrapado, su cerebro vuelve a registrar la música que Paco DVT no ha dejado de inocular a sus acólitos a través de los altavoces del Zerocafé.

Suena «Torna a casa» de Måneskin.

—¿Cuánto tiempo? —pregunta.

—Mucho. Demasiado —precisa ella, imprecisa.

—Pero... ¿por qué no me has avisado?

Erika se muerde el labio inferior para teatralizar un cabreo que en realidad no siente.

—Te habré llamado setenta veces —exagera.

Sancho abre mucho la boca y la señala con el índice.

—¿Eras tú?

—Era yo. Llevo tratando de localizarte un tiempito, majete. Te resumo: estaba en Zúrich por un asunto y decidí acercarme a Lyon para ver a un viejo amigo de mi padre.

—De tu padre… y tuyo, espero.

Erika se ríe.

—No me refiero a ti, me refiero al jefe de tu jefe.

El pelirrojo tuerce el gesto.

—A Otto Bauer —desvela.

—¡¿Ahora me vas a decir que conoces a herr Bauer?!

—Desde antes incluso de conocerte a ti. Mi padre y él coincidieron en el Berlín de los ochenta, él en la Kripo, y mi padre en la Stasi. Y algún jaleo compartieron, pero esas historias las conocerás cuando las adapten al cine.

—Estoy alucinando, de verdad. ¿Y se puede saber qué te traes entre manos con él?

Ella le sonríe.

—Vale, vale, perdona. Voy a pedirme algo.

—Yo tengo —dice levantando su copa.

Cual iceberg a la deriva, un hielo flota solitario en el mar de whisky irlandés que sostiene Sancho en su mano.

—Todavía sigo flipando.

—Vale, déjame que termine de contarte cómo he llegado hasta aquí. En Lyon, Otto me contó que andabas en Valladolid tragando mierda a paladas, por lo que decidí venir a verte. Intenté avisarte, pero no conseguía contactar contigo. Al principio me daba tono, pero hace un par de días que no.

—Al no tener el número registrado pensé que se trataría de alguna compañía de telecomunicaciones para darme el coñazo, o qué sé yo. Luego resulta que mi móvil ha muerto y no he tenido tiempo material para hacerme con otro.

—El caso es que he llegado sobre las ocho y he ido directa a comisaría. Alguien de homicidios, bajito y con barba...

—Botello.

—Ese. Me ha dicho que habías pasado a despedirte pero que andabas buscando pareja de baile para ir al Zero, así que me lo ha puesto fácil.

Sancho gana distancia para acodarse en la barra y realizar un diagnóstico visual de su amiga.

—Joder, Erika, te noto cambiada y no es solo por el color de pelo. Lo último que supe de ti es que te habías recluido con tu perro a orillas del lago Baikal.

—Sí, ahora Karatu y yo vivimos en Moscú. He conocido a alguien, Mijaíl, con el que he forjado vínculos más allá de lo sentimental.

—Vaya, suena a telenovela.

—No van por ahí los tiros, querido. Nos une más esto —se señala la cabeza— que lo otro.

—Peor me lo pones. Sospecho que habrás tenido algo que ver en el jaleo que tenéis montado en Ucrania.

Erika le da un trago a su copa y sonríe con complicidad.

—Estamos desarrollando un proyecto tecnológico que... Espera, espera —rectifica—, que yo no he venido aquí a hablar. He venido a escuchar. Venga, empieza a contarme en qué demonios andas metido y por qué aparentas más edad de los cincuenta que tienes.

—¡Qué desgraciada!

—¿Pensabas que me había olvidado de que ya has alcanzado la senectud? —bromea extendiendo el brazo para ofrecerle un brindis.

El sonido de los vidrios al encontrarse es devorado por el metal industrial de Rammstein.

Sancho se frota la cara con ambas manos y se rasca la barba.

—No sé ni por dónde empezar.

Por dónde empezar no es el problema.

El problema, y no es uno cualquiera, consiste en marcar esos números que le ha proporcionado Peteira. De hecho, lleva un buen rato pensándolo mientras recorre una y otra vez los tres metros y medio que hay de pared a pared en su habitación. Lo que ocurre es que cada minuto que pasa termina convirtiéndose en sesenta razones para valorar de nuevo los pros y contras derivados de realizar o no esa llamada. En la balanza pesa mucho más lo negativo, pero ella sabe que, cuando apremia la necesidad, no por mucho procrastinar se decide lo contrario.

Nueve dígitos y el botón del icono verde conforman la frontera digital que acaba de cruzar. Al tercer tono escucha su voz.

—¿Diga?

Y sus cuerdas vocales, inoportunas, cobardes, se acogen a sagrado en ese templo que es la tráquea.

—¿Sí?

El carraspeo nervioso, casi un esgarrar, se prorroga hasta rozar lo irrespetuoso.

—Buenas noches, Verónica, soy Sara Robles.

En realidad son tres los segundos que tarda la sargento Quiñones en reaccionar, pero a Sara le parecen una eternidad.

—Vaya, menuda sorpresa.

No apreciar irascibilidad en su tono la anima a seguir produciendo palabras.

—Solo te voy a robar un par de minutos, pero... necesitaba, necesito hablar contigo —se explica.

—Y yo.

Sara se retira el teléfono de la cara, sorprendida.

—¿Sí?

—Sí, de hecho, pasé ayer por comisaría, pero me informaron de que te habías tomado unos días de descanso.

—Descanso forzoso —aclara.

—Eso fue lo primero que pensé. A mí también me han apartado.

—¿Y te puedo preguntar para qué querías hablar conmigo?

—Supongo que para lo mismo que tú me has llamado.

—Sí, supongo que sí.

Al otro lado se escucha un conato de risa que, tras unos instantes y siguiendo su curso natural, se convierte en una carcajada en toda regla. No se produce, no obstante, el contagio en Sara, pero lo agradece de igual modo.

—Menuda conversación de besugos —retoma la de la Guardia Civil—. Mira, como sé que no es fácil para ninguna de las dos, seré yo la primera en decirlo: siento muchísimo haberme comportado del modo en que lo hice en los baños. No debí hablarte así, pero... joder. Estaba muy dolida y...

—Lo echo mucho de menos —suelta Sara.

Silencio.

—Y yo.

—Sé que es una estupidez —retoma con la voz quebradiza—, pero me encantaría poder volver atrás en el tiempo y hacer algo por evitar que ese hijo de puta... Maldita sea.

—Maldito sea —precisa la sargento con causticidad—. Maldito sea un millón de veces. Sea quien sea.

—Ese es el problema, que ni siquiera sabemos quién se ha llevado por delante a Bittor.

—Lo sabremos. Antes o después lo sabremos, Sara. Ese animal necesita seguir alimentándose y algún día se va a equivocar. Lo sé. Algún día va a meter la pata y ahí estaré yo para hacerle pagar por haber causado tanto dolor.

—Ojalá fuera así de fácil.

—¿Tú no lo crees?

—Quiero creerlo, pero no nos ha dado ningún motivo para confiar en que vaya a cagarla y esta sensación de impotencia es lo que me está envenenando poco a poco. Y la culpabilidad. Sea o no real, está ahí. Trato de no comerme la cabeza pensando en si tenías o no razón al decirme que Bittor no habría actuado de esa forma si yo no lo hubiera desquiciado con ese maldito vídeo, pero me resulta del todo imposible y...

—¡No, no, no...! —la interrumpe, enérgica—. Es decir, sí lo dije, pero estaba equivocada. Bittor actuó por su cuenta y riesgo movido por las ganas de atrapar a ese cabrón. Pero él se anticipó a nuestros movimientos. Nos estaba esperando. Fue más listo que nosotros. Punto. Y no hay más.

—Sí lo hay. Te lo puedo asegurar —añade bajando la voz varias octavas, lánguida—. Estén o no justificadas, la impotencia y la culpabilidad siguen ahí y me acompañarán allá donde vaya, esté donde esté, aquí en Jaca o allí en Valladolid.

—Entonces, Sara, no te queda otra que aprender a convivir con ello o luchar contra ello. Quedarte en el suelo o levantarte. Yo no pienso rendirme, puedes estar segura de ello —recalca—, a pesar de que en la UCO se diga que en la Comandancia de Valladolid no resolveríamos ni una sopa de letras y que el comandante Viciosa me haya puesto detrás de un rascacielos de papeles.

—Hay veces que levantarse solo sirve para que te vuelvan a tumbar. Y si eso sucede, te aseguro que yo no termino el combate ni me vuelvo a subir a este cuadrilátero apestoso que es la vida.

Es la vida un camino conformado por una sucesión de acontecimientos que suelen estar enlazados entre sí a veces de forma caprichosa, disparatada otras o incluso de manera inverosímil, pero, sea como sea, casi nunca se desarrollan del modo que a uno le conviene.

Así piensa Erika Lopategui basándose en su caótico histórico vital, y resulta evidente que, en esta ocasión, el hecho que la ha llevado al Zerocafé pertenece a la segunda clase, porque en absoluto tiene que ver con las leyes de la lógica ni mucho menos con la razón. Ha sido su intuición, como casi siempre, la que le hizo sospechar que su viejo amigo el pelirrojo podría estar en apuros.

Y no se ha equivocado.

Porque después de escuchar el relato completo sin interrupciones, si de algo está segura Erika es de que Sancho ha perdido la cabeza.

—Regresaste al domicilio del abogado —repite sin ocultar su perplejidad.

—Tenía que comprobarlo.

—Vale, vale... un segundo, por favor. Déjame hacer un resumen para que me sitúe con exactitud. Tus excompañeros de Valladolid encuentran un par de cadáveres en un pinar que, al identificarlos, uno de ellos resulta ser el sospechoso de varios homicidios anteriores que estaba en búsqueda y captura. Al trascender en los medios, el responsable de aquello sale de su estado latente y se carga a un par de prostitutas que relacionáis con él porque les desfigura la cara siguiendo un patrón. En algún momento contacta con una periodista a la que termina extorsionando y utilizando para tender una trampa a los guardias civiles que también investigan el caso. ¿Hasta ahí voy bien?

Sancho bebe, asiente y vuelve a beber.

—Como resultado de esa fallida operación, el tipo mata a la periodista y al guardia civil que está al frente del caso y que, además, estaba liado con Sara, a quien, si no recuerdo mal, me presentaste en la terraza del Milagros... ¿en el año 2013?

—No sé. Recuerdo que acababa de regresar de Argentina, pero no soy nada bueno con las fechas.

—Yo sí. Cosas de la bipolaridad. ¿Y desde entonces lleváis jugando a...? En fin, continúo, que me pierdo.

—Mejor.

—A Sara la apartan del caso, pero de repente tienes una revelación y te das cuenta de que el tipo al que estáis buscando es un escritor de éxito que...

—Ni revelación ni leches benditas —la corta—. Atando cabos llegamos a esa posibilidad. Está relacionado con dos de sus víctimas y es el hijo de la gran puta que nos grabó aquí mismo a Sara y a mí para putear al teniente Balenziaga y dinamitar la investigación.

—Vale, como tú digas, Sancho, no te rebotes. Es que esa parte no la he entendido muy bien. De cualquier manera, a partir de aquí actúas por tu cuenta y riesgo y a través de su agente llegas a su abogado. Como no consigues la información que necesitas te haces pasar por un periodista francés, luego por un sicario y tratas de pillarlo en el aeropuerto. El tipo, que va disfrazado, te reconoce y te vacila regalándote una de sus novelas dedicada, a través de la cual deduces que se ha deshecho de su abogado. Es entonces cuando te plantas en su casa, compruebas que tenías razón y te llevas su portátil por si acaso encuentras algo que te lleve hasta él. Y ya.

—Y ya —repite.

—Bravo —califica ella al cabo.

—Desastre tras desastre. Cagada tras cagada —define el pelirrojo.

—No, no... bravo de verdad. Lo que me extraña es que tú te hayas comportado de ese modo. ¿En la Interpol actuáis así?

—En la Interpol no, en las TOC, un poco sí. A veces nos sale bien, pero otras... Un circo —compara el pelirrojo—. Hace días que no encuentro mejor imagen con la que comparar la que tenemos montada que la de un gigantesco circo gobernado por la improvisación y donde cada espectáculo empeora el anterior hasta que al final las fieras se zampan al público.

A Erika parece hacerle gracia la comparación.

—Te va a encantar una de las muchas frases de mi padre que tengo grabadas en la memoria: «Si te rodeas de payasos y enanos mentales, que no te extrañe que tu vida se convierta en un circo».

Con aire valorativo Sancho se tira de los pelos del bigote.

—¿Quieres decir que me he rodeado de la gente equivocada?

—No. Para nada. Pero quizá no te has sabido rodear de la gente adecuada. De todos modos, esa no es la cuestión.

—¿No?

—No. La pregunta que debes resolver ahora es: en ese circo que tú —enfatiza— has montado y diriges... ¿qué papel vas a hacer?

—Vas a hacer que me sienta realmente mal, Sara. Sé que no debí señalarte con el dedo y que no tenía ningún derecho a prohibirte ir al funeral de Bittor, además, de la forma en que lo hice. Pero yo tampoco estaba en mis cabales, ni estoy del todo recuperada como para hacerme responsable de otra calamidad más. No sé si me explico.

Arrastran tensión las palabras de la sargento Quiñones. El silencio que se produce a continuación, en absoluto poliédrico sino más bien uniforme, sencillo de interpretar, no es lo que ella espera como respuesta.

—Mira, Sara, me viene ahora a la cabeza una conversación que mantuvimos Bittor y yo hace tiempo. Cuando estábamos muy saturados nos íbamos de cañas, pero no solíamos tocar asuntos personales, sino que nos dedicábamos a poner a parir a unos y a otros, ya sabes. Un día, no sé por qué, empezamos a hablar de la felicidad y él, a quien con tres cervezas se le engrasaba la lengua, me confesó que su matrimonio no iba nada bien. Que cada vez que llegaba a casa notaba que le faltaba el aire y que cuando tuvieron a los gemelos, lejos de mejorar, la situación empeoró.

—Ya...

Escuchar el monosílabo, como el alcohol para Bittor, favorece la producción en la fábrica de palabras de la sargento.

—Me confesó que lo que más le fastidiaba era que ninguno de los dos parecía dispuesto a resolver los problemas de convivencia y que ambos dejaron que la relación se fuera por el retrete para tirar de la cadena cuanto antes. Luego, aunque se esforzaba por disimularlo, a Bittor se le notaba mucho que estaba mal, que se estaba marchitando poco a poco hasta que un día, de repente, todo cambió. Apareciste tú.

—Verónica, yo no sé...

—Por favor, déjame terminar. No me siento demasiado bien contándote las intimidades de Bittor, pero creo que él sabría perdonarme.

—Continúa, por favor.

—Era como si hubiera recuperado la energía. Parecía otra persona. Coño, si hasta bromeaba y se atrevía a contar chistes, muy malos, por cierto. Cuando, pasado un tiempo, averigüé el porqué, te prometo que me devoraban los celos. ¡Los celos! ¡Pero si a mí no me gustan los tíos!

La carcajada rebozada en amargura y salpimentada en tristeza que se cocina en Valladolid viaja a través de las ondas para servirse todavía caliente en Jaca.

—Joder —valora la comensal al probarla.

—Sí, sí… joder. Tardé un tiempo en atreverme a sacar el tema, y cuando lo hice, disfrazando mi desaprobación en el riesgo que suponía para él estar liado con una inspectora de policía, ¿sabes lo que me dijo?

—No.

—Que la felicidad no sabe de uniformes.

Uniformes como el que lleva Amanda, la azafata encargada de atender la clase preferente, deberían de estar prohibidos por lo perjudiciales que son para la vista. Es del todo horripilante y lo luce, sin embargo, con desparpajo, compensando la anquilosada sobriedad del diseño con el desabotonado de la blusa, disimulando, eso sí, su generoso escote con un pañuelo corporativo de la compañía. De facciones aniñadas, destacan unos labios carnosos a los que no les hace falta tanto carmín para resultar apetecibles. No paro de imaginármela trabajándome la polla en el baño —de rodillas, claro está—, mientras yo marco el ritmo agarrándola por la nuca. Llegado el momento de correrme y dado que yo mando en mi ensoñación, me he imaginado pintando su espalda a borbotones blancos que contrastan con el azul marino de la chaqueta a la vez que le obstruyo la tráquea ayudándome de mi antebrazo. La erección atrapada en el interior de mis calzoncillos está empezando a resultarme molesta.

Hace poco, caprichos del subconsciente, en mis ensoñaciones no aparecía Amanda sino ese obstinado barbudo de la Interpol empeñado en seguirme los pasos. Justo antes de tomar tierra en Heathrow me lo imaginaba señalándome con el dedo nada más bajar del avión aun sabiendo que no existía la más mínima posibilidad de que consiguiera una orden de detención internacional con tan poco margen de tiempo. Mucho menos con las pruebas que podría aportar más allá de sus alocadas deducciones, absurdas y comprometedoras a los ojos de cualquiera. Dicho esto, el hecho de que ese cabrón hubiera llegado hasta la misma puerta de embarque de Barajas no dejaba de ser motivo suficiente como para generarme cierto desasosiego. Intranquilidad con la que me he subido al siguiente avión.

Y no existe mejor forma de liberar esa tensión que con un buen orgasmo autoinducido.

Sin pensármelo dos veces, me dirijo al baño no sin antes lanzar una última mirada a Amanda que viaja de su boca al escote para descender de manera vertiginosa hasta sus caderas, algo más anchas de lo que me gustaría, defecto que pienso corregir en cuanto entre en contacto con mi polla como cirujano estético que soy en mi quirófano mental. Nada más entrar en el baño, me desabrocho el cinturón y dejo que la gravedad haga caer los pantalones hasta los tobillos. La prótesis abdominal del disfraz me obliga a salvar su curvatura agarrándome de manera distinta, lo cual, aunque incómodo, no resulta ni mucho menos un impedimento para estimularme. La escena que tantas veces he reproducido en mi cabeza se repite con la eficacia que presuponía y, poniéndome de puntillas para salvar el lavabo, eyaculo contra el espejo en menos de dos minutos, ahogando, qué remedio, los gruñidos con los que acompañaría cada espasmo. Me resulta curioso no reconocer mi reflejo. Es como si hubiera visto masturbarse a otra persona. Limpio los abundantes chorretones que descienden con extrema lentitud como lava nívea por la lisa superficie del espejo y me adecento para regresar con el resto del pasaje. Al salir dedico una sonrisa de agradecimiento a mi musa que, amable por obligación, me devuelve con protocolaria vehemencia.

Más tranquilo, compruebo que todavía quedan unas ocho horas de vuelo. Voy a llegar a Bridgetown con el depósito de energía agotado, lo cual me vendrá bien para conciliar el sueño enseguida y recuperarme para hacer las gestiones que Oriol me ha programado para el día siguiente. Odio hacer trámites administrativos, pero es lo que toca para establecerme con buen pie en el que será mi nuevo hogar en la isla de San Cristóbal y Nieves.

Mi nuevo coto de caza.

Aliviado, reforzado en mis convicciones, me arrellano en mi asiento e intercambio muecas con la bonita niña de rasgos caribeños que, encaramada en el regazo de su madre, parece querer comunicarse conmigo. Le calculo entre seis y ocho años. Un corderito que no tardando mucho se convertirá en una preciosa Lolita más.

Una menos.

—Una menos cuarto —responde Sancho.

—Pues tú dirás: ¿levantamos el campamento o tomamos la última?

Él levanta la mano para llamar la atención de Luis y cuando lo consigue dibuja un círculo en el aire con el índice.

—La penúltima.

—Negativo. Yo mañana tengo un vuelo a las once de la mañana.

—¿Dónde vas, si puede saberse?

—A Varsovia. Puede saberse dónde, pero no para qué —contesta Erika de forma maliciosa.

—¡Fía, fía, pero solo en Dios y Santa María! Manda cojones. Yo te he contado mis miserias al por mayor y tú sigues sin decirme en qué andas metida.

—Me has contado tus miserias, sí, pero todavía no me has dicho qué demonios piensas hacer en el punto en el que estás ahora.

Sancho se frota la barba.

—Pero ¿qué coño puedo hacer, Erika? No tengo nada sólido, nada, para poner en marcha contra ese malnacido. Solo tengo el portátil del abogado que, en el hipotético caso de sacar alguna información que me llevara a perseguir la búsqueda, tampoco podría utilizar por la vía legal porque lo he obtenido como ya te he contado. Pero es que resulta que ni siquiera soy capaz de entrar porque tiene una clave que desconozco, y si se lo entrego a un técnico de la Interpol, me van a hacer preguntas que no puedo responder. Al margen, Sara sigue en su exilio voluntario por no se sabe cuánto tiempo. ¡A ver, bonita, dime qué coño puedo hacer!

La boca de Erika tiende hacia la curvatura cóncava de forma progresiva.

—¿Qué es lo que te hace gracia? —quiere saber él.

—Los puntos de convergencia. Siempre los hay, pero hay que saber dónde rascar.

Sancho eleva las cejas y alarga el brazo para coger su Jameson con hielo. Erika hace lo propio con su copa e introduce el dedo para remover los hielos.

—Explícame eso de los puntos de convergencia, por favor —le ruega, derrotado.

Ella le acaricia la mejilla.

—A Varsovia voy a ver a alguien. Se le conoce como Ajax, y mi propósito es convencerle de que forme parte del proyecto en el que estoy metida hasta el cuello y del que, algún día, cuando esté más avanzado, te contaré. O no, quién sabe. El caso es que Ajax es un tipo cuyas virtudes se concentran en la magia que hace sobre cualquier aparato que pueda conectarse a internet. Y ese portátil que tú tienes cumple con ese requisito.

—¿Es un hacker o algo así?

—Es «el» —recalca— hacker. No hay uno mejor sobre la faz de la tierra, por eso lo necesitamos. Te aseguro que sea cual sea la clave de acceso que haya puesto el abogado la descodifica en menos de dos minutos. Ahora bien, lo que hagas con la información que obtengas sigue siendo cosa tuya.

El pelirrojo le da un trago largo al whisky irlandés y lo retiene un segundo en el paladar antes de tragarlo.

—Y te digo más: si encuentras algo que merezca la pena, puede servirte de excusa perfecta para ir a rescatar a tu amada del torreón en el que ha decidido aislarse del mundo.

La expresión de Sancho, avinagrada, la obliga a hacer una puntualización.

—No me malinterpretes. No es una crítica hacia ella. Te recuerdo que yo he hecho lo mismo no hace mucho, pero en vez de en lo alto de una montaña, a orillas de un lago en la mitad de Siberia y con la única compañía de mi perro. Cuando no sabes dónde ir te aseguro que lo mejor es no moverse.

En la pantalla, Dave Gahan, cantante de Depeche Mode, se contornea sobre un escenario luciendo un chaleco negro y amarillo.

—A ver, para que yo me entere, que ando un tanto perjudicado: ¿me estás diciendo que te dé el portátil para que tu colega Ajax lo abra de par en par y pueda ver si todavía hay algo que hacer?

—No te has enterado, no. Se lo vas a llevar tú en persona.

Al levantar la vista, es Martin Gore quien se gana la atención de la cámara haciendo la segunda voz de «Walking in my shoes». Sancho traduce mentalmente: «Ahora no estoy buscando la absolución, el perdón por lo que hago, pero antes de que llegues a cualquier conclusión, intenta ponerte en mi lugar. Intenta ponerte en mi lugar».

En la cabeza de Sancho, Dave cantando para él. Sin dejar de escuchar la canción busca tomar la decisión, correcta o no, en el licor que sostiene entre sus manos.

Entre sus manos, aún temblorosas, Sara sostiene el móvil de su padre y lo mira como si se tratara de alguna clase de explosivo peligroso.

Suelta el aire que ha retenido en sus pulmones al terminar la llamada con Verónica Quiñones y se incorpora para mirar a través de la ventana. La escasez de nubes permite lucirse a la luna en una de esas noches en las que se erige como auténtica protagonista del firmamento. Sara, por el contrario, se identifica mucho más con la discreción de la luna nueva. Porque estar está, pero nadie se percata de su presencia.

Todavía se nota emocionalmente afectada por la larga conversación que ha mantenido con la sargento y, aunque tiene la sensación de que ha sido más positiva que negativa, no se siente bien del todo. De hecho se siente más mal que bien, pero tiene que ver con las partes de su conciencia que se han removido durante la charla, los recuerdos que han aflorado y las imágenes que ha revivido. Una de las últimas frases que le ha dicho la de la Guardia Civil aún resuena en su cabeza: «No necesitas a nadie para salir a flote, pero sí tienes que acertar al decidir dónde y cómo lo haces. En Valladolid, Jaca o Honolulu, como inspectora de Homicidios del Cuerpo Nacional de Policía, o como Sara Robles».

Lo segundo puede que no lo tenga que decidir ella dependiendo de cómo se resuelva el expediente disciplinario en curso cuyo fin es esclarecer los hechos que desembocaron en las muertes de Bittor Balenziaga y Ruth Domínguez. Lo cierto es que en este instante se ve más haciendo cumbre en el Aneto que sentada en su mesa, organizando el trabajo y liderando al Grupo.

Tres golpes en su puerta la hacen aterrizar de nuevo en su habitación.

—Hija, ¿estás bien?

Ella se frota la cara como si de ese modo pudiera eliminar la pesadumbre de su semblante.

—Pasa.

—¿Todo en orden? —dice su padre sin atreverse a cruzar la puerta.

—Sí, todo bien.

Sabe que no se va a atrever a preguntárselo, pero es obvio que se muere de ganas de saberlo.

—Hablaba con una amiga, papá. Con una amiga con la que necesitaba hablar.

—Vale, vale, si yo no te digo nada.

Ella le devuelve el móvil.

—Gracias.

—Cuando quieras. Bueno, me voy a acostar. ¿Mañana tienes algún plan? —quiere saber José María.

—Todavía no. Igual improviso alguna ruta, ya veré.

—Eso está bien. Buenas noches, hija, que descanses.

—Tú también.

Al marcharse su padre, ella permanece durante unos segundos mirando al exterior con la mente en blanco, como la luz que se refleja en la cara visible de la luna. Es cuando empieza a desvestirse para meterse en la cama y se incorpora tras quitarse los pantalones que lo siente por primera vez.

Un ligero vahído.

Recupera el equilibrio de inmediato, pero, extrañada, frunce el ceño.

Sara tardará aún varios días en darse cuenta de que no ha sido un simple mareo y que en ocasiones los enanos crecen incluso fuera del circo.

EL TRAGASABLES: CAPAZ DE ENGULLIR FRASES AFILADAS SIN PROVOCARSE DAÑOS

Distrito de Bialoleka (Varsovia)
16 de abril de 2022

Con la mirada puesta en el paisaje urbano, Sancho se pregunta qué demonios hace metido en ese taxi, en esa ciudad, ese país, cuando a esas horas debería de haberse personado en su puesto de trabajo en Lyon.

A su lado, y hablando por teléfono en un idioma que desconoce, Erika Lopategui discute con alguien sin perder la sonrisa.

Esa sonrisa.

Antes de subirse al avión equivocado con un portátil robado bajo el brazo como único equipaje, el de la Interpol ha utilizado ese mismo teléfono para contactar con Azubuike Makila y argumentarle en menos de dos minutos que se iba a tomar un tiempo antes de incorporarse a su puesto. Dos son las cosas que le han sorprendido: la primera, que su superior no le haya puesto ningún impedimento, lo cual podría tener una lectura positiva —se ha ganado el derecho a pedir un descanso—, o todo lo contrario —es del todo prescindible—, incógnita que no se ha parado siquiera a intentar despejar. La segunda es que no le ha hecho ni una sola pregunta, circunstancia harto anómala en la manera de operar de Makila, por norma fundamentada en la mera objeción.

—Bueno, pues ya está todo arreglado —oye decir a Erika.

Sancho se limita a contestar con su mirada.

—Hablaba con Ajax. Digamos que…

—¿En polaco? —la interrumpe.

—Si dominas el ruso, resulta más sencillo aprender otros idiomas. La mayor diferencia con el polaco está en la entonación, es como si las dos últimas sílabas estuvieran acentuadas. Bueno, a lo que iba: no le ha gustado una mierda que le haya dicho que venía acompañada por un amigo. Verás, Ajax es un tanto especial…

—Como todos los tarados que se pasan la vida delante de una pantalla, viviendo con más intensidad en el universo virtual que en el mundo real.

—Para ellos lo real es lo que sucede en el mundo virtual.

—Insisto: tarados.

Erika chasquea la lengua.

—Quizá no sea el momento para hablarte de ello, pero ese que tú llamas mundo real está a punto de ser devorado por los avances de la ciencia. Todo va a suceder tan deprisa que ni siquiera nos vamos a dar cuenta de que nosotros, los seres humanos, nos hemos convertido en el alimento de la tecnología. Y como algunos somos muy conscientes de que se trata de un proceso que no se puede detener, estamos decididos a luchar por controlarlo.

—O sea, que ese es el lío en el que andas metida ahora.

—Esa solo es la punta del iceberg. Lo realmente peligroso es lo que no vemos aunque sepamos que está ahí.

—Siempre tan transparente. Sin aristas, como tu padre. Entonces al tal Ajax no le gustan las sorpresas, ¿eh?

—No. De hecho ha estado a punto de no atendernos, pero nosotros le necesitamos a él menos de lo que nos necesita él a nosotros. Por lo que no le queda otra que tragar. Mira, es ese edificio de allí.

Al llegar, el taxi se detiene. Erika paga y ambos descienden al unísono.

—Por aquí lo conocen como «La vagina milagrosa».

—Bonito nombre.

—En la Segunda Guerra Mundial, Hitler ordenó arrasar Varsovia y como los alemanes son así de eficientes destruyeron casi el noventa por ciento de la ciudad. Este fue uno de los pocos edificios que quedaron en pie, porque, según dicen, desde el aire parece una vagina y los pilotos de la Luftwaffe decidieron salvarlo. Ajax heredó el bajo y... bueno, ahora verás lo que tiene aquí montado.

Un zumbido es la señal acústica que los invita a empujar la puerta metálica de la vivienda. En cuanto la cruzan, el pelirrojo arruga la nariz al percibir el intento de enmascarar la falta de ventilación con otros aromas de rango floral recién salidos de un espray.

—En breve te acostumbras —comenta Erika—. Es abajo.

Unas escaleras descienden hasta el sótano donde aguarda un tipo de edad incierta, cuerpo de pera, y que cubre su cabeza con un gorro de lana de franjas verdes y rojas. En su concepción claustrofóbica la atmósfera gana en frialdad cuando el anfitrión acciona un interruptor y se iluminan varios focos de los que emana una siniestra tonalidad violácea. El resto de los puntos de luz los aportan las seis pantallas encendidas que descansan sobre un escritorio que abarca de pared a pared.

—Sentaos donde podáis y no toquéis nada —dice en un inglés casi perfecto.

—Gracias, Ajax. Este es el amigo del que te hablé.

Sancho le tiende la mano. El otro lo mira, compone una mueca extraña como si no supiera interpretar el gesto y se da media vuelta.

—Hay que joderse... —musita Sancho entre dientes.

Erika le pasa la mano por el hombro como si así se recargaran sus agotadas baterías de paciencia.

—Si te parece, antes de meternos en harina con lo nuestro, vamos a solucionar lo de mi amigo.

El otro hace un gesto afirmativo.

—Es eso, ¿no? —pregunta señalando el portátil que trae Sancho.

Este se lo entrega.

—No tengo la clave de acceso.

—Ya me imagino, ya. Déjalo ahí —le indica.

El pelirrojo inspira como si la paciencia estuviera presente en el ambiente y lo hace.

—Para Architeuthis no hay puertas cerradas que valgan, y menos tratándose de un equipo de usuario.

—Aquí la joya lleva desde los trece años ganándose la vida extorsionando empresas —le informa Erika en castellano mientras el aludido conecta el portátil a un cable que parte de uno de sus equipos.

Sus dedos vuelan sobre un teclado que parece haber viajado desde el futuro.

—Bueno, pues aquí lo tenemos —informa sin ningún entusiasmo en menos de diez segundos—. Este es su escritorio.

Erika sonríe.

—Tú dirás.

Sancho pestañea un par de veces, agarra una silla de gamer que por el desgaste calcula que debe de tener más de mil horas de vuelo y se sienta junto a Ajax.

—Empieza rescatando toda la información, archivos, documentos…, lo que sea —detalla, impreciso—, en los que aparezca el nombre de Álvaro Vázquez de Aro, o… no. Mejor prueba con Álvaro Rodríguez López.

Ajax arranca un trozo de papel de un cuaderno, lo arrastra por la mesa para acercárselo a Sancho y, sin dejar de mirar a la pantalla, le indica con mímica que lo escriba. Este, resignado a la estúpida pero muy necesaria dictadura del conocimiento informático, se muerde la lengua, agarra un bolígrafo que tiene pinta de no haber sido usado jamás y lo hace.

Lo hace solo porque no puede no hacerlo. Igual que un tragasables hace lo que todos esperan que haga, Sara hace lo propio. No puede permitirse fracasar en ese entorno.

Su entorno.

Por eso se concede un par de segundos para oxigenar los pulmones al tiempo que afianza el pie derecho en el saliente. Inspira por la nariz antes de cargar su peso en ese punto y estirar el brazo izquierdo alargando los dedos al máximo hasta llegar a la siguiente grieta.

Espira por la boca.

De todas las opciones que ha valorado durante el desayuno, tras descartar las que requerían la preparación física que todavía no tiene, se ha quedado con el valle de Tena por pura y dura comodidad. Ordesa le gusta menos, y para llegar a Benasque debe comer demasiado asfalto de carretera y ella el único alimento que necesita es la roca viva de las paredes que se ha propuesto escalar. A punto ha estado, no obstante, de cancelarlo todo cuando al salir de la ducha le ha sobrevenido un mareo seguido de una fuerte arcada que, por suerte, no ha terminado en vómito. Mientras conducía los tres cuartos de hora de trayecto hasta Peña Telera ha reproducido partes de la conversación que mantuvo anoche con Verónica Quiñones y, al tiempo que se ponía el equipo de escalada, ha dedicado un pensamiento —fugaz, eso sí— a Sancho, a quien ha imaginado en Francia tratando de dejar atrás las últimas semanas.

La pared no es muy exigente y el primer tramo podría haberlo completado con los ojos cerrados si no fuera por la inseguridad que le produce el dolor que aún siente en la mano derecha como consecuencia del bochornoso espectáculo que protagonizó en el baño de la Comandancia. Ha sido cuando ha afrontado el segundo, que ha empezado a sentir fatigados los gemelos y sobre todo los flexores de los antebrazos. Luego, en la posición de la rana antes de completar un movimiento algo arriesgado, ha sentido un pinchazo en el manguito rotador, pero ha recurrido al «músculo» que nunca falla cuando fallan los demás: el cerebro. De este modo, exprimiendo materia gris, ha logrado encarar el último tramo y ya tiene a la vista la repisa que corona la pared.

Inspira por la nariz.

Llegados a este punto, tiene dos métodos posibles para coronar la escalada con éxito: la del bordillo piscinero, que implicaría tirar del dorsal ancho, músculo al que en otro tiempo habría confiado el cuidado de sus hijos. No hoy. La fatiga elige por ella y visualiza la otra técnica, que consiste en asegurar el agarre de manos, subir la pierna más alejada de la repisa y montarse sobre ella.

Espira por la boca.

Antes de proceder, revisa la cordada y el grigri, el dispositivo equivalente al cinturón de seguridad para un conductor. Contraviniendo las normas básicas de escalada, sin saber muy bien por qué, deja que su mirada descienda hasta el fondo y por unos instantes se pregunta qué sentiría si apretara los párpados y se dejara arrastrar por la gravedad.

Inspira por la nariz.

Por la nariz. Así celebro en la habitación del Hilton Barbados Resort que todo discurra por los cauces previstos antes de bajar a la playa. Con mesura —aún me queda todo el día por delante para disfrutar—, me enchufo media pastilla machacada confiando en que el material sea tan bueno como ha dicho Antone, mi particular e inesperado nuevo mayordomo en Barbados. Al levantar la vista de la mesa de cristal de la terraza, me encuentro con un mar azul turquesa que parece haberse contagiado del ritmo al que suceden aquí las cosas. Solo llevo unas horas en el Caribe y ya he llegado a la primera conclusión: no me va a quedar otra que acostumbrarme a vivir con el freno de mano puesto.

Debo reconocer que Oriol lo dejó todo bien atado. Siguiendo sus instrucciones al pie de la letra, he madrugado para acudir a la oficina del CBB en cuanto ha abierto sus puertas. Me he vuelto a disfrazar para presentarme como el señor Cabrera Nogal, he esperado pacientemente a que el responsable de nuevos clientes, Terry Burke, tuviera a bien atenderme, he firmado todos los papeles que me han pedido y he retirado una nada desdeñable cantidad en moneda local que pienso fundirme a lo largo del día. Luego me ha acompañado a la caja de seguridad que Oriol había contratado en mi nombre, he recogido el título de propiedad y, por fin, las llaves de mi nueva casa en San Cristóbal y Nieves. Ubicada en Saddlers, en la costa nororiental de la isla, que es, según asegura Terry, la zona más tranquila. Doscientos diez metros cuadrados distribuidos en tres plantas, otros trescientos de parcela y un estupendo embarcadero con yate incluido: uno de dieciocho metros de eslora, tres cabinas y dos baños y del que solo he visto algunas fotos.

—Si al estar allí necesitara algo no dude en consultarme. Una vez tuve una novia de Basseterre, así que conozco todos los rincones de la isla —me ha dicho guiñándome el ojo.

«Tres cojones me importa, puto pelele», me habría gustado contestarle. Y sin embargo le he sonreído al saber que no va a ser la última vez que tenga que tratar con él.

Cinco minutos después he dado por concluidos los trámites administrativos de la jornada.

Sencillo.

Más complicado me ha resultado conseguir material. No quería arriesgarme a esconder droga en la maleta, ni siquiera un par de pastillas camufladas en un bote de aspirinas. No. Según he salido del banco, he parado un taxi, le he mostrado un billete de cincuenta y le he pedido que me llevara de compras. Ha tardado un par de segundos en mostrarme la fila superior de unos dientes conquistados por el sarro y otro más en apresarlo haciendo pinza con el índice y el pulgar.

—*Of course, man*. Soy Antone, tu mayordomo en Barbados.

Ha conducido hacia el interior de la isla unos veinte minutos hasta un lugar llamado Green Hill y se ha parado frente a una tienda de comida para mascotas. En su inglés caribeño me ha explicado que pregunte por un tal Omani y le diga que voy de parte de Antone. La escasez de piezas dentales le provocaba serias dificultades de dicción y ello, unido a que susurraba para que su compañera Amy no lo escuchara, ha hecho que me costara muchísimo entenderle que lo esperara en la parte de atrás de la tienda. Escasos minutos más tarde, Omani ha aparecido con una mochila de los Ángeles Lakers de donde ha sacado una bolsa de pastillas a las que no sé si se ha referido como «buen éxtasis» o «éxtasis divino». Química isleña por cuatrocientos dólares barbadenses, que al cambio son unos ciento ochenta euros de mierda. Dos golpecitos en el hombro con la garra, que no ha dejado de mirar en ningún momento, han servido como despedida. De camino al hotel le he preguntado a Antone por chicas y, tras volver a exhibir su sarnosa sonrisa, me ha dicho que solo tenía que tomarme una copa en el bar del hotel en el que estoy alojado para que se me acercara alguna, pero que si prefería un servicio más divertido y económico, podía contactarle a cualquier hora del día en el número que me ha anotado a mano en la tarjeta del servicio de taxis para el que trabaja.

Poco más tarde, bañador, crema solar, gafas de sol, chancletas y toalla al hombro, he bajado a la playa privada del hotel con más sed que hambre. Tres daiquiris de tres sabores distintos después, detecto varios corderitos, todos bien protegidos por sus perros pastores, y un grupo de lolitas estadounidenses soñando con regresar a Oklahoma luciendo bronceado caribeño. Podría apostar mi patrimonio completo a que ninguna pasará del rojizo fosforescente. Una de ellas —con cara de estar más en un velatorio que de vacaciones con sus pseudoamigas— me llama la atención. Le quedaría muy bien una muerte por estos lares, pero la descarto en el acto por el revuelo que provocaría la desaparición de una ciudadana extranjera. No. Tengo que centrarme en el producto local, pero claro, eso en el Hilton va a resultar más que complicado. Sin quitar la mirada del celulítico culo de la yanqui triste, me decanto por tirar de mi mayordomo, y por teléfono le ofrezco doscientos dólares por sacarme de fiesta esta misma noche, trato que acepta de inmediato como es lógico. Luego, supongo que por los efectos del éxtasis, mi imaginación fabrica una secuencia en la que me veo haciendo el amor con esa chica del modo en que se lo haría su novio de toda la vida y, por unos segundos, mi polla reacciona ante el estímulo como cualquier otra. Pero como no es cualquier otra sino la mía: enseguida pierde su robustez y vuelve a languidecer entre mis piernas, mustia, inútil. Sin embargo, para mi sorpresa, lo que antes me producía un intenso bochorno, hoy me divierte, y agradezco que tal circunstancia me haya traído a esta playa tras haber superado con creces la impericia investigadora de mis rivales.

Pensar en ellos me la pone un poco dura.

Sobre todo la pobre inspectora Robles, descompuesta y sin novio, pero también el pelirrojo de la Interpol y en su careto cuando me vio desaparecer por la pasarela de embarque. Y es que la vida, por norma, es así de cruel: hay veces que toca sonreír como ahora lo hago yo, y otras que solo hay que joderse.

—¡Hay que joderse! —farfulla Sancho al ver los resultados de la búsqueda—. Así que el abogado me mintió en mi puta cara y se encargó de transferir sus fondos al Central Bank of Barbados... Bien muerto está ese desgraciado.

Con Ajax, en cambio, ha pasado del odio atávico a la devoción sincera en unos cuantos clics, que son los que ha necesitado el hacker para alimentar sus esperanzas.

—Espera, espera… —le advierte Erika señalando otra línea más abajo—. La cuenta a la que ha transferido el dinero no está a su nombre. El titular es un ciudadano peruano llamado Mateo Cabrera Nogal, ¿quién es ese?

Sancho ordena una búsqueda rápida en su memoria.

—¡La madre que lo parió! ¡Hay que ser miserable! —reacciona elevando la voz—. Se trata de una de sus víctimas. Uno de los tres que se cargó en Urueña en el 2019. Y de peruano tiene más bien poco. En concreto, este era un antiguo compañero suyo del colegio, igual que lo era el otro que asesinó al día siguiente en Valladolid y que también era abogado.

—No es que me interese mucho, pero… ¿os importaría hablar en un idioma que sea capaz de entender? —reclama Ajax.

Erika le hace un breve resumen mientras Sancho sigue revisando los archivos resultantes de la búsqueda.

—Bueno, tampoco es para ponerse a dar saltos de alegría —comenta el anfitrión—. Hoy en día puede operar desde cualquier lugar del planeta sin necesidad de pasar por allí y…

—Ya lo sé, cojones, yo también vivo en este mundo. Pero Oriol me contó que Vázquez de Aro tenía pensado instalarse en alguna isla del Caribe. Y a mí me encaja, no solo por las ventajas fiscales sino porque la mayor parte de esos países no tienen tratado de extradición con nadie que no sea el Reino Unido por ser antiguas colonias británicas. Pero, claro, vete tú a saber ahora dónde se ha metido ese cabrón.

—La Interpol tiene mecanismos de búsqueda internacional, ¿no? —propone Erika.

Ajax gana distancia de inmediato respecto a Sancho.

—Joder, tía... ¡¿En serio has metido a un tipo de la Interpol en mi casa?! —protesta el hacker.

—Tranquilo, es de fiar. No tienes que preocuparte por nada.

Sancho le da un par de collejas amistosas.

—Eso, tú tranquilo. En los territorios en los que tenemos jurisdicción sí, claro, pero el problema es que necesitaría pruebas de peso para cursar una orden, y no tengo de peso ni de no peso. Podría tratar de justificarlo por falsedad documental, fuga de capitales y mierdas de ese calibre, pero en el mejor de los casos tardaría meses. Ah, sin olvidarme de que este ordenador lo he conseguido de forma ilegal en casa de una de sus víctimas, a la que extorsioné horas antes de que él lo matara.

—Vaya, ¿así que eres un agente del lado oscuro de la Interpol? —bromea Ajax.

Pero Sancho está en las antípodas de la risa. Está pisando otros terrenos: el de las opciones disparatadas, las remotas posibilidades y las absurdas alternativas.

—Sancho, lo mires por donde lo mires, solo hay un camino a seguir, si es que quieres seguir este camino, claro.

—Sí, a esa conclusión ya he llegado, Erika. O bien lo mando todo a la mierda y me vuelvo a Lyon, o sigo adelante con esta locura y me planto en la oficina del banco ese de Barbados.

Erika frunce los labios y amusga los párpados.

—¿Qué pasa? —quiere saber el pelirrojo.

—Podría haber una fórmula mixta. La fórmula Bauer —desvela—. Ponte cómodo, porque te voy a contar una bonita historia que es de lo más interesante.

Es de lo más interesante que le ha pasado recientemente.

Es la primera vez que falla un agarre y termina balanceándose de la cuerda, unida a la vida a través del arnés como si se tratara de un cordón umbilical. Pero es cómo lo ha vivido lo que hace de la experiencia algo diferente. Porque al tocar la repisa con la suela de los pies de gato e intentar afianzar el pie derecho, necesitaba asegurar el amarre del brazo izquierdo, olvidándose de que hace no demasiado tiempo que Samir Qabbani —un libanés que trabajaba para la Bratvá rusa— le disparó en la clavícula en un campo de golf de Benalmádena. No ha sido hasta que ha notado ese aguzado dolor en el hombro cuando Sara ha sido consciente de que no lo iba a lograr, y aun así lo ha intentado, con el resultado que ahora se recorta frente a la pared de roca. El caso es que, en esa décima de segundo previa a precipitarse al vacío, su cerebro no ha sido consciente de que contaba con las medidas de seguridad convenientes, por lo que le ha enviado una señal de máxima alerta que se ha transmitido a todas las células del cuerpo a través del sistema nervioso central y periférico: «Vas a morir».

Y tener esa certeza no es agradable.

Pero Sara lo ha procesado de un modo distinto. Como una liberación. La sensación ha sido parecida a esa que se experimenta cuando has comido algo que te ha sentado mal al estómago y notas que vas a vomitar, pero estás tratando de evitarlo a pesar de que sabes que es lo que más te conviene. Y no es hasta que tu estómago se vacía cuando de verdad te sientes aliviado.

Eso es lo que ha producido en Sara la ingravidez: alivio.

En la segunda tentativa, tirando más de orgullo que de experiencia, Sara logra coronar la pared. Con los músculos aún agarrotados por el esfuerzo físico, se deja caer de rodillas, arquea la espada y abre los brazos con el fin de facilitar la entrada de oxígeno en los pulmones. Al abrir los ojos y encontrarse en el epicentro de ese entorno tan amigable y tan reconocible, sonríe.

Sonríe aliviada, sí, porque es un gran desahogo saber al fin lo que le está sucediendo: algo en su interior no está bien conectado.

No está bien conectado, lo que sea que comunique mi cerebro con lo que Michelle tiene en la boca y que con tanto empeño intenta enderezar y endurecer; no funciona. Yo sé que no va a poder, lo que no alcanzo a entender es por qué he tenido que hacer caso a Antone. Quizá en mi fuero interno albergo la esperanza de mantener relaciones sexuales convencionales, aunque, ahora que lo pienso, que esté con los pantalones por los tobillos y que la supuesta prima de mi chófer me la esté chupando en un oscuro callejón de un suburbio a las afueras de Bridgetown no parece muy convencional.

Antes de montarme en su coche y de que me preguntara si estaba preparado para una noche loca, ya me había enchufado yo pastilla y media de las de Omani. La que me faltaba me la metí durante el trayecto al primer tugurio, donde ya me estaba esperando la «sorpresa» de la que me venía hablando Antone. No puedo decir que Michelle no sea una mujer atractiva: pequeña pero muy bien terminada, seráficas facciones, ojos despiertos y labios voluptuosos; no obstante, y a pesar de su forzada pose zangolotina, es evidente que se trata de una profesional conchabada con su primo y que, casi con total seguridad, han llegado a un acuerdo para repartirse el dinero que me saquen esta noche. Con lo que no cuentan ellos es que me la trae muy floja gastarme los ochocientos euros en su mierda de moneda local con los que he salido del hotel. De hecho, he tirado de cartera en los cuatro garitos en los que hemos estado, donde he ido alternando chupitos de ron con cerveza.

Ha sido en este último, The White Whale, en el que me he venido muy arriba y he invitado a toda la barra. Incluso he bailado y no recuerdo la última vez que lo hice. En ese momento de máxima euforia, Antone se me ha acercado y me ha dicho que su prima quería «susurrarme cosas por el micrófono». Al principio no lo he pillado —desconozco si es una frase hecha que se usa por aquí—, pero cuando ha sido más explícito no he sabido decir que no.

—¿No te gusta como lo hago, cariño? —me pregunta la pobre, hacendosa.

Su inglés caribeño, meloso, y su tono nada agitado me genera cierta candidez.

—No, no, no es por eso. Mucha fiesta —me excuso—. Demasiada. No creo que pueda...

—Seguro que sí, tú relájate.

Michelle se lubrica la mano con saliva y me agarra con fuerza. Me dejo contagiar de su perseverancia, cierro los ojos y fantaseo pensando en lo que me gustaría estar en ese mismo lugar, pero aplicándole la fórmula que siempre me funciona. Contra todo pronóstico, mi polla remonta. Resucita de entre los muertos y no solo camina. Corre. Vuela. Increíble. Tan grata e inesperada sorpresa me empuja a agarrarla del pelo para estimular mi ensoñación y me imagino que le empieza a faltar el aire. Conforme ella aumenta el ritmo, yo incremento la fuerza con la que le oprimo mentalmente el cuello con mi antebrazo y noto las primeras señales del sorpresivo orgasmo que ya nadie puede detener.

—Eh, tío, ¿te lo estás pasando bien? —oigo al otro lado del callejón.

Podía detener.

Dos luces aproximándose.

Michelle se detiene en el acto y mis cuerpos cavernosos se deshinchan.

—Pues claro que sí —replica la otra voz—. El gringo ha venido a la isla para que se la chupen nuestras mujeres y piensa que eso le va a salir gratis.

Habiendo descartado ya eyacular en boca ajena, me subo los pantalones, cabreado, y avanzo hacia las linternas de lo que ahora me doy cuenta de que son dos móviles.

—Me cago en vuestra puta madre —mascullo en español.

—Así que no eres gringo, ¿eh? —interviene la primera voz, mucho más aflautada que la segunda—. ¿De dónde eres, blanquito? ¿Venezolano?

Michelle aprovecha el desconcierto momentáneo para salir corriendo, lo cual no hace sino alimentar mi enajenación.

Me detengo y levanto la mano para evitar que me deslumbren los focos y es entonces cuando descubro que son dos niñatos y que uno de ellos, con el pelo a lo afro y los ojos muy separados, estaba en este bar. El otro es más fornido y quizá algo más alto que yo, pero en el estado en el que estoy no atisbo peligro alguno.

—¡¿Qué mierda queréis?! —les grito, ahora sí, en inglés.

—Queremos que nos pagues por follarte a nuestras mujeres —responde el sexto de los Jackson Five.

—¿Y cuánto es eso? —pregunto para ganar tiempo, a pesar de que ya tengo decidido que voy a ir primero a por el más fornido con una ganadora patada frontal en las pelotas.

—Exactamente todo lo que lleves en los bolsillos.

—Eso es mucha pasta para dos mierdecillas como vosotros. Lo mismo tenéis que venir a buscarla.

Al fijar mi objetivo en la entrepierna del tipo que tengo delante de mí —el otro ha dado un paso atrás—, no me percato de lo que ocurre a mi espalda. Y lo que sucede es que siento un fuerte pinchazo en la nalga izquierda que me obliga a girar hacia ese lado. Grito de dolor, pero de inmediato recibo un puñetazo en la boca del estómago que me roba el aire y me obliga a doblar el espinazo. A partir de ese instante lo único que siento es que me golpean a placer, seis puños primero y seis piernas después cuando caigo al suelo. A punto de perder el conocimiento, oigo que la tercera voz —la voz cantante— ordena a los otros que se detengan y noto que me quita la cartera del bolsillo trasero del pantalón. Aunque la boca me sabe a sangre, lo único que me preocupa es poder tomar aire.

—¿Cuánto tiene? —pregunta el del pelo a lo afro.

—A ti qué más te da, imbécil. Toma lo acordado y largaos de una puta vez.

Silencio.

Transcurridos unos segundos, noto cómo alguien me agarra por los hombros y me coloca boca arriba. Quiero oponerme, pero no hay ni uno solo de los más de seiscientos soldados que conforman mi ejército muscular que responda a mis órdenes.

—No deberías andar por ahí mostrando tus billetes, amigo mío —me aconseja la voz cantante justo antes de tirarme la cartera al pecho, intuyo, limpia de billetes.

Unas facciones conforman un rostro.

Un rostro que me resulta familiar, pero que no termino de reconocer hasta que no se me acerca lo suficiente.

—Y agradéceme que haya sido yo. Otro te hubiera sacado las tripas, marica —me asegura Antone.

Intento decir algo, fabricar alguna palabra, pero una suela que se acerca a mi cara a gran velocidad interrumpe ese proceso y todos los demás.

EL VENTRÍLOCUO: CUAL ESCRITOR EXPERIMENTADO, INTERPRETA VOCES QUE LE NACEN DE DENTRO

Sobrevolando espacio aéreo alemán
17 de abril de 2022

A esa altitud, las nubes son un ente compacto, sólido, como sólido y compacto es el rictus de Ramiro Sancho desde que se ha sentado en la plaza 16A del Boeing 767 que ha despegado del aeropuerto Varsovia Chopin a las 10.45 y que tiene previsto aterrizar en Ginebra a las 13.35.

No ha dejado de pensar en las consecuencias que podrían llegar a tener las decisiones que está tomando y que van desde perder la confianza de sus superiores o su puesto de trabajo, hasta dar incluso con sus huesos en prisión. El principal problema es que transitar por la vía legal no le va a conducir a ningún sitio, y la otra, ilegal, alegal, o como quiera definirse, dejará secuelas sí o sí. La única ventaja con la que cuenta el pelirrojo es que no es esta la primera vez que se sale de lo establecido en el manual y, al hacer un recuento no demasiado pormenorizado, podría concluir que no le ha ido mal del todo.

Del todo bien tampoco.

Por todo ello evita valorar la resolución que ha tomado utilizando escalados convencionales vinculados con lo bueno y lo malo, lo correcto y lo incorrecto, lo admisible e inadmisible y demás términos opuestos utilizados para llenar los platos de la balanza por los defensores de la justicia con mayúsculas. De este modo, y de nuevo frente al mostrador de una compañía aérea, Sancho ha obrado acorde a su particular interpretación de esa ley inquebrantable por la que se rige desde que tiene uso de razón: «El que la hace, la paga». También es cierto, y no le cuesta trabajo reconocerlo, que Erika Lopategui ha tenido mucho que ver en la determinación que lo ha llevado a ese vuelo, pero, volviendo al punto inicial —que es donde terminan todas sus cuitas—, es él y solo él quien va a tener que asumir las secuelas derivadas de sus decisiones.

En cuanto a Erika, se ha quedado en tierra como tenía previsto en sus planes. Si bien Sancho lo ha intentado durante la cena y las copas que llegaron después, ella se ha resistido a darle detalles del jaleo en el que se está metiendo. O, mejor dicho, en el que ya está metida. A pesar de su hermetismo, Sancho siente algo muy especial por ella, y cada vez que sus caminos se cruzan, bien sea por casualidad o causalidad, le da la sensación de que están más unidos. La adora. Le hace pensar y actuar de forma distinta. Le complica la existencia, sí, pero hace ya tiempo que el pelirrojo intuye que esta cobra más sentido en los dominios de la complicación que en los de la simplicidad.

—¿Es la primera vez que vuela?

A su lado, una señora con el pelo cano y los ojos de un azul opalino le sonríe con ternura.

Sancho la corresponde con otra mucho menos cariñosa.

—No, no, para nada.

—Ah, es que lo noto como muy nervioso. Yo, la primera vez que me subí en un chisme de estos tenía sesenta y tres años, y pasada una edad, el miedo a volar no es miedo. Miedo de verdad, entiéndame.

—La entiendo, la entiendo.

—Lo único que me da miedo es que les suceda algo a mis hijos o a mis nietos. De hecho, vengo de pasar dos semanas con una de ellas. Mi hija Carmen vive en Polonia con su marido, que es de por allí, y tienen dos hijos, Lucas y Pablo, aunque al pequeño su padre lo llama Pavel. Mi otro hijo, Antonio, vive en Ginebra, y ahora me quedaré con él otro par de semanitas. ¿Conoce Ginebra?

—He estado un par de veces, pero ahora no me quedo. Voy a Lyon.

—Anda, mira, yo en Lyon no he estado jamás.

—No se pierde demasiado.

—Ginebra es bonito y Antonio trabaja en una multinacional de esas gigantes. Gana una fortuna, pero, oye, este de hijos no quiere saber nada de nada. ¿Y usted?

—¿Cómo?

—Que si usted tiene hijos.

—Ah, no. No tengo, no.

—¿Pero no quiere o no puede?

Esta vez sí, Sancho le sonríe de verdad.

—Pues no sabría qué decirle. Yo creo que poder puedo, pero no he tenido la oportunidad de... En fin, ya sabe.

—Uy, lo mismo me estoy metiendo donde no me llaman y quizá yo esté un poco chapada a la antigua, pero soy de las que piensan que no tener hijos por decisión propia es como no haber vivido.

Sancho le iba a contestar algo, pero dando por hecho que no va a estar a la altura, se calla.

—Aunque, bueno, ya sabe, cada uno toma sus propias decisiones y al final de lo que se trata es de ser feliz. Nada más.

—Y nada menos —completa él.

—Y nada menos.

La conversación con la señora —que resulta llamarse Fabiola y es natural de Logroño— se dilata hasta que toman tierra. Hablan de la vida en general, de los libros en particular —sostiene que leyendo vive mil vidas distintas— y de lo mucho que echan de menos las horrendas comidas que ya no sirven en los aviones. A Sancho le ayuda a dejar de comerse la cabeza con lo mismo y cuando se despiden en la cinta donde ella tenía que recoger su maleta, Fabiola le dice:

—Bueno, Sancho, hijo, un placer el ratillo. Ya nos veremos, y no olvides que para cosechar felicidad primero tienes que plantarla. Pero antes, lo principal es que no te equivoques al seleccionar el terreno donde esparcir tus semillas, y uno no elige bien si no está atento a lo que sucede a su alrededor. Por eso mi padre decía que los hay que viven muchos años durmiendo y los hay que viven menos, pero permanentemente despiertos. Así que..., ya sabes lo que toca. Toca estar despierto.

Sancho se ríe y la abraza antes de dirigirse hacia la salida repitiendo para sí la última sentencia de Fabiola:

—Toca estar despierto.

Despierto con la sensación de habitar un cuerpo que no es el mío. No tardo en percatarme de que estoy postrado en la cama de un hospital y que a mi lado hay un hombre entubado al que están atendiendo dos enfermeras. Fuerzo la vista para leer lo que llevan bordado en las solapas de sus uniformes: Queen Elizabeth Hospital. Una de ellas, la mulata, se da cuenta de que tengo los ojos abiertos y se acerca a mí.

—¿Cómo se siente?

Con la lengua pegada al paladar, lo único que puedo hacer para comunicarme es mover las cejas.

—Ahora aviso al doctor Pearce y le explica.

A petición mía, el cerebro reconstruye los últimos acontecimientos y revivo, en modo penitencia, los hechos del callejón. Me avergüenzo de haber caído como un auténtico pelele en la miserable red de esos desgraciados. Ni siquiera el hecho de estar bajo los efectos del alcohol y las drogas justifica que no me diera cuenta de lo que estaba pasando. «Otro te hubiera sacado las tripas, marica», escucho en bucle en mi cabeza. Me esfuerzo en archivar en mi memoria cada rasgo facial de Antone, cada detalle de su ropa, su forma de hablar, su tono de voz. Todo. Acto seguido hago la misma operación con Michelle, proceso durante el cual mi polla vuelve a reaccionar, mensaje que no puedo ni quiero dejar pasar de largo.

—¿Señor Cabrera?

Asiento. Todavía no me he acostumbrado a escuchar mi nuevo nombre.

Un hombre de color, con semblante de acabar de perder todo su patrimonio al póquer, se envara antes de leerme lo que, con total seguridad, no serán buenas noticias.

—Ingresó la pasada noche a las veintitrés horas y quince minutos en estado de inconsciencia. Lo dejaron en urgencias unas personas que no quisieron identificarse y, tras una exploración inicial, observamos que en el glúteo tenía una herida punzante de arma blanca de una profundidad de cinco centímetros que requería cirugía ambulatoria. En una exploración posterior más exhaustiva hemos detectado tres fisuras en las costillas sexta y séptima del lado derecho y la quinta del izquierdo, además de una fractura en la costilla flotante de ese mismo lado. El resto son contusiones de distinta consideración en el rostro, tórax y extremidades, ninguna de las cuales ha requerido intervención quirúrgica.

Se expresa muy despacio y en un inglés perfecto, lo cual me hace pensar que el doctor Pearce ha estudiado en el Reino Unido.

—Gracias —consigo pronunciar con dificultad tratando de no abrir mucho la boca para no alimentar el dolor que noto en el maxilar—. Si le soy sincero, me temía algo peor.

—Le hemos administrado un calmante por vía intravenosa y estimamos que debe permanecer entre cuarenta y ocho y setenta y dos horas ingresado. En administración tienen sus pertenencias, que le serán devueltas cuando abone la factura derivada de su estancia en nuestro hospital. Es mi obligación comunicarle que en el análisis de sangre protocolario hemos hallado restos de alcohol y drogas.

Silencio.

—Es usted ciudadano peruano, ¿verdad?

—Así es —contesto.

—Al haberse producido una agresión, estamos obligados a dar parte a la policía y al consulado. Supongo que querrá denunciar el hecho ante las autoridades.

En ese instante se me corta la respiración.

—Verá, doctor... —reacciono—. Por supuesto que denunciaré el robo a la policía, porque esos tipos no pueden quedar impunes, pero si lo pone en conocimiento del consulado me puede perjudicar mucho. Muchísimo. No puedo darle detalles, pero mi labor aquí está relacionada con el gobierno de mi país y si llegan a enterarse de este desliz... en fin, podría perderlo todo. Yo solo estoy de paso en Barbados y anoche decidí salir a desfogarme un poco. Me dejé embaucar por esa gente y al final pasó lo que pasó.

—Comprendo.

—Por eso le pido, le ruego —enfatizo casi con los ojos vidriosos—, que no dé parte. Me haré cargo, por descontado, de hasta el último dólar que me corresponda pagar.

El hombre cavila.

—Está bien, señor Cabrera. Según mi experiencia le adelanto que va a ser bastante complicado que detengan a los responsables de haberle agredido, así que usted solo preocúpese de recuperarse. Esta tarde pasaré a verlo antes de que termine mi turno.

—Se lo agradezco de todo corazón, doctor Pearce.

Resoplo aliviado cuando se marcha y el dolor que siento en los músculos faciales me hace acordarme de la deuda que he adquirido en Barbados y que sin duda tengo que saldar antes de trasladarme a mi isla. Pensar en la forma de hacerlo, lejos de generarme tensión, me tranquiliza y funciona como motor motivacional para recuperarme cuanto antes.

«Cuanto antes lo sepas, mejor», se vuelve a repetir mentalmente.

Sara lleva más de una hora encerrada en el baño escuchando esa voz tan molesta que, como la de un ventrílocuo chacotero, le nace muy de dentro. Está decidida a hacerlo, pero no termina de elegir el momento. Es de las que piensan que si algo es susceptible de empeorar, empeora, y duda de que su estómago esté preparado y dispuesto a digerir más mierda. Todas las señales apuntan en la misma dirección, pero Sara se niega a transitar por ahí.

Ni siquiera se ha atrevido a abrir la caja.

—Clear blue, test de embarazo digital —lee.

La primera alarma le ha saltado esa mañana, mientras desayunaba y decidía qué ruta iba a hacer esa jornada dominical. Al amanecer el cielo limpio de nubes le apetecía una tirada larga, caminar tranquila, disfrutar del paisaje, respirar aire puro. Tenía casi decidido hacer la subida hasta el fuerte de Rapitán cuando acudió a su cita matutina con el retrete.

Sentada, le llamó la atención una caja de tampones que acumulaba polvo sobre una de las repisas y frunció el ceño. Un calendario apareció dibujado en su mente y, segundos después, surgieron los primeros sudores fríos. Su ciclo menstrual, hasta donde recuerda, siempre ha sido regular, casi castrense. Y si la memoria no le falla —ojalá fuera ese su mayor problema— tocaba desfile el día diez.

Es decir, que lleva un retraso de una semana.

Es decir, que algo no va bien.

Nada bien.

De inmediato, un escalofrío ha recorrido la médula espinal en dirección ascendente para explosionar en la base del cráneo a modo de imágenes.

Recuerdos.

Ha recordado que a Bittor, de vez en cuando, le gustaba correrse dentro y que las tres veces que se ha acostado con Sancho —como era su costumbre— a él también, ya que daba por hecho que era ella quien tomaba medidas. Luego se ha acordado de que, últimamente, por lo que sea, puede que no haya sido todo lo escrupulosa que debería con la pastilla anticonceptiva. Y por último le han venido a la cabeza esas molestas náuseas que siente al levantarse y la fatiga generalizada.

«Cuanto antes lo sepas, mejor», vuelve a escuchar.

Se anima entonces a abrir la caja que le han vendido esa misma en la farmacia de guardia de Canfranc —en ningún momento ha barajado la posibilidad de comprar un test de embarazo en una de Jaca—, y oye de nuevo la voz de la dependienta.

—Hoy la verdad es que todos son bastante fiables, pero si estás buscando uno que te diga de cuántas semanas estás, yo me llevaría este.

—Define ese bastante, por favor.

—¿Cómo?

—Que cuánto de fiable es el cacharro ese.

—Un noventa y nueve por ciento.

—¿Y lo de las semanas también?

—También, supongo —añade dubitativa.

—Bueno, es igual, me lo llevo.

No ha sido el baño de su casa su siguiente parada. Al querer evitar al máximo que llegara el momento de enfrentarse al test, ha conducido hasta Candanchú y ha caminado doce kilómetros con la esperanza de vaciar su cabeza de los embarazosos pensamientos —qué oportuno su ingenio— que la atosigan. Y podría decirse que lo ha logrado.

Tal es el poder que la montaña ejerce sobre ella.

El problema ha sido cuando ha regresado al coche y el calendario ha aparecido de nuevo, esta vez para marcar con exactitud los días en los que se acostó con Bittor y con Sancho. Desde el 31 de marzo hasta el 10 de abril lo ha hecho con ambos. En concreto, el primer día que no pudo contener las ganas de follarse a Sancho por la noche, lo había hecho con Bittor por la mañana. De inmediato se ha sentido como una cerda repugnante, un clítoris con patas, un ser desleal, egoísta, infiel e infeliz. Ha llorado, gritado, golpeado el volante y se ha abofeteado, pero ninguno de esos remedios ha funcionado para limpiar su conciencia. Tampoco han funcionado las cuatro cervezas que se ha tomado nada más llegar a Jaca al refugiarse en el primer bar abierto que ha encontrado. Sin más métodos a los que recurrir, Sara ha entrado en casa y ha agradecido en el alma no encontrarse a su padre.

—¡Bueno, venga! ¡Se acabó ya la tontería! —se obliga.

Mete la mano y extrae con sumo cuidado uno de los dos dispositivos, como si aquello tuviera un efecto urticante. Siguiendo las instrucciones, tira del capuchón azul y observa la varilla absorbente donde tiene que orinar. Decidida —que no preparada para asumir el resultado que no quiere obtener—, Sara procede.

Tres minutos.

Tres vidas.

Sin quitar la vista de la pantalla digital, Sara nota como si volaran cientos de mariposas dentro de su estómago. Polillas, más bien. De las cuatro posibilidades que hay —a saber: no embarazada, embarazada 1-2, embarazada 2-3, embarazada 3+—, Sara desea leer la primera de las opciones o, en el peor de los casos, la última.

Pero sus deseos no se cumplen.

Se cumplen sus peores presagios.

EL HOMBRE ELEFANTE: UNA HIPÉRBOLE QUE HACE DE SUS DEFORMIDADES, SU VIRTUD

N-260 a 36 kilómetros de Jaca
19 de abril de 2022

El lema de Fabiola: «Toca estar despierto» lo lleva Sancho a rajatabla. De hecho, las casi nueve horas seguidas que lleva al volante le han servido para seguir centrifugando las mil y una variables que podrían darse dependiendo de lo que se encuentre en Jaca. Su objetivo inicial es encontrar a Sara, cuya dirección, así, para empezar, desconoce. Ha intentado contactar con ella por teléfono en cuanto ha vuelto a tener el móvil operativo. El técnico del departamento de comunicaciones que lo atendió ayer no le puso buena cara cuando le dijo que necesitaba tenerlo antes de que acabara el día, pero en la expresión de Sancho no había fisuras por las que se colaran los habituales plazos burocráticos. Al final no le ha servido de mucho, porque tras dieciséis tentativas el resultado siempre ha sido el mismo: una voz anunciando que el móvil al que llama está apagado o fuera de cobertura. Por precaución, antes de ponerse en marcha ha llamado a Peteira para tratar de obtener algo de información que pudiera servirle de utilidad, y el resumen podría ser este: «Hasta donde yo sé, debe de seguir haciendo la Heidi por ahí por su tierra». Es entonces cuando ha escrito «Jaca» en el navegador del coche y se ha lanzado al asfalto.

La fórmula mixta que le proponía Erika en la guarida de Ajax consistía en ir a Lyon a hablar con Otto Bauer con el objeto de conseguir patente de corso para operar en el Caribe a pesar de no tener nada que avalara la persecución de Vázquez de Aro.

Ni más ni menos, ni menos ni más.

—Por muy buena relación que mantenga con herr Bauer, nunca me va a autorizar a eso —valoró Sancho.

—Tendrás una oportunidad si jugamos la carta de mi padre. Otto y él tienen un pasado común que muy pocos conocen y que si te callas un poco, te lo cuento.

Sancho se limitó a escuchar, y si no se hubiera tratado de Carapocha no se habría tragado ninguna de aquellas dos increíbles historias. Para empezar, el simple hecho de que Otto Bauer y Armando Lopategui hubieran trabajado juntos en la resolución de dos casos a principios de los ochenta en Berlín le parecía de locos, pero ya, cuando le dio detalles de lo que habían tenido que hacer para resolverlos, le costaba dar crédito a sus oídos.

—Si hay alguien que pueda entender la situación en la que te encuentras, ese es Otto Bauer. Aprovéchalo —zanjó Erika.

Así las cosas, a las ocho de la mañana del lunes estaba Sancho a la puerta del presidente de la Interpol para darle los buenos días y decirle que tenía que posponer las dos siguientes reuniones que figuraban en su agenda.

—Te has propuesto joderme la semana, ¿verdad? —le dijo herr Bauer.

—No, solo la mañana de hoy, aunque puede que también la tarde. Y si todo va bien, la noche.

Actuando en consecuencia, Herr Bauer lo invitó a sentarse en uno de los dos sofás que tiene enfrentados junto a la ventana.

—Te escucho.

Después de hacerle un resumen de lo vivido en España y contarle que ha estado a punto de abandonar tras la humillación sufrida en el aeropuerto de Barajas, el pelirrojo bebió un trago de agua para afrontar la última parte de su relato.

—Y en este punto parecía que iba a terminar todo hasta que apareció Erika Lopategui.

Al escuchar ese apellido, herr Bauer abrió mucho los párpados y luego pestañeó varias veces seguidas como si estuviera rebobinando el metraje de su memoria.

—Íntima amiga mía, como íntimo fue también su padre.

Herr Bauer ganó distancia, sorprendido.

—¡¿De Armando Lopategui?! ¡No me fastidies que lo conociste!

A partir de ese momento, en el acorazado semblante de herr Bauer empezaron a aparecer fisuras. Grietas a las que apuntó Sancho antes de lanzar sus misiles.

—Sí. Y no solo eso. Trabajé con él codo con codo en el caso de Augusto Ledesma del que ya te he hablado.

—Sí, recuerdo el asunto.

—De lo que no te hablé en su día es del papel que tuvo Carapocha, como se conocía a Lopategui por aquel entonces. Y su hija Erika, que tiene incluso más peligro que él.

—Te creo. La madre también era de armas tomar. A Lopategui le perdí la pista cuando fue a la guerra de los Balcanes. Creo que volvió de allí algo tocado.

—Sí, allí perdió a su mujer. O eso creía, porque... Es una historia muy larga.

El presidente de la Interpol se arrellanó en su sillón.

—Venga, no me jodas, que me has robado la mañana. Habla.

Y Sancho obedece. Durante los siguientes minutos, Sancho y el presidente de la Interpol intercambian cromos de Carapocha en forma de experiencias vividas, anécdotas y hazañas varias, hasta que el alemán cruza las piernas y apoya las manos en las rodillas.

—Menudo personaje era —finiquitó herr Bauer—. Pero supongo que no has venido para hablar de los viejos tiempos, ¿verdad?

—No. Erika me habló de dos casos en los que intervinisteis juntos y lo que tuvisteis que hacer para avanzar, como, por ejemplo, cuando pasaste furtivamente al otro lado del Muro para contactar con un viejo camarada jugándote más que el puesto de trabajo. O lo que hizo él para atrapar a un tarado que torturaba y mataba homosexuales por mandato divino.

—Lo que hicimos —aclaró con dejo melancólico—. Pero eran otros tiempos, Sancho, no me jodas.

—Sí. Puede que los tiempos hayan cambiado, pero sigue habiendo ocasiones en las que no nos queda más remedio que cruzar la línea. Creo saber dónde se esconde ese malnacido y estoy seguro de que va a seguir matando.

Herr Bauer chasqueó la lengua.

—Dónde.

—Barbados.

—Complicado. ¿Y qué pretendes?

—Sacarlo de allí y llevarlo a España.

—¿Con qué cargos? O yo te he entendido mal o ni siquiera cuentas con una orden de detención contra él.

Sancho se concedió unos segundos antes de contestar.

—Falsedad documental.

Herr Bauer deja escapar una risita poco halagüeña.

—Me tomas el pelo.

—En absoluto. Ha volado desde Londres con un pasaporte falso suplantando la identidad de una de sus víctimas para empezar una nueva vida en el Caribe.

—¿Puedes demostrarlo?

—Podría.

—No me toques las narices, Sancho, ¿puedes o podrías?

—Puedo demostrar que ha transferido su dinero a una cuenta del Central Bank of Barbados a nombre de Mateo Cabrera Nogal haciendo uso, por supuesto, de documentación falsa. Doy por hecho que habrá utilizado ese mismo nombre para viajar.

—¿El dinero lo ha obtenido de forma ilegal?

—No, que yo sepa.

—¿Está acusado de fraude fiscal en España?

—Tampoco.

—¿Dirige o pertenece a alguna red internacional de falsificación?

Sancho tomó aire y lo soltó muy despacio.

—No.

—Siendo así, no podemos cursar ninguna notificación roja, ya lo sabes.

—Pero sí podría viajar a Barbados con el objeto de seguir investigando al principal sospechoso de haber asesinado al menos a nueve personas en España y de quien tenemos motivos de peso para pensar que se ha marchado del país para huir de la justicia.

—Y supongo que has pensado en plantarte en el banco para que te faciliten algún papel que demuestre que está utilizando una identidad falsa, ¿verdad?

—Si puedo elegir, preferiría que me facilitaran la dirección actual de su cliente.

—Y te la van a dar por tu cara bonita, claro.

—Puedo llegar a ser muy convincente si me lo propongo.

—Claro, claro. Pongamos que lo consigues. Entonces vas a su casa, lo detienes y… ¿cómo piensas sacarlo del país?

—Dos posibilidades, o bien alguien en la Interpol hace su magia y encuentra la vía de hacerlo de forma legal, o espero a que dé rienda suelta a sus instintos y lo trinco infraganti.

Herr Bauer asintió varias veces.

—Vale, ya te pillo. En resumidas cuentas: tienes decidido ir a Barbados con o sin mi aprobación y una vez allí esperas que te ayude para llevarlo de la oreja ante los tribunales españoles. ¿Es eso?

—Eso es, sí.

—Pues podías haberlo dicho antes y me ahorrabas el cabreo. ¿Cuándo te vas?

—¿Cuándo te vas a levantar de la cama, hija? —escucha al otro lado de la puerta—. Son casi las dos de la tarde.

Con la persiana totalmente bajada, Sara no tiene ni idea de la hora que es. Ni le interesa. Tiene los ojos cerrados pero no duerme. Ya quisiera. Le gustaría no tener que ser consciente de la realidad; sin embargo, solo lo logra de forma intermitente y cuando está despierta, ergo consciente, se siente mal.

Peor que mal.

Fatal.

Un virus. Eso es lo que le ha contado a su padre. De esos que no tienen nombre ni apellido pero que te dejan baldado unos cuantos días.

—Ve comiendo tú, yo si puedo voy luego.

José María tarda en contestar.

—Como quieras. Yo bajaré en un rato a echar la partida. Me llevo el teléfono. Si necesitas algo, llámame.

Ese «algo» que de verdad necesita es estar sola.

Desde que sabe que está embarazada, Sara se ha encerrado en sí misma y ha castigado del mismo modo a su cuerpo encarcelándolo en la habitación, de donde no ha salido más que para ir al baño y alimentarse lo justo y necesario como para no morir de inanición. Ha tenido mucho tiempo para pensar y, no obstante, a la única conclusión a la que ha llegado es que se detesta. Sí. No se soporta. Y se avergüenza de tener que convivir consigo misma para los restos. En condiciones normales, contando con que le quedan unos cuarenta años de vida, significa que tiene por delante catorce mil días —con todas sus horas, minutos y segundos— en los que no le va a quedar más remedio que tragar con ese ser que tanto odia. De hecho, desde el domingo evita los espejos para no tener que enfrentarse a su imagen y soltarse a la cara todo lo que piensa. Lo otro que evita, aunque no siempre lo consigue, es pensar en quién será el padre de esa nueva vida que alberga en su sucio cuerpo. Ni siquiera se ha planteado si quiere o no tenerlo, a ese punto todavía no ha llegado. No está preparada para tomar una decisión así, por eso trata en todo momento de tener el cerebro como el móvil: apagado o fuera de cobertura. A pesar de ello, lo que sí registra su sistema auditivo es un sonido que identifica al instante: el timbre de la puerta. Acto seguido unas voces y al rato, unos pasos.

Tres golpes en la puerta preceden la irrupción de José María.

—Sara, hija, me alegro de que estés despierta. Aquí hay alguien que ha venido a verte.

—Ha venido a verte el guaperas del otro día —le avisa Amy—. Y tiene la cara hecha un cromo.

Omani levanta la cabeza y ve salir cojeando levemente al cliente que fue de parte de Antone. En su cabeza acaba de facturar otros cuatrocientos. Quién sabe si algo más.

—Me ha dicho que te espera en la parte de atrás. Yo no sé qué chanchullos te traes entre manos, pero como se entere el jefe te va a meter una patada en el culo que te va a sacar de la isla.

—Pues ya sabes lo que tienes que hacer: cerrar el pico, que para eso te llevas lo tuyo —le dice a su compañera antes de dejar lo que está haciendo y encaminarse hacia su taquilla.

Fuera se sorprende al ver que Amy tenía razón.

—Joder, ¿qué demonios te ha pasado en la jeta, colega?

—Un novio celoso. Nada importante.

—¡Me cago en la puta! ¿Te pilló con la polla dentro o qué? —bromea.

—Eso pretendía yo, pero no me dio tiempo. Ya es agua pasada. He venido a por más mercancía buena de esa que tú tienes.

—¿Cuánto?

—El doble que la vez anterior.

En su caja registradora mental, más de lo que suele sacar en toda una semana.

—Escucha: tengo unas pastillas mejores que las que te di el otro día. Es un MDMA de primera. De primera, tío. Me las trae un colega que estudia en la Universidad de Tampa, Florida. Es de fiar. Tienen muy buena concentración, así que de media en media y lo vas regulando.

—Sí, sí, ya sé. Pero son más caras, ¿a que sí?

—Sí, tío, un poco. A doce.

—Me las quedo.

—Genial, tío. No lo lleves todo encima, porque si te trinca la poli, te meten de cabeza en el calabozo.

Los doce billetes de cien dólares barbadenses ya están en el bolsillo trasero de su pantalón cuando el guaperas le muestra otro y lo hace bailar ante sus ojos.

—Te daré otros cien si me contestas a una pregunta. Es muy sencilla: ¿dónde vive Antone?

—¿Antone? ¿Y por qué iba yo a saber dónde vive?

—Porque es tu colega. Por eso.

—¿Y para qué quieres tú saberlo?

—Porque le debo un favor que me hizo el otro día y, aunque me dio su teléfono, no lo quiero llamar para darle una sorpresa.

A Omani le pasa desde que era pequeño. Como tiene cara de idiota todo el mundo se cree que lo es. Pero no. Está claro que lo que le ha contado de la sorpresa es una milonga, pero su superpoder es interpretar los rasgos faciales de las personas para saber si le están mintiendo.

—Me fastidia perderme esos cien, pero te juro por mi madre que no tengo la menor idea de dónde vive.

Lo que Omani no sabe es que la persona que tiene enfrente también maneja el mismo superpoder y algún que otro más que está a punto de descubrir. Como la supervelocidad a la hora de golpear, fruto de sus muchas horas frente al saco. Así, a Omani no le da tiempo a reaccionar cuando el tipo le suelta un gancho que impacta en el puente de la nariz y le deja medio grogui. El fuera de combate lo logra con una combinación uno dos que, por cierto, el otro tampoco ve venir. Lo que sí siente a continuación es que no puede respirar.

—Tienes treinta segundos para hacer memoria —oye.

Sin embargo, pensar en esas circunstancias no es fácil, o puede que al final sí sea tan idiota como la gente cree. Pero es un idiota con suerte, porque de repente le viene la palabra que andaba buscando, solo tiene que conseguir pronunciarla.

—Ellerton —dice cuando el otro afloja.

—Y eso, ¿dónde está?

Omani aprovecha para tomar una bocanada de aire.

—En Saint George. Vive con su prima Michelle en una casa de madera blanca que está frente a la iglesia anglicana de Saint Luke.

—¿Así que esa zorra es su prima de verdad? —Omani tose y asiente—. ¡Qué alegría me das! Ni una palabra de esto o volveré y te haré tragar una a una toda la bolsa de pastillas hasta que te vea echar espuma por la boca, ¿queda claro?

Omani asiente, tose y vuelve a asentir.

El guaperas deja caer el billete de cien que, planeando, se posa sobre sus piernas.

—Habría sido más sencillo si me lo hubieras dicho a la primera, maldito idiota.

A Omani, a pesar de estar todavía aturdido y de su supuesta escasa capacidad intelectual, le da para llegar a la conclusión que más le conviene: «Puedo ser idiota, sí, pero no tanto como para jugármela por un cabronazo como Antone».

Antone y Michelle. Michelle y Antone.

Dos cadáveres que aún no saben que lo son.

Ya en el coche que he alquilado esta mañana en el hotel después de ampliar la estancia dos días más y pasarme por un cajero a retirar más efectivo, me apetece probar más de ese MDMA de primera. Estas son azules con el logo de un hacha y, aunque sé que una entera no me va a doblar, le hago caso a Omani y me como media por si acaso se enemista con los calmantes que sigo tomando para paliar el dolor de las costillas y el glúteo. Necesito entonarme, pasar de terrícola a celícola para afrontar desde un plano superior la siguiente etapa del viaje. Pero sin pasarme, que debo estar en plenitud de facultades cuando toque apretar el acelerador.

Mi estancia en el hospital no ha sido fácil. Demasiado tiempo sin hacer nada, postrado en la cama, pensando incluso en el argumento de una nueva novela que nunca escribiré. No con mi antiguo nombre, claro. Quién sabe si algún día me da por buscarme un pseudónimo y recuperar el oficio, pero empezar de cero en el mundo editorial se me hace muy cuesta arriba. Harina de otro costal que nada suma en lo que ahora ocupa mi voluntad.

Voluntad no le sobra a Sara, pero lo que de verdad le falta, y mucho, es lo que sea que se requiera para dar crédito a lo que ven sus ojos: Sancho con cara de circunstancias, parado bajo el marco de la puerta con las manos metidas en los bolsillos del abrigo.

—Bueno, pues aquí os dejo —interviene José María—. Que estos me encuentran sustituto echando leches y al final me toca mirar toda la partida.

—Hasta luego, gracias —lo despide el pelirrojo.

Sara aún no ha recuperado la facultad del habla.

—Te he intentado localizar por teléfono, pero... nada. La verdad es que prefería verte. ¿Qué te pasa? ¿Estás enferma?

La todavía inspectora del Grupo de Homicidios de Valladolid se incorpora para apoyar la espalda en el cabecero de la cama y se rehace la coleta más como método para ganar tiempo que porque sea necesario.

Engallado, Sancho mantiene su posición en la línea de frente.

—No estoy muy bien, no —logra decir—. ¿Se puede saber qué haces aquí?

—Ya te lo he dicho: quería verte.

Algo se activa en Sara.

—Verme, ¿eh? Pues aquí me tienes, hecha unos zorros y sin poder hacer nada para solucionarlo. Ya me has visto, ¿y ahora qué? ¡¿Me vas a contar lo mucho que me echas de menos?! ¡¿O has venido para tratar de convencerme de que lo deje todo y me vaya contigo a Lyon?! ¡Porque ya casi no me queda nada que dejar!

—No, en absoluto.

—¡¿Entonces, qué?! —grita sin saber muy bien por qué. Sancho tampoco.

—Quiero convencerte de que vengas conmigo a atrapar al hijo de la gran puta que mató a Bittor.

Algo se desactiva en Sara.

Sancho lo advierte en el naufragar de su semblante y, como si pudiera evitar el hundimiento, se lanza al rescate. Al percatarse de que nada puede hacer ya para evitar que ese buque se vaya a pique, decide agarrarse muy fuerte y perderse con ella en las profundidades del dolor.

Del dolor que causa presenciar el dolor ajeno. Sobre eso va a versar mi experimentación de hoy. Lo he visto claro hace apenas unos minutos con el petardazo que me ha provocado la primera de las pastillas de Omani. No mentía cuando decía que tenían muy buena concentración.

Me siento pletórico, indestructible.

Conectado con ella.

No sé si Michelle coincidirá conmigo en eso. Por la aterrada expresión con la que me mira deduzco que no. Es divertido comprobar cómo la belleza física desaparece cuando aparece el miedo.

La casa estaba, en efecto, donde me había indicado el idiota de Omani. Entrar por una ventana de la parte trasera me ha resultado tan sencillo como lo es para un zorro asaltar un gallinero abierto de par en par. Antes de eso me he detenido en un negocio de ferretería y bricolaje donde he encontrado las herramientas que voy a utilizar y, con mi mochila a la espalda, he recorrido la casa para asegurarme de que estaba vacía. Lo siguiente ha consistido, como ya preveía, en armarme de paciencia y esperar. Mi intuición no me ha fallado al apostar por Michelle como primer participante. Dada su ridícula complexión física, reducirla e inmovilizarla en una de las sillas de la cocina me ha resultado insultantemente sencillo. Tras concederle unos minutos para que se calmara, me he sentado frente a ella y le he acariciado la cara. El gesto ha funcionado, porque desde ese momento, aunque el miedo siempre ha estado presente, la he notado distinta y necesito que me aclare algo antes de tomar la decisión que lo va a condicionar todo.

—Michelle, cariño, escúchame con mucha atención —le pido modulando el tono, pero sin dejar de mover el cuchillo—. Te voy a quitar eso para que tú y yo podamos hablar. Por favor, no me obligues a hacerte daño.

Al sacarle el trapo de la boca me doy cuenta de que está temblando y no es de frío. Sus ojos, enrojecidos y anegados de lágrimas, han perdido su original encanto y, si bien no entiendo muy bien el motivo, lo cierto es que no disfruto con ello del todo.

—La pregunta es muy sencilla. Solo te pido que seas sincera. Si me mientes, lo voy a saber y entonces las cosas se van a poner muy complicadas para ti, ¿entiendes?

No contesta, ni falta que hace.

—Ahí va: ¿sabías que Antone iba a robarme cuando me propusiste ir a ese callejón?

No contesta, ni falta que hace. Su mirada, huidiza, contiene la respuesta.

—Vale.

—¡Antone me obliga a hacerlo! ¡Si no, me echa de casa y yo no tengo ningún sitio donde ir!

—Chisss. Baja la voz. Tranquila. Me has dicho la verdad y eso es lo que cuenta. No te tienes que preocupar por nada. ¿Lo habíais hecho antes?

Michelle asiente.

—Siempre es igual. Me llama y me dice el lugar en el que tengo que estar. Me lo presenta, me lo llevo a algún sitio y allí lo despluman. Lo habitual es que lo hagan sin hacerle daño, pero el otro día... ¡Lo siento mucho! ¡De verdad que no sabía que te iban a...!

—Tranquila —insisto—. A ti no te voy a hacer nada, te lo prometo, pero entenderás que tengo que arreglar las cosas con tu primo.

Michelle tensa las aletas de la nariz y aprieta los dientes.

—Antone no es mi primo. Es lo que va diciendo por ahí desde que me compró. Bueno, desde que compró a Fabien mi deuda.

—Explícate.

Toma aire.

—Yo nací en Codrington, en Barbuda. En el 2017 el huracán Irma arrasó la isla y lo perdimos todo. Mi padre y mi hermano mayor murieron y mi madre solo podía hacerse cargo de los dos pequeños. Me tenía que buscar la vida fuera de casa y en mi ciudad no había ningún futuro. Entonces contacté con Fabien, un hombre que ayudaba a las chicas a encontrar trabajo en Barbados. Yo soy peluquera y se me da muy bien maquillar. Me compró un pasaje en un barco, pero cuando llegué al puerto, el hombre que me estaba esperando me llevó a una casa con otras chicas a las afueras de Bridgetown.

—Y allí te obligó a prostituirte —me adelanto.

—No, allí no. En los hoteles. Cada día que pasaba los intereses de la deuda subían cada vez más y si no le devolvía el dinero, me amenazó con hacer daño a mi familia. No tenía escapatoria. Así estuve tres años, tragando con todo, aguantando con la esperanza de librarme algún día, pero lo que Fabien nos cobraba por vivir en esa casa y por la comida era mucho más de lo que ganábamos, para que nunca pudiéramos pagar la deuda. Y si intentabas escapar y te pillaban, te desfiguraban la cara o peor, como le pasó a Mary Jane, que la encontraron muerta de una sobredosis.

—Hijos de puta —digo con sinceridad.

—Un día apareció Antone por la casa y se encaprichó de mí. Le pagó la deuda a Fabien y desde entonces vivo aquí. Sigo haciendo lo mismo, pero ahora estoy endeudada con él. De vez en cuando me folla, pero sobre todo me quiere para ganar dinero. Yo solo hago lo que me dice, nada más. Nada más —repite, avergonzada.

—Entendido. Tú tranquila, cariño. ¿Sobre qué hora suele llegar Antone a casa?

Michelle se encoge de hombros.

—Depende del día. Cuando deja el taxi lo normal es que se pase por el pub de Tony a tomar un par de tragos, pero le gusta cenar en casa porque la comida que ponen allí dice que es basura y yo no cocino mal.

Le sonrío.

—Pues no nos queda más remedio que esperar a que venga, ¿no?

Michelle eleva las cejas y, como si me leyera el pensamiento, traga saliva.

—Quizá tengamos que pensar en algo que podamos hacer juntos para matar el tiempo.

El tiempo parece haberse estancado entre esas cuatro paredes. Los restos del naufragio a los que se han agarrado Sara y Sancho flotan a la deriva en un mar silencioso, en calma.

Contra todo pronóstico, es ella quien decide nadar hacia la orilla.

—Si me das unos minutos me ducho, salimos a que nos dé un poco el aire y me cuentas todo lo que me tengas que contar.

—Me parece cojonudo.

Se incorpora de la cama con lentitud y, como si su sistema locomotor tuviera el rendimiento optimizado para un molusco, se desplaza con la intención de llegar al baño.

—Creo que voy a tardar algo más de unos minutos —advierte.

—No hay prisa.

Pasean por el casco histórico de Jaca a ritmo de turista. La tarde languidece cuando Sancho está a punto de terminar el mismo relato que le ha expuesto el día anterior a Otto Bauer. Ha tardado mucho menos en hacerlo por dos motivos: que repetirlo favorece la concreción y que Sara no ha intervenido ni una sola vez. Solo ha reaccionado —mínimamente, eso sí— cuando Erika Lopategui ha aparecido en escena.

—Esa sucursal de Barbados es la clave —concluye el pelirrojo.

Sara se muerde el interior de los carrillos y toma aire.

—Tal y como yo lo veo —arranca con un hilo de voz—, hay muchas probabilidades de que hagas el viaje en balde. En esa sucursal no te van a decir nada aunque les enseñes tu identificación de la Interpol. Esa gente solo actúa por y para el dinero, pero en el remoto caso de que lo logres, tampoco te aseguran que puedan sacarlo del país, ¿no?

—Eso mismo me ha dicho herr Bauer, pero lo conozco bien y confío en que, si damos con él, saque su varita mágica y encuentre la forma de poder extraditarlo a España.

Habla Sancho con entusiasmo, moviendo las manos y gesticulando.

—Una vez aquí, podemos enjuiciarlo por falsedad documental y suplantación de identidad, conseguir que el juez le retire el pasaporte por el riesgo fundado de fuga, y de este modo contaríamos con un tiempo precioso para poder enchufarle uno o varios asesinatos. *The show must go on*. No queda otra.

—*Must go on* si lo encontramos —objeta Sara.

—Cierto, pero yo quiero pensar que Vázquez de Aro se siente a salvo allí y eso le va a llevar a cometer errores. A dejar un rastro que podamos seguir. Ese cabrón no sabe que conocemos la identidad bajo la que actúa y en cuanto empiece a usar tarjetas de crédito, teléfono, etcétera, etcétera, lo vamos a poder localizar. Creerse impune será su perdición.

—Te expresas siempre en plural y te recuerdo que, en la actualidad —remarca—, sigo apartada del cuerpo.

—Bueno, pero nada ni nadie te impide viajar mientras se resuelve tu expediente, ¿no?

Sara, que en ningún momento ha valorado siquiera la posibilidad de contarle a Sancho que está embarazada, se detiene frente a la Torre del Reloj y con su mirada escala sus sólidos muros de ladrillo, levantados hace más de quinientos años. Le encantaría ser así de robusta, de vigorosa, pero sabe que sus cimientos están muy dañados y que cualquier soplido podría hacer colapsar toda la estructura.

—¿Sara?

—¿Por qué insistes en que te acompañe? Ahora mismo no soy más que un lastre.

—Aunque parezca un tópico, sé cómo te sientes. Yo también he pasado por una situación similar y alguien tuvo que venir a rescatarme.

—Cada persona funciona de un modo distinto.

—Sí, pero esto lo tenemos que hacer juntos tú y yo, porque, al margen de lo nuestro, de lo que sea que nos une —precisa—, no podemos permitir que ese malnacido nos pinte la cara. Si se lo consentimos, Sara, eso sí que será un lastre que arrastraremos todo lo que nos queda de vida. Se lo debemos a sus víctimas. Se lo debemos a Bittor.

—No sé si tengo fuerzas para afrontarlo.

Brazos en jarra, Sancho busca argumentos de peso en el horizonte y los encuentra en el perfil dentado que se recorta más allá de los tejados.

—Una vez me dijiste que cuando necesitabas tomar una decisión importante o afrontar un reto para el que no creías estar preparada subías al pico más alto de por aquí.

Sara echa un paso atrás, sorprendida.

—El Aneto.

—Eso, el Aneto. Te propongo que mañana lo intentemos coronar juntos, y si lo logramos, nos subamos al primer avión que nos deje cerca de esa maldita sucursal.

La idea intoxica la mente de Sara al momento, y como eficaz veneno que es, se transmite por todo su organismo hasta provocar que su anfitriona asienta varias veces con la cabeza.

Con la cabeza atrapada en mi garra, marco el ritmo al que quiero follarme esa boquita suya tan bonita.

Un par de frases me han servido para asegurarme de que no va a hacer ninguna estupidez, pero, por si acaso, la punta del cuchillo sigue apoyada en su garganta.

—En el callejón no me tocaste con los dientes ni una sola vez. Procura que ahora sea igual o te desangrarás como una cerda —le he dicho antes de quitarme la ropa y ordenarle que se arrodillara.

Sigue maniatada con los brazos a la espalda, pero no parece precisar de más ayuda que la que le prestan los labios y la lengua. Luego, igual que hice la anterior vez, me he imaginado la escena que espero vivir en breve pero cambiando de protagonista. No es Michelle sino Antone a quien estoy viendo con una sonrisa de oreja a oreja completando los últimos movimientos espasmódicos antes de morir asfixiado.

Y funciona, vaya si funciona.

A punto estoy de empezar a disfrutar de otro tipo de espasmos cuando escucho el ruido de un motor que se para en el exterior de la casa. Me detengo para aguzar el oído, como si estar a punto de correrse dificultara la audición. Michelle hace lo propio.

—¡Es él! —dice—. Hoy no ha debido de pasar por donde Tony.

—¡Me cago en la puta! —mascullo al tiempo que me subo los calzoncillos.

A Michelle la arrastro hasta el cuarto de baño, abro el grifo de la ducha, la ato a una tubería cuya idoneidad he comprobado con anterioridad y le vuelvo a introducir el trapo hasta la campanilla. También tengo previsto dónde voy a sorprenderlo, por lo que ocupo mi puesto y trato de desacelerarme.

Sonido de la puerta.

—¡No te lo vas a creer! Al jodido estúpido de Tony se le había acabado el Jack Daniel's. Me ha ofrecido otra cosa, pero le he mandado a tomar por el culo y me he pirado de allí. ¡Michelle, ¿dónde andas?!

Lo oigo moverse por la cocina. Sonido de cristalería, puertas de armario.

—¿Dónde mierda pusiste el Jack Daniel's? Ah, ya lo veo. ¿Y qué haces duchándote a estas horas? ¿El último cliente era demasiado puerco para ti?

Como había previsto, cuando llega al salón no se percata de mi presencia y en cuanto sobrepasa la entrada le hundo el cuchillo en el glúteo arrancándole un alarido nada varonil antes de girarse súbitamente. Sin darle tiempo a reaccionar le golpeo en la sien con el mango para aturdirlo antes de ensañarme con sus partes blandas de un rodillazo certero que le hace caer al suelo, donde lo sigo pateando, ahora en la cabeza, hasta que pierde el conocimiento.

—Bienvenido a casa, Antone —le digo entre jadeos antes de arrastrarlo hasta la tubería que he elegido para él en el baño.

Una hora y pico más tarde, el suplicio físico al que he sometido a Antone se refleja, multiplicado por diez, en el aterrado rostro de Michelle, que, aunque ha mantenido los ojos cerrados la mayor parte del proceso, no puede evitar que el resto de los sentidos sigan funcionando a la perfección. Así, los oídos registran los gritos de Antone ahogados por los calcetines que le he metido en la boca, su acelerado y arrítmico respirar, su ridícula llantina, sus súplicas estériles y sus esporádicos e igual de inútiles ataques de ira. Del mismo modo, su olfato recoge los olores concentrados en ese reducido espacio procedentes de los fluidos que poco a poco están abandonando su cuerpo, y que, sin necesidad de ser una experta, equipara a una suerte de cuenta atrás en el reloj vital de su querido falso primo y, por consiguiente, también en el suyo. Pero ahí se equivoca Michelle, porque los planes que tengo para ella son diferentes. Con ella pienso tomarme mi tiempo. Como con las drogas, tengo que regular el consumo. Media pastilla ha sido mi única dosis desde que empecé la sesión.

—Bueno, Antone, ha llegado el momento de elegir si quieres escuchar primero la buena noticia o la mala. Eleva las cejas una vez si quieres primero la buena y dos veces si prefieres la mala.

Pero Antone, cuyas deformidades faciales le hacen parecer el hombre elefante y apenas tiene fuerzas para mantener la cabeza erguida, no se pronuncia. Me giro entonces hacia Michelle, que permanece amarrada a su silla en primera fila de la zona VIP, y la señalo con la punta del cuchillo.

—Te toca a ti tomar la decisión, querida. Qué le vamos a hacer.

El entumecimiento de su semblante me provoca una sonora carcajada.

—Tranquila, que solo era una broma. La buena noticia para Antone es que ya estamos acabando y la mala es que todavía queda lo peor.

Ahora me dirijo a él.

—Lo he estado pensando y no puedo dejar pasar la oportunidad de completar el cuadro siendo fiel a mi estilo. Con los últimos no he podido hacerlo, y lo cierto es que lo echo mucho de menos. Además, cuando termine contigo no te voy a exponer para que el mundo te vea. Te vas a pudrir en algún sitio donde nadie pueda encontrarte jamás. ¿Preparado?

Lo rodeo para colocarme a su espalda y al agacharme para colocar el cuchillo, los efluvios del miedo se cuelan por mis fosas nasales. Tomo aire para calmar mi excitación y, como esperaba, surte efecto.

Procedo.

Dos hechos me sorprenden: el primero, que Antone apenas se ha retorcido, sospecho, por haber superado ya con creces su tolerancia al dolor. El segundo, más asombroso si cabe, es la reacción de Michelle, que no ha retirado ni un solo instante la mirada para no perderse detalle de cómo le he practicado ambas incisiones. Está claro que experimentar con situaciones límite es el único camino que conduce hacia el entendimiento de la conducta del ser humano. Solo resta consumar el acto y vaciar de una vez por todas mis testículos, pero cuando conecto con la mirada de Michelle para compartirlo con ella detecto un destello distinto que me hace valorar una remota posibilidad. Una vía distinta que, sobre el papel, carece de sentido y que, no obstante, me apetece explorar. Para salir de dudas lo único que tengo que hacer es formular la pregunta.

—Michelle, cariño, ¿quieres hacerlo tú?

Para mi sorpresa, no se lo piensa. Muy despacio, asiente.

Me acerco a ella para sacarle el trapo de la boca. Tengo que asegurarme.

—¿Estás segura?

Mismo gesto.

—Necesito escuchártelo decir.

—Sí, lo estoy.

—Si intentas jugármela, lo vas a pasar muy muy mal. Peor que él.

—No voy a jugártela.

Hay firmeza en sus palabras y la erección que noto crecer entre mis piernas me anima a tomar la decisión. Experimentar conlleva asumir riesgos.

—Muy bien, pero tendrás que asfixiarlo con tus manos. Y no es fácil, te lo aseguro.

—Quiero hacerlo.

Acto seguido me giro hacia Antone, en cuyo rictus, a pesar de la deformidad, se reflejan sus emociones. Comprobar que está del todo acojonado alimenta más si cabe mi excitación.

—Esto es lo que pasa cuando tratas a las personas como auténtica mierda.

A Antone le gustaría decir algo, pero no le pienso conceder esa oportunidad.

—No me falles ahora —le insto a Michelle antes de liberarla.

Ella se lo toma con calma. Me gusta su templanza. Decido no intervenir y adopto un papel de mero espectador retirándome a una esquina del cuarto de baño. Michelle lo observa durante unos segundos como haría un gato antes de abalanzarse sobre un gorrión herido, y le lanza un zarpazo que apenas acusa Antone, pero que a ella le sirve como aperitivo de la descarga de golpes que llega a continuación. Mentiría si dijera que no me siento algo fascinado con su actuación teniendo en cuenta que se trata de su primera vez. Antone intenta socavar su fe liberando una hiriente risotada que, muy a su pesar, provoca la reacción contraria y hace que Michelle proyecte ambos brazos hacia su cuello y sus diminutos y frágiles dedos se aferren a su garganta. Él, como si de verdad se hubiera visto sorprendido o quizá porque no pensaba que Michelle fuera capaz de impedir el paso de aire a través de su tráquea, eleva las cejas y pestañea varias veces.

Es el momento en que, para rodar bien la escena y que quede para siempre guardada en el archivo de mi memoria, me cambio de posición. Luego me bajo los pantalones y los calzoncillos hasta los tobillos y, aunque sé que no lo necesito para llegar al orgasmo, me agarro la polla con fuerza. Ver el rostro de Antone —que ya va adquiriendo tonalidades violáceas— me excita, por supuesto; sin embargo, es el de ella el que capta mi atención. Me inspira su crispación estomacal, volcánica. Hay una tremenda belleza en su erupción cargada de espontaneidad, en la indiscutible veracidad que se refleja en esos ojos que ahora me miran. Michelle conecta conmigo sin dejar de oprimir el cuello de Antone y, cuando noto que el orgasmo es ya incontenible, eyaculo sobre esas manos dispuestas a arrebatar una vida. Grito de placer, transmitiéndole en el acto el ímpetu que le falta para rematar la faena, lo cual ocurre segundos después y provoca una metamorfosis inmediata en su expresión.

Sin moverse, Michelle me sonríe, feliz.

Y es en ese instante cuando me doy cuenta de que algo ha sucedido entre nosotros. Se ha establecido un vínculo, un nexo cuya naturaleza desconozco y que me hace preguntarme si será eso que otros llaman enamorarse.

Enamorarse es cuestión de química, dicen, justo la asignatura que más odiaba Sara Robles.

Tumbada boca arriba en la cama, con la luz apagada y los ojos abiertos, se acuerda de que en tercero de BUP se le atragantaron todos y cada uno de los elementos de la maldita tabla periódica. Quizá por eso todo lo que tiene que ver con el amor le resulta tan indigesto. Por eso y porque cuando alguien se enamora no le hacen entrega de ningún manual de instrucciones donde se incluyan una serie de nociones básicas para principiantes.

Sabedora de ello —que no consciente ni consecuente—, lo que de verdad considera insalubre desde el punto de vista emocional es que nadie la haya advertido de que sí existen unas reglas de juego, por supuesto, pero que se trata de un reglamento del todo interpretable y que lo habitual es que el árbitro siempre pite en contra. En el amor, una norma bien torturada confiesa lo que uno quiera. Sara es muy amiga de establecer comparaciones con el mundo que mejor cree conocer y en el que más cómoda se encuentra: la escalada. Y si viera a alguien intentar subir una pared sin haber visto en su vida un arnés o sin saber asegurar en *top rope*, le diría que no debe hacerlo. Poder puede, sí, pero no conviene en absoluto, porque un solo error cometido a una altura determinada podría ser el último. Pues lo mismo le sucede a Sara con ese muro vertical y helado que para ella es el amor, un muro al que se ha enfrentado sin medidas de seguridad y del que se ha caído desde lo más alto.

Sabedora de ello —que no consciente ni consecuente—, lo único que de verdad desea es volver a intentarlo.

Y entre el puede y el debe se sigue debatiendo.

Al regresar a casa de pasear con Sancho su cabeza era una jaula de grillos. Desconcertada pero con claros síntomas de mejoría —que, a juicio de José María, se reflejaban en su rostro—, este les ha ofrecido preparar su famosa tortilla de patata para cenar los tres. En lo que Sara dejaba listas las mochilas con el equipamiento necesario para afrontar la subida al Aneto, Sancho ha sido sometido a un intenso interrogatorio paterno que, a la vista de los resultados, ha superado con solvencia. Luego han alargado la sobremesa gracias al par de botellas de Tres Picos que ha abierto el anfitrión motivado por la feliz ocasión, caldos de uva garnacha que el pelirrojo ha degustado y elogiado ganándose el afecto del ex guardia civil. Sara no ha intervenido demasiado en la charla, tampoco en la ingesta, pero se ha sentido cómoda y por primera vez en mucho tiempo no ha encontrado motivos para repudiarse a sí misma.

Ha sido al dar por concluida la velada con el propósito de estar frescos para la jornada que los espera al día siguiente, cuando, sola de nuevo en la cama, le han asaltado de nuevo esos pensamientos relacionados con el enamoramiento y la química.

«Puedes, pero no debes», se repite.

Tras llegar por enésima vez a la misma conclusión, Sara se levanta y camina hacia la puerta. Con cuidado de no hacer ruido al abrirla, avanza con sigilo por el pasillo y contiene la respiración al pasar ante la habitación de su padre. Pocos metros más allá se encuentra su destino. Con la mano sobre el picaporte del cuarto de invitados, Sara vuelve a leer la sentencia que ha dictado el jurado popular que compone su conciencia: «Puedes, pero no debes». El problema, si es que ha de considerarse como tal, es que esta noche se ha puesto la toga y como jueza que es de sus decisiones, decide no prestar oídos a esas voces y modifica la sentencia: «Puedes».

Al entrar se topa con la mirada cómplice de Sancho.

—¿Puedo? —susurra.

—Puedes —contesta sin titubear.

Contesta sin titubear, lo cual es difícil de entender dadas sus circunstancias.

—Haré lo que me pidas —repite Michelle.

—Si en algún momento tengo la más mínima sospecha de que vas a jugármela, te prometo que lo que le he hecho a Antone lo prolongaré durante días.

—No te daré ningún motivo para que pienses eso.

Un halo de devoción envuelve su tono y me contempla como si tuviera delante una presencia celestial.

—Por tu bien espero que así sea. Ahora te vas a quedar ahí quietecita mientras yo me aseo y luego me vas a ayudar a limpiar toda esta mierda. Después vamos a esperar un poco y te vas a venir conmigo a buscar un lugar donde deshacernos del cuerpo de Antone. ¿Se te ocurre algún sitio en el que podamos hacerlo?

Michelle mira al techo como si allí estuvieran escritas las palabras que no se atreve a pronunciar.

—No hace mucho encontraron lo que quedaba de un tipo al que habían arrojado en los acantilados cerca de Harrison's Point. Según decían las noticias, por allí anidan muchas gaviotas y solo dejaron los huesos.

—Me gusta. ¿Dónde queda eso?

—En el norte de la isla, a unos cuarenta minutos por la carretera de la costa.

—Fantástico.

Invertimos apenas una hora en dejar la casa mucho más limpia de lo que estaba. Su empeño ha sido encomiable, digno de elogio. Hemos esperado a que llegara la madrugada para envolver el cuerpo en una manta harapienta que tenía en el armario y, tras asegurarme de que no había ninguna presencia incómoda, he acercado el coche y hemos metido a Antone en el maletero. Media pastilla y cincuenta minutos después llegábamos al faro sin cruzarnos más que con un par de camiones durante todo el trayecto, dos más que las palabras que he intercambiado con Michelle.

Al bajar del coche me acaricia la brisa marina. Me concedo unos segundos para aspirar el aroma que exuda la roca viva como resultante del litigio fronterizo que mantiene con el mar. La secuencia hipnótica del faro me cautiva y me dejo guiar hacia el borde del acantilado atraído por el rumor de las olas. Empequeñezco ante la oscura enormidad que me rodea y noto que mis sentidos se aletargan por decisión propia. Me sobresalto al percatarme de que Michelle está a mi lado y, de forma instintiva, me alejo de ella al ser consciente de que podría haberme empujado al vacío si hubiera querido. Vacilante, anulado, no soy capaz de evaluar la situación hasta que ella, que permanece en silencio, me tiende la mano.

—Gracias —me dice.

EL PRESTIDIGITADOR: CAPAZ DE CAPTAR LA ATENCIÓN DEL LECTOR CON EL ÚNICO PROPÓSITO DE OCULTAR LO QUE LE CONVIENE

Valle de Benasque (Huesca)
20 de abril de 2022

Desde el Portillón Superior ya divisan la cumbre y el glaciar del Aneto. Ninguno quiere decirlo, pero hace tiempo que ambos han empezado a coquetear con la fatiga. No es para menos. En pie desde las cinco de la mañana, han tardado tres horas en llegar en coche hasta Benasque y otras tantas en ascender hasta donde están. Tampoco han hecho comentario alguno sobre lo ocurrido durante la noche o, para ser más precisos, sobre lo no ocurrido, porque cuando Sara se metió en la cama de Sancho lo único que hizo fue acurrucarse junto a él y dejarse abrazar.

—Se está muriendo —comenta Sara.

El pelirrojo se acaricia la nuca.

—¿Quién?

—El glaciar.

—Joder, qué susto. Pensé que te referías a tu padre.

Sara esboza una tímida sonrisa.

—Para susto el que yo me llevé cuando entré en casa y me lo encontré tirado en el sofá con la tele encendida. Estaba dormido pero no lo parecía. Bueno, a lo que vamos: que cuando lleguemos allí hay que calzarse los crampones y tirar mucho de bastón.

—Tú mandas.

—Se está derritiendo. Dicen que a este ritmo desaparecerá en unos treinta años.

—El calentamiento global y esas mierdas, ¿no?

—Esas mierdas, sí. Tenemos que llegar hasta aquel punto —señala—. Allí estaremos a unos tres mil cuatrocientos metros. Así que mira bien dónde pones los pies porque, aunque no lo parezcan, muchas de esas rocas son muy inestables.

—Mira, como tú —suelta Sancho sin pesárselo dos veces.

Sara le da un manotazo en el hombro.

—¡Serás cabrón!

—Me la has puesto botando.

—¡Venga, arranca!

Y eso hacen otras dos horas hasta que llegan a un montículo en el que se acumulan varios alpinistas.

—¿Y esos qué coño hacen ahí? —pregunta Sancho, extrañado.

—El Paso de Mahoma siempre está petado. En invierno está cubierto de hielo y nieve y no conviene pasarlo sin tirar una línea. Han muerto unos cuantos en el intento, pero en verano hay tanta gente aguardando su turno que te puedes tirar un par de horitas esperando como si tal cosa.

Sancho fuerza la vista y es entonces cuando se da cuenta.

—No me digas que hay que pasar por ahí para llegar a la cumbre.

—Pues no te lo digo si no quieres, pero sí. No es complicado, solo tienes que mantener el equilibrio porque la caída por ambos lados es de «chof» y hasta luego.

El de la Interpol se encarama a una roca para comprobar que tiene razón. La anchura del puente de roca no llega al metro y si no fuera porque hay seres humanos que lo están cruzando, diría que tiene pinta de ir a derrumbarse de un momento a otro.

—Te aconsejo ir un poco agachado por si sopla alguna racha traicionera de viento lateral.

—No puedo.

—Si quieres puedes dejar aquí la mochila. Nadie se la va a llevar.

—No puedo, tengo un problema.

—¿Un problema?

—Tengo vértigo.

Sara lo mira incrédula.

—¿En serio?

—Muy en serio. Solo con ver a esos cruzar por ahí ya me estoy mareando.

—¿Y cómo no me lo has dicho antes?

—Pues porque no ha surgido la oportunidad. No es algo que me suceda de toda la vida. De hecho, lo detecté hace no mucho al subir a la Torre Eiffel.

—Bueno, pues si no se puede, no se puede. Tranqui, siéntate ahí y descansa un poco, que la bajada también tiene su aquel. Dame media horita.

A pesar de que a Sancho no le ha gustado una pizca la condescendencia con la que le ha hablado, se descuelga la mochila, se sienta y observa cómo Sara trepa por las rocas con inconsciencia felina como si de verdad tuviera siete vidas.

—La madre que la parió —evalúa el de la Interpol.

En cuanto desaparece de su campo visual, sin comprender muy bien el motivo, se reproducen en su cabeza las palabras de aquella señora de Logroño llamada Fabiola:

«Así que…, ya sabes lo que toca. Toca estar despierto».

Sin más debates internos, Sancho se pone en pie y avanza hacia ese conglomerado informe que a sus ojos no es más que un puñado de rocas.

Un puñado de rocas suspendidas milagrosamente en el aire.

Un puñado de rocas suspendidas milagrosamente en el aire y que tiene que atravesar sí o sí.

Al levantar la vista localiza la chaqueta térmica roja de Sara ascendiendo el último tramo que le queda para alcanzar la cima. Por una parte se alegra de que esté a salvo, pero por otra le invade un sentimiento de animadversión hacia ella por haberlo empujado hasta allí.

—Oye, tío, ¿necesitas ayuda? —oye a su espalda.

Sancho se gira muy despacio. Unos treinta, barbita de ferviente escalador, mirada de montañero experimentado, pose de sherpa. Tras él, un grupo de clones.

—Necesito que nadie me distraiga.

—Vale, vale, perdona. Era solo por decirte que a los que lo cruzan por primera vez solemos decirles que lo hagan a cuatro patas.

—A cuatro patas, ¿eh?

No le parece al pelirrojo mala idea, pero aún le quedan algunas gotas de raza que exprimir y un dogma que se repite una y otra vez:

«Mira solo hacia delante».

Sobre el papel es lo que debe hacer, pero es un fundamento capital que no es compatible con las irregularidades que presenta la superficie por la que tiene que transitar.

«Solo se tropieza el que no le importa dónde pone los pies», escucha en su cabeza. Es la voz de su padre, de quien heredó el gusto por los refranes, frases hechas y otros dichos populares.

Y tropezarse no quiere.

No debe.

Así, al entrar en contacto con las primeras rocas, deja caer la mirada y esta se precipita al vacío. Al estrellarse contra un fondo que ni siquiera alcanza a distinguir, las suelas de sus botas se vuelven inconsistentes, sus articulaciones demasiado articuladas y su capacidad motriz se torna incapaz. Paralizado, lo único que nota es que una fina capa de sudor enfría su piel y que su cuerpo, rígido y a la vez quebradizo cual estatua sin pedestal, oscila. Es el suyo un trastorno más de tipo vestibular que prioceptivo, dado que, si bien sabe dónde se encuentran sus extremidades, su desorden espacial le impide poder tomar ninguna decisión que conlleve cambiar de posición, sobre todo a las piernas.

—¡Ponte a cuatro patas, tío, hazme caso! —oye.

La reiterada propuesta, en la tesitura en la que se encuentra es valorada y, aunque no de inmediato, aceptada por mayoría simple.

Por evitar despeñarse, nada más.

Y nada menos.

—¡Primero una mano, luego el pie contrario! —le grita el falso sherpa—. Siempre tres puntos de apoyo. Poco a poco.

Su palabra es ley.

Conforme va progresando, el miedo a caer disminuye y los jaleos y vítores que escucha a su espalda le ayudan a sentirse más seguro. De este modo, muy despacio, va recortando metros a los doce que tiene de largo. Cuando le restan un par, percibe un bulto rojo frente a él.

—Venga, Sancho, que ya lo tienes —le anima Sara en un tono poco animoso.

Su mano tendida le incita a incorporarse y a dar los últimos pasos en pie. Al otro lado, aplausos.

—Te hacía arriba —es lo primero que logra decir.

—Estaba a punto de llegar cuando he escuchado el jaleo y he vuelto. ¿Vamos?

—Vamos.

Al llegar a la cumbre, Sancho mira en derredor y se deja embargar por la agreste belleza que le rodea. Recordando la primera vez que ella vivió esa sensación, Sara le da varias palmadas en la espalda como si así le ayudara a desprenderse de los últimos residuos de tensión que aún tiene adheridos al cuerpo y con ello a incrementar el disfrute del momento.

—Enhorabuena —le dice.

El pelirrojo alarga un brazo para tocar la cruz con la mano. Se sirve de la que tiene libre para agarrar a Sara de la solapa y atraerla hacia él.

—¿Y bien?

Ella sabe muy bien a qué se refiere, pero prefiere refugiarse en su pecho antes de decir algo que no es ni se parece a lo que Sancho espera escuchar.

Espera escuchar algo que tenga que ver con lo sucedido anoche. Lo puedo leer en sus ojos cada vez que me busca con la mirada. No se lo reprocho. Es legítimo y natural intentar comprender a pesar de que las respuestas que encuentres no sean las que necesites. Pero yo soy un prestidigitador de la palabra y solo yo decido lo que es realidad y lo que es una mera distracción.

Al margen de eso, Michelle se comporta como si fuéramos una pareja normal. Jodida y paradójicamente normal.

Porque normal ha sido nuestro despertar en el hotel donde la llevé tras regresar de los acantilados; normal ha sido nuestro comportamiento en el desayuno y normal ha sido nuestra conversación durante la cual ella me ha convencido de que lo más seguro para nosotros era abandonar Barbados por mar.

«Nosotros» suena a gesta imposible, pero suena bien, y lo anómalo de la situación me hace recordar aquella sesión con la doctora Velasco en la que me instruía sobre las parafilias, que ejemplificó con la hibristofilia: atracción sexual hacia la gente peligrosa. Me pregunto si lo nuestro podría explicarse así. Pero resulta que, acodada junto a mí sobre la barandilla de proa, con el viento alborotando su cabello, ligero, volátil, mientras contempla en silencio la línea horizontal donde se funde el azul del cielo con el del mar, Michelle parece alguien normal. Como yo. Pero no lo es. No lo somos. No lo seríamos aunque nos empeñáramos en lograrlo, y lo importante es que no lo seremos jamás porque no podríamos comportarnos en ningún caso como el resto de los seres humanos. Hay algo que nos une, lo sé, pero ahora mismo no sabría identificarlo. Y quizá tenga que ver con la dilección por lo honesto y respetuoso que es nuestro acuerdo no pactado. Somos de código genético indescifrable, lo doy por hecho, pero albergo la esperanza de que pueda ver en su reflejo mi mejor versión. La mágica distorsión contenida en las pastillas de Omani a veces me hace ver las cosas de manera diferente, que es, en definitiva, la que más se corresponde con la verdad. Creo que nunca me he sentido tan comprometido y al mismo tiempo tan libre. Atado a mi epicentro con una cuerda de longitud infinita que me permite llegar donde me proponga sin correr riesgos. Impune a todo. Puedo ser Jesucristo caminando sobre las brasas del infierno o un diabólico faquir que duerme sobre un colchón de agua bendita.

—¿Puedo hacerte una pregunta? —dice Michelle sin cambiar de postura.

—Claro.

—¿Vas a matarme hoy?

Aunque me sorprende, no lo exteriorizo.

—¿Es eso lo que quieres?

Ella niega con la cabeza. Su fragilidad me enternece. Quiero besarla, pero podría malinterpretar el gesto y conviene evitar confusiones.

—Abre la boca —le susurro al oído.

Michelle se estremece primero y obedece después sin quitar la vista del horizonte. Con toda la delicadeza que soy capaz de reunir, deposito media pastilla sobre su lengua y empujo la barbilla hacia arriba con el dedo índice.

—Hay algo que nos une, lo sé, pero no sé qué es —le digo.

Por fin se atreve a mirarme. Toma aire al tiempo que trata infructuosamente de domar su pelo con las manos.

—Yo sí lo sé: que tenemos una cuenta pendiente que nunca voy a poder pagar.

ZANCUDOS: MANTIENEN EL EQUILIBRIO INCLUSO CUANDO SE ATISBA UN DESENLACE FATAL

Sede principal del Central Bank of Barbados
(Bridgetown)
28 de abril de 2022

Resulta curioso, casi delirante, el modo en que la risueña expresión de mister Trotman, director del Departamento Legal del CBB, se ha trasmutado de veterano vendedor de seguros a aprendiz de tanatopractor en cuanto ha visto la fotografía.

Nada le hacía prever que, tan solo unas horas antes, cuando regresaba de almorzar con Theresa —el último gran fichaje en su plantilla de mujeres con escasa formación, nula experiencia, pero sinuosas curvas—, el tipo ese de la Interpol con pinta de músico de country arruinado que le llevaba esperando más de media hora terminara haciéndole tragar saliva. Poco le importaba entonces, incluso cuando le ha enseñado su identificación, lo que le estaba contando el barbudo pelirrojo que tenía delante frente a su objetivo de follarse a Theresa en su despacho, o cuando menos, que le hiciera una buena mamada al término de la jornada. Con su predecesora en el puesto, Linda, no lo había logrado en los dos años que le duró como empleada, y Jeremy Trotman estaba empeñado en sacarse esa espinita para poder restregárselo a Ian, su homónimo en el Caribbean Development Bank.

No era esa la primera vez que le solicitaban información sobre alguno de sus clientes, aunque rara vez se desplazaban para hacerlo en persona. De igual forma y con independencia de la vía elegida, él siempre terminaba aferrándose a la normativa legal de la empresa que lo legitimaba para enrocarse en la negativa.

—Ni siquiera puedo confirmarle que esa persona en concreto tenga relación con nuestra entidad, señor…

—Sancho, Ramiro Sancho.

La táctica del frontón funcionaba, pero desde el principio tuvo la sensación de que la terquedad de su rival le iba a fastidiar la mañana. No se equivocaba. Superadas las dos horas de infértil conversación, recurrió a su frase estrella:

—Señor mío, como comprenderá, tengo otros muchos asuntos que atender. Así que, si no se le ofrece nada más, voy a tener que dejarle en este momento.

El de la Interpol, lejos de parecer contrariado, se levantó y se marchó, aunque antes de cerrar la puerta por fuera dijo:

—Es muy probable que volvamos a vernos muy pronto, mister Trotman.

No le gustó en absoluto el tono, por lo que ni siquiera se dignó a contestarle.

Pero mucho menos aún le ha gustado que regresara cinco minutos antes de que llegaran las dos de la tarde, justo cuando estaba a punto de levantar el teléfono para decirle a Theresa que se presentara en su despacho.

—Lo siento, mister Trotman, pero no hemos podido impedir que... —se ha disculpado Steve, su asistente.

—Señor, tengo mucho trabajo que hacer, le ruego que sea tan amable de marcharse y, si así lo desea, regrese mañana.

—Esta vez voy a ser muy breve, no quiero robarle más tiempo —le ha dicho el barbudo pelirrojo—. Solo he venido a enseñarle algo.

Tras hacerle un gesto a Steve, cargado de resentimiento, para que se largara, el de la Interpol ha sacado su móvil, le ha mostrado la pantalla y ha ampliado una fotografía.

Y ahí ha sido cuando se le ha puesto cara de maquillador de muertos.

—Usted y yo somos de la misma quinta, ¿lo sabía? —continúa el de la Interpol—. La gran diferencia es que usted lleva veinticuatro años casado y tiene tres hijos de trece, dieciséis y veinte años, y yo no. Por eso, si fuera yo el que saliera en esta foto tan acaramelado con una compañera de trabajo en el bar del Colony Club, no habría tenido que inventarme ninguna excusa. ¿Qué le contó a Pamela? ¿Normativa legal de la empresa?

Mister Trotman levanta la cabeza. Pequeñas gotas de sudor perlan su bronceada frente.

—Por otra parte, no sé qué pensará el departamento de Recursos Humanos cuando se enteren de que un alto directivo de su banco mantiene relaciones sentimentales con una empleada que lleva menos de dos meses en la empresa, como es el caso de Theresa que, por cierto, solo le saca tres años a su hija mayor —expone con notable ataraxia.

—No tiene ningún derecho a...

—No, ninguno, lo sé. Pero hoy por hoy los derechos en general y los suyos en particular me importan una real mierda. Y le voy a explicar por qué. Ese hombre al que estoy persiguiendo ocupa el primer puesto del ranking de cosas que me importan en este asqueroso mundo. Que Pamela reciba esta foto y decida romper su matrimonio con un tipo que se niega a colaborar con la justicia para atrapar a un peligroso delincuente con delitos de sangre, no aparece siquiera en el top cien de asuntos que me importan. Y las consecuencias derivadas de hacerlo, tanto para usted como para mí, me interesan todavía menos.

—Podría denunciarle por intento de extorsión y perdería su placa.

—Podría, sí, pero le resultaría muy complicado probarlo a no ser que contara con el testimonio de su esposa, a quien ya le habría mostrado la foto. Aun así quédese con la frase anterior, porque ahí está la clave: no valoro las consecuencias de mis actos si con ello consigo detener a ese cabrón.

Mister Trotman resopla.

—Si decidiera facilitarle la información que tenemos de ese cliente no podría utilizarla contra él en ningún proceso por haberse obtenido de forma ilegal. Lo sabe, ¿verdad?

—No me hará falta. Solo nos vamos a valer de la falsedad documental para sacarlo del país y que pueda responder por el resto de sus crímenes en España.

—¿Y borrará esa foto delante de mí?

—Esta y las otras que les hice desnudos dentro de la cabaña, ¿quiere verlas? No es asunto mío, pero en la situación en la que está, debería de haber sido algo más discreto, por ejemplo, corriendo las cortinas.

Mister Trotman farfulla algo entre dientes mientras teclea algo.

—Dígame el nombre completo de esa persona.

Minutos después, Sancho está saliendo por la puerta del edificio con una dirección anotada en su teléfono móvil y cinco fotografías menos. A dos manzanas de distancia, se sube en el coche que alquiló el sábado pasado en el aeropuerto.

—¡Lo tenemos! —anuncia.

Sara Robles da una fuerte palmada.

—¡Te lo dije, joder!

Tiene razón. Con el propósito de conocer mejor a la persona a la que tenían que sacar la información que necesitaban, Sara le propuso invertir el tiempo que fuera necesario. Así, lo único que hicieron el lunes después de llegar a Bridgetown fue averiguar el nombre del responsable del Departamento Legal del CBB y seguirlo. Hombre de familia en apariencia, vivía en una zona residencial al sur de la capital junto a su familia y sus dos perros. Todo muy normal hasta que el miércoles, en vez de regresar a casa, condujo hacia el norte por la carretera del litoral hasta un resort levantado a pie de playa. En el bar del lobby se encontró con una joven, y en menos de media hora corroboraron que se trataba de su amante. Dos cócteles después ambos se dirigían a la cabaña de lujo que él había reservado, cuyos amplios ventanales abiertos al mar, las laxas medidas de seguridad del complejo y sobre todo las prisas que le entraron a mister Trotman por desnudarla, les facilitaron la labor. Sara obtuvo las mejores fotos instantáneas, que aún conserva en su móvil por si acaso hubiera que apretar un poco más las tuercas al infiel marido que, dicho sea de paso, tardó doce minutos en dar por zanjado un encuentro sexual exento de sicalipsis.

Sin duda harto insuficiente a ojos de Sara si se tenían en cuenta los riesgos asumidos.

—El cabronazo ha comprado una casita en una isla de por aquí cerca, en las Antillas Menores —informa Sancho.

—Pues habrá que llevarle un pastel de arándanos para darle la bienvenida.

Sancho sonríe.

—Habrá que.

Habrá que buscar la mejor forma de hacer desaparecer el cuerpo, pero al estar la isla rodeada por una barrera de coral donde se alimentan miles de tiburones, no parece que vaya a tener que devanarme mucho los sesos para encontrarla.

Tres días nos ha durado. Tres días intensos, agotadores, cargados de emociones llevadas al límite gracias a los niveles de dopamina, norepinefrina y serotonina que han alcanzado nuestros cerebros y que difícilmente podremos olvidar el resto de nuestras vidas. Que Michelle tenga experiencia en el arte de manipular a los hombres nos abre un abanico de posibilidades difícil de no aprovechar. En los barrios de la periferia de Basseterre, la capital de la isla de San Cristóbal, deambulan decenas de indigentes que, tras la caída en picado de la industria azucarera y el cierre de muchas de sus fábricas, no tienen donde caerse muertos. Rectifico: no tenían. Resulta curioso comprobar que de día apenas se dejan ver por el perjuicio que causarían al turismo, la principal fuente de ingresos del país. Sin embargo, cuando cae la noche, los que han conseguido un puñado de billetes trabajando esa jornada acuden a pulírselo en los bares, donde sí le está permitido entrar a la población autóctona, en comida barata, alcohol y drogas.

Ese es el coto de caza de Michelle.

Como cazadora veterana que es, invierte el tiempo que sea oportuno en detectar la pieza propicia antes de lanzarse a su garganta. Hombres desesperados, sin nadie que los eche de menos y que venderían a sus madres porque una mujer como Michelle les propusiera ir a su casa a tomar un último trago. Así era Marvin, natural de Jamaica, adicto a todo lo que pudiera fumarse y que llevaba casi dos décadas recorriendo las islas del Caribe en busca de la fortuna que le era esquiva. En cuanto puso los pies en mi nueva casa no tuve ningún problema en sorprenderlo, aprovechándome de su lamentable estado de embriaguez, y en trasladarlo al sótano donde ya lo había dejado todo dispuesto. Unas argollas bien fijadas a la viga maestra y al suelo han sido el elemento estrella.

Todo un acierto.

Con Michelle había acordado alargar el proceso todo lo que fuéramos capaces y a ambos nos han parecido suficientes esas tres jornadas en que lo hemos mantenido con vida disfrutando de dos sesiones al día de unas dos o tres horas de duración, que coincidían con los efectos del MDMA. Mucho más no aguantaba el organismo de Marvin, que bastante ha tenido con soportar los momentos en los que le permitía a Michelle llevar la batuta. O, para ser más exactos, el picahielos, herramienta de la que se ha encaprichado para trabajar las zonas no vitales. Para premiar su buena disposición, le he permitido que fuera ella quien decidiera el final de Marvin antes de que la vida terminara abandonando su cuerpo *motu proprio*. Y he de admitir que me ha sorprendido gratamente. Primero se ha desnudado ella y, sentada en una silla, se ha masturbado con el mango del picahielos cuando no lo usaba para practicar leves punciones en el área abdominal de Marvin. He disfrutado como nunca viendo cómo alcanzaba el orgasmo sin dejarse llevar por la voracidad para no privarme de mi porción del pastel. Ha sido después cuando ha dado rienda a su creatividad: me ha pedido que me acercara y me ha dado la espalda. Yo he leído sus intenciones, pero no me esperaba que Michelle hubiera planeado pincharle al mismo ritmo con el que yo la penetraba. No ha sido hasta que ha detectado que me iba a correr que le ha hundido el picahielos hasta la empuñadura, no sé las veces, sincronizando con virtuosa precisión mi final y el de Marvin.

Fantasía pura.

—Ya sabes lo que toca ahora.

Con mímica le aporto alguna pista.

—¿Lo vamos a descuartizar?

—Todavía no estoy recuperado del todo como para cargar con ese muerto escaleras arriba, y yo diría que tú sola tampoco puedes. Empieza tú mientras yo preparo el yate y busco unas bolsas. Tienes el hacha de mango corto ahí —le indico—, junto al montón de leña.

—De acuerdo.

—Aprovecha las articulaciones —le aconsejo—. Ah, y otra cosa importante: los dientes. No creo que exista un molde de esa asquerosa dentadura, pero por si acaso no se los comen los tiburones, rómpeselos.

—Bien.

Detecto poca energía en su voz.

—¿Sucede algo?

—No, nada. Solo que estoy cansada.

Me acerco, la agarro de la nuca y la atraigo hacia mi pecho.

—En poco más de una hora estamos en la cama. Has estado genial.

—Gracias.

Estoy subiendo los primeros peldaños cuando escucho de nuevo su voz.

—¿Lo volveremos a hacer pronto?

—No deberíamos dejarnos llevar por nuestros instintos, pero tampoco creo que tardemos demasiado en tener nuevos invitados. Por cierto, el próximo quiero que sea una mujer.

—¿Una mujer? ¿Por qué?

—Quiero ver cómo te comportas sin ese componente de odio que sientes hacia los hombres.

—No hacia todos. A ti no te odio.

—Porque el miedo que sientes hacia mí lo supera. Haz lo que te he dicho.

En el exterior todavía es de día y la temperatura se mantiene por encima de los treinta grados. Por las noches no baja de los veinte, lo cual, combinado con el elevado índice de humedad, hace que no consiga conciliar bien el sueño. Tengo que acostumbrarme del mismo modo que debo habituarme a compartir mi vida con Michelle, por lo menos hasta que me canse de ella o haga algo que justifique una drástica ruptura. Hasta entonces seguiremos recorriendo juntos la tortuosa senda de la experimentación con el fin de comprobar hasta dónde llega.

Hasta dónde somos capaces de llegar.

Paso a paso. Y ahora el que toca dar tiene que ver con Marvin y los escualos. Mañana, quién sabe, puede que me anime a escribir algunos párrafos. De alguna forma siento que sigue palpitando una parte de mí que quiere expresarse con palabras. Un nuevo yo que bien podría tener voz y alma de mujer.

Afrontar nuevos retos es el mejor modo de verificar que sigues vivo y en esta mi nueva vida, aunque todo valga, nada sirve de la anterior.

De la anterior vez —y única— que han hablado sobre el tema, a Sancho le han quedado muy claros dos puntos: el primero —crítico— tiene que ver con la incógnita que rodea a la paternidad de ese embrión que se está gestando en el útero de Sara; el segundo —mucho más criticable que crítico— tiene que ver con la decisión unilateral e irrevocable de no tratar el asunto del embarazo hasta que finiquiten el que los ha traído hasta ese idílico rincón del planeta. Es, sin embargo, la contestación a la torpe propuesta que le acaba de hacer Sancho lo que la está haciendo valorar si cumplir o no esa segunda norma.

En el complejo de apartamentos en el que están alojados cerca del puerto de Bridgetown, la recepcionista ha vuelto a fruncir el ceño cuando Sara le ha comunicado que esa será su última noche. La primera vez que lo hizo fue el día que se registraron y ella insistió en que fueran dos habitaciones contiguas. No se equivoca al considerarlos una pareja un tanto peculiar.

Con la excusa de contarle cómo le ha ido la conversación que ha mantenido con herr Bauer, Sancho ha tocado su puerta para proponerle tomar un par de cervezas en la piscina comunitaria y ha sido en ese instante cuando le ha respondido:

—En mi estado, no creo que beber sea lo que más me convenga.

—Tu estado mental, ¿dices? Tienes razón: no sé cómo se me ocurre proponérselo a una tarada tan peligrosa como tú.

Sara lo mira y por unos segundos no sabe cómo reaccionar. La sonrisa de Sancho le muestra el camino.

—Hay veces que no sé si eres bobo de verdad o solo te lo haces.

—Voy alternando solo para confundirte.

—Dame cinco minutos, bobo.

La cerveza Banks que sostiene en la mano está a punto de convertirse en una lata vacía cuando la ve aparecer más arreglada de lo que en ella es habitual. El elevado índice de humedad también le hace sudar.

—Te he pillado esto en la máquina de refrescos —dice él dándole una botella pequeña de vidrio.

—¿Un zumo multifrutas tropical? Fantástico —califica con sorna.

—No me has dejado muchas alternativas.

Sara lo prueba y lo vuelve a mirar al trasluz.

—Horrible —califica—. Bueno, suéltalo de una vez.

—¿El qué?

—Pues lo que sea que hayas hablado con el jefe supremo de la Interpol.

—Ah, eso, es verdad.

Sara sacude la cabeza, confundida.

—A herr Bauer le he contado lo que tenemos, pero no cómo lo hemos obtenido. Ni tampoco me lo ha preguntado —añade—. Me ha pedido que, en el caso de que lo encontremos, le demos un par de días para que él pueda hacer su magia.

—¿Y en qué va a consistir el truco?

—Eso no ha cambiado: falsedad documental. Lo que va a intentar consiste en tirar del acuerdo especial que tienen estos diminutos países del Caribe con el Reino Unido como antiguas colonias que son y aprovechar que hizo escala en Londres con pasaporte falso.

Ella lo mira con insolente incredulidad.

—¿Y con eso tú crees que vamos a poder sacarlo del país?

—Esa es la idea. Va a tirar de contactos, y si consigue traspasar esa frontera, lo va a gestionar en persona con la OCN que hay en Basseterre, confiando en el efecto que debería causar que el presidente de la Interpol se ponga en contacto con el funcionario de turno, acostumbrado a morirse del asco de martes a lunes, festivos incluidos. También me ha remarcado que puedo estar presente en el operativo, pero que la detención no la puedo hacer yo.

—Lógico —corrobora ella antes de darle otro trago a su bebida.

—Hay cuatro estaciones de policía repartidas por la isla de San Cristóbal y una comisaría central en la capital, pero no sé el grado de cualificación que tendrán.

—Por todos es sabido que la policía caribeña es de las mejores preparadas del planeta. Suponiendo que lo encontramos, lo detienen y autorizan la deportación, ¿quién se encargaría del traslado?

—Eso sí es cosa nuestra. Bueno, mía, más bien.

—Pero no puedes ir armado, ¿no?

—No, ni falta que me hace, te lo aseguro. Ojalá me regale algún motivo para meterle los dientes para dentro.

—Y yo que lo vea.

Sara suspira y deja que su mirada flote a merced del aire que no sopla.

—Necesito que todo esto acabe de una vez.

—Sí, yo también. Pero sobre todo que acabe como tiene que acabar, porque una vez que estemos en España habrá que hacer las cosas muy bien para imputarle alguno de los homicidios. Y ahí es donde entras tú —añade.

—Eso será dependiendo de cómo se resuelva el expediente. Si lo consideran falta grave o muy grave ya puedo darme por jodida.

Sancho chasquea la lengua.

—Si descartamos la falta muy grave, la diferencia entre la leve y la grave va a estar en lo que se quieran mojar tus superiores, y Copito no te va a dar la espalda, te lo aseguro. Falta leve, suspensión de las funciones de uno a cuatro días, un apercibimiento y a correr.

—Vale. Y suponiendo que así sea, ¿qué homicidio crees que podríamos colgarle?

—El de su abogado. Tiene que haber alguna cámara que lo haya trincado, o el posicionamiento de su teléfono, o el mero hecho de haber huido del país unas horas después de que lo mataran. Esto, unido al resto de indicios con los que ya contamos, tendría que ser suficiente para que el ministerio fiscal construya una causa en condiciones contra este cabrón.

Sara frunce los labios.

—Tendría —repite.

—No queda otra que ser optimista. Pero, además, estoy convencido de que, al tenerlo en España, aunque el juez lo ponga en libertad con cargos, vamos a acabar encontrando más pruebas que lo relacionen con el resto de los casos. Insisto, hay que pensar en positivo.

—No sabes lo lejos que estoy de eso.

Pese a que es menos clara que la anterior, Sancho no desperdicia la segunda oportunidad.

—Deberías intentarlo, aunque solo sea por…

Sara se gira hacia él y amusga los ojos. Él, precavido como un zancudo en una pista de hielo, se limita a sostener su mirada y a apretar los labios para que no salga ni una sola palabra más.

—Tienes razón.

Viendo que no le ha ido mal con la boca cerrada, Sancho decide no jugársela.

—Me taladra la cabeza no saber de quién es —confiesa ella en voz queda.

Dos son los segundos que tarda el pelirrojo en cambiar de táctica.

—No creo que sea eso lo que más deba preocuparte. Primero tienes que decidir si quieres o no tenerlo.

Sara se golpea los muslos con ambas manos.

—¡¿Y si resulta que…?!

—Si resulta, resultó, pero igual es más fácil no despejar nunca esa incógnita y a tomar por el culo.

Sara lo mira confundida, como si fuera esa la primera vez que ve a Sancho en su vida. Luego se fija en la botella que sostiene en la mano y se la apoya en el labio antes de beber lo que le queda.

—Tráeme una cerveza, por favor.

LA MUJER DE ACERO: IGUAL QUE EL FORZUDO, PERO CON LA CARGA EMOCIONAL

Saddlers (San Cristóbal)
29 de abril de 2022

Hundirá el picahielos en la cuenca orbital izquierda provocando, como es lógico, el estallido del globo ocular, daños irreparables en la musculatura extraocular, nervio óptico y tejido arterial y venoso, todas estas lesiones que sin duda la convertirán en una persona tuerta, sí, pero no necesariamente muerta. Para que esta última circunstancia se llegue a producir, la punta del picahielos deberá atravesar la pared ósea que separa el ojo del cerebro, lo cual dependerá de diversos factores. Circunstancias que, en este preciso instante, ninguno de los cuatro intervinientes que se verán implicados en los hechos que están a punto de producirse han sido capaces de prever.

Y por narrarlos siguiendo un orden con un criterio determinado, por ejemplo, desde la óptica de las protagonistas que estén de más embarazadas a menos, Sara Robles ha despertado esa mañana, si no con resaca —se tomó una cerveza—, sí con cierto malestar general fruto del cambio hormonal en el que su organismo está inmerso. Por este motivo, cuando Sancho ha tocado a la puerta de la habitación y le ha abierto, no le ha ofrecido su mejor sonrisa, ni siquiera una que estuviera entre sus diez mejores porque, en realidad, no llegaba a alcanzar la puntuación mínima para que la mueca en cuestión fuera considerada como tal. Durante el trayecto hasta el aeropuerto han cruzado muy pocas palabras, eventualidad que tiene que ver con su poca predisposición a las relaciones sociales en general y con Sancho en particular. Además, Sara está convencida de que todo lo que tenía que hablar con él lo hizo anoche en la piscina. Lo cierto es que no tiene mucho que reprocharle, pero el tono melifluo y paternalista que empleaba —unido a su inmejorable predisposición para afrontar un problema que le era ajeno— terminó por empalagarla.

Cosas de mujeres embarazadas con querencia hacia la hipersexualidad muy lejos de ser satisfecha.

Ya en el avión de hélice que los iba a llevar a la isla de San Cristóbal, a Sara se le ha ocurrido preguntarle a Sancho sobre la planificación del día, cuestión a la que le ha respondido componiendo una expresión de incredulidad como si hubiera preguntado algo incongruente.

—Vamos a tratar de dar con ese cabrón, ¿no? —ha especificado al cabo como si no supiera qué demonios hace allí.

—Gracias por la aclaración —le ha dicho ella—. Despiértame cuando vayamos a aterrizar.

Dormir no ha dormido ni un solo minuto de los cincuenta que ha durado el vuelo, pero tener los párpados cerrados la ha ayudado a desconectar de una realidad que le repugna bastante. Al bajar del avión, el índice de humedad del setenta y ocho por ciento y los treinta grados de temperatura no han contribuido en absoluto a aclimatar su irritado estado de ánimo y a punto ha estado de golpear a un isleño que le ha insistido en llevar su maleta hasta el taxi, cabreo que se ha incrementado al entrar en la recepción del apartahotel y congelarse en el acto la fina capa de sudor que recubría su piel gracias al efecto del aire acondicionado al máximo de su rendimiento.

—Me voy a dar una ducha —le ha anunciado a Sancho—. Te veo en media hora.

Pasaban las dos de la tarde cuando se han vuelto a encontrar. Al notar un perro rabioso en su estómago, le ha propuesto a Sancho ir a comer algo, demanda que ha sido muy bien acogida y que ha supuesto un punto de inflexión en el desarrollo de la jornada. Eso, hasta que han llegado a la dirección que les proporcionó mister Trotman y se han visto en la obligación de interrumpir el proceso de tortura de una mujer a manos del hombre al que han ido a buscar.

Ahí todo ha cambiado.

La langosta a la plancha, insípida, no le ha gustado demasiado a Sara, pero el pincho de gambas con coco y sobre todo el filete aguado de cabra con arroz y guisantes han logrado domar a la bestia que llevaba dentro. Más tarde, el GPS del Toyota Corolla que han alquilado los ha llevado primero hasta Tabernacle, una pequeña población donde está ubicada la estación de policía más cercana a Saddlers y donde han podido comprobar visualmente los recursos humanos y materiales con los que cuentan, equiparables a los de una agrupación vecinal de autodefensa. Sin verbalizar ninguno de los calificativos que estaban fabricándose en sus cerebros, han vuelto a la carretera de la costa y, tras dos horas de indagaciones infructuosas, han dado con la dependienta de la única tienda de alimentación del pueblo que les ha dado las indicaciones pertinentes.

—Debe de ser esa que han reformado hace poco, la del techo verde horrible. Al salir del pueblo en la dirección en que han venido, como a medio kilómetro, hay un camino de tierra que va hacia el mar.

El mencionado camino desembocaba en la finca cuya vegetación, en esencia arbustiva, crecía agreste aprovechando la ausencia de propietarios y, en efecto, tenía el techo pintado de un verde horripilante. Sin detener la marcha, han avanzado hasta un grupo de árboles donde han dejado el coche fuera del alcance del rango de visión desde la casa y, rodeándola por el perímetro, han llegado hasta unos arbustos desde los que alcanzaban a divisar el porche trasero. De no ser por el todoterreno aparcado en un lateral, nadie diría que estuviera habitada.

—Vale, ¿y ahora qué? —ha preguntado Sara—. ¿Llamamos a la puerta? Hola, qué tal, majete, cuánto tiempo. ¿Nos acompañas un segundito a la estación de policía más cercana?

—Me alegra comprobar que has recuperado tu magnífico sentido del humor. Podemos hacer dos cosas: quedarnos aquí a observar y confiar en que, sea quien sea el que viva ahí dentro, salga en algún momento, o acercarnos con cuidado a ver si hay señales de vida.

—Repíteme, por favor, eso de que primero verificamos, después avisamos —dice imitando el tono grave de Sancho—. Es por tener las cosas claras.

—Primero verificamos, después avisamos.

—Te sigo.

Con suma precaución, han recortado los metros que les separaban de la casa hasta llegar a una ventana que, tras asomarse, ha comprobado Sancho que daba a un salón vacío, como el resto de las estancias de la primera planta. La que daba a la cocina, entreabierta, ha tentado al pelirrojo por un instante, dispuesto a colarse en el interior llevado por la necesidad de evitar marcharse de allí con el rabo entre las piernas. El argumento de Sara le ha hecho cambiar de opinión.

—Di que sí, vamos a ponérselo fácil y que nos meta un par de tiros a cada uno por entrar a robar a su casa.

A punto estaban de batirse en retirada cuando lo han escuchado.

Un grito desgarrador.

En el intercambio de miradas no ha habido dudas y ambos han doblado el lomo al unísono para dar con la procedencia del alarido. A sus pies, un alargado tragaluz al que falta un trozo de vidrio los ha invitado a tirarse cuerpo a tierra. Al hacerlo, los segundos que han necesitado sus pupilas en adaptar la visión a la escasez lumínica ha sido el tiempo que han invertido en comprender la escena: una mujer desnuda, colgada por las muñecas de una argolla y con múltiples heridas repartidas por el cuerpo.

Esta vez sí, hay muchas incógnitas que ambos comparten sin que ninguno de los dos se atreva a pronunciar lo que pasa por su cabeza.

Lo que pasa por su cabeza es imposible de descifrar. A esa conclusión ha llegado Michelle cuando se ha despertado a mediodía en el mismo sitio donde se dejó vencer por el sueño. A su lado, sobre un promontorio y con la vista puesta en el oleaje de un mar en calma, el hombre que le ha cambiado la vida permanece estático, aletargado, como si estuviera sumido en un profundo trance.

Le encantaría saber qué pasa por su mente en ese instante, deseo harto complicado de satisfacer cuando ni siquiera es capaz de discernir lo que le está sucediendo a ella desde hace unos días. En concreto desde que él le brindó la oportunidad de dar rienda suelta a un impulso que hasta entonces había mantenido prisionero en lo más recóndito de su ser. En ese lugar oscuro, casi inaccesible, de su interior, guardaba el odio que sentía hacia Antone, el hombre que la había esclavizado apropiándose de su voluntad, pisoteando su dignidad hasta anularla por completo. Y por extensión, hacia todos los hombres que se habían aprovechado de ella durante ese tránsito.

Todos menos el que tenía delante.

Él era su libertador. Le había dado un porqué. La había devuelto a la vida después de que le arrebataran todo. Le había hecho comprender que vivir y morir son solo meras circunstancias y que, en ocasiones, merece más la pena lo segundo que lo primero. Así se lo había hecho saber la pasada noche tras deshacerse del cuerpo de aquel jamaicano desgraciado.

—Los que temen a la muerte son los que se niegan a admitir que la existencia por sí sola conlleva un sufrimiento con el que hemos aprendido a convivir —le argumentó—. Tu vida es un ejemplo muy claro de lo que digo, ¿verdad? Solo se deja de sufrir cuando dejamos de existir, de ahí que sea tan importante comunicarse con la muerte a través del dolor, provocándolo, obligándolo a manifestarse antes de abrazar la plenitud que es la redención del alma. Lo que casi nadie sabe es que si te conviertes en el causante, la muerte te paga en moneda de placer. Placer extremo, único y verdadero, como el que ya hemos experimentado juntos.

Lo ha escuchado hablar durante horas, revelando secretos que en su mayor parte le han servido para resolver enigmas a los que nunca se hubiera atrevido siquiera a enfrentarse.

—Buenos días —la ha saludado sin quitar la mirada del horizonte—. ¿Qué tal has descansado?

—Bien, supongo. ¿Tú?

Ha sido al girarse cuando Michelle se ha percatado de que Álvaro tiene dos eclipses solares por pupilas.

—No he dormido. No era eso lo que me pedía esta —añade dándose unos golpecitos en la cabeza que parecen tener su réplica en sendos espasmos mandibulares.

—¿Y qué te pedía la cabeza? —se ha interesado ella.

—Evaluar la situación. Que tú estés aquí lo cambia todo. Anoche me abrí de par en par para que me vieras por dentro. Ahora te toca a ti.

Aunque no ha terminado de entender lo que le está pidiendo, Michelle contesta lo que tiene que contestar.

—Claro.

—Aquí no, vamos para abajo.

—¿Abajo? ¿Al sótano?

Álvaro la ha agarrado con suavidad del antebrazo, pero sentir la fría y húmeda piel de su mano ha hecho que se estremezca.

—Sí, al sótano, vamos.

—¿Pasa algo? Te noto alterado.

De improviso se ha girado y la ha señalado con la garra.

—No vuelvas a abrir la boca hasta que yo te lo diga.

Su tono, taimado, resultaba más inquietante aún. Michelle, que a esas alturas ya se ha dado cuenta de que algo no va bien, se ha limitado a obedecer. Ha bajado las escaleras cabizbaja, como quien se dirige al cadalso habiendo asumido la culpabilidad de sus pecados y, sin mediar palabra, se ha situado bajo la viga y ha alargado los brazos, oferente.

—Quítate la ropa.

Michelle ha obedecido. Ha sido un proceso lento, casi erótico y, sin embargo, en su semblante no se atisbaba rasgo alguno de seducción. Mientras Álvaro la observaba con interés, se ha introducido una de esas pastillas en la boca. Luego le ha acariciado la mejilla con el dorso de la mano y ha descendido por el cuello hasta el pecho, rodeándolo como si quisiera evitar encontrarse con el pezón. Le ha sonreído antes de agarrar un cabo de la cuerda que colgaba de la argolla y la ha atado con fuerza por las muñecas primero y por los tobillos después a la que está anclada al suelo.

—Necesito verificar que la conexión emocional que hemos establecido es real —la ha informado usando una entonación de funcionario de ventanilla a punto de jubilarse—. Debo hacerlo.

—¿A través del dolor?

—No hay otro modo.

Y Michelle, consecuente, ha inspirado su miedo por la nariz y espirado resignación por la boca.

Por la boca fruncida y las leves pero llamativas arrugas que se le forman en las comisuras de los ojos, Sancho se ha dado cuenta de que Sara no se ha levantado de buen humor. Tampoco esperaba que se despertara con ganas de dar palmas, pero es evidente que está más para fados que para sevillanas. Por eso se han contado con una mano los acordes vocales hasta que, sentados en el avión, ella le ha hecho una pregunta que lo ha descolocado por el dejo turístico que arrastraba y él ha respondido algo que no le ha debido de gustar. Y esa ha sido la tónica general hasta que, durante la comida, la crispación ha ido dejando paso a la relajación y solo así ha reconocido a la Sara con la que la noche anterior pudo mantener, bajo su punto de vista, una profunda e interesante conversación.

Eran otros, no obstante, los menesteres que ocupaban su cabeza en el momento en que se ha puesto al volante del coche alquilado y ha introducido en el navegador la dirección que tan amablemente le facilitó mister Trotman. Cuando por fin han dado con la casa, Sancho ha sentido de nuevo la garra clavándole las uñas en el estómago, señal inequívoca de que algo estaba por suceder. Lo que no podía imaginar era el panorama con el que se han encontrado después de que él la convenciera para tomar la iniciativa en vez de sentarse a esperar acontecimientos.

Y en este preciso instante, con la mirada puesta en la mujer de talla menuda con evidentes signos de estar siendo torturada, Sancho encuentra tres palabras que encajan a la perfección:

—Hay que joderse...

Sara, que no se pronuncia, no parece compartir su opinión. Se incorpora, empuja la ventana de la cocina y se dispone a colarse en el interior.

—¡Espera! ¡¿Qué haces?! —exclama sin elevar la voz.

—¡¿Tú qué crees?! Si quieres quedarte a esperar a que se presenten los cuatro pelamanillas que hemos visto antes, por mí, no hay problema. Yo paso.

La garra no se equivocaba.

—A la mierda —farfulla el pelirrojo al ver a Sara en la cocina.

Acto seguido, sin que haya sido necesario consensuarlo, ambos están buscando lo mismo: algún tipo de arma. Sara elige un cuchillo de cocina de un palmo de hoja y robusta apariencia. Sancho, por su parte, se decanta por un mazo de acero inoxidable para ablandar carne.

—Con mucho cuidado, por favor —le indica él.

Conteniendo la respiración, se desplazan por el pasillo en busca del acceso al sótano cuando otro grito les indica el camino a seguir.

—¡Venga, vamos! —dice Sara saltándose la anterior petición.

Y van.

La puerta, ubicada en el hueco de la escalera que sube a la planta superior, también está entreabierta, lo cual indica que el propietario de la casa no espera visita. Menos aún de dos compatriotas suyos. Sara, que está a punto de bajar, nota una leve presión en el hombro.

—Déjame a mí primero, por favor —susurra él.

Ella asiente al tiempo que da un paso lateral. De un primer vistazo aprecia que hay luz artificial al final de la escalera. Apoyándose solo en la puntera justo donde se encuentran peldaño y pared, Sancho se mueve con cautela, confiando en la vista y el oído como receptores principales. Y es este segundo sentido el que le hace detenerse en seco cuando le quedan cinco peldaños para llegar abajo.

Una voz masculina hablando en inglés.

—Piensa que, si pasas la prueba, todas estas heridas cicatrizarán y cada vez que las mires podrás escuchar la voz del dolor recordándote que estás viva.

Sancho se vuelve para encontrarse con la mirada de Sara, volcánica, a punto de entrar en erupción.

—¡Venga, vamos joder! —insiste.

No queda otra que poner en marcha su coctelera mental con los ingredientes que tiene, pero al girarse para encarar el último tramo detecta una silueta que se recorta al pie de la escalera.

De la escalera le llega un sonido que no espera. Una voz. No es posible, piensa, pero aun así da media vuelta para asegurarse y se inclina hacia su izquierda para ganar en perspectiva.

A pesar de las deficientes condiciones lumínicas, lo que ven sus ojos lo rechaza su intelecto en los cuarenta y ocho milisegundos que tarda en procesar esa imagen. Es una cuestión de estadística: ¿qué probabilidad existe de que, frente a él, en la casa que ha comprado en una pequeña isla de las Antillas para exiliarse el resto de su vida, estén en ese mismo instante dos de las tres personas encargadas de la investigación del caso del Torturador Risueño?

Ninguna, y sin embargo, están.

Los intrusos, petrificados, no reaccionan. Él tampoco. Que su cerebro se encuentre bajo la dictadura del MDMA le obliga a tener que certificar la realidad y, como si necesitara tomar carrerilla, Álvaro hace un pequeño salto al pasado reciente, hasta el fotograma en el que se da cuenta de que Michelle se ha quedado dulce e inocentemente dormida a su lado. Lo idílico de la estampa, lejos de generarle un sentimiento positivo o, lo que hubiera sido más lógico —si es que lo racional tiene cabida en la conducta de Álvaro—, no producirle emoción alguna, lo interpretó como algo que debía tener muy en cuenta.

Tocaba por tanto encontrar en qué sentido.

Si bien los efectos energizantes, alucinógenos y estimulantes del éxtasis seguían en plena vigencia, Álvaro consideró que necesitaba distorsionar aún más su percepción sensorial para llegar al verdadero quid de la cuestión, por lo que se comió media pastilla primero y machacó la otra media para esnifársela después. No tardó en sentir la aridez en la garganta y el paladar, la aceleración cardiaca y el exceso de sudoración, indicativos irrefutables de que se había pasado con la dosis. Todo podría haberse quedado en esa agobiante sensación de no tener nada bajo control que ya había vivido otras veces, pero esa luz de alarma que seguía parpadeando en el rostro de Michelle terminó convergiendo en un soberano y repentino ataque de pánico.

Miedo.

Miedo irracional, constante e incontrolable.

Miedo a que Michelle tuviera un plan cuya ejecución no le corriera ninguna prisa y cuyo objetivo final no fuera sino arrebatarle la vida. Pero no era eso, morir, lo que le asustaba hasta hacerle llorar como no recordaba que lo hubiera hecho jamás, no; lo que le aterrorizaba de verdad era desaparecer para siempre sin obtener el reconocimiento que se había ganado en vida.

No, de ninguna manera.

El sol estaba bastante alto cuando empezaron a remitir los efectos psicóticos de la 3,4-metilendioximetanfetamina. Michelle no tardó en despertar y enseguida dio comienzo un interrogatorio en el que Álvaro nada quería averiguar que no supiera ya. Se limitó a dialogar con el dolor valiéndose del picahielos para punciones varias y de un cuchillo pelador bien afilado para causar heridas superficiales. Se disponía a decidir qué final aplicar de los muchos que había valorado durante el proceso cuando escuchó esa voz que provenía de la escalera.

Cuarenta y ocho milisegundos después, más el tiempo que ha invertido en verificar que lo que estaba viendo era real, Álvaro reacciona.

Reacciona primero Sancho blandiendo el mazo antes de descender los cinco peldaños que le quedan. Ya en el sótano, tras concederse unos instantes para examinar el entorno y la tesitura en la que se encuentran, el pelirrojo pone la coctelera en funcionamiento. Ingrediente primero: tiene la certeza de haber identificado a la persona a la que han ido a buscar. Ingrediente segundo: la mujer a la que está torturando no tiene buen aspecto, pero aún presenta signos vitales. Ingrediente tercero: Vázquez de Aro amenaza con matar a la víctima con el picahielos que ha colocado en su cuello. Ingrediente cuarto: a su lado, Sara le está gritando y señalándole con el cuchillo mientras avanza hacia él. Conclusión primera: no existe ninguna posibilidad de que ese malnacido que tiene delante se pueda escapar. Conclusión segunda: tiene que intentar preservar a toda costa la integridad de la mujer. Conclusión tercera: la única baza de Vázquez de Aro consiste en jugar con la vida de su víctima. Conclusión cuarta: Sara está muy alterada, convendría que se calmara. Receta: iniciar una negociación para convencerlo de que su mejor opción consiste en entregarse. Para ello tiene que mantener la calma y el control de la situación en todo momento.

Las paredes de ladrillo, la escasa altura del techo y la ausencia de mobiliario se alían para que el cruce de amenazas entre Sara y Álvaro retumbe en sus tímpanos. Casi en la misma vertical donde se encuentra maniatada la mujer, una bombilla que se descuelga del techo mediante un cable es el único foco de iluminación, que apenas baña un perímetro de tres metros. Fuera de ese rango todo es penumbra, y más allá, oscuridad.

Sancho alarga el brazo para entrar en contacto con Sara, que sigue desgañitándose en su particular combate acústico con Vázquez de Aro.

—Sara, escúchame. Sara, por favor, escúchame —insiste endureciendo ligeramente el tono.

Ella lo mira con los dientes apretados. Su rictus, rígido, tensionado, la hace parecer otra persona. Respira de forma acelerada y vuelve a tener fuego en los ojos.

—Déjame tratar a mí con este hijo de la gran puta, por favor.

—Eso, déjanos a nosotros y vete a dar un paseo, zorra.

Sancho le hace un gesto de complicidad a Sara antes de levantar el mazo.

—Si vuelves a faltarle al respeto te trituro el cráneo.

—Puede, pero antes me llevaré por delante a esta cosita de aquí y así tendrás otro muerto más en tu mochila —asegura acariciando el cuello de Michelle con la punta del picahielos, provocando que esta emita un gemido lastimero.

Su manera de expresarse, movimiento del maxilar inferior y la dilatación pupilar le hacen entender que Vázquez de Aro está muy drogado, lo cual no favorece en absoluto el horneado de su receta negociadora.

—Me importa muy poco, la verdad —miente Sancho—. La diferencia está en que si la matas, no sales vivo de aquí, y si la sueltas, ahora mismo puede que te permita seguir viviendo.

El otro suelta una carcajada histriónica.

—¿Así que a eso habéis venido? ¿A acabar conmigo? Porque, como no tenéis nada contra mí, solo os queda esa alternativa... ¡Putos inútiles!

Sancho advierte sin necesidad de mirarla cómo a Sara le hierve la sangre.

—Si no nos dejas otra opción, es lo que haremos. Pero en realidad hemos venido para llevarte de vuelta a España. ¿Te interesa saber cómo?

—Ardo en deseos.

—Sabemos que San Cristóbal y Nieves no tiene tratado de extradición con España, pero sí tiene un acuerdo especial con el Reino Unido en el caso de haber cometido un delito dentro de su jurisdicción.

Ahora su risa es menos exagerada, más nerviosa.

—¿Reino Unido? No, no me suena haber hecho nada malo por allí.

—Pues tienes muy mala memoria, hombre, porque hace muy poco que has estado en Londres y has usado un pasaporte falso. Muy feo, por cierto, lo de utilizar el nombre de una de tus víctimas. Ese delito está tipificado en su código penal como falsedad documental, y mi amigo y presidente de la Interpol, Otto Bauer, ha tirado de contactos para conseguir un papelito con el que yo pueda subirte a un avión y sacarte de esta isla tan bonita que te has buscado.

—Ya no te hace tanta gracia, ¿eh, payaso? —interviene Sara.

En efecto, Vázquez de Aro ya no se ríe.

—Haberte cepillado a tu abogado antes de huir de España te va a costar caro —prosigue Sancho—, porque a partir de ahí te vamos a enchufar hasta los casos sin resolver de antes de que hubieras nacido.

—Estás bien jodido, por lo que ve soltando a la chica y nos lo pones facilito, ¿vale?

—No.

—No te quedan más cojones —le advierte Sancho—. O la sueltas o no sales vivo.

Vázquez de Aro se gira hacia la mujer.

—A ver qué te parece esto: yo os entrego a esta preciosidad sana y salva a cambio de que ella —señala a Sara con el picahielos— se la lleve de aquí. Así nos quedamos aquí abajo tú y yo solos y vemos qué pasa.

Ahora es Sancho el que sonríe.

—¿Te quieres jugar el pellejo conmigo?

—Eso es lo que quiero, sí. Pero sin armas de ningún tipo. No me digas que no te vas a atrever con un pobre manco como yo —lo anima mostrándole la mano agarrotada.

—Estás demasiado colocado, no sabes lo que dices.

—Buen intento —coincide Sara.

Vázquez de Aro suspira y acto seguido hunde varias veces el punzón en el hombro derecho de la mujer. El alarido retumba en los oídos de los presentes.

Cuchillo en mano, Sara da dos pasos hacia él, pero enseguida se detiene al ver que de nuevo le ha colocado el picahielos en el cuello.

—Cobarde hijo de puta —murmura ella.

—Os toca decidir, total, para mí una más, una menos… Y no creo que esta pobre aguante mucho más, ¿verdad, querida? —le dice a ella.

Sancho y Sara se miran.

—Vamos, sed compasivos con ella —continúa ahora en inglés—. Yo creo que se lo ha ganado…

—Está bien. Suéltala, cabrón —le ordena Sara—. Me la llevo.

—¿Puedo fiarme de vosotros?

—Puedes fiarte de las ganas que tengo de borrarte esa sonrisa de la cara —asegura el pelirrojo.

—Me pareces un tipo honesto. Te creo.

Del bolsillo trasero del pantalón, Vázquez de Aro saca un cuchillo de pequeño tamaño, corta la cuerda y agarra a la víctima de la cadera para evitar que esta se desplome como un títere al que le han cortado los hilos.

—Ya sabes lo que tienes que hacer, ¿verdad, cariño? —le susurra al oído.

Cual cervatillo, renqueante y desorientada, la mujer avanza gimoteando hacia donde está Sara, que extiende los brazos para evitar que se caiga.

Pero no es eso lo que ocurre.

Lo que ocurre es consecuencia de lo que Álvaro ha pergeñado tan pronto como ha sido capaz de diseccionar la muy desfavorable situación en la que estaba inmerso. El MDMA le ha ayudado a verlo claro aunque, en realidad, no le ha resultado demasiado complejo habida cuenta de las alternativas que tenía para salir bien parado. Su mejor carta —la única, más bien— es Michelle. Pero no como ellos tienen en mente. No como elemento defensivo sino ofensivo. No como parapeto sino como punta de lanza.

Ahí está la clave.

Para ello, la primera vez que ha tenido la oportunidad de dirigirse a Michelle le ha guiñado el ojo y esta le ha correspondido con la mirada y con un dramático gemido que ha rozado lo teatral.

—Puede, pero antes me llevaré por delante a esta cosita de aquí y así tendrás otro muerto más en tu mochila.

A partir de ahí, lo único que ha tenido que hacer es comportarse como cabía esperar de él y ser extremadamente cuidadoso a la hora de entregar el picahielos a Michelle.

—Ya sabes lo que tienes que hacer, ¿verdad, cariño? —le ha susurrado al oído.

Al agarrarla tras cortar la cuerda le ha puesto el mango en la palma de la mano y ella, sin pensárselo dos veces, ha ido directa a por su objetivo.

Su objetivo no es otro que hundírselo a Sara varias veces en el cuello. Pero al ejecutar el golpe, Michelle se ha encontrado con un rápido movimiento defensivo consistente en levantar el brazo derecho y agarrarla de la muñeca. El resultado no es el que buscaba, pero al menos ha conseguido clavárselo en el ojo izquierdo y, si bien la herida no llega a ser mortal, la siguiente estocada sí lo será.

Será el instinto de supervivencia, pero sobre todo las muchas horas de entrenamiento en técnicas de defensa personal policial lo que le ha hecho reaccionar con tanta celeridad, aunque no tan rápido como para salvar el ojo.

El dolor es tan agudo que Sara está a punto de perder la consciencia y, sin embargo, la mujer de acero que lleva dentro la obliga a no soltar esa muñeca por nada del mundo. Tampoco piensa dejar de gritar. Lo hace más por liberar la rabia que siente que por el suplicio físico.

No lo ha visto venir.

En ningún momento ha pensado que la víctima pudiera convertirse en una amenaza hasta que, cuando estaba a menos de un metro de distancia, ha expuesto la mano que tenía escondida a la espalda y Sara ha visto que llevaba un objeto punzante.

Un arma con la que está intentando matarla.

—¡Hija de la gran puta! —grita Sancho mientras ella sigue forcejeando con su agresora.

No piensa ceder.

De improviso se oye un crujido seco, parecido al de una nuez al partirse, y, acto seguido, como por arte de magia, nota cómo si su rival se desvaneciera.

Entonces sí, Sara consiente que su sistema nervioso central tome las riendas. Cae de rodillas y se echa las manos a la cara como si se estuviera muriendo de vergüenza.

A su lado, alguien aúlla.

Aúlla al notar un fuerte pinchazo en el costado, pero Sancho no tarda en reaccionar soltando un mazazo en la dirección correcta que, a pesar de que no llega a impactar en sólido, sí le hace ganar el tiempo que necesita para volver a poner en marcha la coctelera. Ingrediente primero: Sara está malherida, pero él ha logrado anular a su agresora con un golpe de maza en la cabeza. Ingrediente segundo: Vázquez de Aro ha aprovechado ese instante para clavarle el cuchillo en las costillas. Ingrediente tercero: por la azarada expresión de su rival diría que ha estado a punto de alcanzarle con el mazo y ello le ha desconcertado. Conclusión primera: tiene que proteger a Sara. Conclusión segunda: desconoce el alcance de la herida, pero le conviene eliminar la amenaza cuanto antes. Conclusión tercera: no debe perder la iniciativa. Receta: aplicar de inmediato idéntica técnica y táctica ya testada con la mujer para zanjar la situación y atender a Sara.

—Te voy a reventar —le adelanta blandiendo su arma.

Vázquez de Aro, a pesar del extra energético que corre por su sistema nervioso, no parece muy dispuesto a plantarle cara y, casi de forma sincrónica, retrocede al tiempo que el barbudo pelirrojo avanza con el propósito de mantener una distancia mínima de dos metros. Cuando está a punto de entrar en la zona de penumbra, se detiene, Álvaro le muestra el cuchillo que sostiene en la mano izquierda y sonríe.

—¿No prefieres que sea una pelea a la vieja usanza?

—Ni por los cojones. Te voy a reventar la puta cabeza —insiste.

Sancho advierte que están a punto de salir del área iluminada, lo cual sin duda le perjudica al no conocer el entorno. Por ello da dos pasos cortos, amaga con el puño izquierdo y suelta un mazazo que describe una trayectoria curva cuyo destino es aterrizar en el parietal de su oponente. No lo logra, y al regresar de nuevo a la posición de guardia siente un intenso dolor en el costado que le obliga a apretar dientes y cerrar párpados. Cuando los abre, ante sus ojos no hay más que una inquietante oscuridad.

Oscuridad y sigilo. Esas son mis únicas bazas. Contengo la respiración y, aprovechando que estoy descalzo, doy tres pasos laterales sin que él se percate, con el propósito de salir de su rango de alcance. Mi cerebro ya ha registrado la letalidad de la herramienta de cocina que empuña cuando, de un solo golpe, ha fracturado el cráneo de la pobre Michelle, a quien ya nunca podré agradecer que haya dejado fuera de combate a la inspectora, brindándome así la oportunidad de salir de esta. Para ello he de ser capaz de aprovechar los dos únicos factores que juegan a mi favor.

Oscuridad y sigilo.

Sin perder de vista al barbudo de la Interpol, me sigo desplazando hacia mi derecha, donde sé que me voy a topar con la pila de ladrillos que están junto a la columna del fondo. Con buen criterio, él no se decide a seguir mis pasos, pero tampoco puedo demorarme mucho en poner en marcha mi plan. Lo visualizo de nuevo: arrojar un ladrillo a su espalda para hacer que se gire y aprovechar la distracción para asestarle una o quizá dos puñaladas en el cuello. Sencillo y eficaz. Al llegar a mi destino, me cambio el cuchillo de mano para agarrar el ladrillo sabiendo que tendré que hacerlo de nuevo tras lanzarlo. El éxito o el fracaso va a depender de lo bien que calcule el preciso instante de iniciar la carrera para recortar los cuatro o cinco metros que nos separan simultaneándolo con el impacto del objeto. Transfiero toda mi energía al tren inferior e inspiro antes de proceder.

El ladrillo describe una parábola perfecta.

La suerte está echada.

Echada en el suelo en posición fetal, Sara trata de gestionar el dolor palpitante que se ha instalado a perpetuidad en su ojo izquierdo. Una voz interna le grita que sigue en peligro y que si no se incorpora será demasiado vulnerable, pero no está capacitada para emitir órdenes de ningún tipo, sobre todo las que conlleven cambiar de posición. Sin embargo, y contra todo pronóstico, sí se anima a averiguar qué está sucediendo en su entorno, conque abre el párpado derecho en el instante en el que un cuerpo sólido se estrella junto a ella y se rompe en pedazos.

Se rompe en pedazos a su espalda, pero en vez de interesarse por el qué y el quién, el pelirrojo se centra en el dónde y el porqué. En pleno estado de alarma, su visión periférica ha captado un objeto en movimiento que ha pasado junto a él. Con su velocidad de procesamiento muy mejorada por la adrenalina, se ha focalizado en averiguar el origen, cosa que ha resuelto en milésimas de segundo. De esta manera, cuando Vázquez de Aro ha surgido de entre las sombras, Sancho no solo estaba prevenido, sino que estaba preparado y muy dispuesto a neutralizar el ataque.

El ataque lo lanzo igualmente pese a que no ha respondido como esperaba y ello hace que me reciba casi de frente, con el pie izquierdo algo adelantado y la guardia alta. Así y todo, mantengo mi plan y le busco el cuello.

El cuello rota cuarenta y dos grados hacia su derecha cuando Sancho, luego de esquivar el intento de estocada, suelta un jab con la izquierda que impacta en la mandíbula de Vázquez de Aro y hace que se tambalee tratando de no perder la verticalidad. Él todavía no lo sabe, pero le habría ido mejor si se hubiera caído y, de este modo, evitar encajar el siguiente golpe que le va a llegar desde el otro lado. En concreto en el pómulo y con el mazo de cocina, provocando la fractura y hundimiento del hueso malar.

El aplastamiento del arco cigomático, al margen de lo estético, conlleva la suspensión inmediata de toda actividad cerebral. Cuando la recupere, Álvaro se encontrará en una situación que le resultará muy familiar a pesar de que no la haya tenido que sufrir jamás.

EL GIGANTE: COMO SUCEDE CON EL TÍTULO DE UNA NOVELA, NO SOLO DESTACA POR SU TAMAÑO

Saddlers (San Cristóbal)
29 de abril de 2022

Reloj detén tu camino, porque mi vida se apaga. Ella es la estrella que alumbra mi ser, yo sin su amor no soy nada —canturrea Sancho.

Álvaro intenta erguir la cabeza, pero aún no ha reunido la fuerza necesaria para lograrlo y lo que le llega con mayor intensidad y certidumbre está relacionado con el mazazo que le ha desfigurado la parte izquierda de la cara. Al haber transcurrido más de una hora desde que recibió el golpe, presenta un grosero edema cuyo color se va degradando desde el púrpura cardenalicio, que predomina en el párpado inferior y el pómulo —ahora hundido—, hasta el rojo cereza que se pinta a paños irregulares en la mejilla y maxilar inferior. Por lo demás, excepto que la lesión le acarreará graves problemas de dicción y masticación, y que todavía está bajo los efectos del MDMA, todo bien.

—A mi madre le encantaban los boleros. Se los escuchaba cantar siempre que andaba liada en la cocina. Este, en concreto, no faltaba jamás en su repertorio.

—Échale más agua fría —le insta Sara, que luce un aparatoso vendaje que le cubre el ojo dañado, misma solución que ha encontrado Sancho para taponar la herida del costado que, por suerte, no reviste gravedad.

Ha sido ella quien, asumiendo que nada arreglaban con ir de inmediato al hospital, le ha pedido a Sancho que le inmovilizara el ojo y que buscara algo para combatir el dolor. Tras poner patas arriba el cuarto de baño, ha encontrado calmantes y analgésicos que la han ayudado a mantenerse en pie.

—Venga —insiste ella—, quiero empezar cuanto antes.

Él obedece con más gusto que sarna y Vázquez de Aro reacciona retorciéndose en la silla en la que está sentado, maniatado a la espalda con la misma cuerda que utilizó con la mujer que ahora yace en el suelo con el cráneo partido.

Sancho agarra otras dos sillas por el respaldo y las coloca frente a él. En cuanto se sientan, Sara, que juguetea con el picahielos, toma aire por la nariz y lo libera en forma de resoplido hastiado.

—¡Vamos, espabila de una puta vez, que me a-bu-rro de tan-to es-pe-rar! —le dice sincronizando una bofetada con cada una de las últimas nueve sílabas.

Nueve aguijonazos que estimulan el apresurado encendido de su parte consciente y, en consecuencia, de sus cuerdas vocales para gritar como un energúmeno.

—Bueno, que no es para tanto, cálmate un poco, hombre —prosigue Sara—. Me evito las presentaciones. Por si te lo estás preguntando, te voy a desvelar que hemos llegado hasta ti gracias a una información que conseguimos sacar del portátil de tu difunto abogado y que nos llevó hasta la sucursal bancaria a la que él transfirió tus bienes. La idea que barajábamos era identificarte y aprovechar la falsedad documental en tu escala de Londres para extraditarte al Reino Unido primero y a España después. Pero, mira, nos hemos encontrado con este tinglado y la cosa ha cambiado de manera radical, ¿verdad? —le consulta a Sancho.

—Como de comer a ver comer —confirma él—. Te vamos a hacer unas preguntas antes de llamar a la policía que nos gustaría que contestaras sabiendo que no van a tener ninguna validez en el juicio. Es solo por satisfacer nuestra curiosidad. Y te pedimos que, por favor, no nos toques mucho los cojones y así nos ahorramos tener que hacerte más daño. Esto lo podemos alargar hasta el infinito.

—Bueno, a mí eso me da lo mismo, ¿y a ti? —le pregunta ella.

—Ya veo: poli bueno y poli malo... —dice pronunciando con dificultad, aunque en el estado en el que se encuentra su cara, es la droga la que le permite hacerlo.

Como si de repente se le hubiera posado una mosca imaginaria en el muslo, Sara utiliza el picahielos a modo de matamoscas.

Más gritos y lágrimas.

—Poli malo y poli peor —especifica Sancho, señalándose primero a sí mismo y luego a Sara.

—De verdad que no estoy yo para chorradas y me gustaría terminar cuanto antes. Estoy dispuesta a hacerte los agujeros que hagan falta, así que no vuelvas a vacilarme. Primera pregunta: ¿quién era esa jodida loca?

Vázquez de Aro descarga su odio a través de la mirada.

—Se llamaba Michelle y era, cómo decirlo, una amiga muy especial. Distinta. Experimentábamos juntos en la búsqueda de nuevas emociones.

Sara eleva las cejas y mira a Sancho.

—Cuando nos habéis interrumpido estábamos inmersos en ese proceso. No pensaba matarla.

—Pues no tenía esa pinta, mira tú, y con el histórico tan precioso que arrastras... Discúlpanos que pensáramos de forma equivocada, no te jode.

—Tú la has matado —le recrimina a Sancho.

—Sí, lo sé, estaba aquí. Pero resulta que tu amiga especial quería matar a mi muy especial amiga, por lo que no me ha dejado muchas opciones. Si te sirve de consuelo te diré que no quería que terminara así, pero en determinadas situaciones uno no mide...

Álvaro inclina la cabeza.

—¿Y qué vais a hacer ahora? ¿De qué sirve todo esto? Como bien has dicho antes, nada de lo que diga lo vais a poder utilizar en mi contra en un tribunal. Es más, podría contaros cosas que ni siquiera imagináis y no os serviría de nada. Sin ir más lejos, ayer mismo Michelle y yo estuvimos jugando con un tipo y cuando nos cansamos de él, pillamos el yate y en diez minutos estábamos en Dieppe Bay, donde hay una barrera de arrecife abarrotada de tiburones. No son muy grandes, pero son peor que una plaga.

Sara aplaude.

—Cuando estés en la cárcel le cuentas tus aventuras a tu compañero de celda. A mí lo único que me interesa saber es por qué tuviste que matar a Bittor.

—Esa respuesta ya la conoces.

—No, para nada. Yo no soy capaz de pensar como un jodido psicópata, por eso te lo estoy preguntando a ti.

Este se encoge de hombros y sonríe.

—¿Y qué podía hacer? ¡Intentaron jugármela! Él y esa periodista fueron de listos y les salió mal la jugada. Un cebo... ¿pero con quién se pensaba ese imbécil que se estaba enfrentando?

Otra mosca.

Gritos.

—¡Te juro por su memoria que si vuelves a hablar así de él no sales vivo de este sótano!

—¡¿Y de qué coño vas tú, hija de puta?! ¡¿De novia plantada en el altar?! ¡El picoleto la palmó como un bobo, con la cabeza asomada por un agujero! ¡Sí, como un auténtico bobo! ¡Si tienes que matarme ahora, mátame! —le grita ofreciéndole el cuello—. ¡Venga, hazlo de una vez y os ahorráis los trámites de extradición! ¡Vamos!

Sara coge con fuerza el picahielos, se incorpora y lo agarra del pelo.

—¡Maldito cabrón!

Interviene Sancho a tiempo interponiéndose e inmovilizándole el brazo.

—Sara, Sara, Sara…, así no —le susurra sin soltarla.

—Pero qué escena tan bonita, por favor. Los amantes unidos por la desgracia en su sempiterna lucha contra el mal —califica Álvaro impostando la voz.

Ahora es el pelirrojo el que le abofetea donde más le duele, pero, lejos de conseguir el efecto esperado, él suelta una carcajada estridente que atraviesa los oídos de Sara y se clava en su corazón.

—¡Ay, qué risa, por Dios santo! ¡Venga, matadme de una vez, que no quiero asistir a más escenitas románticas! ¡¿Qué pasa?! Cuesta matar a alguien a sangre fría, ¿verdad? ¿Y luego cómo lo pensáis justificar? ¿Merece la pena acabar en la cárcel solo por paladear el sabor de la justicia? Os creéis gigantes y no llegáis a guisantes…

Sara se desahoga pateando la silla, actitud que vuelve a provocar la risa de Álvaro. Sancho la agarra por los hombros y, muy sutilmente, se retira unos metros.

—Entiendo que estés alterada, pero necesito que te calmes o nos va a ganar la partida. Voy a intentar algo, ¿de acuerdo?

El pecho de Sara se hincha y se deshincha de forma acelerada antes de asentir. Sancho vuelve a tomar asiento.

—A ver el de la Interpol con qué nos sale ahora —le reta Álvaro con sorna.

—Te voy a contar algo que seguro te va a encantar. Después de que me la jugaras en el aeropuerto, me dio por pasar por donde tu abogado, donde ya había estado antes de que tú llegaras y te lo cargaras. Allí me lo encontré con la cabeza reventada en el sofá del piso superior. Muy prudente eso de no dejar tu marca —gesticula metiéndose el dedo por dentro de la mejilla y tirando hacia fuera—. Por cierto, que sepas que te fue muy leal y que casi no le pude sacar nada de información. Te podías haber ahorrado su muerte.

—No te enteras de nada... Ya tenía decidido cargármelo, no tuvo nada que ver que tú pasaras por ahí. Un par de días antes me llamó para decirme que había visto en las noticias que habían aparecido muertos mi psicóloga y su marido. Ella se había dado cuenta de que yo era ese Torturador Risueño del que tanto se hablaba en los medios, así que no me dejó otra opción. Mi error fue no recordar que en cierta ocasión le había hablado a Oriol de la doctora Velasco y eso le condenó. Lo reconozco, cometí dos torpezas, una ya la sabéis: dejar allí su puto portátil y otra que... Otra que no os voy a contar.

—El arma homicida —se la juega el pelirrojo.

Álvaro trata de mantener su mueca risueña.

—Nunca lo sabréis. Me da igual las veces que esa desequilibrada me clave eso.

—Venga, hombre, si seguro que te estás muriendo de ganas de contárnoslo —persiste Sancho.

Vázquez de Aro lo mira primero y asiente después.

—La verdad es que sí, joder. ¡A la mierda! Estaba buscando un objeto contundente sin que él se percatara, claro, por lo que me puse a su espalda, saqué el nabo y le di tres o cuatro veces con él. Y no hizo falta más.

Carcajada.

Ahora es Sara quien tiene que parar a Sancho para que este no le arranque los pulmones.

—Espera, espera... —le dice ella al oído—. Se me ha ocurrido una cosa.

El otro no deja de reírse.

—Nos vamos de excursión —anuncia Sara.

Sara Robles es, sin duda, la que representa una mayor amenaza. Sancho quiere resolver la investigación, atraparme y ponerse la puta medalla. Pero ella... Ella exuda animadversión hacia mí por cada uno de sus poros y la necesidad de resarcimiento personal puede jugar a mi favor si consigo desestabilizarla aún más. De momento, ya he logrado salir vivo del sótano —pese a estar maniatado y en calzoncillos—, de donde no tenía posibilidad alguna de escapatoria. Desconozco qué tiene esa mujer en la cabeza, solo sé que me ha obligado a entregarle las llaves del yate y que estamos a punto de embarcarnos hacia algún lugar que no ha tenido la delicadeza de compartir conmigo.

Supongo que no tardaré mucho en averiguarlo.

Noto el rostro cada vez más hinchado, y me alegro de no poder verme la cara, porque estoy convencido de que socavaría mi estado de ánimo. De las punzadas en los muslos, aunque no han dejado de sangrar, no parece que deba preocuparme demasiado; por lo que, en definitiva, solo tengo que esforzarme por mantener la mente despejada y resultar convincente en mi postura desafiante y exenta de miedo. Esa es la única vía que tengo para restar valor a sus continuas amenazas. Me quieren vivo, eso es más que evidente. Con respecto a la muerte de Michelle, confieso que sentí algo cuando la vi desplomarse, algo parecido a lo que deben experimentar los dueños de las mascotas que han de ser sacrificadas. Ahora sé que estaba equivocado: su devoción era real.

—Llévanos al lugar exacto donde te deshiciste del cuerpo que has mencionado antes —me ordena ella.

—¿En serio crees que vas a encontrar algo ahí abajo?

En su cara crece una sonrisa sardónica que no parece impostada.

—No lo has pillado, jodido bobo.

Es cierto. Y aún tardo unos segundos en leer sus intenciones.

—Ni de coña. Ya podéis acabar conmigo aquí mismo, porque no os pienso decir una mierda.

—Me suena esto de Dieppe Bay —interviene el barbudo pelirrojo con la mirada fija en el navegador náutico.

—Sí, es donde dijo que fue —corrobora ella.

—Está en el registro de destinos recientes.

—Pues nada, ya no hace falta que nos lo digas. Si al final va a resultar que vas de listo pero no eres más que un jodido bobo.

—Siéntate ahí y no te muevas —me indica Sancho con su maza.

Es a partir de ese preciso instante que asumo que he perdido la iniciativa y he de hacer algo. Con las manos atadas no me conviene saltar por la borda, por lo que debo reconsiderar si les digo lo que quieren saber o averiguar si de verdad pretenden arrojarme a los tiburones.

Mi cerebro elabora un relato.

—Esos bichos no atacan piezas vivas tan grandes —se me ocurre decir—. Ya os he dicho que son de pequeño tamaño, así que, a no ser que estéis pensando en matarme primero, ya os digo que no os va a funcionar.

—En ocho minutos lo comprobamos —informa él encendiendo el motor y moviendo la palanca de velocidad con soltura—. Cerca de Lyon tenemos el lago d'Aiguebelette, que es una maravilla. Antes permitían embarcaciones a motor y allí aprendí a conducir estos trastos, pero, vamos, que mucha ciencia no tienen —le dice a Sara como si yo no estuviera presente.

—Si sale todo bien, te prometo que voy a verte a Francia y te dejo que me lleves al lago ese o donde te dé la gana.

El trayecto transcurre en un abrir y cerrar de ojos sin que se me ocurra nada mejor que esperar a comprobar si van de farol.

—Bien, pues aquí estamos —anuncia Sancho—. Toma, por si se mueve. Bajo a por eso.

Por suerte, debe de ser luna nueva porque no hay rastro de ella en un cielo en el que solo brillan las estrellas. De otro modo, con la poca profundidad que tienen estas aguas, ya verían la diversidad de las especies que las habitan.

Cuando regresa el pelirrojo trae una linterna y un chaleco salvavidas que me arroja a los pies.

—Le voy a desatar, si intenta algo, ya sabes.

Sara asiente.

Mientras lo hace junto a la barandilla de proa noto que me fallan las piernas, pero logro imponer mi fuerza de voluntad para evitar que estos dos desgraciados me vean ringar. Cuando termina de colocarme el chaleco me ata las manos esta vez por delante, lo cual, no sé por qué, agradezco.

—Última oportunidad: ¿con qué mataste a tu abogado? —me pregunta él agarrándome por el chaleco.

—Con el nabo.

Varios pinchazos, diría que cuatro o cinco, repartidos por la parte posterior de las piernas me hacen aullar.

—Un incentivo para los tiburones —es lo último que escucho.

El resto ocurre muy rápido: ingravidez, contacto con el agua y cuando recupero la orientación me encuentro flotando a unos dos metros del casco despejando en el acto una de las incógnitas. Aunque el agua no está fría, el choque de temperatura me obliga a mover las piernas, circunstancia que, en contacto con el salitre del agua, me genera un escozor elevado al infinito por cada uno de los pinchazos que me ha dado esa maldita perra rabiosa.

—¡Me voy a gastar hasta el último euro que me quede en contratar al mejor abogado del maldito mundo para que los dos terminéis en prisión por zumbados hijos de puta! —improviso.

—¡Uy, lo que nos ha llamado! —dice Sara—. Bueno, qué, te animas a soltar prenda o damos media vuelta y que sea lo que Dios quiera.

—Yo prefiero quedarme un rato por si vienen los animalitos a comer —propone el de la Interpol acodándose en la borda para alumbrarme con la linterna.

—¡Os vais a joder, cabrones, porque eso que necesitáis saber me lo llevo a...!

No termino la frase.

Algo me roza la pantorrilla e instintivamente me petrifico. Flotando en absoluto silencio y atenazado por el miedo, mis músculos no reaccionan y ni siquiera me atrevo a mirar hacia el fondo.

—¡Mira, mira, mira! —señala el de la Interpol a mi alrededor.

Sara aplaude emocionada.

—¡Ya los veo! ¡Son un montón!

Entonces sí, me atrevo a bajar la mirada.

Aletas.

Muchas aletas.

Siluetas de color turquesa nadando en círculo a mi alrededor.

El pánico me lleva a patalear con fuerza y a chapotear con los brazos a pesar de estar todavía maniatado.

—¡Sacadme de aquí, joder!

—Pero tú tranquilo, muchacho, que estos tiburones no atacan piezas vivas tan grandes —se mofa ella.

El primer pellizco —porque así lo procesa mi cerebro— lo recibo en el glúteo, y acto seguido noto otro en la tibia que al tocar en hueso me arranca un alarido estremecedor.

—¡Sacadme de aquí, por lo que más queráis! ¡Sacadme, por favor! —suplico.

—¡Dinos con qué lo mataste! —me grita ella.

Otro pellizco en el muslo. Diría que se ha llevado algo de carne.

—¡Con una botella de coñac! —vocifero sin dejar de mirar hacia abajo—. ¡Lo maté con una botella de coñac que dejé en el apartamento!

—¡Coño, sí, recuerdo haberla visto! ¡La botella de coñac que estaba en su despacho! —repite.

Pellizco en el pie.

Pellizco en el gemelo.

Pellizco en el otro pie.

—¡Sacadme de aquí, joder! —imploro—. ¡Sacadme de aquí!

Un cabo cae cerca. Me apresuro a agarrarme a él con ambas manos. Pellizcos y más pellizcos me acompañan en la letanía que me espera hasta que me logran subir a bordo. Todas mis funciones vitales se concentran en las cuerdas vocales. Tirado boca arriba sobre la borda, solo puedo gritar, chillar y llorar.

—¡Menudo Cristo! —le oigo calificar a Sancho—. Hay que parar esas hemorragias o se nos va a desangrar.

Al interesarme por el estado de mi tren inferior puedo ver todas y cada una de las dentelladas. Tienen un arco de pocos centímetros y en algunas la piel se ha desgarrado como si fuera papel mojado. Por suerte solo me falta masa muscular en dos de ellas: una en un lateral del muslo derecho y otra en el gemelo izquierdo por las que sangro en abundancia. Percatarme de que me faltan dos dedos del pie izquierdo me llena de tanta inquina que tengo que soltarla por la boca.

—¡Malditos hijos de puta! ¡¿Os habéis divertido bastante?! ¡Hijos de puta! —me desgañito.

—No montes un drama que de esta no la palmas —dice ella antes de desatarme las manos y quitarme el chaleco salvavidas—. En el patio de la prisión vas a poder presumir de piernas. Te veo contando la misma historia una y otra vez, una y otra vez…

—¡Jodida zorra rencorosa! Seguro que disfrutas viéndome sufrir mucho más que follando, ¿eh? Por eso necesitabas dos pollas, porque con una sola no te llega.

Un manotazo en el cogote.

—Cierra la puta boca —me ordena él—. No te conviene seguir por ese camino, créeme.

—¡Me estoy desangrando, joder!

El de la Interpol asiente.

—Voy a buscar algo abajo para hacerle un par de torniquetes.

—No hace falta que te des mucha prisa. Ya me encargo yo de este despojo —dice ella, que luce una sonrisa que me pudre por dentro.

—¡¿De qué cojones te ríes?! Supongo que no te reíste tanto cuando te enteraste de que le había volado la puta cabeza a uno de tus novios, ¿eh, zorra?

Comprobar que la mueca risueña desaparece de inmediato me anima. Sacando fuerzas de donde no tengo, me agarro a la barandilla para incorporarme y ponerme a su misma altura.

—Una polla menos. Aunque por lo que veo tampoco has tardado tanto en olvidar al picoleto de los cojones. Al fin y al cabo, pollas hay muchas por ahí.

—Cállate de una puta vez, no te lo volveré a decir.

Es mi momento.

—¡Mírate! Ahora que eres una tuerta asquerosa te va a costar mucho más encontrar las pollas que necesitas. Lo mismo no te queda otra que desenterrar la del teniente, ¿eh, zorra rencorosa?

Su semblante se transforma. Casi no parece ella cuando se abalanza sobre mí y con ambas manos me agarra del cuello. En el debilitado estado en el que me encuentro solo puedo defenderme con palabras.

—Zorra rencorosa —consigo pronunciar.

No lo veo venir. Ejerciendo una fuerza que no corresponde a una mujer, me arrastra hasta la borda y acerca los labios a mi oreja.

—Hale, a mamarla —me susurra.

De nuevo la ingravidez antes del tortuoso reencuentro con el agua. Aterrado, cuando consigo salir a flote libre de ataduras, nado de manera desesperada hacia la escalerilla de popa, de la que me separan los dieciocho metros de eslora que tiene el yate. Casi no puedo mover las piernas, pero el deseo de sobrevivir es el combustible que alimenta mi encolerizado braceo, que no detengo a pesar de estar rodeado de tiburones cuya presencia intuyo junto a mí. Enseguida paso de la intuición al hecho, al sentir el primer pellizco en el costado. Luego en un hombro y acto seguido en el muslo, heridas que no hacen que me detenga en mi agónica carrera hacia mi salvación. Exhausto, consigo agarrarme a los barrotes y tiro con fuerza de los brazos, mis extremidades menos dañadas. A mi alrededor chapotean los escualos enloquecidos ante el rastro de sangre que voy dejando. Las últimas dentelladas antes de salir del agua casi no las siento. Encaramado a la escalerilla, fuera de peligro, me giro para comprobar que he sido capaz de escapar de semejante banco de tiburones.

—¡Jodeos, cabrones! —les grito.

Me dispongo a subir por fin los dos últimos peldaños cuando tomo conciencia de que el verdadero peligro se encuentra justo delante de mí: Sara Robles mostrándome el dedo corazón.

—No, jodido bobo, te jodes tú —me dice antes de recibir un plantillazo en la cara que me hace perder el equilibrio y caer de nuevo al agua.

Ni siquiera tengo fuerzas para mantenerme a flote.

Pellizcos, pellizcos y más pellizcos.

Solo grito y me agito.

Y más pellizcos.

Y luego, nada.

Nada queda de Álvaro cuando regresa Sancho a la cubierta con varios jirones de las sábanas que ha encontrado en el camarote. En el intercambio de interrogantes, las soluciones.

—No —articula Sancho.

—Sí.

El pelirrojo alarga el brazo, abre la mano y deja que los trozos de tela se los lleve el viento. Libre, se la tiende a Sara y esta, tras unos instantes de valoración, la acepta. Sancho aprovecha para atraerla hacia sí y apretarla contra el pecho.

—Tanta paz lleve...

BUFFALO BILL: ESE PERSONAJE CUYA ÚNICA DESTREZA ES LA PUNTERÍA

Fundación Arcos del Castillo (Murcia)
23 de mayo de 2022

Entra en el salón de juegos con una ensanchada sonrisa y agitando el teléfono por encima de la cabeza. De las tres menores que están entretenidas, Carmelo consigue captar la atención de dos de ellas, pero no de la niña con quien quiere hablar la persona que le ha llamado. Mariam está progresando a pasos agigantados, pero aún le cuesta relacionarse con su entorno y le conviene mucho recibir estímulos que provengan del exterior, como es el caso. Además, siempre que ha hablado con ella, la niña se comporta de forma diferente durante los días sucesivos, como si se activara algo en su interior.

Carmelo Ramos se aproxima adonde está Mariam, se acuclilla junto a ella y le acaricia la mejilla con el dorso de la mano.

—¿A que no adivinas quién quiere charlar contigo? —le susurra.

Mariam se levanta en silencio y, como ha hecho otras veces, lo agarra de los dedos para que la acompañe fuera.

—Toma, dile «hola» a tu amiga la superpoli —dice entregándole el móvil.

—Hola.

Hay más curiosidad que entusiasmo en el tono de Mariam, pero de aportar esas dosis de fogosidad ya se encarga Sara Robles.

—¡Hola, Mariam, ¿cómo estás?!

—Bien.

—Estabas jugando, a que sí.

—Sí.

—Estupendo. Carmelo me ha dicho que está muy contento porque estás comiendo muy bien.

—Sí, pero cuando me ponen lentejas no.

—A mí tampoco me gustan las lentejas. También me ha contado que tienes una amiga nueva. ¿Cómo se llama?

—Teresa, pero Carmelo la llama Tesa. Como a mí, que me llama Marichi.

—¡Qué bien! ¡¿Y cuántos años tiene Tesa?!

—Como yo.

—¡Genial, genial!

—¿Vas a venir a verme?

—Pues ¡claro! Lo que pasa es que ahora estoy muy lejos. Fíjate si estaré lejos que estoy en otro país.

—¿En cuál?

—En Francia, pero cuando vuelva a España iré a verte.

—¿De verdad?

—Te lo prometo.

—Vale.

—Pero ¿sabes qué? Te llamo para darte una sorpresa.

—¿Una sorpresa?

—Sí, pero es un secreto entre tú y yo. Un secreto que no le puedes contar a nadie, ¿de acuerdo?

—Sí.

—¿Preparada?

—Sí.

—Ya no tienes que preocuparte más por el señor malo.

—¿No?

—No. El señor malo ya no volverá a hacer daño a nadie.

Minutos después, cuando Carmelo recupera su teléfono y pregunta a Mariam qué tal ha ido, ella no contesta. No le importa, la respuesta la encuentra en el fulgor de su mirada.

LOS MIMOS: DEMOSTRACIÓN DE TERNURA ENTRE LOS SUPERVIVIENTES DE UNA NOVELA NEGRA

Lago d'Aiguebelette (Francia)
25 de mayo de 2022

La mujer del parche en el ojo y los pies descalzos camina pensativa, cabizbaja. A su lado, un tipo de frondosa barba cobriza termina la llamada de teléfono que le ha comprometido los últimos veinte minutos de paseo, se detiene, la mira a los ojos y la abraza. A Sara le reconforta apretarse contra su cuerpo y no tiene ninguna duda de que Sancho la quiere, pero hoy es su último día en Francia y, aunque él no se lo ha pedido, sabe que tiene que darle una respuesta.

Frente a ellos, la superficie del lago d'Aiguebelette refleja los rayos de sol que caen oblicuos sobre sus aguas y provocan destellos irisados entre los que predominan los matices celestes y turquesas. En segundo plano y a modo de lienzo natural, laderas sinuosas aportan una infinita gama de verdes, culpables de la pureza que predomina en el aire.

—Es una preciosidad de sitio —califica Sara.

—Sí, lo es. Los fines de semana de verano esto se pone como la estación de Atocha, pero en esta época del año se está de muerte.

Sancho se aclara la garganta.

—Herr Bauer me ha dicho que si necesito un par de días más antes de incorporarme que disponga de ellos sin problema.

—Yo de mayor quiero tener un jefe como él. En sentido figurado, me refiero —añade antes de que Sancho pueda aprovecharse de su torpeza—. Venga, hazme un resumen ejecutivo de lo que habéis acordado.

—Cambiando de tercio, ¿eh?

—Eso mismo.

—Le he contado con pelos y detalles lo sucedido desde que llegamos a la isla hasta que saliste del hospital y, muy alemán él, se ha dedicado a evaluar la situación con total frialdad, como si me estuviera contando qué le ha parecido una película cualquiera. Controlado el asunto de mister Trotman con las fotos comprometedoras, y que sería mucha casualidad que la policía le interrogara a él en concreto cuando encuentren el cuerpo de Michelle en el sótano, lo que tenemos que hacer es estar muy atentos cuando llamen a nuestra puerta para conectarlo con el asunto de la falsedad documental. Entonces sí, sacaremos a la luz su verdadero nombre y lo relacionaremos con el homicidio del abogado a través de las huellas de la dichosa botella de coñac, además del de la psicóloga y su marido.

—Es decir, que ha llegado a la misma deducción que nosotros.

—Sí, pero ha salido de él, que era lo importante. A partir de ahí va a depender de la brillantez de la persona de la UDEV que hayan puesto al frente de la investigación que invierta más o menos tiempo en conectarlo con el resto de los casos. Malo será, por ejemplo, que la huella de la suela del zapato que hallaron en la vivienda del camello ese no sea suya, pero seguro que aparecen más pruebas.

—Sí, puede —conviene Sara sin excesiva convicción.

—Tú y yo sabemos que jamás darán con él, pero por lo menos el nombre de Álvaro Vázquez de Aro quedará manchado para siempre. En cuanto comprueben que toda esa sangre que van a encontrar en la cubierta del barco le pertenece y pasen los meses sin que se sepa nada de nada de él, alguien deducirá que el afamado escritor no tuvo un final feliz.

—No. Muy feliz no fue. Oye, ¿te importa que nos sentemos un rato?

La sombra que proyecta la copa de un enebro es el lugar elegido.

—En definitiva, que si herr Bauer no está preocupado por la situación, nosotros tampoco debemos comernos demasiado la cabeza con el tema —concluye el pelirrojo.

—Podemos intentarlo —matiza—. Yo sigo teniendo pesadillas con ese maldito sótano, con lo que sucedió en el yate... ¿Sabes qué se ha grabado para siempre en mi memoria?

Sancho la mira, expectante.

—El sonido del golpe en la cabeza que le diste a esa jodida enferma del picahielos. Justo después hay un lapso de tiempo en el que pasé mucho miedo. Estaba tirada en el suelo tratando de contener el dolor y te prometo que no me preocupaba lo del ojo..., ¿sabes en qué pensaba? En mi embarazo. Tú te la estabas jugando con ese malnacido y yo acojonada por si perdía algo que ni siquiera he buscado ni sabía si quería tener. Si tenía alguna duda sobre si seguir o no adelante, esa tarada me ayudó a verlo claro. Increíble —califica.

—Más increíble fue cómo te comportaste después. A herr Bauer le ha impresionado.

—¿Que lo tirara al mar para que se lo cepillaran los tiburones también?

—También, aunque le he contado una versión un tanto diferente, algo edulcorada, la verdad, con un forcejeo en el que te viste obligada a defenderte y que terminó con Álvaro de nuevo en el agua.

Silencio.

—No me contestes si no quieres —continúa Sancho—, pero... ¿qué te pasó con él cuando bajé al camarote?

—Me provocó mencionando varias a veces a Bittor hasta que superé con creces mi límite. Te mentiría si te dijera que no era consciente de lo que hacía. La primera vez que lo tiré, el muy cabrón logró subir de nuevo al yate. La segunda ya... ni siquiera lo intentó.

—No me habías contado eso.

—Te lo estoy contando ahora. Es otra de las secuencias que no me puedo quitar de la cabeza. Los tiburones, frenéticos, llegaban, se llevaban su trozo de carne y enseguida volvían a por más. Así una y otra vez hasta que entre varios le arrancaron una pierna. Fueron un par de minutos o tres y, a pesar de ser un espectáculo terrible, no podía dejar de mirar.

—No debí dejarte sola con él.

—No fue culpa tuya. Que se joda.

—Fin. Volviendo a herr Bauer. Al final de la conversación me ha achicharrado a preguntas de todo tipo sobre ti.

—¿Sobre mí?

—Primero se ha interesado por lo tuyo y ya le he dicho que todavía no has decidido si te vas a implantar la prótesis ocular o no.

Así es. El cirujano que le hizo el vaciado de la cuenca orbital en el hospital de Basseterre en el que permaneció doce días ingresada —Sancho solo estuvo tres— se lo explicó de forma pormenorizada. Le habló de especialistas oculoplásticos en Estados Unidos que son verdaderos artistas y que, al no tener el párpado dañado, muy pocos se percatarían de la diferencia.

La versión que contaron a las autoridades antillanas contemplaba un intento de robo por parte de tres varones —cuyas descripciones encajaban con el noventa por ciento de la población masculina de la isla— y que, al resistirse Sancho llevado por su estado de embriaguez, a punto estuvo de terminar en tragedia. Demasiado interés no despertó el caso entre las fuerzas policiales, que se limitaron a enseñarles decenas de fotos de hombres con antecedentes en robo con violencia, y dos semanas más tarde estaban en España con la promesa de que seguirían investigando. Lo cierto es que, desde entonces, todo han sido buenas noticias, sobre todo para Sara. La primera tiene que ver con la buena evolución postoperatoria y la coincidencia del doctor Ramírez con el diagnóstico que le proporcionó su colega en Basseterre, eso sí, con un añadido: en España también la podrían intervenir con idéntico resultado. La segunda, mejor aún, está relacionada con lo que se está gestando en su vientre. Todo va sobre ruedas, pero hay dos pormenores que le siguen taladrando la cabeza. Está de nueve semanas, por lo tanto, se confirma que la concepción se produjo en esa en la que se acostó con Bittor y con Sancho. El otro detalle no es que le preocupe, o sí, depende de cómo se lo tome Sancho, a quien todavía no se ha atrevido a contárselo. Por último, en su visita a comisaría le han comunicado que su expediente, tal y como auguró él, se ha resuelto como falta leve, es decir, cuatro días de suspensión que ya están cumplidos y un apercibimiento. A Herranz-Alfageme le ha contado una milonga envuelta en un estúpido pero trágico accidente casero para explicar lo del parche, y este, aunque no se lo ha tragado, se ha encogido de hombros antes de confirmarle que se reincorporará en cuanto tenga el alta médica a su puesto de jefa del Grupo de Homicidios de Valladolid.

Si Sancho no lo remedia.

—Herr Bauer me ha comentado —prosigue el pelirrojo— que, si aceptas el puesto, le encantaría que eligieras la opción del parche.

Sara compone una mueca difícil de interpretar.

—¿Y tú? Aún no te has pronunciado al respecto.

—Porque la opción que elijas será la buena.

—Cobarde de mierda...

—De los pies a la cabeza.

—¿Algún comentario jocoso más de tu colega el presi de la Interpol sobre mí?

—Muchos, pero esos me los callo. En definitiva, Sara, que sigue muy interesado en que entres a formar parte de la causa. Y yo también.

Sara arranca unas briznas de césped y juguetea con ellas.

—Vale, genial, pero esa decisión profesional tiene implicaciones personales que tengo que valorar incluso antes de que alguien me especifique qué tipo de trabajo haría en la Interpol, cosa que tampoco ha ocurrido.

—¿De eso no te he hablado? Vaya, pensaba que sí. Formarías parte de la célula que yo dirijo. Dentro de las funciones que tenemos asignadas necesitamos cubrir distintos perfiles de investigadores y, cuando nos toca intervenir sobre el terreno, siempre hay alguien que se queda en tierra para darnos soporte desde la central. Y esto lo digo porque en una primera etapa, para facilitar las cosas, tú podrías ser esa persona.

—¿La que se queda en la cueva al cuidado de la camada? Y una mierda.

—¿En una primera etapa qué te sugiere?

—Me sugiere que, llegado el caso, no pienso admitir que mi maridito sea mi jefe.

Sancho la coge de las manos.

—¿Me estás pidiendo matrimonio?

—Eres bastante tonto, no entiendo cómo has llegado tan lejos.

—Por el irresistible atractivo que llevo de serie.

—De teleserie de después de comer, más bien. Bueno, a lo importante. Dos cosas —dice levantando el mismo número de dedos—: una es que tienes que tener muy claro que nunca, nunca, jamás de los jamases, voy a transigir con una prueba de paternidad.

—Cosa que nunca, nunca te voy a pedir, jamás de los jamases, porque la criatura va a nacer con barba pelirroja y se nos van a disipar todas las dudas...

Sara duda entre reírse o darle un puñetazo.

—En serio —ataja él, que no sería la primera vez que fuera agredido por ella—: no me va a suponer ningún problema.

—Y dos: quiero que nazcan en España, por lo que, de decidir incorporarme a la Interpol, no sería hasta, por lo menos, dentro de un año.

—Tampoco habría problema con... Un segundo, un segundo... ¿has dicho nazcan?

Ahora sí, Sara sonríe.

Y lo hace con plenitud, sí, pero le tiembla levemente el labio inferior.

—Uy... ¿de eso no te he hablado? ¿Seguro? Vaya, pensaba que sí. Vienen dos.

Superada la sorpresa, Sancho —que ni siquiera lloró de rabia cuando se enteró de que España se quedaba sin ir a su segundo Mundial de Rugby consecutivo por la ineptitud de los dirigentes de la Federación— se oprime los lagrimales con el índice y el pulgar como si así pudiera contener lo incontenible.

No lo logra.

—Hay que joderse...

NOTA DEL AUTOR

The show must go on. Esa fue la premisa que me guio cuando tomé la decisión de continuar explorando el personaje de Sara Robles justo después de terminar el «espectáculo» que protagonizó en *La suerte del enano.*

Lo que no sabía muy bien era cómo.

No lo descubrí hasta que me di cuenta de que no era una buena trama lo que andaba buscando, sino un personaje que no solo estuviera a su altura, sino que me ayudara a conocer sus límites, a apretarla al máximo, a exprimirla con la intención de averiguar si Sara Robles daba o no para más. Si me conoces, ya sabes que nunca me ha temblado el pulso a la hora de terminar con uno de mis personajes.

Fue entonces cuando decidí recurrir a un tipo que ya existía en mi cabeza, pero que vivía encerrado en un tratamiento de guion que aún no había presentado a ninguna productora. Un candidato que apuntaba maneras, sí, pero que necesitaba demostrarlo protagonizando un relato propio. Así nació *Astillas en la piel,* un thriller distinto y alejado de la estructura que es habitual en mi narrativa. Una historia cargada de engaños y cuyo propósito principal, aunque subrepticio, no era otro que presentar a los lectores a Álvaro Vázquez de Aro. Explicado en términos circenses: levantar una carpa en condiciones y brindarle la pista central para que pudiera desarrollar sus macabras habilidades. El mayor riesgo al que me enfrentaba en la creación del personaje con quien Sara debía medirse en el futuro era que tenía que alejarlo lo máximo posible de otro cuyo nombre también empieza por la misma vocal. El objetivo primario —y casi el único— consistía en conseguir que Álvaro generara un vínculo empático con el lector, pero que este no tuviera nada de positivo, como les sucedió a muchos lectores con Augusto Ledesma. Álvaro debía provocar rechazo, repulsión a poder ser, odio incluso, para que solo el peor de los finales resarciera tu sed de venganza.

Espero haberlo logrado, pero eso solo tú puedes juzgarlo, por lo que agradecería mucho que me lo contaras a través de e-mail, redes sociales o en persona cuando nos veamos en algún acto público.

En cuanto a la incógnita que se ceñía sobre el personaje de Sara Robles, la resolví el día que escribí la escena del picahielos y este no logra atravesar la pared ósea que separa el globo ocular del cerebro. Por tanto, el espectáculo de Sara y Sancho, Sancho y Sara continuará, sí, aunque no será de inmediato, porque lo siguiente que vendrá... En resumen: prepárate.

Entretanto, siguiendo la premisa de mi querido Carapocha, en lo personal seguiré intentando rodearme de quienes logran sacar lo mejor de mí; en lo profesional, solo necesito contar con lectores como tú, personas que distan mucho de ser anónimas y a quienes tanto debo (a no ser que hayas leído este libro de forma ilegal, porque entonces eres tú quien está en deuda conmigo).

En Valladolid, hoy, 3 de marzo de 2022, quiero expresar mi agradecimiento a las siguientes personas:

A Paz Velasco, mi querida amiga, por tu inestimable ayuda a la hora de perfilar un personaje tan complicado como Álvaro y hacerme entender la evolución de la conducta de una mente tan repulsiva como la suya. Y, cómo no, por aceptar tu final en la ficción con ese humor tuyo tan de Tierra de Campos.

A Gonzalo Albert, mi editor en Suma de Letras desde que hace diez años nos sentamos por primera vez en el hotel Villa Magna para tratar el lanzamiento editorial de *Memento mori*, y a todo su equipo de profesionales que tanto me cuidan.

A la red comercial de Penguin Random House por conseguir que mis novelas tengan más y mejor presencia en el punto de venta, y a la gente del departamento de marketing por alimentar el gellidismo como solo ellos saben hacerlo.

A todos los libreros y libreras de España que apostaron por mantener las puertas de sus negocios abiertas. Tanto si lo lograron como si no, gracias de corazón.

A mis compañeros de profesión, que nutren con su talento y empeño a toda una industria, a toda nuestra creciente comunidad de lectores. Katherine K estaría muy orgullosa de todos vosotros.

A mis paisanos de Valladolid, siempre en mi equipo. O, mejor dicho, yo en el suyo.

A Montse Martín y Gorka Rojo, lectores cero cuyo valor soy incapaz de cuantificar.

A Eusebio de Frutos, el mejor traductor en imágenes que mis palabras podrían tener.

A Carlos de Francisco, por acertar con el enfoque perfecto a pesar de los años.

A Urtzi, el corazón que late en el pecho de Ramiro Sancho.

A Hugo, mi hijo favorito.

A Roma, detonante de toda esta trama.

A María, mi chica y esposa *de facto* a la fecha de publicación de esta novela a no ser que un fogonazo de raciocinio le haga cambiar de opinión. El diablo no lo quiera.

Y de nuevo a ti, por estar ahí desde el principio o por acabar de llegar.

Quédate conmigo.

Quédate con nosotros.

César Pérez Gellida

ÍNDICE

Este libro
se terminó de imprimir
en el mes
de septiembre de 2022